BASTEI
LÜBBE
TASCHENBUCH

Weiterer Titel der Autorin:

Das Schloss der verlorenen Träume

EVE DE CASTRO

DER KÖNIG DER SCHELME

HISTORISCHER ROMAN

Aus dem Französischen von
Ulrike Werner-Richter

Mit Figurenverzeichnis
am Ende des Romans

BASTEI
LÜBBE
TASCHENBUCH

BASTEI LÜBBE TASCHENBUCH
Band 17367

Dieser Titel ist auch als E-Book erschienen

FSC
www.fsc.org
MIX
Papier aus verantwortungsvollen Quellen
FSC® C014496

Vollständige Taschenbuchausgabe

Deutsche Erstausgabe

Titel der französischen Originalausgabe: »Joujou«

Textredaktion: Dr. Ulrike Brandt-Schwarze, Bonn
Titelillustration: © Johannes Wiebel | punchdesign
Umschlaggestaltung: Johannes Wiebel, punchdesign, München
Satz: two-up, Düsseldorf
Gesetzt aus der Minion
Druck und Verarbeitung: GGP Media GmbH, Pößneck
Printed in Germany
ISBN 978-3-404-17367-9

1 3 5 7 6 4 2

Sie finden uns im Internet unter www.luebbe.de
Bitte beachten Sie auch: www.lesejury.de

Für meinen Vater

VORSPIEL

in dem wir von einem Fluch, den Bleigewichten einer Uhr, einer Familie in Bedrängnis und einer bösen polnischen Fee berichten

Wir befinden uns in einem großen Garten. Es ist ein nebliger Morgen in der kleinpolnischen Woiwodschaft Ruthenien. Die Sonne steht bereits hoch, schafft es aber kaum, den Dunst zu durchdringen. Die Bäume sind kahl, die Wege geharkt, die Sträucher stehen ordentlich geschnitten in Reih und Glied. Ein Wasserbecken durchschneidet die Perspektive des zentralen Rasens. Die glatte Wasseroberfläche spiegelt den weißen Himmel wider. Unter einer Bank kauert ein Kind und lauscht der Unterhaltung zweier Frauen, die sich auf dem kalten Stein niedergelassen haben. Die Mutter des Kindes ist von den Knopfstiefeln bis zum Hut ganz in Schwarz gekleidet und beklagt sich über das bittere Schicksal, das ihr widerfahren sei, seit sie ihren verrückten, verräterischen Ehemann geheiratet habe. Drei von acht Malen wurden die Kinder, mit denen er sie geschwängert hat, von einer bösen Fee verunstaltet. Er jedoch hörte nicht auf ihr Flehen und beharrte darauf, sie weiterhin unter dem Vorwand zu schwängern, Gott liebe die Armseligen an Körper und Geist ganz besonders, und auch sie seien Kreaturen Gottes, ganz gleich, wie abstoßend sie aussähen.

Der Junge in seinem Versteck erfährt, dass seine Mutter ihn im Gegensatz zum Pfarrer von Halicz, der in ihm das Ergebnis eines göttlichen Eingriffs sieht, für die Frucht eines Fluchs hält.

Zofia Boruwłaska ist zweiunddreißig Jahre alt. Sie wirkt so vertrocknet und dunkel wie eine Dörrpflaume. In ihrem dürren

Leib hat sie acht Kinder ausgetragen. Fünf Jungen und ein Mädchen haben Krupp, Pocken und die Spielschulden ihres Vaters – Gott sei seiner armen Seele gnädig – überlebt. Das versteckte Kind ist ihr dritter Sohn. Seine Schwester Anastasia, die er allen anderen Geschwistern vorzieht, ist fünf Jahre alt, er selbst ist gerade neun geworden.

Er überlegt, was sein Vater gespielt haben könnte. Er kann ihn sich nicht vorstellen, wie er mit seinen roten Koteletten, dem gezwirbelten Schnurrbart und eingezwängt in eine vergilbte Hemdbrust hinter einem Kreisel oder einem Drachen hergelaufen sein soll.

Der Junge liebt seine Mutter. Er bringt ihr mehr Respekt entgegen als der Dame in ihrem Kapuzenkleid, mit der sie sich auf der Bank unterhält und die immerhin nicht nur Hunde, sondern auch Pferde und Domestiken ihr eigen nennt und außerdem wunderschöne Ohrringe trägt. Er bringt ihr auch mehr Respekt entgegen als Pfarrer Taczuk, der ihn die Bibel lehrt, als sei er ein ganz normaler Junge und nicht das, was er tatsächlich ist. Er bringt ihr sogar mehr Respekt entgegen als dem lieben Gott, denn Gott wurde noch nie völlig mittellos, in schlechtem Gesundheitszustand und mit sechs zu stopfenden Mündern von einem Ehemann sitzen gelassen.

Sein Vater ist tot, das stimmt. Und in dem Gespräch seiner Mutter mit der Starostin von Caroliz geht es genau um dieses Drama und die daran anschließende Prozession düsterer Konsequenzen. Den Ehrenplatz in diesem Defilee nimmt die bittere Not mit ihrem zahnlosen Lächeln ein.

Wie der Vater der Kinder gestorben sei? An einem Herzstillstand, seufzt die Mutter unter ihrem schwarzen Schleier, und der Junge errötet, weil sie lügt, obwohl er ihr Respekt entgegenbringt. Er weiß, dass sie lügt, denn man hat seinen Vater mit den Taschen voller Steine und den Bleigewichten der großen Standuhr um den Hals aus dem Weiher gezogen. Der Junge hat den tropfnassen blauen Anzug selbst gesehen. Die Bleigewichte hatte man neben die Leiche gelegt, deren Gesicht mit den glasigen Augen wie ein verschimmelter Lappen aussah. Die Mutter zwang ihn, die schlammverschmierte Stirn zu küssen, was er gehorsam tat, obwohl er einen Anfall von Übelkeit unterdrücken musste. Nach Weinen war ihm dabei aber nicht zumute. Anschließend zerrte die Mutter ihn aus der Küche, wo die Haushälterin damit begann, die Wasserleiche zu entkleiden, zeichnete ihm mit dem Daumen ein Kreuzzeichen auf die Lippen und befahl ihm, niemals in seinem ganzen Leben mit jemandem über das zu sprechen, was er gerade gesehen hatte.

»Warum?«

»Weil die Notwendigkeit es zu unserem Gesetz macht, Józef, und weil es niemandem schadet. Selbstmord ist eine Todsünde, mit der man sich das Recht auf ein christliches Begräbnis verscherzt. Ein Selbstmörder schmort auf ewig in den Höllenflammen, und die Schande lastet für Generationen auf der Familie.«

»Darf ich auch dem Pfarrer nichts sagen?«

»Ihm vor allem nicht.«

»Auch nicht bei der Beichte?«

»Niemals, hörst du? Niemals!«

Seine Mutter fixierte ihn mit einer Intensität, die noch beängstigender war als die Augen der triefenden, starren Leiche auf dem Tisch, auf dem sie sonst das Wild auszuweiden pflegten. Aber anstatt zu zittern, konnte der Junge nicht umhin, sich zu fragen, ob sein vom Aufenthalt im Weiher völlig von Wasser durchtränkter Vater im Höllenfeuer ebenso heftig knistern würde wie trockenere Sünder. Seinen Beichtvater zu belügen erschien ihm als fast ebenso sündhaft wie sich selbst zu entleiben, und außerdem fragte er sich, ob die verschiedenen Todsünden eine unterschiedliche Wertigkeit besäßen und welche von ihnen besser vor der Mistgabel des Satans und der ansteckenden Schmach schützte.

Während er sich diesen ungelösten Fragen widmet, kauert sich der Junge unter der Bank zusammen, um dem Gehstock der Starostin von Caroliz zu entgehen, der sich durch den Kies der Allee wühlt. Seine Mutter scheint sich weniger um das ewige Höllenfeuer als um das tägliche Brot zu sorgen. Mit zitternder Stimme schildert sie die Drohungen ihres kleinlichen Vermieters Zawadski. Die Starostin wundert sich. War der verblichene Graf Boruwłaski, möge der Allmächtige seiner Seele gnädig sein, etwa nicht selbst Besitzer des herrlichen Anwesens, in das sie zwei- oder dreimal zum Tee geladen wurde? Der Junge ist sicher, dass Frau von Caroliz nie bei ihnen Tee getrunken hat, aber anstatt den Irrtum richtigzustellen, beginnt seine Mutter zu schluchzen. Es ist ein tränenloses Schluchzen, das hört das Kind sofort. Zwischen den Schluchzern, die wieder eine Lüge sind, seufzt sie, dass ihr Gatte sich im Dienste am heiligen Polen ruiniert habe; seine opferbereite Hingabe habe sich jedoch gegen ihn gewendet. Im Lauf der letzten Jahre seien die Geschäfte immer schlechter gelaufen, zunächst habe er die ererbten Bauernhöfe verkaufen müssen, dann die Wohnung in Warschau, später seine Titel, den Schmuck, die Möbel und schließlich die Gemälde. Sie selbst, die unglückliche Witwe und Mutter von sechs Kindern, stehe heute ohne Dach über dem Kopf, ohne Einkünfte und ohne Hoffnung da.

Karolina von Caroliz nimmt teil an ihrer Verzweiflung. Zofia ist ihre Spielgefährtin, die sie schätzt und für die sie Zuneigung empfindet. Sie zeigt Mitgefühl für Zofias unverdienten Kummer und für die ebenso unverdienten Sorgen um ihre Nachkommenschaft. Cyril, Zofias ältester Sohn, misst bereits einen Meter achtzig und könnte mit seinen fünfzehn Jahren durchaus arbeiten, aber er ist ständig krank. Filip, der Viertgeborene, kann auch mit einer hübschen Größe aufwarten, kränkelt aber ebenfalls. Das Gleiche gilt für Leon, den fünften Sohn. Es ist eine seltsame Fügung des Schicksals, dass ausgerechnet die drei Sprösslinge, die groß und vielversprechend erscheinen, von einem Fieber zur nächsten Entzündung taumeln, während sich die drei winzigen Krabben, denen die Ärzte keine lange Lebensdauer zutrauten, ausgezeichneter Gesundheit erfreuen. Wahrhaftig eine seltsame und ungerechte Fügung.

Das Kind überlegt, wie eine Krabbe wohl aussehen mag. Um sich eine Vorstellung zu machen, betrachtet es sehr aufmerksam seine Finger. Schließlich streift es lautlos die Schuhe ab und begutachtet auch seine Zehen.

Die Starostin zieht ein Taschentuch aus ihrem Beutel und reicht es der schwer geprüften Mutter.

»Fassen Sie sich, meine Liebe. Eine Freundin kann zwar niemals einen Gatten ersetzen, aber die Freundin kann Ihnen einen Dienst erweisen, indem sie Ihnen Józef abnimmt. Ich glaube, der kleine Schlingel mag mich, und ich finde ihn sehr charmant. Würden Sie ihn mir anvertrauen? Ich würde mich seiner annehmen, und es würde ihm an nichts fehlen.«

Der Vorschlag verschlägt dem Jungen den Atem und lässt wie durch Zauber die mütterlichen Tränen versiegen. Mit gesetzter Stimme erkundigt sich Zofia Boruwłaska: »Und warum ausgerechnet Józef? Warum nicht Wladimir, mein Zweiter, der bald zwölf wird, oder die bildhübsche Anastasia?«

»Wladimir ist weniger lebhaft, und Anastasia ist ein Mädchen. Ein Junge wird sich enger an mich anschließen, und da ich die Wahl habe, suche ich mir den intelligentesten aus. Ich stelle Ihnen gern ein Empfehlungsschreiben an die Kastellanin von Inowłódz aus, die sich sicher gern Wladimirs annehmen wird, und ein weiteres für die Kastellanin von Kamieńsk, die Anastasia mit Freuden bei sich aufnehmen würde.«

Die Ohren des Jungen summen. In seinem Kopf tobt ein grauer Wind, der sich windet und dreht wie das schmutzige Wasser im Auslauf eines Waschbeckens. Seine Mutter seufzt.

»Józef hat mir seit seiner Geburt die wenigsten Unannehmlichkeiten und die meiste Freude bereitet. Es wird mir schwerfallen, mich von ihm zu trennen. Aber natürlich wäre ich niemals in der Lage, ihm ein so angenehmes Leben zu bieten wie Sie …«

Sie hält einen Moment inne. Das Waschbecken im Kopf des Jungen leert sich.

»Würden Sie ihn schon bald zu sich nehmen?«

»Wenn es Ihnen recht ist, überlassen Sie ihn mir doch gleich heute. Es wird amüsant sein, neue Kleider in seiner Größe in Auftrag zu geben. Er soll immer bei mir bleiben, und ich verspreche Ihnen, ihn so zu verwöhnen, dass er sich beglückwünschen wird, so zu sein, wie er ist.«

Der Junge knirscht mit den Zähnen. Das passiert ihm immer, wenn er traurig oder wütend ist. Anastasia hasst nicht nur das Geräusch, sondern ganz besonders auch seinen Gesichtsausdruck, wenn er die Kiefer aufeinanderpresst, aber er kann nichts dagegen tun. Sie sagt, er erinnere sie in solchen Momenten an einen mürrischen Mops, der erst knurre, dann belle und den man zur Strafe nach draußen in seine Hundehütte schicken müsse. Er würde lieber den ganzen Winter über und sogar das ganze nächste Jahr draußen in einer Hundehütte verbringen, als bei der Starostin zu wohnen. Wenn es tatsächlich an Geld mangelte, würde er lieber Mispeln und Kastanienbrot essen, als von Anastasia getrennt zu werden. Er bewundert Frau von Caroliz, ihre Großzügigkeit und ihr Geschmeide, aber er will bei seiner Mutter bleiben.

Bei seiner Mutter, die ihn verrät.

»Hören Sie dieses Knirschen? Das sind seine Zähne. Er hat

sich da unten unter unseren Röcken versteckt und gebärdet sich wie ein unzufriedener Hund. Komm heraus, Józef!«

Der Junge drückt sich gegen den Fuß der Bank.

»Józef, komm heraus und begrüße die Starostin. Bei ihr wirst du dein Glück machen. Józef?«

Jetzt ist er kein Mops mehr, er ist ein verkümmertes Wildtier, ein Käfer, der sich in einer Steinspalte verkriecht. Seine Mutter streckt den Arm aus, packt ihn am Kragen seiner Jacke und zerrt ihn aus seinem Versteck.

»Was sind denn das für Angewohnheiten, Freundchen? Habe ich dich etwa so erzogen?«

Die Starostin lächelt.

»Lassen Sie ihn nur, Zofia, er ist so süß. Ich mag kleine Hunde. Er wird mein Schoßhündchen. Willst du mein Schoßhündchen werden, Józef?«

Er will nicht.

Die Starostin beugt sich hinunter und streichelt ihm die Wange. Er sieht ihre Ohrringe. Die Anhänger sind grün mit blitzenden Diamanten. Er sieht ihren Busen, der so üppig ist, dass er sich zwischen den beiden Brüsten ganz und gar verkriechen könnte. Er sieht die dicke Puderschicht auf ihrem Dekolleté und darunter die runzelige, von violetten Adern durchzogene Haut. Er fragt sich, ob sie viel älter ist als seine Mutter, warum sie von dem verstorbenen Starosten keinen Sohn hat und ob sie noch lange zu leben hat.

Zofia Boruwłaska zwickt ihn.

»Józef, willst du deiner Wohltäterin etwa so danken?«

Er hebt den Kopf und blickt ihr tief in die Augen. In ihren erweiterten Pupillen liest er ohne jeden Zweifel, dass er sich, um sie zufriedenzustellen, jetzt und hier in einen Schoßhund zu verwandeln habe.

Er richtet sich auf, soweit ihm das möglich ist, streicht seine

Krawatte glatt und lächelt ihr zu. Seine Zähne sind weiß und regelmäßig. Sein Lächeln antwortet an seiner statt.

»Ich bin Ihnen zutiefst für die Ehre verbunden, gnädige Frau, die Sie mir dadurch angedeihen lassen, dass Sie mir Ihre Protektion anbieten. Ich werde mich so verhalten, wie Sie es wünschen, ich werde Sie mein Leben lang getreulich lieben, ich werde mich anstrengen, Ihnen zu Gefallen zu sein, und hoffe, dass Sie meiner nie müde werden.«

Hingerissen wendet Karolina von Caroliz der Mutter ihr Puppengesicht zu.

»Sie haben ein Wunderkind geboren, Zofia!«

Sie greift nach dem Jungen und setzt ihn auf ihren Schoß.

»Und dieses Wunderwerk gehört ab heute mir.«

ERSTES KAPITEL

in dem Sie erfahren, wie man einen kleinen Jungen in eine Perlmuschel verwandelt

Der Schneider kann es kaum fassen. Der Schuster und der Perückenmacher ebenso wenig. Auch der Handschuhmacher ist außer sich. Wieder und wieder überprüfen sie die Maße, die sie von dem Jungen genommen haben. Józef Boruwłaski ist neun Jahre alt, hat blaue Augen und goldblondes Haar und misst einen Fuß und acht Zoll, was etwa fünfzig Zentimetern und damit der mittleren Größe eines normalen Knaben bei der Geburt entspricht. Fünfzig Zentimeter von den Fersen bis zum Scheitel. Kopf-, Brust- und Hüftumfang passen ebenso wie die Länge der Gliedmaßen und des Halses, der Hände und der Füße genau zur Proportion seiner Größe. Der neue Schützling der Starostin ist kein Zwerg mit dickem Kopf und kurzen Beinen, wie man sie manchmal auf Jahrmärkten zu sehen bekommt.

»Er ist ein Miniaturkind«, sagt der Maler, den man gerufen hat, um Józefs graziöse Gestalt mit Zeichenkohle zu skizzieren.

»Eine menschliche Reduktion«, erklärt der Arzt, der ihn mit dem Ernst und den Instrumenten der Wissenschaft untersucht.

»Ein Liliputaner, der sich zu uns verirrt hat«, verkündet der Vorleser der Starostin, der soeben die *Voyages du capitaine Lemuel Gulliver* des Sieur Jonathan Swift in der französischen Übersetzung von Abbé Desfontaines beendet hat.

»Ein fleischgewordenes Wunder«, sagt der Hauskaplan, der sich jedes Mal heimlich bekreuzigt, wenn er Józef trifft, für den zwar unwahrscheinlichen, aber immerhin möglichen Fall, dass dieses Wunder ein Werk des Fürsten der Finsternis und nicht des Allerhöchsten ist.

Józef lässt sich ausziehen, vermessen, drehen, wenden und an Stellen berühren, an denen er aus eigenem Antrieb noch nie Hand angelegt hat. Manchmal überkommt ihn die Lust, zu kichern, weil die indiskreten Hände ihn kitzeln, aber meistens ist ihm mehr nach Weinen zumute, weil ihm seine Mutter und seine Brüder fehlen, ganz zu schweigen von Anastasia. Er unterdrückt jedoch sowohl sein Lachen als auch seine Tränen und bemüht sich, nicht mit den Zähnen zu knirschen.

Dies ist nicht mehr sein Leben.

Er befindet sich irgendwo anders, auf einer Bühne, zwischen zwei Welten.

Er denkt nach. Bisher hatte er nur selten Gelegenheit, Halicz, die Hauptstadt von Polnisch Ruthenien, zu verlassen, wo er im November 1739 geboren wurde. Er kennt kaum Fremde, und die Bekannten seiner Eltern haben ihn nie als Kuriosität behandelt. Er weiß, dass er klein ist, sehr klein sogar, aber Wladimir ist fast ebenso klein und Anastasia noch kleiner. Er hat sich seines Aussehens nie geschämt. Der Pfarrer hat ihm immer wieder gesagt, dass er unter dem Zeichen des Allerhöchsten geboren sei, dass sein Überleben an ein Wunder grenze und dass man darin einen Fingerzeig Gottes zu erkennen habe. Mit sieben Jahren, in dem Alter also, in dem polnische Jungen zu Männern werden, musste er dem Pfarrer von Halicz versprechen, immer zu gehorchen und seinem Schöpfer immer dankbar zu sein. Gott habe ihn aus der Menge hervorgehoben und ausgezeichnet, was bedeute, dass Gott große Dinge mit ihm vorhabe. Und weil er gleichzeitig weniger und mehr als die anderen erhalten habe, würde man auch gleichzeitig weniger und mehr von ihm verlangen.

Weniger und mehr.

An dem Morgen, als der große vergoldete Spiegel samt den vier mit Tapisserien bezogenen Sesseln, die Józef so liebte, abgeholt wurde, hockte sich sein Vater vor ihn hin, umklammerte seine Schultern und bat ihn um Entschuldigung.

»Wofür, *tatuś*?«

Anton Boruwłaski zog ihn an sich und begann, laut zu schluchzen. Sein Atem roch nach Alkohol, rohen Zwiebeln, Melasse und Kautabak.

»Dass ich nicht zulasse, dass du mich rettest.«

Der Pfarrer von Halicz, der alle natürlichen und übernatürlichen Dinge zu erklären weiß, erläuterte Józef, sein Vater sei unglücklich, weil Gott höchstselbst ihm mit Wladimir, Anastasia und ihm selbst Zeichen gesandt habe. Obwohl Graf Boruwłaski diese Zeichen jeden Tag vor Augen habe, bessere er sich leider dennoch nicht. Weil Józef nicht sofort verstand, fügte der Pfarrer hinzu, dass bestimmte Menschen als Gesandte des Allerhöchsten auserwählt würden. Im vorliegenden Fall habe Gott Wladimir, Józef und Anastasia erwählt, um ihrem Erzeuger Graf Boruwłaski eine Botschaft zukommen zu lassen und seine gefährdete Seele auf den Pfad der Tugend zurückzuführen. Gott, der liebevoll, gütig aber auch streng sei, begnüge sich nicht mit Reue, wenn die Rückfälle so zahlreich wären wie die Wogen des Meeres. Gott, der Anton Boruwłaski als rothaarigen, polnischen Fürsten erschaffen habe, wollte ihn nüchtern, treu und enthaltsam. Da der Sünder aber weiterhin sündigte und die himmlische Geduld sich ihrem Ende zuneigte, habe der Allmächtige sich entschlossen, ihm Warnungen zu schicken.

Wladimir war die erste Warnung, sozusagen Gottes Stirnrunzeln.

Józef, die zweite Warnung, konnte man als Gottes Faust auslegen, die auf den Spieltisch krachte.

Anastasia schließlich war Gottes Blitz, dessen furchtbares

Licht dem Grafen gebot, sein schmähliches Verhalten endlich aufzugeben.

Anton Boruwłaski ahnte wohl, dass Gott zu ihm durch diese Kinder sprach, die geboren wurden, ohne dass man den Leib seiner Frau sich hätte runden sehen, doch das Entsetzen reichte nicht aus, seine Dämonen zu bannen. Von geplatzten Wechseln bis hin zu eidesstattlichen Erklärungen sah er sich nach und nach gezwungen, sein letztes Pferd zu verkaufen. Es folgten der Sattel, die Sporen und die Lederstiefel, bis er schließlich seine Gattin samt ihren sechs Kindern in eine möblierte Bleibe zwängen musste, die für ein Paar mit einer einzigen Bediensteten vorgesehen war. Nach dem Kutscher, dem Stallknecht und dem Hauslehrer wurde auch die Haushälterin entlassen. Mit der Hilfe einer alten Frau, die zu hinfällig war, um anderswo beschäftigt zu werden, und die mit leeren Versprechungen bezahlt wurde, kümmerte sich Zofia Boruwłaska um ihre kranken Söhne und den betrunkenen Gatten und hielt die Wohnung, die sie ebenso hasste wie ihren unfähigen Mann, der ihr keine anständige Bleibe bieten konnte, mehr schlecht als recht in Ordnung.

Steigt man die Stufen des Verfalls hinab, so findet sich immer noch eine weitere unter der, von der man sich geschworen hat, dass es die letzte sein sollte – die letzte Schmach vor dem Wiederaufstieg zur Oberfläche, zur Würde und zur Zukunft. Und irgendwann kommt der Moment, wo man keine Kraft und auch keine Lust mehr hat, sich selbst zu belügen.

Hinter einer Truhe versteckt hatte Józef mit angesehen, wie sein Vater sich den Rücken bis aufs Blut auspeitschte und seinen Schöpfer anflehte, ihm die großen, schrecklichen Sünden der Vergangenheit zu verzeihen. Er hatte zugesehen, wie sein Vater die letzten Schnapsflaschen ausleerte. Und er wurde Zeuge, wie der Vater erneut zur Peitsche griff, sich die Brust zerfleischte und den Allerhöchsten unter Tränen bat, ihm auch die großen, schrecklichen Sünden der Zukunft zu verzeihen. Am nächsten Morgen, als Józefs Mutter sich aufmachte, um mit dem wenig einfühlsamen Vermieter Zawadski zu verhandeln, sah Józef, wie sein Vater den blauen Anzug anlegte, der wichtigen Gelegenheiten vorbehalten war. Er sah auch, wie der Vater die Bleigewichte der Standuhr abnahm, sie in den Händen wog und sich um den Hals hängte. Er sah, wie sein Vater zum Weiher ging, unterwegs Steine aufsammelte und in seine Taschen steckte, Kreuze auf sein Herz, seine Schultern und seine Stirn zeichnete und schließlich zu der Stelle ging, wo die Birkenwurzeln in den Schlick wuchsen. In diesem Augenblick sprang Józef aus dem hohen Gras, das ihn verbarg, und schrie laut. Sein Vater drehte sich um. Mit der Hand machte er ein Zeichen, das ebenso gut »Auf Wiedersehen« wie »Verschwinde!« bedeuten konnte. Dann ließ er sich nach hinten kippen und der Länge nach ins dunkle Wasser fallen, als sinke er in ein Bett.

Józef überlegt, ob er dem Kaplan erklären soll, warum ihn Gott über die Zwischenstation Zofia Boruwłaska anders gemacht hat als die anderen Jungen. Er fragt sich, ob der Arzt bestätigen kann, dass sein Körper nur eine Art Umschlag für das Überbringen einer Botschaft ist. Allerdings fragt er sich auch, wozu dieser Umschlag noch dient, nachdem der Empfänger längst im Höllenfeuer schmort. Seine Überlegungen halten ihn einen guten Teil der Nacht in dem Bett wach, das er sich mit Janek teilt, bis seine Wohltäterin beschlossen hat, wo sie ihn unterbringen will.

Janek ist die Frucht der körperlichen Gelüste von Anka, der Köchin. Anka hat keinen Ehemann. Sie will auch keinen und behauptet, Männer seien wie Tiere und nur für das Kopulieren zu gebrauchen. Anka ist fett, vorlaut, hinterhältig und dickköpfig. Sie macht ihrem Sohn Vorwürfe, weil er geboren ist, im Stehen pinkelt und weiter spucken kann als sie selbst. Janek ist dreizehn Jahre alt und hat viele schwarze Haare am Bauch und unter den

Achseln. Seine Beine sind kurz, und er erinnert sowohl vom Aussehen als auch vom Temperament her an ein Wildschwein. Weil sie ihn nicht loswerden kann, beschäftigt ihn seine Mutter damit, das Feuerholz nachzufüllen, die Spieße zu drehen, das Geflügel zu rupfen, Nüsse zu knacken und die Kochtöpfe zu schrubben. Über Fragen zu Natürlichem und Übernatürlichem hat Janek ebenso viele Ansichten wie der Pfarrer von Halicz, sie sind allerdings weniger begründet.

Józef bedauert, dass Janek sich nur einmal im Jahr wäscht, und zwar mit der Ausrede, dass alle Körper den Ostersonntag abwarten müssten, um aufzuerstehen. Fast ebenso heftig bedauert Józef, dass Janek seine Weisheiten ausschließlich in einem sehr armseligen Wortschatz und einem ebensolchen Satzbau von sich gibt, und ganz besonders bedauert er, das Knurren, Zucken und die gurgelnden Geräusche ertragen zu müssen, die Janeks Handbewegungen unter der Decke nach dem Löschen der Kerze begleiten.

Andererseits ist Janek offenherzig, immer bereit, jemandem einen Gefallen zu erweisen, und er teilt gern. In der ersten Woche stibitzt er Ankas Schlüssel und zeigt Józef alle Zimmer von Wodnopol, auch diejenigen, die Bedienstete niederen Ranges nicht betreten dürfen. Den Gelben Salon mit Vorhängen in der Farbe kleiner Küken und einer mit Damen, Herren und kleinen, nackten Kindern bemalten Decke. Die Bibliothek, wo der Vorleser, der ein hochrangiger Bediensteter ist, der Dame des Hauses gedruckte Bücher vorliest, wobei die Dame gern in ihrem Sessel einnickt. Das Nordzimmer, wo ein Maler, der ebenfalls ein hochrangiger Bediensteter ist, die Dame des Hauses lehrt, wie man einen von Anka zur Verfügung gestellten Apfel oder je nach Jahreszeit auch eine Rose zeichnet. Den Waschraum, wo die Herrin sich pudert, um ebenso jung auszusehen wie die Töchter des Gerbers Gromesch, was natürlich unmöglich ist.

Das Rosa Zimmer, in dem die Herrin allein in einem vergoldeten Bett schläft, weil seit dem Tod des Starosten niemand mehr mit ihr zusammen schlafen will. Janek erklärt Józef, dass der Name Wodnopol von den vielen Wasserläufen auf dem Besitz stammt und dass es im Juli in dem Gießbach mit dem Wasserfall am Ende des Parks von Krebsen nur so wimmelt. Krebse, so groß wie der Knüppel, den Janek unter der Decke misshandelt, so leicht zu bekommen wie die Töchter von Gromesch und fast ebenso schmackhaft. Józef reißt die Augen auf. Er wusste nicht, dass man Mädchen einfangen und essen kann wie Krebse. Er überlegt, wie Krebse schmecken mögen und ob es eine Jahreszeit zum Einfangen von Mädchen gibt.

Unter den spitzen roten Dächern ist das Anwesen von Wodnopol groß genug, einen Ehemann, seine Frau, ihre sämtlichen geborenen und ungeborenen Kinder, ein Dutzend Bedienstete höheren und niederen Ranges, fünfzehn Reit- und Arbeitspferde, zwanzig Jagd- und Begleithunde sowie jede Menge Tiere für den Bedarf an Eiern, Milch und Fleisch zu beherbergen. Der Besitz reicht bis zum Horizont, und zwar sowohl auf der Seite, wo die Sonne untergeht, als auch auf der, wo sie aufgeht.

Janek ist noch nie so weit gelaufen, aber er kennt das Geheimnis der Wälder. Die Bäume stehen entlang des Gießbachs. Im Wald werden weder Roggen noch Weizen oder Rüben angebaut, und Janek stellt dort Fallen auf. Er ist ein Meister im Legen von Schlingen; wenn Józef möchte, wird er es ihm beibringen. Janek fängt Füchse, Kaninchen, Frettchen und alle möglichen Vögel. Die Felle tauscht er gegen Fusel, der seine Seele tröstet, wenn seine Mutter ihn wieder einmal verprügelt. Die Kaninchen gibt er Gromesch, damit dieser ihn seine Töchter necken lässt, und die kleinen Vögel den Juden, die in wackligen Hütten von so gut wie nichts leben. Wenn Józef möchte, wird Janek ihm auch die Nippel der Gromesch-Töchter und die Judenhütten zeigen.

Józef bewundert schließlich die Nippel, die er gleichermaßen einander ähnlich und doch bei jeder der Töchter von Gromesch unterschiedlich findet, und er fragt Janek, warum es den Juden, die doch gute und bescheidene Menschen und bereit zu sein schienen, für ihr tägliches Brot hart zu arbeiten, selbst am Notwendigsten fehle. Janek antwortet, dass die Juden so für ihren eigensinnigen Glauben bestraft würden, das auserwählte Volk Gottes zu sein, wo doch jeder wisse, dass Gottes auserwähltes Volk die Polen seien. Józef fragt auch, warum die Starostin allein in ihrem riesigen Haus lebe und ob sie sich nicht langweile. Janek antwortet, dass die Herrin sich baden, anziehen, frisieren und vorlesen lasse, dass sie male, viel esse und schlafe, manchmal spazieren gehe, mit Gästen Karten oder Dame spiele, lange in der Kapelle bete, sich lange mit dem Arrangieren von Blumenschmuck beschäftige, sich lange auf die Empfänge an jedem Mittwoch vorbereite und dass diese Beschäftigungen sie vermutlich vor jeglicher Langeweile schützten.

»Aber warum«, erkundigt sich Józef, »braucht sie in diesem Fall einen Schoßhund?«

Janek verzieht den Mund und antwortet flüsternd: »Die Herrin ist eine Frau, und Frauen wollen immer mehr.«

Wenn neugierige Menschen Józef nach dem Tod seines Vaters fragen, möge er in Frieden ruhen, so antwortet er vorsichtig und ohne Einzelheiten preiszugeben. Die halbe Wahrheit ist nur eine halbe Lüge und somit auch nur eine halbe Sünde, außerdem sagt ihm sein Instinkt, dass es besser ist, sein Herz Tropfen für Tropfen auszuschütten als in einem einzigen Schwall. Um nicht reden zu müssen, lächelt er. Karolina von Caroliz liebt seine Zähne. Nie hat sie weißere gesehen. Sie befiehlt ihm, die Lippen zu schürzen und seine Zähne auch dann zu zeigen, wenn er nicht lächelt.

Józef hasst ihre Stimme, ihr Lachen und ihren Geruch. Sobald sie sich mit ihren täglich wechselnden Ohrringen und ihrem busenwogenden Kichern nähert, fährt er Stacheln aus wie eine Kastanienschale. Glücklicherweise erkennt man unter den eleganten Anzügen, die sie für ihn hat schneidern lassen, die Stacheln nicht. Seine Kleidung ist aus hellem Stoff gearbeitet, je nach Jahreszeit aus Leinen oder Wolle, reich bestickt und mit Tressen und Pompons versehen. Dazu trägt er rosa oder weiße Strümpfe und Schuhe aus Rindsleder. Wenn er solchermaßen herausgeputzt ist, hat die Starostin ihn zum Fressen gern. Manchmal fürchtet Józef, dass sie ihn eines Tages mit Zimt überpudert verspeisen könnte, genau wie die Himbeeren, nach denen sie ganz verrückt ist. In der Erwartung, verschlungen zu werden, muss Józef auf dem Schoß der Unholdin sitzen, damit sie mit ihm spielen kann. Sie kämmt ihn, sie pudert ihn, sie wickelt ihn fest in Windeln und befiehlt ihm, zu weinen wie ein Säugling oder zu kläffen wie ein Hundewelpe. Ihr Parfüm verursacht ihm Übelkeit, und bei ihren Zärtlichkeiten bekommt er eine Gänsehaut, aber er setzt seine Ehre darein, ein sanftes Baby und ein seidenweiches Hündchen abzugeben. Die Notwendigkeit ist ihm zum Gesetz geworden. Er darf weder ein mürrischer Mops noch eine Kastanienschale sein, denn mürrische Möpse werden von ihrer Mama verlassen, und Kastanien reißt der Wind von den Bäumen.

Von jetzt an muss er eine Auster sein.

Austern sind Tiere mit hartem Gehäuse, die in warmen Meeren leben. Ihre Zähne glänzen noch strahlender als die von Józef; man nennt diese Zähne Perlen, und man reißt sie aus, um daraus Ohrringe und Ketten herzustellen.

Józef muss zu einer Auster werden, die sich fest an den Felsen heftet, auf dem Zofia Boruwłaska ihn zurückgelassen hat – so fest, dass keine Flut der Welt ihn davon lösen kann. Eine Perlmuschel mit verschlossenen Lippen, deren Schatz auf immer verborgen bleibt.

Die Starostin liebt es, ihren Schützling ihren Bekannten vorzuführen. Bevor Józef zu ihr kam, hatte sie nur wenige Besucher empfangen, aber seit er da ist, kommt fast jeden Nachmittag jemand. Mittwochs öffnet sie ihren Salon für die Nachbarschaft, damit alle ihr neues, blond gelocktes Wunder aus zartem Fleisch und soliden Knochen bestaunen können, das zudem noch amüsant zu plaudern versteht. Sie ermutigt die Damen und Herren, aus nächster Nähe die zierlichen Händchen zu betrachten, die kaum die Hälfte ihrer Handflächen bedecken, und Józefs an Muscheln erinnernde Ohren zu bestaunen. Anschließend lässt sie Tee mit Ahornsirup, Pflaumenbrand und Nusskonfekt servieren. Nachdem die Gäste gesättigt sind, präsentiert sie ein in grünes Saffianleder gebundenes Heft, auf dem in großen goldenen Lettern JOUJOU steht.

»Joujou« ist Józefs neuer Name. Ein bisschen Baby. Ein bisschen Schoßhund. Ein bisschen Auster.

Der Name, auf dessen Urheberschaft Karolina von Caroliz Anspruch erhebt, macht Furore. Die Starostin muss nicht erklären, dass er vom französischen *jouet* für »Spielzeug« abstammt, denn ihre Gäste wissen es. Französisch ist die Sprache der Gebildeten, und auf Wodnopol werden selbstverständlich nur Polen bester Herkunft empfangen.

»Joujou« also.

Auf der ersten Seite sind die Maße vermerkt, die sich Zofia Boruwłaska zu liefern verpflichtet hatte. Seit ihrer Trennung hat sie ihren Sohn nicht wiedergesehen, aber der Vorleser der Starostin, der auch die Funktion eines Sekretärs ausübt, schickt ihr regelmäßig Nachrichten über seinen Gesundheitszustand (ausgezeichnet), seinen Charakter (delikat), seine Fortschritte (blendend) und seine Anpassung an die veränderten Umstände (man hat den Eindruck, dass er dazu geboren ist, sich von seiner Wohltäterin umsorgen zu lassen).

Die Maße betragen:

Bei der Geburt:
acht englische Zoll, entsprechend zwanzig Zentimetern
Mit einem Jahr:
elf Zoll, entsprechend achtundzwanzig Zentimetern
Mit sechs Jahren:
ein Fuß fünf Zoll, entsprechend dreiundvierzig Zentimetern
Mit neun Jahren:
ein Fuß acht Zoll, entsprechend fünfzig Zentimetern

Auf der zweiten und dritten Seite kann man Zeichnungen bewundern, die Joujou völlig nackt darstellen, und zwar von vorn, von hinten, in der Hocke und auf allen vieren, sowie auf einem Stuhlkissen, auf dem Rücken eines Spaniels und auf einem Milcheimer sitzend. Auf der vierten Seite stehen die Beobachtungen des Arztes (Untersuchung aller wichtigen Organe des Patienten wie Leber, Milz, Nieren, Lunge und Hoden – alle befinden sich am vorgesehenen Ort und haben eine den Körpermaßen des Patienten angemessene Größe), des Apothekers (Kräftigungsdiät zur Stärkung des Organismus der Person, ohne deren Größenwachstum zu unterstützen) sowie des Hauskaplans (der Zwerg Boruwłaski besitzt zweifellos eine Seele, die äußerst empfindsam und gottesfürchtig ist und ihrer Herrin Respekt zollt).

Ein Porträt des schlafenden Joujou in Rötel und Tusche auf der fünften Seite ruft bewunderndes Murmeln hervor. Man erkundigt sich nach dem Namen des Malers und ob die Starostin bereit sei, den Jungen gelegentlich auszuleihen. Diese lacht mit bebenden Brüsten. Sie ist gerne bereit, sowohl ihren Maler als auch den Vorleser, den Arzt und den Hauskaplan auszuleihen. Aber selbst wenn der Papst höchstpersönlich sie darum bitten würde – Joujou würde sie niemals ausleihen.

Die sechste Seite ist kurzen Anekdoten und hübschen Wortschöpfungen des lieben Kleinen vorbehalten. Der Junge entstammt einer ehrwürdigen Familie, und obwohl er wegen der Schicksalsschläge des verblichenen Grafen Boruwłaski, möge der Himmel ihm gnädig sein, keine Erziehung genossen hat, die dieses Namens würdig wäre, zeigt Joujou dennoch erstaunliche Anlagen. Wenn man auch glauben möchte, dass ein so kleiner Kopf höchstens das Gehirn eines Vögelchens beherbergen kann, muss man dem Kleinen alle Neuerungen nur einmal erklären, ein einziges Mal; er begreift sofort. Ob die Herrschaften vielleicht zuschauen möchten, wie er eine Frucht schält, ohne sich zu beschmutzen? Oder soll er ein Gebet zur Heiligen Jungfrau oder die vollständige Liste aller in dieser Woche servierten Gerichte aufsagen?

Man applaudiert, man lacht, man ist gerührt, man zückt die Lorgnetten, und man lässt sich zu allerlei Kommentaren und Vermutungen hinreißen. Natürlich auf Französisch, denn Joujou versteht kein Französisch.

Józef weint sich jeden Abend in den Schlaf, aber das weiß niemand. Seitdem er die Attraktion des Gelben Salons ist, schläft er allein. Die Starostin hat ihm einen Verschlag, beinahe eine Art Wandschrank hinter ihrer Garderobe, zugewiesen. Dort ist gerade genug Platz für ein kleines Bett und eine Truhe, in die er seine Kleider presst. Auf der Truhe stehen ein Wasserkrug und eine Kerze, unter dem Bett die neuen Schuhe und ein Nachttopf, dessen Größe sich für das Gesäß eines Zweijährigen eignet.

In guten Nächten träumt er, dass er tief einatmet, einmal gegen die Trennwand tritt und durch das geöffnete Fenster davonfliegt. Der Himmel ist dunkel, schwer und flaumig wie der Samt eines Umhangs. Zu Beginn flattert er linkisch mit den Armen und kann noch nicht die Luftströmungen nutzen, doch dann wird er sicherer, stößt hinab, steigt wie ein Pfeil nach oben, der

Tag bricht an, er hat Sonne in den Augen und große Kraft im Herzen und ist keine Waise, kein Spielzeug und keine Auster mehr, sondern eine Schwalbe, die mit einem Siegesruf über den Himmel gleitet.

In schlechten Nächten träumt er davon, in einen tiefen Brunnen zu fallen. Der schwindelerregende Sturz hebt seinen Magen, er bemüht sich vergeblich, sich irgendwo festzukrallen, er schreit, ohne dass ein Ton aus seiner Kehle dringt, seine Lunge füllt sich mit Ruß, der nach dem Puder der Starostin riecht, er erstickt, er wird ohnmächtig. Ob es dieses Gefühl ist, das sein Vater empfunden hat, als er im Schlamm des Weihers versank?

In ganz schlechten Nächten träumt Józef, dass neben dem Brunnen seine Mutter steht. Sie ist schwarz gekleidet und trägt ihre Schnürstiefel und ihren Hut mit den grauen Federn wie an dem Tag, als sie ihn zu der Starostin gebracht hat. Sie stützt sich auf ihren Sonnenschirm, sieht sorgenvoll aus und wartet auf ihn. Er kann es kaum glauben, ruft *»mamusia!«* – sein Kosename für sie – und rennt auf sie zu. Er rennt, er galoppiert, was die Beine hergeben, und kommt doch nur so langsam vorwärts wie eine Schnecke. Er hat sogar das Gefühl, dass eine Schnur ihn im gleichen Maße wieder zurückzieht. Plötzlich entspannt sich die Schnur, und er schießt mit voller Wucht auf seine Mutter zu. Die im letzten Moment zur Seite tritt. Und die ihn mit dem Kopf voraus und schreiend vor Angst in den Brunnen stürzen lässt, der ihn verschlingt.

Jeden zweiten Morgen ist sein Betttuch nass. Er schleicht zum Wäscheschrank, klettert an den Regalen empor, holt sich ein neues Laken, dreht mit äußerster Anstrengung seine Matratze um und verwischt die Spuren seines nächtlichen Kummers. Kinder, die ins Bett machen, werden ausgepeitscht. Und Schoßhündchen, die in ihr Körbchen pinkeln, werden fortgejagt.

Mit zehn Jahren misst Józef einen Fuß zehn Zoll, entsprechend einundfünfzig Zentimetern, und ist kein Bettnässer mehr. Anastasia fehlt ihm noch immer, aber auch wenn er von ganzem Herzen und mit aller Kraft an sie denkt, verblasst ihr kleines Gesicht immer mehr. Er muss sich zwingen, mit den Zähnen zu knirschen, um die Erinnerung an sie wiederzubeleben.

»Das macht die Zeit«, sagt der Maler. »Die Zeit lässt Dinge verschwimmen und verwandelt Menschen in Schatten. Wenn du deine Schwester behalten willst, musst du sie malen.«

Józef hat noch nie einen Pinsel in der Hand gehabt, und die Möglichkeit, ein Lebewesen mittels Marderhaar und zermahlenen Pigmenten auf eine weiße Leinwand zu bannen, erscheint ihm wie Magie, die fast noch stärker ist als der Zauber, der ein Lächeln auf das Glas eines Spiegels bringt. Während er Modell sitzt, beobachtet er fasziniert die Bewegungen des Malers, der zunächst Umrisse zeichnet, ehe er nach und nach mit Pinselstrichen seinen Anzug, seine Hände und seine Umgebung hervorhebt, um schließlich seine Gesichtszüge oberhalb seines Halses neu zu erschaffen.

Für solche kleinen Schritte fehlt es Józef an Geduld. Am liebsten würde er mit einem Zauberstab die Augen, den runden Mund und die vollen, glänzenden Wangen seiner Schwester erstehen lassen, aber er folgt den Ratschlägen des Künstlers, übt mit der Radiernadel und bemüht sich ein wenig ungeschickt, mit den Minen seiner Stifte Anastasia entstehen zu lassen.

Das Resultat erinnert nicht einmal entfernt an ein Mädchen.

»Wenn du sie nicht zeichnen kannst, erzähle von ihr«, rät ihm der Vorleser.

»Wem?«

»Dir selbst. Du besitzt ein Skizzenheft. Mach es zu deinem Schreibheft. Beschreibe ihren Teint, die Form ihrer Ohren, wie ihr Hals gebogen ist, wie seidig ihre Haare sind und wie sich ihre

Schritte auf der Treppe des Hauses anhören, in dem ihr geboren seid. Erzähle, wie sie hinter den Hühnern hergelaufen ist, wie sie beim Aufstehen gelaunt war, was sie gern aß, welche Lieder sie sang, wie sie weinte, wenn eure Mutter mit euch schimpfte, und wo sie sich versteckt hat, um nicht bestraft zu werden. Menschen, die wir lieben, haben unendlich viele Facetten, genau wie der Wasserfall hinten im Park, wenn er in der Augustsonne sprüht und glitzert. Erzähle von diesen Facetten.«

Józef hat schon oft die funkelnden Diamanten im Wasserfall bewundert, aber nur seine älteren Brüder Cyril und Wladimir hatten einen Hauslehrer. Er nicht. Beschämt senkt er den Kopf.

»Es fällt mir zwar nicht schwer, mich zu artikulieren, aber ich kann nicht schreiben.«

»Kannst du lesen?«

»Nur Zahlen.«

»Mit Zahlen kannst du natürlich nichts über die Menschen sagen, die du liebst. Möchtest du, dass ich dich lehre, mit Buchstaben zu malen?«

Józef strahlt den Vorleser entzückt an. Der Mann trägt einen Anzug in der Farbe welker Blätter und graue Strümpfe. Sein Kinn ist lang, sein Haar nicht von einer Perücke bedeckt, in seinen Augen wimmeln die vielen unterschiedlichen Blicke, die sich in den Werken in den Regalen seines Zimmers kreuzen, und auf der rechten Wange hat er ein Muttermal. Wenn Józef sich auf die Zehenspitzen stellt, reicht er dem Vorleser kaum bis zum Knie.

»Ja, das möchte ich sehr gern«, entgegnet er begeistert.

Von diesem Tag an und bis zum Ende seines Lebens ist der Vorleser für Józef sein wahrer Wohltäter. Der Junge respektiert die Starostin, er stellt auch nicht mehr die Stacheln auf, wenn sie sich ihm nähert, er hat sich an den Geruch ihres Puders und an ihre Launen gewöhnt, und er ist ihr nicht mehr böse, dass sie ihn aus den Fängen der bittersten Not gerettet hat – aber seine wahre Dankbarkeit gilt dem Mann, der ihm die Worte schenkt, indem er ihn lehrt, das Französische zu lesen und zu schreiben.

Józef entdeckt, dass man mit Worten Langeweile, Traurigkeit, Scham, Mangel und Angst verjagen kann. Er entdeckt auch, dass seine kleine Schwester zwischen den Zeilen, mit der er sie erzählt, zu atmen beginnt. Und schließlich entdeckt er, dass in jedem Buch das Herz einer anderen Welt klopft.

Von Sonnenaufgang bis Sonnenuntergang wartet er darauf, in sein Kämmerchen zurückkehren zu können. Die Starostin findet ihn zerstreut und wenig eifrig. Sie lässt ihn von ihrem Leibarzt untersuchen, der mit Heringsöl angereicherte Milch empfiehlt, sie schickt ihn zur Beichte zu ihrem Hauskaplan, der eine Kommunion am Donnerstag zusätzlich zu der am Sonntag empfiehlt. Józef schluckt brav die Mischungen des Quacksalbers und schließt die Augen, wenn er den Leib Christi empfängt, den er nicht zu kauen wagt. Mit gesenkten Lidern denkt er an Lanzelot in seinem See und an den von Liliputanern gefesselten Gulliver. Er schwört sich, bis zu seinem Tod weiter eifrig zu wachsen, und es wenn schon nicht zur Größe eines Riesen, dann doch wenigstens zu der eines Grenadiers zu bringen, dem Einfluss aller zu entrinnen, die ihn unterwerfen wollen, Unterdrückte und Juden zu verteidigen, Gefangene zu befreien, die Gerechtigkeit wiederherzustellen, durch sein Genie genügend Gold anzuhäufen, um von niemandem mehr abhängig zu sein, der Kastellanin von Kamieńsk die bei ihr lebende Anastasia wieder abzukaufen, um mit ihr herrliche Tage in einem Haus zu verleben, das vom Boden bis zu den Dachbalken mit Büchern vollgestopft ist. Auf dem Umschlag seines Schreibhefts, das er Durandal – nach dem Schwert des Recken Roland – getauft hat, schreibt er den hehren Satz von Corneille, den er zu seiner heimlichen Maxime und zum Motto seines Lebenswegs zu machen gedenkt: *Ich weiß, was ich wert bin, und glaube, was man mir darüber sagt.*

Er schützt seinen Schatz unter dem Panzer einer weisen Auster. Zwar hat er keine göttliche Mahnung mehr auszurichten, aber er bleibt ein Botschafter. Irgendwo in Polen oder anderswo wird er eine ihm würdige Mission finden. Er wird frei und berühmt sein. Und er wird groß sein. All das schwört er feierlich und sticht sich dabei in den Finger, um sein Versprechen mit seinem Blut zu besiegeln.

Aber Karolina von Caroliz findet unter seinem Kopfkissen nicht nur das Heft Durandal, sondern auch Józefs äußerst geheime Maxime, Anastasias Lachen und die beiden Bände der *Voyages de Gulliver*. Sie begreift, dass ihr Vorleser, ohne sie zuvor zu fragen, ihrem Spielzeug das Lesen und Schreiben beigebracht hat, und wird sehr wütend.

Ein Bediensteter, der selbst die Initiative ergreift, einen ihm Gleichgestellten unabhängig zu machen, bricht seinen Eid. Ein Schoßhund hat bei seinem Frauchen bei Fuß zu gehen, im richtigen Moment zu kläffen und auf Befehl Männchen zu machen, sonst nichts.

Der Vorleser wird entlassen. *Gulliver*, das Tintenfass und die Federn werden konfisziert, aber Józef hat Zeit gehabt, Durandal hinter einem Fensterladen zu verstecken. Wenn er traurig ist, sich langweilt, Angst hat oder sich schämt und wenn seine Familie ihm fehlt, dann taucht er ein in das Lachen seiner Schwester wie in einen Wasserfall mitten im Hochsommer.

Tage, Wochen und Monate vergehen.

Józef wird elf, zwölf, dreizehn Jahre alt.

Er misst zunächst einundfünfzigeinhalb, dann zweiundfünfzig Zentimeter.

Er hat begriffen, dass er vor allem die Kunst des Gefallens in allen Nuancen erlernen muss, wenn er nicht das Schicksal des Vorlesers erleiden und brutal von seinem Austernfelsen gerissen werden will, wie es ihm bei seiner Mutter ergangen ist. Die Kunst des Gefallens macht ihm weder Freude noch berührt sie ihn. Aber sie erfordert weniger Mühe als das Schreiben oder Zeichnen, und sie schmeichelt der Eitelkeit. Er lernt die Vorlieben der einen und die Ticks der anderen auswendig, er vergnügt sich damit, Schwächen und Erwartungen zu entdecken, und bemüht sich, im richtigen Moment im richtigen Ton mit dem richtigen Scherz zu antworten. Er übt sich darin, unter allen Umständen als bezaubernder Charmeur aufzutreten.

Die Bekannten der Starostin sind hingerissen. Verdrießliche Personen untersuchen sein Gesicht mit der Lupe in der Hand, hochmütige Herren debattieren mit dem Arzt und dem Kaplan über seinen Fall, elegante Damen streiten sich darum, ihn auf den Schoß nehmen zu dürfen. Diese Art, Anerkennung zu erwerben, erscheint Józef zwar nicht unbedingt großartig, aber auch keineswegs beschämend. Er beschließt, auf diesem Weg zielstrebiger voranzukommen als irgendwer vor ihm und allen zu beweisen, dass man zwar klein, aber gleichzeitig auch sehr groß sein kann.

Er ist so erfolgreich, dass die Starostin es schließlich als Vorteil ansieht, dass der Vorleser Józef zu einem gebildeten Spielzeug gemacht hat. Mittwochs setzt sie ihn an einen kleinen, passend zur Farbe seiner Strümpfe gedeckten Tisch und trägt ihm auf, der wie in der Kirche in Reih und Glied vor ihm sitzenden feinen Gesellschaft vorzulesen. Die feine Gesellschaft, die mit jedem Mal zahlreicher wird, applaudiert mit einem Enthusiasmus, der die Starostin mit Stolz erfüllt. Ihr Spielzeug stellt jeden Automaten, jeden dressierten Affen und jeden gelehrten Hund in den Schatten. Inzwischen strömen die Gäste von beiden Ufern des Dnjestr herbei, um Józef zu bewundern, und alle Besucher singen bei ihrer Rückkehr einhellig sein Lob.

Unter den verblüfften Bewunderern befindet sich auch der Graf von Tarnow. Der Graf ist nicht mehr jung. Unter seiner Perücke ist er kahl wie eine Billardkugel, ohne sein Lorgnon sieht er nicht weiter als bis zum Ende seiner Nase, aus der struppige Haare wachsen, und sein Atem riecht wie eine Abwassergrube. Er ist mit den besten Familien Krakaus verschwägert, hat weder Mätresse noch Ehefrau, besitzt klare Augen, hat einen robusten Körperbau und einen gesunden Appetit. Er liebt die einfachen Dinge, weshalb er das Landleben und die Unterhaltung mit seiner Haushälterin dem höfischen Leben in den Salons vorzieht. Dieser Edelmann erklärt Joujou zum achten Weltwunder und beglückwünscht die Starostin zu seinem Erwerb.

»Ich habe ihn nicht gekauft, verehrter Graf. Meine Freundin Zofia Boruwłaska hat ihn mir anvertraut.«

»Und auf welchem Jahrmarkt hat sie ihn aufgetrieben?«, erkundigt er sich glucksend wie ein vom Schluckauf überraschter Truthahn.

Um seiner aufsteigenden Wut Herr zu werden, leert Józef auf einen Schlag zwei Gläser eines gelben, alkoholischen Getränks, das ihm den Magen verbrennt. Anschließend tanzt er mit schwerem Herzen und schwarzen Sternen tief in den Augen, wie seine Gönnerin es ihm befohlen hat. Er tanzt trotz der Gefahr, von seinem Tisch zu fallen, er dreht sich um die eigene Achse, hebt seine kleinen Ärmchen, lacht ein Lachen, das nicht sein eigenes ist, schluckt dicke Tränen hinunter und hindert seine Zähne am Knirschen. Er befindet sich nicht mehr auf diesem Tisch inmitten der vielen Leute, sondern zusammen mit Lanzelot am Rand eines opalartig irisierenden Sees unter dem hoch stehenden Mond. Er steht mit Anastasia unter einem Wasserfall, und jeder einzelne Tropfen glitzert wie ein kleiner Sonnenstrahl.

Graf Tarnow findet Gefallen an der verwitweten Starostin. Wenn sie an ihm vorbeigeht, benetzt er seine Lippen mit der Zunge, und seine Augen leuchten wie die eines Kindes vor einem Glas eingemachter Früchte. Er begehrt das ausladende, wogende Fleisch der Starostin, ihre kurzen, pummeligen Hände, ihre üppigen Schultern, unter denen keine Knochen hervortreten, und ihre Fußknöchel, die für einen kurzen Augenblick sichtbar waren. Gepudert von den Löckchen bis zu den Fingerspitzen wirkt sie auf ihn wie eine überzuckerte Hochzeitstorte. Was süßes Gebäck und Frauen angeht, sind die Kenntnisse des Grafen begrenzt. In seiner Arglosigkeit kann er sich nichts Appetitlicheres vorstellen als diesen dicken Kuchen.

Weil die Starostin noch nie umworben worden war – weder vor noch während oder nach ihrer Ehe – versteht sie die Sprache der Liebe nicht. Sie fühlt sich geschmeichelt, dass Graf Tarnow an jedem Mittwoch anwesend ist, achtet darauf, dass er immer genug zu trinken hat und sich mit Joujou amüsiert, aber seine schwärmerischen Blicke führt sie auf seine Kurzsichtigkeit zurück, und seine starre Miene hält sie für die Folge eines hartnäckigen Schnupfens.

»Dieser arme Tarnow«, seufzt sie. »Immer schnieft er hinter meinem Rücken herum. Die Natur war ihm nicht wohlgesinnt, man muss nachsichtig mit ihm sein. Joujou, bring ihm ein Stückchen *sernik*-Kuchen für den Rückweg.«

Der Graf ist sicher, dass Karolina von Caroliz die Gesellschaft aller anderen Männer der seinen vorzieht. Er ist eifersüchtig auf den Maler, der mit dem Pinsel ihr Porträt streichelt, auf den Arzt, der sie abhorcht, und auf den Hauskaplan, dem sie die Geheimnisse ihrer Seele anvertraut.

Das einzige von seiner Eifersucht nicht betroffene menschliche Wesen ist Józef, denn Graf Tarnow hält ihn höchstens für eingeschränkt menschlich. Weil der Graf hofft, der Herrin über ihren Lakaien näherzukommen, nutzt er jede Gelegenheit, Józef zu necken, ihm in die Wangen zu kneifen und ihm durch das Haar zu fahren. Wenn er ihn anspricht, verhält er sich wie ein Schauspieler. Er sagt nicht: »Joujou, mach dies«, sondern er deklamiert: »Das kleine Spielzeug von Madame sollte jetzt mein Glas auffüllen«, oder: »Das Schoßhündchen wird mir verkünden, wenn Madame kommt«. Danach zwinkert er Józef zu, wirft dem Schützling seiner Allerliebsten eine Nuss zu und reibt sich die Hände, weil er die seltsame Kreatur so erfolgreich gezähmt hat.

Eines Nachmittags im Herbst ist der Graf es leid, sich in einer Ecke des Gelben Salons nach seiner üppigen Gastgeberin zu verzehren, ohne dass diese es auch nur bemerkt. Er packt Józef am Kragen, setzt ihn in seine Armbeuge.

»Das Schoßhündchen liebt sein Frauchen, nicht wahr?«, flüstert er ihm ins Ohr.

Józef nickt und überlegt, was diese Eröffnung für ihn bedeuten könnte. Der Graf ist linkisch und ungeschickt und hat ihn schon mehrmals fallen lassen, nachdem er ihn wie einen Ball in die Luft geworfen hatte.

»Gut, dann wird das Schoßhündchen jetzt Amor spielen.«

Weil Józef keine Ahnung vom Olymp hat und stumm bleibt, glaubt Graf Tarnow, seinen Vorschlag illustrieren zu müssen. Mit der Linken greift er dem Amor in spe unter das Kinn und hebt ihn hoch wie ein zu häutendes Kaninchen, ein zu rupfendes Huhn oder ein zu ertränkendes Kätzchen, setzt ihn auf einer Kommode ab und zeigt ihm eine an die Zimmerdecke gemalte Szene. Józef sieht ein nacktes, pausbäckiges Engelchen, das seinen Bogen in Richtung einer rosigen Dame mit ausladendem Hinterteil spannt. Die Dame sieht jedoch nicht das Engelchen an, sondern eine haarige Kreatur mit einem Pferdehuf, deren

Gesicht entfernt an den Ausdruck des Grafen erinnert, wenn er Karolina von Caroliz verstohlen durch seine Lorgnette beobachtet.

»Amor ist der Liebesbote«, erklärt Graf Tarnow mit leiser Stimme. »Sein Pfeil wird diese schöne Nymphe treffen und in ihrem Blut das süße Gift einer flammenden Leidenschaft verteilen. Ihr Herz wird nur noch für einen einzigen Mann schlagen, den sie unter allen anderen erwählt hat, für den einen Glücklichen …«

Er legt seine rechte Hand auf sein Herz. Die Haare, die aus seinen Nasenlöchern wachsen, beben über seiner Oberlippe. Er schließt seine grauen Lider, die an Fledermausflügel erinnern, und fährt flüsternd fort: »Mein Leben hängt von Amors Erfolg ab.«

Józef mustert ihn erstaunt. Der Graf öffnet die Augen wieder. Nun sind es nicht mehr die Augen eines düsteren, abgehalfterten Satyrs, sondern die eines schneidigen, unsterblich verliebten Galans.

»Möchte das Schoßhündchen mein Amor sein?«

Hätte Józef es gewagt und der Graf ihn losgelassen, hätte er sich in dessen Arme geworfen. Als Mahner war es ihm zwar nicht gelungen, Anton Boruwłaski vor dem Ruin und dem Selbstmord zu retten, doch Gott in seiner unendlichen Barmherzigkeit hat eine neue Mission für ihn ausersehen. Und dieses Mal sendet der Allmächtige ihn nicht aus, das Böse zu bekämpfen, sondern er stellt ihn in den Dienst der Liebe.

Józef weiß noch nicht viel über die Liebe. Bei ihm zu Hause hatte das Böse regiert. Es äußerte sich in trunkenen Worten, Schreien, Tränen, Drohungen von Lieferanten, Besuchen von Gerichtsvollziehern, dem verlustreichen Verkauf von Möbeln und heimlichen Umzügen. Ganz sicher zog sein Vater seine Mutter allen anderen Frauen vor, denn an den Abenden, die er nicht mit Spielen und Trinken verbrachte, sang seine Bevorzugte im ehelichen Alkoven in den höchsten Tönen. Sobald der Gatte jedoch zu seinen zwielichtigen Geschäften verschwunden war, spuckte Józefs Mutter auf die geschlossene Tür. Sie verfluchte Anton Boruwłaskis roten Backenbart, seine Überredungskünste und seine Art, das Leben als Johannisfeuer zu sehen. Nach der Geburt von Anastasia verweigerte sie ihm ihr Bett, und anstatt des nächtlichen Gurrens hörte man nun Flüche. Von zärtlichen Gefühlen, ihrem Wachsen und Gedeihen weiß Józef nur das, was er in seinen Büchern gelesen hat. Um sein theoretisches Wissen zu ergänzen, wird er sich auf seine Intuition, seine Fantasie und ein wenig List verlassen müssen …

»Hat das Schoßhündchen verstanden, was ich von ihm erwarte?«

Józef hat sehr gut verstanden. Er wird sich mit Leib und Seele seiner nächsten Mission widmen und dem Grafen dienen, wie er Gott dienen würde. Er ist bereit, dafür zu sorgen, dass die Liebe innerhalb kürzester Zeit den verdienten Triumph davontragen wird.

Er windet sich, um der Faust zu entkommen, die seine Halsschlagader zu zerquetschen droht, ringt nach Luft und antwortet flüssig: »Euer Hochwohlgeboren kann sich auf Amor verlassen. Amor wird nicht eher ruhen, bis Euer Hochwohlgeboren und die Nymphe dieses Parks in guten und in schlechten Zeiten vereint sind.«

Graf Tarnow reißt die Augen so weit auf, dass sein Lorgnon auf seine Krawatte hinunterfällt. So viel hatte er nicht erwartet. Zweifelnd mustert er Amor, der seinen Blick stolz und entschlossen erwidert.

»Wirklich? Dazu ist das kleine Spielzeug in der Lage?«

ZWEITES KAPITEL

in dem sich zeigt, dass das weibliche Herz aufgetaut werden muss, bevor man seine Angel auswirft (diese Bedingung gilt übrigens auch für polnische Seen)

Seit nunmehr fast fünf Jahren teilt Józef die Intimsphäre von Karolina von Caroliz. Weil er ständig auf ihrem Schoß sitzt, ihr die Füße massiert, mit ihr plaudert, wenn sie sich auf ihren Leibstuhl zurückzieht und den Berichten über ihre Pläne und Enttäuschungen lauscht, die allesamt provinzlerisch zu nennen sind, kennt er sie besser als ihr Hausarzt, dem sie gewisse Blutungen zur Unzeit verschweigt, und auch besser als ihr Hauskaplan, dem sie keinen der Gedanken beichtet, die ihr des Nachts kommen, wenn ihre Gesellschaftsdame ihr das kalte Bett vorwärmt.

Darauf bedacht, das Terrain vorzubereiten, holt der Bote ein wenig aus: »Haben Sie die Stiefel von Graf Tarnow bemerkt, Madame? Das Leder ist ganz außergewöhnlich. Niemand anders hat solche Stiefel.«; »Sind die Landgüter von Graf Tarnow sehr viel größer als die Ihren?«; »Wenn wir ein Paar solcher Pferde wie die Fuchsstuten des Grafen hätten, würde uns alle Welt beneiden.«; »Dieser Graf lacht gern, wenn wir unter uns sind, das ist liebenswert«; »Graf Tarnow zeigt sich sehr menschlich gegenüber den kleinen Leuten. Die *chłopi*, die seine Felder bearbeiten, singen sein Loblied.«

Dann geht er zu Näherliegendem über: »Es heißt, Ihr Freund, der Graf, habe aus Schüchternheit nicht daran gedacht, sich eine Ehefrau zu suchen.«; »Es ist schade, dass Graf Tarnow kein Kind hat. Wenn er mit mir spielt, zeigt sich, welch zärtlicher Vater er wäre.«; »Mit der blonden Perücke hat Graf Tarnow eine völlig neue, sehr galante Ausstrahlung.«

Nachdem dieses Vorspiel die Nymphe dazu bewogen hat, den Grafen mit weniger strengen Blicken zu mustern, rät Józef Tarnows Ordonnanz, seinen Herrn dazu zu bringen, den haarigen Wildwuchs in seinem Gesicht zu lichten und nicht bis zum nächsten hohen Fest zu warten, um sich ins Badehaus zu begeben.

Als der Anwärter sich am folgenden Mittwoch frisch rasiert, nach Badesalz duftend, mit sauberen Fingernägeln und haarlosen Nasenlöchern präsentiert, ist Amors Pfeil bereit für sein Ziel.

»Madame, Ihre Güte und Ihr Charme vollbringen wahre Wunder!«

Die Starostin hebt die mit braunem Stift nachgezeichneten Augenbrauen. »Wunder? Inwiefern?«

»Betrachten Sie doch nur den Grafen Tarnow. Sie werden die Tragweite Ihrer Macht sofort ermessen können.«

»Papperlapapp! Welche Macht?«

»Die Macht der Hoffnung, Madame, Triebfeder jeder großen Unternehmung und erster Schritt in Richtung des Glücks.«

Die Starostin ist viel zu sehr mit ihrer eigenen, beleibten Persönlichkeit beschäftigt, um sich zu fragen, was der fast vierzehnjährige Józef Boruwłaski, dieser winzige Zwerg, der Halbwaise und dazu noch so arm ist, dass er von der Mildtätigkeit anderer Menschen abhängt, über Hoffnung und Glück weiß. Sie, Karolina Raczynska, hat ohne tiefere Gefühle einen von ihren Eltern ausgewählten Offizier geheiratet, ohne besonderes Vergnügen sechzehn Jahre mit ihm zusammengelebt und ihn vor nunmehr sieben Jahren ohne große Trauer beerdigt. Sie bewahrt an den dahingeschiedenen Starosten die zärtliche Erinnerung an einen birnenförmigen Mann, der wenig sprach und, sobald er sich auf die Bettkante setzte, sofort einschlief, ohne die Pantoffeln auszuziehen. Er liebte Windhunde und Tomaten. Alles andere, wirklich alles andere, einschließlich der verführerischen Reize seiner Gattin, ließ ihn kalt. Er war sanft, träge, sparsam und kein Quälgeist. Er hatte Karolina Raczynska auf dem Vorplatz der Dorfkirche gesehen, wo seine Kompanie die Feldküche aufgeschlagen hatte. Sie trug einen kleinen Schleier, der ihr rundes Gesicht mit einem Gittermuster überzog, einen braunen Umhang und einen weiten Rock, den sie anhob, um über die über den Straßenschmutz gelegten Bretter zu balancieren. Ihr weißer Hals steckte in einem Fuchskragen. Dieser frische Hals, der Schatten des Schleiers und vor allem die Sorge des jungen Mädchens, ihre Kleider nicht zu beschmutzen, erregten die Aufmerksamkeit des Starosten, der bis dahin nur an seine Hunde und seine Karriere gedacht hatte. Er konnte eine höchst ehrbare Position und einen blütenreinen Ruf bieten sowie ausgedehnte Ländereien im Besitz der Krone, die er wie sein Eigentum führte und deren Nießbrauch im Fall seines Todes an seine Witwe übergehen würde.

Andrzej Raczynski überließ ihm die Hand seiner ältesten Tochter umso bereitwilliger, als er noch ihre vier jüngeren Schwestern zu verheiraten hatte. Das Datum der Eheschließung wurde auf den folgenden Sommer festgesetzt, und der Verlobte kehrte zufrieden zu seinem Regiment zurück, ohne auch nur daran zu denken, um die Erlaubnis zu bitten, seine Verlobte einmal ohne Schleier und Mantel sehen zu dürfen.

Die Hochzeit fand auf seinem Besitz statt. Der Kuss, den er Karolina vor dem Altar gab, war der einzige, den das glückliche Paar bis zum Ende seines Zusammenlebens tauschte. Während der sechzehn Jahre friedlicher Eintracht sah der Starost von Caroliz seine bessere Hälfte niemals nackt – weder vor noch während der Ausübung seiner ehelichen Pflichten. Er nannte sie freundlich »Mama«, und zwar sowohl im Salon als auch im Bett, und obwohl sie weniger zu seiner Befriedigung beitrug als die

Tomaten und die Windhunde, entsprach sie vom ersten bis zum letzten Tag in allen Punkten seinem weiblichen Idealbild.

In der ersten Zeit ihrer Witwenschaft hoffte Karolina von Caroliz, der die Aussicht auf ein einsames Leben am Dnjestr ebenso wenig zusagte wie die, für den Rest ihres Lebens ihre alten Eltern zu pflegen, noch auf eine Wiederverheiratung. Sie wünschte sich weder einen Märchenprinzen noch einen heißblütigen Kavalier, sondern einen gutmütigen Edelmann, der einen ebenso bequemen Gefährten abgab wie der Starost. Und einen solchen suchte sie in Warschau. Bei ihrem Versuch, in modischen Dingen der Großstadt nachzueifern, gab sie gleich in der ersten Saison mehr Geld für Toiletten aus als während ihrer gesamten Ehe. Weil sie fürchtete, ihre üppigen Formen könnten vor allem die Salonlöwen anziehen, bat sie ihre Schneider, die Dekolletés zu verkleinern und ihre Schultern mit Gaze zu verhüllen. Derart geharnischt konnte sie sich noch so sehr in den Armen Dutzender Herren im Tanz wiegen – keiner von ihnen brachte die Sprache auf die Zukunft. Mit meinen vierunddreißig Jahren bin ich zu alt, sagte sie sich, als sie feststellte, dass die Huldigungen den jungen, kaum aus der Nonnenschule entlassenen Gänschen zuteilwurden. Darunter litt kurz ihre Selbstachtung, aber sie empfand keine Bitterkeit. Das Gedränge auf den Bällen brachte sie zum Schwitzen, die Intrigen in den Theaterstücken fand sie unglaubwürdig, und beim Tanzen geriet sie außer Atem.

Gegen Ende des zweiten Herbstes beschloss sie, dass weitere Versuche nur ihre Einkünfte schmälern und sie der Lächerlichkeit preisgeben würden. Sie kehrte nach Wodnopol zurück und erfreute sich am Frieden der Felder. Das Fieber der Großstadt war nichts für sie. Sie öffnete ihren Gelben Salon für jene Nachbarn, deren Besuch sie als angemessen betrachtete. Ansonsten bestand ihre Gesellschaft aus ihrem Vorleser, dem Maler und dem Hauskaplan. Als Joujou kam und die Doppelrolle als Schoßhund und Baby übernahm, verkaufte sie die Windhunde und bereute es nicht mehr, keine eigenen Kinder zu haben. Sie verschickte einige Briefe, die sie für spirituell hielt. Lediglich zwei der Verehrer, die sie zum Klang der Geigen an ihr Herz gedrückt hatten, antworteten ihr, aber nicht einer von ihnen erschien, um sie zu besuchen. Sie kehrte nie mehr nach Warschau zurück.

Hoffnung? Glück?

Graf Tarnow ist groß, hager und muskulös. Er hat breite Schultern, lange Schenkel, starke Hände und eine sonnengebräunte Haut. Sein dicker Hals wird ziegelrot, wenn er sich ereifert. Wenn er seine Göttin anblickt, erscheint die spektakuläre Färbung, ohne dass er auch nur einen Finger krumm machen muss.

Als sie das erste Mal seinen Blick erwidert, fühlt sich die Starostin seltsam aufgewühlt.

Der Graf isst nur in kleinen Häppchen, wie man es von wohlerzogenen Menschen erwartet, aber er vertilgt ungeheure Mengen, als verrichte er schwere körperliche Arbeit.

Karolina von Caroliz ist fasziniert.

Meistens schweigt er. Mittwochs schäkert er ausschließlich mit Joujou. Man sagt von ihm, er sei ungesittet. Oder unkultiviert. Oder dumm. Im kleinen Kreis jedoch weiß er äußerst ungezwungen und höflich zu plaudern.

Karolina von Caroliz ist entzückt.

Er liebt Gärten, Wälder, Tiere, die Farben des Himmels und das Spiel des Windes. Er geht winters wie sommers ohne Perücke und ohne Hut spazieren. Er mischt sich gern einmal unter seine Landarbeiter, und in der Erntezeit schwingt er an der Spitze seiner Leute zehn Stunden die Sense.

Karolina von Caroliz ist beeindruckt.

Er hungert nach ihr. Wenn er an ihre Brust, an ihre fleischigen Arme oder an ihre rundlichen Ohrläppchen denkt, treten ihm

Schweißperlen auf die Stirn. Wenn er sie streift, fährt ein Schauder durch seinen Körper. Er denkt Tag und Nacht an sie. Jeden Tag und jede Nacht. Wenn er mittwochs um Punkt sechzehn Uhr den Gelben Salon betritt und ihrer ansichtig wird, wie sie mit Joujou auf den Knien in ihrem Sessel thront, ist er so geblendet von ihr, als wäre er sechs Tage ohne Wasser durch die Wüste geirrt und sie wäre die Oase mit der frisch sprudelnden Quelle.

Amor leitet die Liebesbriefe des durstigen Wanderers an die mittlerweile aufmerksam gewordene Nymphe weiter.

Ihre Schönheit ist wie der erste Sonnenstrahl nach einem langen Winter; er schmilzt das Eis und lässt die Lerche singen.
Wenn ich die Sterne am Firmament meiner Träume betrachte, sehe ich Sie.
Ich trage Ihr Lächeln auf meinen Lippen, und jedes Mal, wenn ich den Mund öffne, küsse ich Sie.

Die Starostin wacht vor Sonnenaufgang auf, zündet die Kerze an, breitet die Briefe auf ihrer Steppdecke aus und liest einen nach dem anderen.

Sie ohne Hoffnung zu lieben ist wie aufsteigende Kälte, wie einbrechende Nacht, ist eine Verwandlung in Nebel, Stein, Asche, ist wie mit jedem Schritt ein Stückchen mehr zu sterben und sich doch nicht entschließen zu können, nicht weiterzugehen.

Sie möchte nicht, dass er stirbt. Sie wünscht sich, dass er nächsten Mittwoch wiederkommt und Joujou einen weiteren Brief gibt, wenn möglich einen längeren.

Von Ihnen geliebt zu werden würde mich erfüllen, wie geerntetes Korn den Mehlkasten füllt, wie ein Kind vor der Geburt den

Leib der Mutter erfüllt. Zwischen meiner Seele und der Ihren, zwischen meiner Haut und der Ihren bliebe nicht einmal Platz für einen Schmetterlingsflügel.

Die Bilder machen sie ganz schwindelig. Sie bittet Joujou, ihr Schmetterlinge zu fangen. Doch es ist nicht die richtige Jahreszeit. Józef stiehlt dem Schneider ein Stück Seide, das so hauchfein ist, dass es sich beim leisesten Luftzug bewegt. Karolina von Caroliz verbringt viele Stunden damit, die Seide zwischen den Fingern zu rollen und durch sie hindurch ins Licht zu schauen.

Ich sehne mich danach, Sie zu verschlingen und mich so vollständig mit Ihnen zu vereinen, dass wir nicht mehr wissen, wer Sie sind und wer ich bin.

Sie weiß nicht recht, was diese Lust bedeuten soll. Sie zieht sich vor ihrem Spiegel aus und betrachtet sich mit kritischen Blicken, was sie bisher noch nie getan hat. Sie findet sich fett. Sehr fett. Sie denkt, wenn sie abnähme, verlöre der Graf vielleicht diese seltsame Naschhaftigkeit. Sie liest den rätselhaften Brief dem eifrigen Schoßhündchen vor, das ihn ihr überbracht hat. Geht es hier um Kulinarisches? Józef denkt an den Hund auf der Hündin, an den Hengst auf der Stute und an das Gurren seiner Eltern an den nüchternen Abenden. Er muss sich zwingen, nicht zu lächeln. Die Zeit ist gekommen, den Pfeil abzuschießen.

»Hier geht es um Heirat, Madame«, antwortet er ernst. »Um ein heiliges Bündnis. Darum, sich miteinander zu vereinen, wie der Leib Christi sich während der Kommunion mit dem Gläubigen vereint.«

Seiner Gönnerin steht der Mund offen wie ein Scheunentor. »Hat der Graf dir etwa anvertraut, dass er um meine Hand anhalten will?«

»Nein.«

Die Starostin kneift die Lippen zusammen und antwortet schnippisch: »Ah!«

Sanft gibt Józef zurück: »Haben Sie ihn wenigstens ein einziges Mal spüren lassen, dass er Ihnen nicht missfällt?«

»Ich empfange ihn jede Woche mit der Aufmerksamkeit, die einem Mann seines Alters und seines Ranges gebührt, und behandele ihn, wie ich meine, nicht schlechter als meine anderen Freunde.«

»Natürlich. Aber Sie behandeln ihn auch nicht besser.«

»Das würde man sofort bemerken. Es gäbe Gerede.«

»Gefällt er Ihnen nicht? In diesem Fall sollten Sie es ihm sagen. Möglicherweise stürbe er daran …«

»Oh nein!« Die Wangen der Starostin erröten wie die einer Jungfrau beim ersten Kuss. »Tatsächlich sind seine Gesichtszüge nicht harmonisch, aber er ist …«

Sie weiß nicht, wie sie das ausdrücken soll, was sie selbst nicht ganz begreift, und wird noch röter.

Józef eilt ihr freundlich zu Hilfe: »Besonders geistvoll? Gefällig?«

»Genau das ist es. Geistvoll und gefällig. Deshalb empfinde ich seine Gesellschaft als so angenehm.«

»Seine Gesellschaft und seine Briefe.«

Viel röter kann sie nicht mehr werden.

»Seine Briefe, richtig.«

»Es gäbe hundert Möglichkeiten, ihm dafür zu danken, ohne sich zu exponieren.«

Die Nymphe mustert Amor mit dem Blick eines Menschen, der sich plötzlich barfüßig und im Nachthemd mitten im Wald wiederfindet.

»Hundert? Würden eine oder zwei nicht genügen?«

Weil sie jedoch fürchtet, dass ihre Pedanterie ihr zum Nachteil gereichen könnte, besinnt sie sich. »Zumindest für den Anfang …«

Sie beißt sich auf die Unterlippe. Józef muss an Anastasia denken, wenn ihre Mutter sie zwang, eine Dummheit zuzugeben.

»Und außerdem, wie sollte ich es anfangen?«

Józef zückt sein Taschentuch, lässt es fallen, geht zwei Schritte, indem er imaginäre Röcke zusammenrafft, kommt mit dem schleppenden Gang des Grafen zurück und stürzt sich auf das Taschentuch wie ein Vogel auf einen Wurm.

Karolina von Caroliz lacht laut auf.

»Du bist ein wahrer kleiner Teufel, weißt du das?«

Józef verneigt sich tief vor ihr und erklärt mit seinem hübschesten Lächeln: »Nein, Madame, ich bin der Bote der Liebe.«

Das Taschentuch ist hellblau und mit Spitze gesäumt. Graf Tarnow hebt das Stück mit Schaumrand umgebenen Himmel auf und lässt es in seine Tasche gleiten. Niemand hat seinen kleinen Diebstahl bemerkt. Bis auf das Schoßhündchen, das bewundernd zu ihm aufblickt. Das Taschentuch duftet nach Maiglöckchen. Der Graf beschließt, Maiglöckchen in seine Wälder zu pflanzen, damit auch die Natur im kommenden Frühjahr seiner Göttin huldigen kann.

Karolina von Caroliz hofft, dass er ihr im kommenden Frühjahr den Ring an den Finger stecken wird. Sie schlägt ihm vor, sie auf die Kirchweih zu begleiten. Ihre Meierei zu besuchen. Einen Moment auf jener Bank zu plaudern, wo Zofia Boruwłaska ihr ihre verzweifelte Lage gestanden hat. Sie beschreibt den armseligen grauen Hut der Freundin und ihr Gesicht, das wie eine durch den Staub gerollte Pflaume wirkte. Anschließend berichtet sie über die Enttäuschungen ihres Ehelebens.

Der Graf ist außer sich. Er verachtet Glücksspiele und hat bei Pferde- oder Hunderennen, Bärenkämpfen oder Ringkämpfen von Menschen allenfalls geringfügige Summen verloren. Als ein den Traditionen verpflichteter Pole betrinkt er sich natürlich gern, tut es aber höchstens einmal im Monat, ganz methodisch bei sich zu Hause, während seine Haushälterin darauf achtet, dass er nicht übertreibt und am nächsten Morgen nichts bereuen muss.

Schließlich berichtet die Starostin, wie sie in einem Überschwang von Großzügigkeit vorgeschlagen hat, Joujou zu adoptieren. Die Erinnerung an diesen Augenblick entlockt ihr einen langen Seufzer.

Tarnow nimmt ihre Hand. Noch wagt er nicht, ihr den Handschuh abzustreifen, sondern küsst ihre Finger durch das Hundeleder. Der Handschuh duftet nach Sandelholz. Er beschließt, dass er im kommenden Herbst seinen Tee mit Sandelholz parfümieren wird.

Die Starostin hofft, dass sie im kommenden Herbst das Bett mit ihm teilen wird. Sie erkundigt sich nach seinen Lieblingsgerichten, bittet ihn für den nächsten Sonntag nach dem Gottesdienst zum Essen, bestellt edle Weine und probiert eine neue Frisur aus.

Er findet die Predigt, die Weine und die Frisur unwiderstehlich. Endlich streift er die Handschuhe ab und küsst die nackte Handfläche erst der einen, dann der anderen Hand. Er denkt, dass er am liebsten so sterben würde, mit den Lippen auf dieser Haut. Er betet darum, ein Leben lang mit dieser Frau Hand in Hand gehen zu dürfen.

Sie hofft, im kommenden Winter ebenso verliebt in ihn zu sein, wie er es in sie ist.

Er will ihr nichts verbergen. Damit sie von der Reise nicht enttäuscht ist, zeichnet er ihr ein abschreckendes Bild des Landes, in das er sie mitnehmen will. Durch ihn würde sie zwar zur Gräfin, was besser ist als Starostin, aber er besitzt nur wenig Vermögen und hat keine Stellung bei Hofe. Seine Zähne wackeln. Sein Kammerdiener behauptet, er schnarche so laut, dass er damit einen Friedhof aufwecken könne. Er führt Selbstgespräche. Er leidet unter Sodbrennen. Seine Haushälterin kümmert sich seit dreißig Jahren um sein Heim und seine Person, und er möchte sich nicht von ihr trennen. Weil er kinderlos und damit ohne Erbe ist, hat er einen seiner Neffen bei sich aufgenommen, den er wie einen eigenen Sohn behandelt. Vor dem Einschlafen liest er gern Gedichte.

Sie nickt peinlich berührt.

Beunruhigt fragt er, ob die Poesie oder der Neffe ein Problem darstellen.

Sie antwortet, sie habe eine Frage, an der er keinen Anstoß nehmen solle.

Ihre Neugier stört ihn keineswegs.

»Lieben Sie Windhunde? Oder Tomaten?«

Er spürt, dass seine Antwort ihr wichtig ist, lächelt daher nicht und nimmt sich Zeit zum Nachdenken.

»Ich liebe alles Essbare mit Ausnahme von panierten Schweinsfüßen und überlasse Ihnen gern die Auswahl der Menüs. Davon abgesehen bevorzuge ich die Gesellschaft von Katzen gegenüber derjenigen von Hunden.«

Sie erscheint zwar beruhigt, aber noch nicht vollständig. Er streichelt ihre pummelige Hand. Bald schon wird an dieser Hand der große Rubin seiner Mutter glitzern. Der Ring, von dem er dachte, dass er ihn mangels einer damit zu beschenkenden Ehefrau oder Tochter mit ins Grab nehmen würde.

»Was bereitet Ihnen Sorge? Vertrauen Sie es mir an.«

»Ich wünsche mir, dass Sie mich in Gesellschaft nicht ›Mama‹ nennen.« Sie errötet und fügt leise hinzu: »Und bitte auch nicht, wenn wir allein sind. Sofern es Ihnen möglich ist.«

Er nimmt sie in die Arme. Es ist das erste Mal, er drückt sie ein wenig ungeschickt, und sie zögert, sich an ihn zu schmiegen. Er küsst den Scheitel, der ihr Haar zerteilt, atmet ihren Sirupduft und murmelt: »Ich werde Sie ›meine Venus‹ nennen, denn das sind Sie, und das werden Sie in diesem Leben, und in allen anderen, in denen Sie mich an Ihrer Seite haben wollen, für mich bleiben.«

Hoffnung? Glück?

Er kann noch nicht glauben, dass er wirklich fast am Ziel ist. Immer wieder fragt er Amor. Fehlt er ihr, wenn er fern von ihr weilt? Ein wenig? Sehr? Zweifelt sie? Ist sie unschlüssig?

Noch spricht sie nicht über ihn, auch nicht mit Nahestehenden. Sie fürchtet sich vor Neckereien und Warnungen. »Wenn es Ihnen nichts ausmacht, sich der Lächerlichkeit preiszugeben, dann heiraten Sie ihn.«; »Nie hätte ich gedacht, dass eine tugendhafte Natur über schwangere Frauen fantasiert.«; »Er sieht aus wie ein Teufel – haben Sie daran gedacht, dass er auch dessen Vorlieben und Sitten haben könnte?«

Józef ist von dieser Brautparade gefesselt. Das allmähliche Erwachen der Liebesgefühle der Starostin erinnert ihn an das Auftauen des Weihers, in dem sein Vater sich ertränkt hat. Eine holprige, mit Schlacken bedeckte Oberfläche, die Tag für Tag dünner wird. Erste Risse entstehen und breiten sich bei Sonnenschein sternförmig aus. Unmerkliche Bewegungen, kristallklare Bläschen, sanftes Erwachen. Und plötzlich frisches Schilf, Kaulquappen, Fische, die sich im Schlamm eingegraben hatten und nun langsam mit noch trüben Augen und gierig nach Frühlingsluft wieder aufsteigen. Er überlegt, ob seine Gönnerin, wenn der Graf sich erst einmal offiziell erklärt hat, aufblühen wird wie die Schwertlilien an den Seeufern und singen wird wie die Grasmücken in den Birken.

Der Graf genießt. Inzwischen darf er seine Göttin nicht nur mittwochs, sondern auch freitags und sonntags besuchen. Er ist es, der im Licht wiedergeboren wird und Knospen treibt. Zu Sommeranfang steckt er ihr den Rubin an den Finger, weil ihm dieser Tag als gutes Omen erscheint. Sie glaubt nicht an Omen, und der Rubin ist kleiner, als sie ihn sich vorgestellt hatte. Aber er ist größer als der Saphir, den der verblichene Starost ihr offeriert hatte, und groß genug, um ihre Bekannten zu überzeugen, dass sie mit Tarnow eine ausgezeichnete Wahl getroffen hat.

In Gedanken nennt sie ihren Verehrer immer noch »Tarnow«; wenn sie zusammen sind, sagt sie »mein lieber Graf« oder »mein Freund«. Der Interessent erkennt in dieser Distanzierung eine letzte zu stürmende Bastion und hält Amor an, dafür zu sorgen, dass seine Göttin endlich die Deckung fallen lässt und ihn »Mikołaj« nennt.

Diese Kapitulation erfordert weniger strategischen Einsatz, als es bedurfte, ein im Eis gefangenes Herz zu erwärmen. Józef begnügt sich damit, ihr die Liste der vom Grafen zum Hochzeitsempfang geladenen Gäste vorzulegen. Geschmeichelt streckt die Nymphe die Waffen und küsst Mikołaj auf seinen dicken Schnurrbart. Die Verlobung und das Datum der Eheschließung werden gleichzeitig *urbi et orbi* – also bis nach Krakau – bekannt gemacht.

Józef tanzt vor Freude in seinem Verschlag. Der Erfolg seiner zweiten Mission gleicht den Fehlschlag der ersten wieder aus. Sollte Gott ihn frühzeitig zu sich rufen, was ihm der Arzt immer wieder voraussagt, weil Zwerge nur selten mehr als zwanzig Jahre alt werden, wenn ihm also tatsächlich nur noch sechs Lebensjahre bleiben, wird er sie genießen können, ohne die Strafen zu fürchten, die schlechten Dienern des Allmächtigen drohen.

Er zählt die Tage. Er hat den Grafen Tarnow gebeten, seine Mutter zur Hochzeit einzuladen, und um Amor für seine loyalen Dienste zu belohnen, hat der glückliche Satyr es ihm zugesagt. Damit seine Mutter ihn so bewundern kann, wie er jetzt ist, hat er in den Umschlag mit der Einladung ein Bild gelegt, ein Geschenk des Malers, das ihn in seinem Mittwochsanzug auf dem Tisch im Gelben Salon zeigt.

Obwohl seine Mutter auf die an ihre frühere Wohnung adressierte Einladung nicht geantwortet hat, ist Józef sicher, dass sie kommt. Jeden Abend vor dem Einschlafen malt er sich das Wiedersehen mit ihr aus. In fünf Jahren ist er um fast zwei Zentimeter gewachsen. Seine Milchzähne sind noch nicht ausgefallen. Um noch strahlender zu lächeln, benutzt er zum Putzen mit Zitronensaft befeuchteten Sand. Das Haar trägt er lang; er benutzt Pomade und bindet es im Nacken zusammen. Weil ein Schoßhündchen der Zierde seines Frauchens zu dienen hat, achtet er peinlich auf Sauberkeit. Seine Mutter wird stolz sein, ihn um so viel schöner vorzufinden, und noch stolzer darauf, dass er jetzt lesen und schreiben kann. Er wird ihr erzählen, dass er alle vom hinausgeworfenen Vorleser in den Regalen seines Zimmers zurückgelassenen Bücher gelesen hat, auch diejenigen in französischer Sprache. Er wird ihr berichten, dass er zunächst mit der Hilfe seines wahren Wohltäters und später ganz allein anhand der Bücher Französisch gelernt hat, hauptsächlich durch *Gulliver* und *Le Cid*. Damit sie ihm glaubt, wird er seine Wiedersehensfreude in dieser wundervollen Sprache ausdrücken. Schon lange träumt er nicht mehr von ihr am Brunnenrand, und er ist ihr auch nicht mehr böse, dass sie ihn nach Wodnopol gebracht hat. Hätte sie ihn nicht Karolina von Caroliz angeboten, hätte er Gott nicht durch die Vermittlung des Grafen Tarnow zufriedenstellen und auf diese Weise dem Höllenfeuer entkommen können, in dem sein Vater für alle Ewigkeit schmoren wird. Sobald er sie sieht, wird er auf ihren Schoß springen, wie er es getan hat, als sie noch zusammenlebten, und anstatt ihr vorzuwerfen, dass sie ihn verlassen hat, wird er sich bei ihr bedanken.

Zofia Boruwłaska kommt zu Fuß. Mangels entgegenkommender Freunde, die sie in ihrer Kalesche hätten mitnehmen können, musste sie dem Waldweg bis zum Tor folgen, dann die große Allee entlangwandern und sich dabei vor Wagen und Reitern in Acht nehmen. Sie trägt dasselbe schwarze Kleid, denselben Hut mit grauen Federn, dieselben fadenscheinigen Handschuhe und dieselben Knopfstiefel wie beim letzten Besuch, doch die traurigen Kleidungsstücke sind jetzt fünf Jahre älter, und man könnte glauben, sie habe darin geschlafen, ohne sie je auszuziehen. Mit ihrem grau gesträhnten Haarknoten und ihrem nackten Hals wirkt sie inmitten der gelockten Perücken, der juwelengeschmückten Ausschnitte und der weiß und rot gepuderten Gesichter wie ein Geist. Die Gräfin Humieska, die Lieblingscousine von Graf Tarnow, entdeckt sie neben dem Wasserbecken.

»Haben Sie diese Frau gesehen? Man könnte sie für ein Gespenst halten.«

Die ehemalige Karolina von Caroliz, die während der sorglosen Kinderzeit mit Zofia Boruwłaska Federball gespielt hat, kneift die Augen zusammen. »Welche Frau?«

Die Kastellanin von Bridow deutet mit ihrem Sonnenschirm auf sie. »Die Vogelscheuche dort …«

Józef wendet den Kopf in die Richtung, die der Sonnenschirm anzeigt.

Schmutzig und abgezehrt nähert sich seine Mutter mit kleinen, vorsichtigen Schritten, als schliche sie an einer unsichtbaren Mauer entlang, der langen Tafel, auf der unter dem Baldachin im Park allerlei Köstlichkeiten aufgetischt sind. Die Gäste, sowohl Männer als auch Frauen, mustern sie verblüfft. Sie senkt den Kopf und rafft mit einer mechanischen Geste einen nicht vorhandenen Umhang zusammen. Sie sucht nicht nach ihrem Sohn und noch weniger nach dem Brautpaar, sondern sie schielt nach dem Fleisch, das auf Platten angerichtet ist, die so groß sind, dass Józef sich darauf betten könnte. Außerdem gibt es riesige geräucherte Forellen, Geflügelspieße, Hackbraten aus Kalbfleisch, mariniertes Gemüse, Wachteleier, Kaviar, Pfannkuchen, Himbeeren und genügend Torten, um eine komplette jüdische Familie davon einen Monat zu ernähren. Oder eine polnische Witwe drei Monate.

Mit ausgetrocknetem Mund beginnt Zofia Boruwłaska beim Anblick dieses Nahrungsüberflusses zu zittern; sie sehnt sich auch danach, zu trinken, vor allem zu trinken. Ihr ältester Sohn ist ein Jahr nach ihrem Gatten dahingeschieden, der fünfte ist ihm vorigen Monat ins Grab gefolgt, der dritte siecht von Tag zu Tag dahin. Sie schwankt, und um nicht hinzufallen, greift sie nach dem livrierten Ärmel von Janek, der eine Weinflasche so herumträgt wie ein Grenadier seine Pike.

Gräfin Humieska hebt ihre Lorgnette.

»Ich glaube, die arme Kreatur wird ohnmächtig.«

Janek fängt die Frau in Schwarz auf. Zwar kann er kein A von einem B unterscheiden, aber er erkennt auf Anhieb, wenn jemand fehl am Platz ist. Und diese graue Maus gehört mit Sicherheit nicht auf die Hochzeit seiner Herrschaft. Er fängt sie also auf, und um ihr zu zeigen, dass er sie fest im Griff hat, schüttelt er sie ein wenig. Entsetzt lässt sich Józef an der Säule hinuntergleiten, auf die Graf Tarnow ihn gesetzt hat, damit die edlen Damen und Herren ihn nach Lust und Laune begutachten können.

»Haben Sie sie eingeladen, Karolina?«, fragt Gräfin Humieska.

Gräfin Tarnowa betastet den nicht sehr großen Rubin, den sie jetzt an der anderen Hand trägt, damit man den unter Glückstränen und Weihrauchwolken angesteckten Ehering besser bewundern kann.

»Ich? Nein.«

»Aber Sie kennen sie? Vielleicht eine entfernte Verwandte?«

Die Nasenlöcher der Gräfin ziehen sich zusammen, als habe Zofia Boruwłaska ihr ihren Hungeratem ins Gesicht gehaucht.

»Ganz bestimmt nicht.«

Józef versucht, sich zwischen Röcken und Knien einen Weg zu bahnen. Seine Gönnerin hält ihn mit einem Blick wie ein Peitschenhieb zurück. Halblaut befiehlt sie: »Joujou, bei Fuß!«

Józef klopft das Herz bis zum Hals. Er streckt die Hand nach Janek aus, der Zofia Boruwłaska schonungslos in Richtung der Ställe zerrt.

»Madame, das ist meine Mutter …«

»Ich habe dir gesagt, du sollst den Mund halten und herkommen!«

Józef dreht sich zu Graf Tarnow um, der ihn sicher verteidigen wird. »Bitte, Monsieur, ich muss …«

Der Graf hebt eine mühsam in Form gebrachte Augenbraue.

»Na so etwas! Hat das Spielzeug seine Herrin etwa nicht verstanden?«

Die Gräfin Humieska beobachtet die von Janek festgehaltene Unglückselige mit wachsendem Interesse.

»Die Mutter Ihres Joujou? Tatsächlich?«

»Er weiß nicht, was er redet«, entgegnet Gräfin Tarnowa trocken. »Seine Mutter ist eine Person von Stand und sehr würdig.«

Graf Tarnow nickt.

»Sie hat Ihnen viel zu verdanken. Ich habe nicht die Ehre, sie zu kennen, aber ich hatte gehofft, sie anlässlich unseres Ehrentages kennenzulernen. Sie selbst hat Ihnen das Schoßhündchen anvertraut, nicht wahr, ehe sie unsere schöne Provinz verlassen hat. Mögen Friede und Wohlstand mit ihr sein.«

Mit einem Seitenblick auf Józef bestätigt seine Gattin: »Friede und Wohlstand. Die Person, von der hier die Rede ist, hat sich im Norden wieder verheiratet. Soweit ich weiß, geht es ihr bestens, und sie wünscht verständlicherweise, dass man um ihre … Verbindung zu Joujou kein großes Aufheben macht.«

Józef starrt seine Beschützerin verständnislos an. Zwar hat er die Worte gehört, doch diese Worte betreffen ihn nicht, er will sie nicht in sich hineinlassen. Er will zu seiner Mutter laufen, wie er es sich hundertmal, tausendmal vorgestellt hat. Er dreht sich um. Dabei nutzt er den Umstand, dass ein Tierdompteur auf der Wiese seine Nummer vorführt, was sich niemand entgehen lassen will. Mit den Ellbogen bahnt er sich einen Weg entgegen der drängenden Menge in Richtung der Wirtschaftsgebäude. Mit zwei großen Schritten ist Tarnow bei ihm, packt ihn am Kragen, hebt ihn hoch, streckt seinen langen Arm aus und setzt Józef wieder auf die Gipssäule, die der Maler in den Hochzeitsfarben weiß und rot wie Marmor bemalt hat.

»So! Und schön brav sein!«

Ein Affe reitet auf einem wie ein Schlachtross ausstaffierten Bären. Die Damen applaudieren. Józef entdeckt seine Mutter neben dem Hühnerstall, wo sie hinten auf einem mit Fässern beladenen Karren sitzt. Janek, der mit der Rechten immer noch seine Weinflasche festhält, gestikuliert mit der linken Hand, um ihr klarzumachen, dass er sie, wenn sie sich nicht still verhielte, versohlen würde. Zofia Boruwłaska sinkt in sich zusammen. Sie sieht aus wie ein Putzlappen. Sie verteidigt sich nicht, sondern krümmt die Schultern und lässt den Kopf sinken. Józef hätte am liebsten auf seiner Säule getanzt, um ihre Aufmerksamkeit auf sich zu lenken, aber seine Gönnerin überwacht ihn mit Argusaugen. Er stellt sich auf die Zehenspitzen und ruft, so laut er kann, im Geiste nach seiner Mutter. Vielleicht erreicht sie sein stummer Schrei.

Der Graf versetzt ihm einen warnenden Schlag auf die Waden.

»Das Schoßhündchen hört sofort auf, mit den Zähnen zu knirschen, sonst setzt es Prügel.«

Józef will von der Säule springen. Er will hinter dem Karren hereilen, der sich, gezogen von zwei alten Maultieren, langsam entfernt. Er will sich an das Rad klammern, sich auf die Ladefläche hieven …

Zofia Boruwłaska hebt die Augen. Sie späht hinüber zu dem Baldachin, unter dem sich der Graf und die Gräfin Tarnow aufhalten. Die Braut ist wohlgenährter denn je. Der Bräutigam lehnt in einem Anzug, dessen Farbe an ranzige Sahne erinnert, mit seinem dunkelroten Hals und seiner blonden Perücke an einer abgebrochenen Säule und hält einen weinenden kleinen Jungen am Knöchel fest. Sie reißt die Augen auf. Sie hatte nicht erwartet, ihn immer noch so klein vorzufinden. Frisiert, gepudert und in seinem seidenen Anzug könnte er das Kind der Tarnows sein. Zofia Boruwłaska beginnt am ganzen Körper zu schwitzen. Sie lächelt, ohne die Lippen zu schürzen, damit man nicht sieht, dass sie alle Zähne verloren hat. Der Anmutigste, der Begabteste, der Freundlichste. Sie wird ihn nicht mehr wiedersehen. Weder hier noch an einem anderen Ort. Sie spürt es. Sie weiß es. Und plötzlich hungert sie nach ihm. Es ist ein ihr unbekannter Hunger, der ihr schwerer zu schaffen macht als ihr leerer Magen. Um diesen Hunger zu stillen, macht sie aus ihren Augen zwei Münder, gierige Münder, die sich diese winzigen Ohren einverleiben, die runde Stirn, die blonden Wimpern, die tränenfeuchten Wangen. Sie tun sich an seinem zarten Hals gütlich und sogar an den gelockten und tief im Nacken zu einem Pferdeschwanz gebundenen Haaren. Der Karren erreicht den Schatten der Bäume. So sehr Zofia Boruwłaska auch den Hals reckt und schließlich, an den Aufbau des Karrens geklammert, aufsteht – sie ist schon zu weit fort. Sie kann ihren Sohn nicht mehr in sich aufnehmen. Und ehe ihr der Hunger nach ihm das Herz vollends zerreißt, hebt sie die Hand und winkt ihm mit der gleichen Bewegung – exakt der gleichen Geste wie Anton Boruwłaski am Rand des Teichs – zum Abschied zu. Dann lässt sie sich der Länge nach zwischen die Fässer sinken.

Józef fällt ohnmächtig auf die Schulter des Grafen Tarnow.

DRITTES KAPITEL

in dem Sie feststellen werden, dass hier wie dort, früher wie heute jedem das Hemd näher ist als der Rock

In fünf Jahren war Józef nicht ein einziges Mal krank, seit der Hochzeit jedoch glüht er auf einmal vor Fieber. Gräfin Tarnowa ist voller Unruhe. Hat der kleine Liebling sein Abführmittel bekommen? Hat man ihm die Blutegel angelegt? Bekommen Kreaturen wie er auch die üblichen Kinderkrankheiten? Ist sein biologisches Alter dasjenige, das seinem Aussehen entspricht, oder zählen seine tatsächlichen Lebensjahre? Die Gräfin kann den Vorleser nicht bitten, an Zofia Boruwłaska zu schreiben, um nach Józefs medizinischer Vergangenheit zu fragen, denn sie hat diesen Bediensteten mit Schimpf und Schande entlassen und die Freundin böse gedemütigt. Masern sind ansteckend. Falls sie sie ebenfalls bekäme, würde Puder wohl ausreichen, um die Narben zu überdecken? Würde Mikołaj sie immer noch seine Göttin nennen, wenn sie entstellt wäre? Man muss das Zimmer hermetisch abriegeln und nur noch Janek und den Arzt zu Józef lassen. Oder, besser noch, diesen gleich auf dem Speicher über den Ställen unterbringen. Er ist so schwach, dass er sich nicht auf den Beinen halten kann, aber er hustet nicht, erbricht nicht, und die gefürchteten Pusteln sind auch nicht zu sehen. Ob er vielleicht nur das natürliche Ende seines Zwergenlebens erreicht hat? Würde er sterben, wie eine Kerze erlischt? Karolina Gräfin Tarnowa ist äußerst verstimmt. Ein so besonderes Spielzeug ist nicht leicht zu ersetzen. Ohne Joujou hätte ihr Mittwoch weniger Anziehungskraft. Sie fände es schrecklich, wenn ihr Salon sich leerte. Sie lobt eine hohe Belohnung für denjenigen aus, der ihrem Kindchen die rosa Wangen zurückgibt.

Józef ist auf dem Grund des Brunnens. Wenn er den Kopf zurücklegt, sieht er nicht den Arzt, der seine Mandeln mit Honig einpinselt, sondern Zofia Boruwłaska hinten auf dem Karren. Wenn Janek ihn zwingt, ein wenig Fleischbrühe zu schlucken, sieht er Zofia Boruwłaska zwischen den Fässern schwanken. Wenn es Nacht wird und sich Schatten über den Speicher senken, bemüht er sich, zu sterben, um zu seiner Mama zurückzukehren.

Graf Tarnow ist ernstlich beunruhigt. Er hat sich an seinen Miniatur-Amor gewöhnt, und es stört ihn, diesen nicht mehr ständig zur Hand zu haben, um das Lob seiner Geliebten zu singen. Joujou hat ihm auf raffinierte Weise geholfen, und der Graf will nicht, dass er stirbt. Tarnow schnieft. Seitdem er seine Nasenlöcher von Haaren befreit, hängt immer ein Tropfen an seiner Nase. Er will, dass Amor ihm zur Verfügung steht. Obwohl er sich jede erdenkliche Mühe gibt, alle Wünsche seiner Gattin zu befriedigen, schmollt sie häufig. Die Ehe entpuppt sich als Einrichtung voller Überraschungen, und der Graf, der die Angewohnheit hat, mit großen Schritten vorwärtszustreben, fürchtet, den Faden zu verlieren. Joujou kennt seine Herrin besser als jeder andere, und Tarnow kann sich nicht vorstellen, wie er ohne ihn auskommen soll.

Der Speicher, in dem Józef darniederliegt, riecht nach faulen Äpfeln und Holzstaub. Schlurfend nähert sich der Graf dem Strohsack, auf dem eine Gestalt von der Größe einer dicken Katze unter einer Daunendecke bibbert. Den Kneifer auf der Nase beugt er sich vor.

»Ich bin gekommen, dem Spielzeug mitzuteilen, dass es dem Schmerz die Stirn bieten sollte«, verkündet er feierlich.

Die Gestalt unter der Decke bibbert weiter.

»Amor muss um der Ehre der Liebe willen gesund werden«, fährt der Graf im gleichen Tonfall fort. Weil der so Angesprochene noch immer nicht reagiert, hebt Tarnow die Decke und drängt: »Die Mission ist noch nicht vollendet. Amor kann sich sowohl in diesem als auch in allen folgenden Jahren als sehr nützlich erweisen.«

Unter der Decke liegt keine Katze, sondern ein Vögelchen. Man sieht seine Rippen unter dem Hemd und die Knöchelchen im Nacken. Dem Grafen schnürt es die Kehle zusammen.

»Die Liebe braucht immer einen Boten«, murmelt er. Und um seiner Erklärung größeres Gewicht zu verleihen, fügt er hinzu: »Ich, Aleksander Tarnow, wünsche von ganzem Herzen, dass der Bote bald gesund wird, denn für mich ist er mehr als wichtig: Er ist unersetzlich.«

Mehr als wichtig. Unersetzlich.

Das Fieber sinkt. Nach und nach kehren der Appetit, das Interesse am Flug der Motten ins Licht, die Erinnerungen an den Wasserfall und die Lust am Lesen zurück. Józef verlässt den Brunnenschacht. Er liegt dem Grafen am Herzen. Tarnow zeigt nicht nur Interesse, sondern sogar Fürsorglichkeit. Für diesen Ersatzvater, der ihn aus tiefster Verzweiflung gerettet hat, will Józef leben und sich ihm ganz verschreiben. Sobald er wieder in der Lage ist, seinen Platz auf dem Tisch im Gelben Salon und im Zimmer seiner Gönnerin einzunehmen, verwandelt er sich klaglos wieder in den fantasievollsten Verfechter der Liebe.

Erwärmt von Amor, der die Glut neu entfacht, legen der Graf und die Gräfin eine Zufriedenheit an den Tag, die ihre Bekannten in Staunen versetzt. Das wahre Glück jenseits der vierzig, hat man so etwas je gesehen? Die Herren beglückwünschen den Grafen. Ihre Gattinnen blicken verbittert drein. Janek behauptet, sie seien eifersüchtig, weil die Herrin sich einen Stier ins Bett geholt habe. Als das große Tier noch ohne Stall und Weide umherirrte, ekelten sie sich vor ihm. Nun aber, da es gezähmt, mit glänzendem Fell und sauberer Schnauze vor ihnen steht, verspüren sie Sehnsüchte. Wie konnte ein Mann mit derart seltenen Qualitäten ausgerechnet für die Starostin entbrennen? Sie hat weder besonders viel Grips noch jugendliche Frische, und ihr einziger Verdienst ist es, Joujou aufgetrieben zu haben. Aber wer sucht sich schon seine Gattin anstatt nach Schönheit und Geist danach aus, dass sie einen Zwerg besitzt?

Józef sitzt bequem auf einem Brokatrock, genießt Süßigkeiten, so viel er mag, und betrachtet die Zimmerdecke, wo das pummelige Engelchen auf die Geliebte des hässlichen Gehörnten zielt. Wenn die adeligen Gäste seine Gönnerin beneiden, so ist dies nur ihm zu verdanken. Er genießt die Vorstellung, die Vollendung und Würze dieser Verbindung zu sein.

Und weil jeder Mühe Belohnung gebührt, bekommt er zu seinem fünfzehnten Geburtstag ein eigenes, richtiges Zimmer mit einem Kamin, der fast nicht qualmt. In dem Zimmer befinden sich ein seiner Größe angemessener Tisch und ein passender Stuhl, ein Tintenfass mit schwarzer und eines mit violetter Tinte, Schreibfedern, gelbes und weißes Papier sowie Siegelwachs und ein Petschaft. Jedes Mal, wenn Józef ein Schreiben versiegelt – was er jeden Tag tut, obwohl er niemanden kennt, dem er schreiben könnte –, bewundert er sein Konterfei im roten Siegelwachs. Wenn er die Fäuste auf seine Augen drückt, um die Diamanten des Wasserfalls in seinen Kopf und sein Zimmer aufzunehmen, fühlt er sich sogar glücklich. Er ist mehr als nur wertvoll. Er ist unersetzlich.

Kurz vor Weihnachten bittet die Gräfin Tarnowa ihren Leibarzt, sie an einer Stelle zu untersuchen, an die sich ansonsten nur ihr Ehemann vorwagt. Sie leidet an Schwellungen, Gasen und anderen unziemlichen Symptomen und hegt die Befürchtung, das zweifelhafte Alter erreicht zu haben, in dem Frauen zu nichts anderem mehr nützlich sind, als zu nähen und über andere herzuziehen. Mit der erforderlichen Rücksicht stellt der Arzt ihr einige zwar respektvolle, aber dennoch präzise Fragen, auf welche die Patientin errötend antwortet.

Erleichtert verkündet der gute Mann schließlich seine Diagnose: »Ich halte es für durchaus möglich, dass Ihr Gatte Sie mit einer jener Ehekrankheiten angesteckt hat, die innerhalb von neun Monaten heilen …«

Die Gräfin kreischt, jault, wimmert und winselt so laut, dass der Graf von einer Unverschämtheit ausgeht, mit gezücktem Schwert ins Zimmer stürmt und den Arzt um Haaresbreite aufgespießt hätte. Gleich darauf bricht er in Tränen aus, sie weint ebenfalls, sie umarmen sich, sie bestaunen sich gegenseitig und beschließen, die außerordentliche Nachricht gleichzeitig *urbi et orbi* – also bis nach Krakau – bekannt zu machen. Taillen- und Brustumfang der Gräfin nehmen geradezu gigantische Ausmaße an. An den Fingern zählt man die Wochen bis zur Niederkunft ab und wundert sich maßlos über die Launen von Mutter Natur.

Wie der Rabe in den Fabeln des gelehrten Monsieur de La Fontaine, die er gerade gelesen hat, nimmt Józef die Neuigkeit mit großem Wohlgefallen auf. Am liebsten hätte er Janek erklärt, dass das Kind, das demnächst geboren wird, seine Existenz Amor verdankt. Gerne würde er dem Grafen sagen, wie stolz er ist, seine Mission derart erfolgreich abgeschlossen zu haben. Aber er widersteht der Sünde des Hochmuts und begnügt sich damit, seine Zuvorkommenheit gegenüber seiner Gönnerin noch zu verdoppeln.

Die Gräfin nimmt ihre Rolle äußerst ernst. Sie verbringt ihre Tage damit, für zwei zu essen und zu schlafen. Ihr entzückter Gatte weicht nicht von ihrem Lager. Für den angemessenen Ausgleich fastet er und wacht. Die Mittwochsempfänge werden gestrichen und die Möbel mit weißen Laken abgedeckt. Die Gesellschaft, die sich drängte, um Joujou tanzen zu sehen, macht sich zunehmend rar. Die Eheleute freuen sich darüber. Je weniger Zeit sie mit anderen verbringen müssen, desto mehr Muße haben sie füreinander.

Gräfin Humieska findet ihren Egoismus ganz charmant. Sie ist keineswegs entrüstet darüber, dass man sie nicht mehr zum Essen bittet, sondern kommt mit Likör, Pasteten, kräftigenden Kräutern, lindernden Tees, einigen Büchern und jeder Menge Klatsch zu Besuch. Sie ist eine Dame von Welt und besitzt die Kleider, Pelze und Hüte sowie die Haltung und den Gang einer Königin. Zumindest ist das die Ansicht von Janek, der sich in der Hoffnung auf eine Annäherung inzwischen Gesicht und Füße wäscht. Er würde alle seine Habseligkeiten verkaufen, um in die Dienste von Madame Humieska genommen zu werden. Abgesehen von den Zuckerstangen, die er Gromeschs Töchtern schenkt, besitzt Janek allerdings nichts als seine alten Kleider, aber die Hoffnung macht ihn stark. Manchmal verleiht sie sogar Flügel. Seit er davon träumt, eines Tages die Kochtöpfe einer Königin scheuern zu dürfen, betastet Janek zehnmal täglich seine Schulterblätter, um nur ja nicht den Augenblick zu versäumen, wo die Federn unter der Haut zu wachsen beginnen.

Gräfin Humieska würdigt den Küchenjungen jedoch keines Blickes. Mit Józef hingegen unterhält sie sich gern. Sie nennt ihn Joujou, und vermutlich interessiert es sie nicht, dass er einen christlichen Vornamen besitzt, aber sie redet niemals so mit ihm, als wäre er ein Schoßhündchen oder ein Spielzeug. Sie erkundigt sich nach seiner Gesundheit, seinen Träumen und seiner Lektüre und beglückwünscht ihn dazu, die französische Sprache erlernt zu haben, die ihm ihrer Ansicht nach eines Tages sehr viel nützlicher sein könnte als seine Muttersprache. Vor allem spricht sie mit ihm über seine Mutter, immer sehr taktvoll und ohne ihm peinliche Fragen zu stellen. Sie versteht, dass ein Kind darunter leidet, sich nicht an diejenige erinnern zu dürfen, die ihm das Leben geschenkt hat. Würde man ihr Joujou anvertrauen, würde sie nach Zofia Boruwłaska suchen und sie bitten, ihren Sohn zweimal im Jahr zu besuchen. Auch die Reisekosten würde sie übernehmen. So würde sie die Dame dafür belohnen, ihren wunderbaren kleinen Sohn geboren zu haben.

Der wunderbare kleine Sohn lauscht gerührt den guten Worten. Er weiß, dass Anna Humieska getrennt von ihrem gräflichen Gatten lebt, dass ihr Besitz bedeutend größer ist als der ihres gräflichen Vetters und dass sie nur die Sommersaison hier verbringt. Während der restlichen Zeit wohnt sie in Warschau. Nur allzu gern würde Józef Warschau kennenlernen und noch lieber seine Mutter wiedersehen. Manchmal kann er nicht umhin, zu denken, dass Madame Humieska großzügiger sei als seine Gönnerin, doch die Tarnows sind jetzt seine Familie, und er darf nicht in Betracht ziehen, sich von ihnen zu trennen. Gräfin Humieska findet diese Anhänglichkeit bewundernswert. Dass Joujou so sensibel, loyal und treu ist, macht ihn noch eindrucksvoller und dementsprechend begehrenswerter.

Jedermann weiß, dass eine schwangere Frau, die dem Anblick eines Schwarzen ausgesetzt wird, die Geburt eines dunkelhäutigen Kindes riskiert. Aus ebendiesem Grund sollte eine werdende Mutter den Anblick eines Hasenschartigen oder eines Menschen mit Kropf meiden. Oder den eines Einarmigen. Eines Krüppels. Eines Blinden. Eines Buckligen. Eines Riesen. Oder eines Zwergs …

»Auch eines Zwergs?«, erkundigt sich Gräfin Tarnowa erschrocken.

»Vor allem eines Zwergs«, antwortet Gräfin Humieska mit weicher Stimme. »Das Bild sehr kleiner Dinge drängt sich nur allzu leicht in den Geist, geht von dort ins Blut über, und die

Frucht, die sich von diesem Blut ernährt, verformt sich. Wussten Sie das denn nicht?«

Gräfin Tarnowa ringt die Hände.

»Joujou muss fort.«

Anna Humieska nickt.

»Ich habe nicht gewagt, es Ihnen vorzuschlagen. Aber es würde Mikołaj vernichten, wenn das Kind in Ihrem Leib ...«

Karolina Tarnowa wird unruhig.

»Mein Mann hängt sehr an Joujou, aber wenn die Notwendigkeit es erfordert, nicht wahr? So sagte schon meine liebe Freundin Zofia Boruwłaska, als sie mir ihren Sohn anvertraute ...«

Die Wohltäterin tupft sich eine eingebildete Träne von der Wange.

Madame Humieska zählt bis fünf und tut so, als denke sie angestrengt nach, ehe sie vorschlägt: »Soll ich Ihren kleinen Wicht zu mir nehmen? Sie kennen mich und wissen, wie ich meine Vertrauten behandele.«

Die Gräfin seufzt.

»Sie haben eine Gesellschaftsdame und sprechende Papageien. Was sollten Sie mit einem Schoßhündchen anfangen?«

Madame Humieska lächelt.

»Ich habe nicht nur eine, sondern fünf Gesellschaftsdamen und tatsächlich keinerlei Verwendung für ein Schoßhündchen. Aber Ihr Schützling ist kein Hund ...«

»Finden Sie, dass er eher einer Katze ähnelt? Oder einem jener hübschen Äffchen, die in einer Livree so entzückend aussehen? Er hat durchaus einen eigenen Charakter und ist kein herkömmlicher Schoßhund. Aber es würde mir fehlen, ihn nicht mehr in meinen Röcken zu haben ...«

»Ich würde ihn Ihnen wiederbringen, sobald Sie ihn zurückhaben möchten.«

»Oh, nur nicht zu schnell. Keinesfalls vor der Geburt. Und

selbst danach muss man aufpassen. Stellen Sie sich nur vor, das Kindchen könnte anfangen, ihm ähnlich zu sehen, weil er sich über die Wiege gebeugt hat.«

»Oh, daran hatte ich nicht gedacht. Sie haben natürlich recht. Aber keine Sorge, ich gebe schon acht auf Joujou. Sie sollten jetzt vor allem daran denken, ihre Leibesfrucht zu schützen.«

Die bedrohte Mutter stöhnt auf. Anna Humieska tätschelt ihr den Rücken.

»Zum Trost schenke ich Ihnen ein echtes Schoßhündchen. Ein junges, das leicht zu dressieren ist. Soll es eines mit krausem Fell sein? Schwarz, weiß oder rot?«

Józef sitzt auf einem Stapel Tücher in der Küche und liest Janek und Anka vor, während er darauf wartet, in den Salon gerufen zu werden. Es ist ein schöner Tag ohne Regen oder Hagel. Der Graf ist zum Markt gefahren und wird ihm eine Kleinigkeit mitbringen, und Madame Humieska bleibt zum Tee. Józef liebt die Besuche der prächtigen Dame, freut sich auf das versprochene Geschenk und amüsiert sich über Ankas Kommentare zu der vorgelesenen Geschichte aus dem polnischen Sagenschatz. Janek bewundert die Holzfällersöhne, die über Menschenfresser und Zaubersprüche triumphieren, aber Anka ist der Ansicht, dass alle zusammen – sowohl die abenteuerlustigen Jungen als auch die riesenhaften Kannibalen und die bösen Zauberer – einen ordentlichen Schlag mit der Pfanne auf die Nase verdient haben. Józef reckt sich, klappt das Buch zu und schlägt vor, Linsen auszulesen, während Janek sich darum kümmert, in den Kaminen Holz nachzulegen.

Der Küchenjunge kehrt so blass zurück, als wäre er auf der Treppe einem leibhaftigen Werwolf begegnet. Er geht vor Józef in die Hocke und flüstert ihm zu: »Die Herrin will dich fortjagen. Sie hat Angst, du könntest ihr Kind anstechen.«

Józef muss lachen.

»Du meinst anstecken. Nein, niemand wird mich fortjagen. Ich bin nicht mehr krank.«

»Sie will dich der Königin überlassen. Es ist beschlossene Sache. Sie reden gerade darüber, was sie dem Herrn sagen sollen. Über den Sohn, der so wird wie du, wenn du hierbleibst.«

Józef spürt, dass er ebenso blass wird wie Janek.

»Ich soll zur Königin?«

»Zur Cousine des Herrn. Die Flügel wachsen lässt. Weißt du, was du für ein Glück hast? Sie wird dich mitnehmen. In ihre Paläste. Nach Warschau.«

Józef stockt der Atem. Janek kneift ihm in den Arm.

»Freust du dich nicht? Die Herrin hat Angst, du könntest eine Dummheit machen. Wirst du eine Dummheit machen?«

»Ich mache nie Dummheiten«, murmelt Józef.

»Geh rauf in den Gelben Salon. Sie wollen es dir schonend beibringen, aber sofort. Du sollst vor der Rückkehr des Herrn verschwunden sein. Der Herr glaubt ja, dass du sein Glücksbringer bist, und das würde alles schwieriger machen.«

Józef schüttelt den Kopf.

»Ich kann nicht fortgehen.«

»Warum?«

»Der Graf braucht mich. Er hat es mir selbst gesagt.«

»Wenn du hierbleibst, bekommt die Herrin so sicher, wie zwei und zwei zwei ist, einen Zwerg. Das ist eine medizinische Wahrheit, von der der Herr nichts weiß, weil er überhaupt nichts über Frauen weiß, aber wenn er es erfährt, wird er dich nicht mehr brauchen, so viel ist sicher.«

Józef senkt den Kopf. Die Fliesen in der Küche sind mit den Jahren dunkel geworden und mit Sägemehl bestreut.

»Und du findest, dass ich Glück habe?«

Janeks Mondgesicht leuchtet auf.

»Und wie! Wenn du da bist, lässt du mich dann nachkommen?«

Józef betritt den Gelben Salon. Er fühlt sich, als ob er keinen einzigen Blutstropfen mehr im Körper hätte. Seine Wohltäterin steht neben dem Kamin. Gräfin Humieska sitzt in dem ausschließlich besonderen Gästen vorbehaltenen Sessel und trinkt Tee. Als sie Józef auf der Schwelle stehen sieht, winkt sie ihm, näher zu kommen.

»Kommen, Sie, kleiner Mann. Ihre Gönnerin wird sie über einen Plan unterrichten, der Sie betrifft und über den Sie sich hoffentlich freuen.«

Darüber freuen, dass man wie eine ansteckende Krankheit behandelt wird?

Die Gräfin von Tarnow lächelt ihn an. Es ist ein breites Lächeln, das gelbliche Schneidezähne und viel Falschheit zeigt.

»Unsere Cousine, Gräfin Humieska, ist an dir interessiert, Joujou!«, verkündet sie mit Begeisterung. »Das ist eine große Ehre, verstehst du? Sie bietet an, dich zu sich zu nehmen. Ich habe ihr gesagt, wie sehr der Graf und ich an dir hängen und dass ich nichts tun will, was dir nicht gefiele. Aber es gefiele dir doch sicher, bei der Gräfin zu leben, die sicher die edelste und großzügigste Person ist, die du je kennenlernen wirst.«

Józef betrachtet die dicke Frau, die ihn in der Öffentlichkeit ihr Wunderkind und in ihrem Schlafzimmer ihren Süßen, ihren Liebsten, ihren Schatz nennt.

Mehr als wichtig? Unersetzlich?

Ihr weicher Mund umrahmt heuchlerische Worte mit grellem Rot. Noch immer kann Józef hören, wie dieser gleiche Mund zu Zofia Boruwłaska sagte: *Er soll immer bei mir bleiben, und ich verspreche Ihnen, ihn so zu verwöhnen, dass er sich beglückwünschen wird, so zu sein, wie er ist.* Er schließt die Augen. Seine

Mutter antwortet drängend: *Würden Sie ihn schon bald zu sich nehmen?*

Der Brunnen. Der Teich. Er hat Uhrgewichte um den Hals und Steine in den Taschen. Er macht ein Kreuzzeichen. Er ist bereit, sich fallenzulassen.

Gräfin Humieska streckt die Hand aus und streicht ihm über das Haar.

»Kind, was ist mit Ihnen?«

Józef stirbt gerade ein zweites Mal. Er blinzelt und ringt nach Atem. Das Gesicht von Gräfin Humieska ist ganz dicht an seinem. Ein knochiges, wohlwollendes Gesicht.

Józef weicht einen Schritt zurück und ballt seine Hände hinter seinem Rücken zu Fäusten. Tief aus seinem Innern kehren Worte zurück, ohne dass er danach suchen muss. Er heftet die Augen auf das knochige, wohlwollende Gesicht und leiert sie herunter: »Ich bin Ihnen zutiefst für die Ehre verbunden, gnädige Frau, die Sie mir dadurch angedeihen lassen, dass Sie mir Ihre Protektion anbieten. Ich werde mich so verhalten, wie Sie es wünschen, ich werde Sie mein Leben lang getreulich lieben, ich werde mich anstrengen, Ihnen zu Gefallen zu sein, und hoffe, dass Sie meiner nie müde werden.«

Aus dem Augenwinkel erkennt er, wie Karolina Gräfin Tarnowa das Gesicht verzieht. Er wendet sich zu ihr und fügt mit dem strahlenden Lächeln, das dafür gesorgt hat, dass er sechs Jahre, einen Monat und vier Tage in diesem Haus liebevoll umsorgt wurde, hinzu: »Dieses Leben wird mir gefallen, *Mama*, weil es das Leben ist, das Sie für mich wollen.«

Das Schoßhündchen, das Herzenskind, das Spielzeug hat seine Gönnerin noch niemals »Mama« genannt. Die Gräfin stützt sich auf den Kaminsims. Sie ist kreidebleich. Józef würde sich nicht grämen, wenn sie ohnmächtig würde, auf die Feuerböcke fiele, sich verletzte, Blutungen bekäme und das Kind verlöre, für das man ihn opferte. Während er noch auf diesen rächenden Ausgang wartet, wendet er sich wieder an Madame Humieska.

»Werden Euer Gnaden mich bald mitnehmen?«, fragt er. »Ich kann aufbrechen, wann immer Sie es wünschen. Sobald ich bei Ihnen bin, werde ich nichts von hier vermissen.«

VIERTES KAPITEL

in dem Sie vernehmen, wie man einen Salonzwerg erzieht, und dann, wie man ihn in der Mitte spaltet

Stellen Sie sich vor, Sie steckten in der Haut eines Hundes. Ihre Leine ist vergoldet, Ihr Körbchen bequem, aber weil Sie ein Haustier sind, behandelt man Sie auch so. Und nun stellen Sie sich vor, dass man Sie mit einem Zauberstab in einen Jungen verwandelt. Einen Jungen, der von seiner Gönnerin ebenso abhängig ist, wie der Hund es war, allerdings befiehlt man Ihnen nicht mehr, sondern man bittet Sie. Man verkleidet Sie nicht mehr, sondern man staffiert Sie aus. Man verlangt Ihnen keine Kunststücke mehr ab, sondern man sorgt sich um Ihren Seelenzustand. Man fordert Sie nicht mehr auf, zu kläffen, sondern legt Ihnen nahe, Ihr Französisch zu perfektionieren und die Grundlagen des Deutschen, der Geografie und der Geschichte zu erlernen. Und stellen Sie sich schließlich vor, dass Sie sich nach einem Leben in einem Haus, das Sie für ein reiches Domizil hielten, plötzlich in einem Palast wiederfänden, der an eines der Schlösser aus den Legenden erinnerte, die Sie Janek am Feuer vorzulesen pflegten. Würden Sie es ungeachtet des Vergnügens, einige Tage Amor darzustellen, wirklich bedauern?

Józef bedauert nichts. Wenn ihm die Erinnerung an Janek, der auf die Knie gefallen war, um ihm Lebewohl zu sagen, die Kehle zuschnürt, dann denkt er an die Worte der Gräfin. Anna Humieska findet immer die richtigen Worte. Es ist eines ihrer zahlreichen Talente. »Sie verdienen weitaus Besseres als dieses Leben«, hat sie in der Kutsche, die Józef aus dem Leben fortriss, das er für das seine hielt, gesagt. »Sie sind eine Perle. Eine Perle aus einem sehr seltenen Gewässer.«

Janek war neben der Kutsche hergerannt und hatte wie besessen gewinkt.

Die Gräfin hatte die ledernen Vorhänge vor die Scheiben gezogen und hinzugefügt: »Sie müssen endlich die Erziehung eines Edelmannes erhalten.«

Józef hatte sie ungläubig angesehen. Sie hatte ihn mit einem schönen Lächeln angelächelt, das dazu taugte, ihn über alle vergangenen, gegenwärtigen und zukünftigen Schmerzen hinwegzutrösten.

»Es ist an der Zeit, finden Sie nicht?«

Nicht auf Janeks Rücken würden Flügel wachsen, sondern auf seinem.

Die Erziehung des Edelmannes Józef Boruwłaski beginnt in der Wäschekammer von Halina Pajak. Halina ist die Tochter eines Hufschmieds und die Ehefrau eines Kutschers, dessen Nachname »Spinne« bedeutet, und übt den ehrenwerten Beruf einer Amme aus. Eine solche Person stillt, schaukelt und wickelt in hochadeligen Häusern hauptsächlich Säuglinge, übernimmt diese Aufgabe aber, wenn nötig, auch bei den älteren Brüdern und Schwestern und bei den Eltern. Halina hat die vier Töchter, die ihr Ehemann Bazyli ihr geschenkt hat, ebenso versorgt wie die beiden Söhne der Gräfin Humieska. Sie hat sich auch um die beiden Bastarde des Kutschers und die acht unehelichen Kinder des Grafen gekümmert. Der Herr liebte junge Früchtchen, der Kutscher bevorzugte verdorbene Früchte. Je dicker der Bauch des Herrn wurde, desto jünger wurde seine Beute. Der Kutscher hatte sich bei seinen Dirnen mit Syphilis angesteckt.

Als der Graf begann, zehnjährigen Jungfrauen Gewalt anzutun, vollzog die Gräfin die Trennung von Tisch und Bett. Die

Geschlechtskrankheit führte dazu, dass Bazyli zu sabbern begann und schließlich an der Galle seines Lasters erstickte. Doch damit ließ Gottes Gerechtigkeit es nicht bewenden. Halinas Töchter wurden alle vier von den Masern dahingerafft, der ältere Sohn der Gräfin stürzte vom Pferd, und der jüngere bekam die Schwindsucht, der er innerhalb von sechs Monaten erlag. Bazylis Bastarde starben im Krieg gegen die Schweden und später die Russen, die Bastarde des Grafen ebenfalls. Gottes Wille geschehe. Als Anna Humieska ihren Schmerz mit Opiumdünsten zu betäuben begann, wachte Halina bei ihr und entwöhnte sie. Für ihre treuen Dienste erhielt sie ein grünes Kleid und das Versprechen, dass sie niemals mehr in ihr Heimatdorf, dessen Namen sie vorsichtshalber vergessen hatte, zurückgeschickt würde, auch wenn sie selbst in das Alter käme, in dem sie gewiegt werden musste. Gott ist der Anfang und das Ende, und was er beschließt, ist immer gut und richtig.

Halina Pajak hat Stoppeln am Kinn, trübe Augen, ein Vier-Zähne-Lächeln, einen langen Rosenkranz umhängen und die Gestalt einer Brioche. Als Madame Humieska ihr Józef in die Wäschekammer bringt, wo sie, weil es inzwischen niemanden mehr in den Schlaf zu wiegen gibt, Bettlaken, Tischwäsche und Nachthauben ausbessert, setzt sie sich, um ihn besser in Augenschein nehmen zu können und auch, weil sie vor Überraschung weiche Knie bekommt.

Józef, der sich ihrer Zuneigung versichern will, begrüßt sie, wie er die Besucherinnen im Gelben Salon begrüßt hat: »Ich entbiete Ihnen meinen Respekt, ehrenwerte Dame. Ich komme vom Grafen und der Gräfin Tarnow, wo ich bis zum heutigen Morgen die doppelte Funktion eines Spielzeugs und eines Boten ausübte. Madame Humieska hat mich zu sich genommen, weil sie Pläne mit mir hat, über die wir bisher noch nicht näher gesprochen haben. Mein Name ist Józef Boruwłaski, und ich bin der dritte

Sohn von Graf Anton Boruwłaski, Gott habe ihn selig. Ich hoffe, ich verursache Ihnen weder Verdruss noch zu viel Mühe. Sollte es dennoch so sein, bitte ich Sie, es mir zu sagen. Ich würde mich noch kleiner und leichter machen, als ich es ohnehin schon bin, um Ihnen nicht zur Last zu fallen.«

Verblüfft mustert Halina den winzigen rosa Mund, der diese Worte ebenso perfekt ausspricht, wie die Nase, die Brauen, die Augen, die Ohren und die blonden Locken gemeißelt sind und zusammen mit besagtem Mund eine erlesene Miniatur bilden. Halina findet, dass Józef aussieht wie eine Krippenfigur. Sie denkt daran, ihn zu Weihnachten als Hirten anzuziehen und ihn in die Krippe am Fuß des Altars zu stellen. Sie findet ihn so hübsch, dass sie von Gefühlen übermannt wird. Józef erkennt die Gefühle in ihren Augen. Er lehnt sich an ihre Knie, nimmt ihre altersfleckige Hand und küsst sie.

»Gnädige Frau mit langjähriger Erfahrung und voller geduldiger Weisheit«, sagt er, »würden Sie mir die Ehre erweisen, in diesem herrlichen Haus meine Beraterin zu sein?«

Herrlich ist noch untertrieben. Turly ähnelt keinem der Paläste, die Józef entweder auf Bildern gesehen hat oder deren Vorzüge die Gäste der Starostin zu loben pflegten. Turly ist wie eine Blume aus Stein, Grünanlagen und Wasser. Das strohgelb gestrichene, leicht gebogene Haupthaus wird von einer Balustrade überragt und bildet das Herz der Blüte. Die beiden Pavillons am Ende der Seitenflügel sind die Blütenblätter, und Haine aus Buchs stellen ein Gewirr von Blättern dar, auf denen Wasserbecken und Springbrunnen wie Tautropfen wirken. Zwar war der Graf der Ansicht gewesen, das dreihundert Jahre alte, etwas altersschwache Schloss auf dem Hügel über dem Fluss genüge bei Weitem für die Jagdaufenthalte in dieser Gegend, doch seine Gattin hatte auf einem Domizil bestanden, das Raffinement, Anmut und Zärtlichkeit verkörperte, kurz, all das, was ihr ihre Ehe nicht bieten konnte. Gegen das Versprechen, sich in Zukunft nicht mehr in seine Privatangelegenheiten einzumischen, ließ der Graf sie einen Architekten aus Florenz engagieren. Und so war mitten in Polen ein italienischer Palast gewachsen.

Unter der aufmerksamen Fuchtel von Halina Pajak verläuft das Leben im Palast so geregelt wie die Takte eines gewissen Herrn Bach, dessen Werke die Gräfin stundenlang auf ihrem Cembalo spielt. Józef steht bei Tagesanbruch auf. Ein Diener, der zwei Jahre jünger und doppelt so groß ist wie er, bringt ihm einen Krug mit kaltem Wasser und nimmt seinen Nachttopf mit. In seinem Zimmer, das ebenso groß ist wie das Schlafzimmer der Starostin von Caroliz auf Wodnopol, gibt es einen Holzofen, neue Vorhänge, einen Schemel, mit dessen Hilfe Józef auf das mit Kattun bespannte Himmelbett steigen kann, ein Mäppchen für Schreibutensilien, das er sich auf den Schoß legen oder auf der Armlehne eines Sessels deponieren kann, und eine Schüssel aus Steingut, in der er sich wäscht. Halina bringt ihm Tee und Haferbrei zum Frühstück, lässt ihn ein Gesätz des Rosenkranzes beten, während sie ihn ankleidet, und begleitet ihn zu seiner ersten Unterrichtsstunde.

Die erste Unterrichtsstunde ist Fechten. Józef übt mit Degen, die den Söhnen der Gräfin gehörten, als sie Kinder waren. Sein Fechtmeister lehrt ihn Einladung, Umgehung, Parade, Riposte, Battuta und Bindung – kurz alles, was er wissen muss, um auf dem Parkett eines Salons töten zu können, ohne selbst getötet zu werden. Weil er danach erhitzt ist, tupft Halina ihn mit einem Handtuch ab, streift ihm ein frisches Hemd mit Manschetten über, die ihm bis zur Mitte der Finger reichen, und bringt ihn zum Französischunterricht.

Es folgt eine Stunde Anstandslehre, wo er lernt, gekrönte Häupter zu begrüßen, was ihm viel Spaß macht, und wo man ihm die Grundschritte von Courante, Gavotte und Rigaudon beibringt, was ihn alles andere als amüsiert. Es fällt Józef schwer, seine Schritte denen einer Person anzupassen, deren Beine dreimal länger sind als seine, und noch schwerer, eine Tänzerin zu führen, die er nicht ansehen kann, ohne den Kopf in den Nacken zu legen. Er findet sich dabei noch lächerlicher als bei seinen Drehungen auf dem Tischchen im Gelben Salon und versteht nicht, warum Gräfin Humieska ihm diese erniedrigenden Übungen auferlegt. Hat man je einen dreiundfünfzig Zentimeter großen Jungen gesehen, der eine Dame zum Menuett auffordert?

Nach der Demütigung kehrt Józef in sein Zimmer zurück, wo Halina ihn zum Mittagessen umzieht, das ebenfalls eine Lektion in guten Manieren und Konversation ist. Józef war der Meinung gewesen, auf Wodnopol gelernt zu haben, wie man sich bei Tisch und im Salon benimmt, aber zwischen der Tafel und dem Salon der Gräfin Humieska und denen der Tarnows besteht ein himmelweiter Unterschied. Józef muss alles vergessen, was er weiß, um völlig Neues zu erlernen.

Unmittelbar danach folgt der Gesangslehrer. Dann der Deutschlehrer. Anschließend verbringt der Schüler eine gewisse Zeit mit der Gräfin, die seine Fortschritte begutachtet, und wird sofort darauf erneut von Halina zum Abendessen umgezogen, das er in seinem Zimmer einnimmt. Der junge Diener serviert. Um neun Uhr entkleidet Halina Józef und bringt ihn zu Bett. Er liest noch eine Weile, während sie neben ihm sitzt und stickt. Um halb zehn pustet sie die Kerze aus und überlässt ihn seinen Träumen. Aber er ist so müde, dass er nicht träumt.

Nach acht Monaten ist er in der Lage, ein Kompliment auf Deutsch zu erwidern, ein Sonett auf Französisch zu schreiben und anmutig alle Tänze zu tanzen, die in Polen in Mode sind. Madame Humieska verkündet, dass sie ihn zur Belohnung auf eine Reise mitnehmen wird. Es soll eine lange Reise von zwei oder drei Jahren werden und in alle Hauptstädte führen, die Józef dank seines Lehrers auf der Karte verorten kann. Józef hat das Gefühl, dass die Erde sich vor ihm auftut und einen Berg hervorbringt, der die Zimmerdecke durchstößt. Er selbst steht auf der Spitze dieses Berges, und die Sonne brennt ihm so heiß auf den Schädel, dass sein Gehirn in Flammen aufgeht. Madame Humieska amüsiert sich darüber, dass er so rot wird wie die Aufschläge seiner Weste.

»Würde es Ihnen gefallen, liebster Joujou, sich mit der Kaiserin von Österreich, dem König von Polen und der Königin von Frankreich persönlich zu unterhalten?«, erkundigt sie sich schmunzelnd.

Anstatt mit gekrönten Häuptern beginnt die große Reise allerdings mit Flöhen und Juden. Die Straßen sind in einem so schlechten Zustand, dass die Wagen ständig den Verlust eines Rades riskieren, und bis Lemberg, das auch Lwów genannt wird, findet man weder eine Herberge noch ein anständiges Haus, das wenigstens ein Minimum an Bequemlichkeit bietet. In weiser Voraussicht hat Madame Humieska ihre Möbel, ihre Wäsche, ihre Küchenutensilien und ihre Lebensmittel vorausgeschickt. Eine Handvoll Domestiken wird als Kundschafter ausgesandt, sucht in den Dörfern nach dem am wenigsten schrecklichen Haus und bereitet es eifrig und entschlossen für die Ankunft der Herrin vor. Eifer und Entschlossenheit bedeuten in diesem Fall, dass die Bediensteten ihren Auftrag ohne das geringste Mitgefühl für die Bewohner des ausgewählten Hauses erfüllen. Bei den sogenannten Häusern handelt es sich in aller Regel um altersschwache Hütten, die inmitten brachliegender Felder oder dicht gedrängt um ein Gebäude mit schwärzlichem Glockenturm stehen und die in der Hauptsache von Juden samt ihren Haustieren bewohnt werden. Mit Peitschenhieben verjagen die

Kundschafter Menschen, Tiere und manchmal auch andere Reisende, deren Rang als zu niedrig angesehen wird, um mit der Gräfin unter einem Dach zu nächtigen. Sobald sie die Lokalität übernommen haben, spannen sie Teppiche an die Wände, stellen Betten auf, verteilen die Truhen von den Wagen, die ihnen gefolgt sind, und bedienen sich am Geflügel und dem Küchengarten der Eigentümer, damit die Herrin bei Ihrer Ankunft weder über Kost noch Logis zu klagen hat. Allerdings entkommt Józef bei aller Bequemlichkeit weder den Stichen der Flöhe, die Wände und Fußböden bevölkern, noch dem unbehaglichen Anblick der armen Juden, die sich ohne Feuer und Nahrung in einer benachbarten Scheune drängen. Die Stiche bekämpft er mit Essig, seine Gewissenbisse mit einem Rosenkranz. Er ist fast zwanzig Jahre alt, seine Flügel beginnen zu sprießen, und er wird die kaiserliche Hauptstadt besuchen.

Der erste Eindruck von Wien sind sehr saubere Vorstädte. Sie sind neu, weil sie erst nach dem großen Brand bei der Belagerung von 1683 wieder aufgebaut wurden. Eine weite Esplanade trennt die Vorstädte von der eigentlichen Stadt, die Józef sich größer vorgestellt hat. Es gibt breite, baumbestandene Prachtstraßen mit schönen Häusern und herrlichen Equipagen, aber auch düstere, schlammige Gassen, in denen die Karren, die den Müll forträumen sollen, ebenso viel Unrat hinterlassen, wie sie mitnehmen.

Das Haus, in dem die Gräfin Herberge findet, gehört einem ihrer Vettern. Madame Humieska ist mit allen verwandt, die in Europa Rang und Namen haben, was sehr nützlich sein kann, wenn man angenehmer wohnen möchte als in flohverseuchten Hütten. Die Unterkunft ist kaum kleiner als Turly, hat eine weiße Marmortreppe, einen Raum, der komplett mit Spiegeln ausgekleidet ist, und ein Gemach, in dem Lackschilder hängen, die eigens mit Maultieren aus China hergebracht wurden. Ein drittes Zimmer ist ausgemalt wie eine große Voliere, und zwar so lebensecht, dass man die gemalten Vögel nicht von denen unterscheiden kann, die in den Käfigen an den Wänden zwitschern. Außerdem gibt es eine Apotheke, die vom Boden bis zur Decke mit Steinguttiegeln ausgestattet ist.

Die Familie des Gastgebers begrüßt Madame Humieska mit überschwänglicher Freundlichkeit, die sie auch auf Józef ausdehnt, den alle zu kennen scheinen, obwohl ihn noch keiner von ihnen gesehen hat. Das große Thema bei Familie, Freunden und Bekannten des Cousins ist die Frage, wann die Kaiserin die polnische Gräfin und ihren Zwerg empfangen wird. Man sagt nicht »ihr Zwerg«, wenn er am Gespräch teilnimmt, man wartet, bis er sich abwendet. Weil die Frage jedoch mit lauter und verständlicher Stimme hinter seinem Rücken debattiert wird, fragt sich Józef, ob die Österreicher glauben, dass Polen nicht mit den Ohren, sondern mit den Augen hören.

Um Józef in die Lage zu versetzen, bei Nachfragen eine Meinung zu äußern, bittet Madame Humieska ihren Neffen, ihm die Stadt zu zeigen. Józef erfährt, dass sich der Name der Stadt Wien von einem kleinen Fluss ableitet, der sich unter den Mauern dahinschlängelt und ein Stückchen weiter in die Donau mündet. Die Aussicht von den Befestigungsanlagen ist hübsch, aber abgesehen von sehr heißen Abenden halten sich hier nur wenige Spaziergänger auf. Man sagt: »Wien ist entweder giftig oder windig«, und es stimmt, dass es hier ständig windet – manchmal so heftig, dass man umgeweht wird. Trotz der Böen ist die Luft jedoch schwül und wie verpestet, obwohl sich weder Sümpfe, noch Schwefelminen oder Erdpechvorkommen in der Nähe befinden.

Józef findet die Stadtmauern nicht gut instand gehalten. In den angebauten Kasernen sind Kaschemmen und leichte Mädchen untergebracht. Sein Fremdenführer weigert sich, die schlecht beleumundeten Orte zu betreten, und um Józefs Enttäuschung zu besänftigen, lädt er ihn ein, sich den neuesten Klatsch in den Kaffeehäusern anzuhören, wo Literaten ihre Gazetten lesen. Diese jungen Stutzer sind ziemlich freche Kerle, deren Berufung es ist, das Unterste nach oben zu kehren und peinliche Tatsachen aufzudecken.

Gemeinsam mit ihnen am Tisch entdeckt Józef einen Kaffee namens Einspänner sowie alles Wissenswerte über das Privatleben des kaiserlichen Paares. Die Kaiserin gehört zu einer Art von Frauen, von deren Existenz er nichts wusste. Sie ist eine glühende Liebhaberin, Mutter von sechzehn Kindern und wird unterstützt von einem Staatskanzler, der sich als fähiger als der eigene Ehemann erwiesen hat, wenn es darum ging, fremden Armeen die Stirn zu bieten oder Reformen im Land durchzusetzen.

Als Tochter Kaiser Karls VI. hat Maria Theresia von Habsburg mit neunzehn Jahren Franz Stephan von Lothringen geheiratet. Es war eine Liebesheirat. Auch nach der Geburt von fünf Söhnen und elf Töchtern hat Maria Theresia nur Augen für ihren Gatten, obwohl dieser ganz gern an anderen Blüten naschen würde. Wagt er es? Vielleicht. Die Fürstin von Auersperg? Zweifellos. Weiß Maria Theresia Bescheid?

Noch nicht. Sie ist zu sehr mit dem Krieg gegen die Preußen beschäftigt, um sich um Bettgeschichten zu kümmern. Sie will Schlesien zurück, das sie Preußen vor sieben Jahren am Ende des Erbfolgekriegs hatte überlassen müssen. Beim Tod ihres Vaters war die Erzherzogin erst dreiundzwanzig Jahre alt gewesen. Ihre Nachbarn und Verwandten machten ihr Teile des Reiches streitig. Preußen, Bayern, Sachsen, Frankreich, das Piemont und Spanien wählten Karl Albrecht von Bayern auf den kaiserlichen Thron und beraubten sie der Provinz mit den reichsten Bodenschätzen sowie eines guten Stückes der Mailänder Gebiete, die sie ihrem eigenen Schwager überlassen musste.

Fünf Jahre später war der neue Kaiser tot, und nachdem Maria Theresia ihren eigenen Gatten als Franz I. Stephan hat zum Kaiser wählen und krönen lassen, hat sie selbst den Titel »Römische Kaiserin« angenommen. Sie vergöttert ihren Ehemann und verhätschelt ihn mit eifersüchtiger Zärtlichkeit, aber unter ihren Umstandskleidern hat sie die Hosen an, beschließt Bündnisse und befiehlt über die Generäle. Eine Frau mit starkem Willen und Durchsetzungskraft.

Als nach zwei Wochen die Einladung in den Kaiserpalast erfolgt, kennt Józef die wichtigsten kaiserlichen Siege, die Gründe, derentwegen sich Frankreich unter Louis XV. der österreichischen Sache angeschlossen hat, sowie die Vornamen aller sechzehn Kinder der Kaiserin. Er weiß auch, dass das Objekt der Begierde des Kaisers achtzehn Jahre alt ist, eine gewölbte Stirn, eine schmale Taille und den schönsten Teint des gesamten Hofes hat, dass sie eine geborene Maria Wilhelmina von Neipperg und seit Kurzem Ehefrau des Fürsten Johann Adam von Auersperg ist und dass man über die Gefälligkeiten des Prinzen gegenüber seinem Souverän natürlich kein Wort verlieren darf.

Während Gräfin Humieska Józef Perücken nach der in Wien herrschenden Mode anpasst, wiederholt sie, dass die Kaiserin eine vortreffliche Person sei und dass er nur er selbst sein müsse, um ihr zu gefallen.

Die Hofburg ist kein sehr beeindruckendes Gebäude und entspricht nicht dem Stand ihrer Bewohner. Das Äußere ist wenig prunkvoll, die Treppen sind steil und dunkel und die Decken schlecht gestrichen. Konzentriert darauf, ganz er selbst zu sein, nicht außer Atem zu geraten und keinesfalls auf dem glatten Parkett auszurutschen, klettert Józef hinter seiner Gönnerin eine Unzahl Stufen hinauf, die für Grenadiere geschaffen sind, durchquert eilig weitläufige Salonfluchten, in denen Damen und Herren in Festkleidung sich nach ihm umdrehen, und knabbert vor dem großen zweiflügeligen Portal aufgeregt an seinen Fingernägeln, wobei er sich ängstlich fragt, ob er sich in Stein verwandeln würde wie unbesonnene Menschen angesichts der Gorgonen, sobald der Haushofmeister mit dem goldenen Stab und den makellosen Strümpfen Gräfin Humieska ankündigt.

Kaiserin Maria Theresia erinnert glücklicherweise in nichts an die Gorgonen. Sie ist eine dicke, rosige Dame in einem blauen, mit Silber bestickten Taftkleid, die Orangenschnitze an einen Papagei verfüttert. Ihre Haare sind oben glatt, an den Seiten gelockt und grauweiß gepudert. Statt eines Colliers trägt sie Spitzen um den Hals, die Perlen in ihren Ohren stammen von einer Riesenmuschel, und ihr weicher Hals erbebt bei jeder Bewegung. Ihre Brust ist mit einer Blume aus Diamanten geschmückt, und sie hat sehr schöne, klare Augen. Sie sitzt nicht auf einem Thron, sondern auf einem samtbezogenen Sessel, der an die Sitzmöbel im Gelben Salon von Wodnopol erinnert, aber etwas höher ist. Ihre Füße ruhen auf einem Schemel, ein Stückchen blauer Schuh blitzt unter dem Saum hervor. Vier junge Frauen haben sich auf dem Fußboden niedergelassen, ihre Röcke sind wie Blütenblätter um ihre graziös geschnürten Taillen gebreitet. Vier Frauen, die älter sind und mürrischer schauen, stehen hinter der Kaiserin. Herren sind keine anwesend, dafür aber eine Meute Hunde mit langem Fell und kurzen Schwänzen, die sich um einen Ball balgen.

Von der Schwelle des Raumes aus gesehen hat der Anblick nichts Einschüchterndes, trotzdem spürt Józef, dass alles Blut zunächst sein Gesicht, anschließend seine Brust, seinen Bauch und schließlich seine Beine verlässt, um sich unter seinen Fußsohlen zu sammeln. Er kann nicht mehr denken, sich nicht mehr bewegen, und sogar das Atmen fällt ihm schwer. Gräfin Humieska erweist der Monarchin die üblichen Reverenzen und lässt ihn bewegungslos am Rand des runden Teppichs stehen, der das halbe Zimmer bedeckt. Mit einer Handbewegung bedeutet die Kaiserin Madame Humieska, weitere Knickse zu unterlassen, mit der anderen Hand schiebt sie den Papagei fort, der Kerne auf ihre Schulter spuckt, nickt einen Willkommensgruß. »Liebe Gräfin«, sagt sie freundlich, »ich finde Sie bei guter Gesundheit, ich bin sehr erfreut, Sie zu sehen.« Ihr Lächeln gilt Madame Humieska, aber es ist Józef, den die Kaiserin anblickt. »Und dies also ist der erstaunliche Joujou.«

Madame Humieska dreht sich um und ermutigt ihren kleinen, zur Statue erstarrten Begleiter, den Teppich zu überqueren. Józef gehorcht mit dem Gefühl, auf einer Eisfläche zu laufen, die jeden Augenblick unter ihm einzubrechen droht. Die Kaiserin verschränkt die Hände, als wolle sie Gott darum bitten, ihn nicht in den Tiefen des Weihers versinken zu lassen.

»Wie hübsch er ist ...«, murmelt sie.

Madame Humieska stimmt ihr begeistert zu.

»Nicht wahr? Einen wie ihn gibt es kein zweites Mal.«

Die Kaiserin betrachtet die seltsame kleine Kreatur im rosa Anzug und mit kurzer Perücke, die an der Seite der Gräfin wie ein Zinnsoldat wirkt.

»Spricht er?«

»Besser als manches Buch. Ihre Hoheit schüchtern ihn ein, er ist manchmal noch sehr kindlich.«

Diese Bemerkung bringt Józefs Blut so plötzlich in Wallung, als hätte man ihn mit Brennnesseln ausgepeitscht. Er findet seinen Stolz und seine Bewegungsfähigkeit wieder, neigt sich zu dem blauen Schuh hinunter, richtet sich wieder auf, nimmt eine Haltung ein, die er für vorteilhaft hält, und zitiert ohne den kleinsten Fehler das Kompliment, das sein Lehrer ihm für den

Fall einer Vorstellung bei Hofe beigebracht hat. Die Kaiserin gibt ihre Zufriedenheit dadurch zu verstehen, dass sie ihr weiches Kinn verdoppelt.

»Wo kommen Sie her, kleiner Mann?«, fragt sie und beugt sich zu ihm hinunter.

»Ich bin in Polnisch Ruthenien geboren, Majestät.«

»Dann spricht man in dieser Gegend also Deutsch?«

Józef setzt Stück für Stück alle ihm bekannten Wörter zusammen und gibt zur Antwort, er habe diese schöne Sprache aus Liebe zu dem edlen Volk erlernt, das sie spricht, sowie aus heimlicher Liebe zu der edlen Herrscherin, die dieses Volk regiert.

Jetzt applaudiert die Kaiserin.

»Hinreißend! Bravo!«

Die jungen Damen applaudieren ebenfalls, die langhaarigen Hunde bellen, und der Papagei schlägt ungestüm mit den roten Flügeln. Józef glaubt zu träumen. In seinem Kopf scheint es zu sprudeln, als hätte Janek Schaumwein hineingegossen. Er erkennt, dass die Kaiserin amüsiert und vielleicht sogar gerührt ist, er hört, dass sie ihm vielerlei Fragen zu seiner Heimat, seiner Familie und seinem Geschmack stellt, die er mechanisch, so gut es eben geht, beantwortet. Madame Humieska wird gebeten, sich zu setzen, und nimmt ihn auf den Schoß, damit die Kaiserin ihn bequemer anschauen kann. Er lächelt ununterbrochen, um seine weißen Zähne und seinen freundlichen Charakter zu demonstrieren. Ein junger Hund springt an der Gräfin empor und leckt Józef die Hände, die Damen und der Papagei lachen, er hört sich ebenfalls lachen und fragt sich, wann er endlich aufwacht.

Der Haushofmeister kündigt den Fürsten Wenzel Anton von Kaunitz an. Der berühmte Diplomat ist Staatskanzler und Gründer des österreichischen Staatsrates, und Österreich verdankt ihm die Reform seiner Armee. Die Aussicht darauf, nun über den Vormarsch der preußischen Truppen sprechen zu müssen, verwandelt das Gesicht der Kaiserin vollkommen. Es ist, als hätte sie eine majestätische Maske aufgesetzt. Mit der rechten Hand vollführt sie eine Geste, die wie eine Segnung wirkt und das Ende der Audienz bedeutet. »Ich kann Sie nur beglückwünschen, meine Liebe«, sagt sie statt eines Abschiedswortes zur Gräfin, »Ihr Joujou ist das Überraschendste, was ich je zu Gesicht bekommen habe. Er übertrifft alles, was ich zuvor über ihn gehört habe, und Sie tun gut daran, ihn für sich zu behalten.«

Madame Humieska stellt Józef auf den Boden. Mit einem leichten Druck auf den Hals signalisiert sie ihm, dass es Zeit für den Abschiedsgruß ist. Knickse und Kratzfüße. Der Papagei verbeugt sich auf seiner Stange wie ein Spiegelbild. Mit dem Eindruck, wie Jesus über Wasser zu wandeln, tritt Józef den Rückweg über den runden Teppich an. Flügeltür, die weißen Strümpfe des Haushofmeisters. Salons, Blicke. Stufen, Ehrenhof. Kutsche. Während er Anna Humieska gegenübersitzt und sich ihre Komplimente anhört, glaubt Józef noch immer zu träumen.

Die Audienz hat kaum eine halbe Stunde gedauert, aber schon jetzt summen die Gerüchte mit dem Eifer einer Biene im Frühling durch den Palast. Am folgenden Tag spricht alle Welt bereits von nichts anderem mehr als von der Gräfin und ihrem Reisebegleiter. Einladungen treffen ein. Von seiner Morgentoilette bis zu den Besuchen, die Madame Humieska macht oder empfängt, ist Józef von sechs Uhr morgens bis Mitternacht auf den Beinen. Er hat nicht die Zeit, sich zu fragen, was er von diesem Trubel hält, und ist wie ein mit Gefühlen vollgesogener Schwamm, wie ein Eichhörnchen, das man in ein mit Höchstgeschwindigkeit drehendes Laufrad wirft, und jeden Abend hat er vor dem Einschlafen den Eindruck, an einem Tag ein ganzes Leben gelebt zu haben. Morgens wirkt er immer wie ein kleiner Junge, der erst noch sein Alphabet lernen muss, und der Kontrast zwischen seinem Erscheinungsbild und seiner tatsächlichen Reife zeigt sich ganz besonders dann, wenn er sich zufällig in einem Spiegel sieht. Manchmal erkennt er sich fast selbst nicht wieder.

Die zweite Audienz im Kaiserpalast ist öffentlich. Eine unübersehbare Menschenmenge drängt zum Eingang. Anna Humieska sieht sich gezwungen, Józef auf den Arm zu nehmen, damit er nicht zertreten wird. Je weiter sie in den riesigen Salon vordringt, der so breit und hoch wie ein Schiff ist, desto bereitwilliger teilt sich die Menge. Augen glänzen bei Józefs Anblick.

Die Kaiserin, die unter einem Baldachin sitzt, hebt ihre Lorgnette und zupft den Mann in Brokatkleidung an ihrer Seite am Ärmel. Franz I., Kaiser des Heiligen Römischen Reiches, hat hängende Augenlider, eine große Nase, ein schweres Kinn, rote Wangen und den Ausdruck eines Menschen, der sich nach einem angenehmen Mittagsschlaf sehnt. Als Józef vor ihm aufgestellt wird, hat das die Wirkung einer kalten Dusche. Er richtet sich auf und macht seinem ältesten Sohn ein Zeichen, zu ihm zu treten. Erbprinz Joseph ist hoch aufgeschossen, schlank und hat die schönen Augen seiner Mutter. Auf Französisch erkundigt er sich bei der Kaiserin, ob Polen durch den Krieg so sehr geschwächt wurde, dass der Nahrungsmangel die Jungen daran hindere, größer zu werden.

Józef erkennt die Möglichkeit, zu beweisen, dass er Konversation in mehreren Sprachen zu führen in der Lage ist, und bittet um die Erlaubnis zu antworten. Zwar kennt er von Polen lediglich die Gebiete, die sie auf dem Weg nach Österreich durchquert haben, aber er hat die Geschichte der Herrscherfamilien gelesen, kennt die Legenden, welche die Seelen seines Volkes nähren, und bemüht sich, daraus ein berührendes Porträt zu zeichnen.

»Würden Sie mir bitte sagen, Joujou, was man in Polen vom preußischen König hält und wie Ihre eigene Einschätzung aussieht?«, erkundigt sich die Kaiserin auf Französisch, sichtlich beeindruckt von seiner Eloquenz.

Józef hat nicht die geringste Vorstellung, wie der König von Preußen in seiner Heimat gesehen wird. Die Gäste der Tarnows pflegten über die Jagd, Hochzeiten, Ernten und Holzpreise zu plaudern, und während des Jahres bei Madame Humieska ist nie über Politik gesprochen worden. Er weiß, dass der König von Preußen Friedrich II. heißt, dass er mit achtundzwanzig Jahren den Thron bestiegen hat und dass er Musik liebt und Voltaire bewundert, was ihn durchaus schätzenswert machen würde, wäre er nicht der eingeschworene Feind der Herrscherin, die ihm jetzt gerade ihr Interesse widmet.

Aus Vorsicht lässt er die humanistischen Qualitäten Friedrichs II. beiseite und antwortet liebenswürdig: »Madame, ich habe leider nicht die Ehre, besagten Herrscher zu kennen, aber wäre ich an seiner Stelle, würde ich meine Zeit nicht damit vergeuden, einen unnützen Krieg gegen Sie zu führen, sondern käme nach Wien, um Ihnen meine Aufwartung zu machen. Ich fände tausendmal mehr Ruhm darin, Ihre Wertschätzung zu erlangen, als darin, einen Sieg über Ihre Truppen davonzutragen.«

Diese Schmeichelei, die ihn lediglich eine gewisse Kühnheit gekostet hat, erobert die Hauptstadt. Sowohl im Palast als auch in der Stadt wird der winzige Joujou zum Helden des Sommers. Gasparo Angiolini, der Ballettmeister der Hoftheater, erteilt ihm Tanzstunden. Fürst von Kaunitz, der eigentlich die Angelegenheiten des Reiches zu regeln hat, unterhält sich jedes Mal mit ihm, wenn er ihm begegnet, nennt ihn »mein kleiner Freund« und schenkt ihm so viel wohlwollende Aufmerksamkeit, dass es Eifersüchteleien gäbe, würden Józefs Größe und sein Naturell ihn nicht außerhalb gewöhnlicher Menschen stellen. Die Kaiserin fragt nach ihm, lässt ihn tanzen, setzt ihn auf ihren Schoß und überhäuft ihn mit Zärtlichkeiten.

»Wie verbringen Sie Ihre Zeit, Joujou, wenn Sie sich nicht im Palast aufhalten?«

»Ich besichtige Ihre schöne Stadt, Majestät.«

»Was finden Sie in Wien am kuriosesten und am interessantesten?«

Józef hat längst begriffen, dass man die Gelegenheit beim Schopf ergreifen muss, wenn sich eine Möglichkeit bietet, den Mächtigen Honig um den Bart zu schmieren. Er setzt eine geheimnisvolle Miene auf.

»Madame, ich habe unendlich viele Dinge gesehen, denen man als Reisender Bewunderung zollen muss, aber nichts ist so außergewöhnlich wie das, was ich jetzt im Moment sehe.«

Die Kaiserin hebt die Augenbrauen, die sie wachsen lässt, wie es der Natur gefällt, und nicht auszupft wie die Damen in Polen.

»Und das wäre?«

Józef lässt Zähne und Augen aufblitzen, wie er es noch am Morgen vor dem Spiegel geübt hat.

»Einen so kleinen Mann auf den Knien einer so großen Frau!«

Begeistert hebt die Kaiserin ihn hoch, hält ihn unter den Achseln, küsst ihn auf die Stirn und setzt ihn wieder hin, behält aber seine Hand in der ihren. Am Ringfinger trägt sie einen mit Diamanten besetzten Ring. Sie spreizt die Finger, bis die Fassung aufblitzt.

»Gefällt Ihnen mein Ring, Joujou? Finden Sie ihn hübsch?«

Józef denkt an den Fuchs aus den Fabeln von Monsieur de La Fontaine, der sich ohne Rücksicht auf seine gutgläubigen Opfer bereichert.

»Ich bitte Eure Majestät um Verzeihung«, erwidert er, »aber es war nicht der Ring, den ich betrachtet habe, sondern die Hand, die ich gerne küssen würde.«

Daraufhin drückt er natürlich einige Küsse auf Ring und Hand, bei denen er das richtige Maß zwischen Respekt und Leidenschaft zu wahren weiß. Um ihm zu beweisen, wie sehr sie seine galante Art schätzt, bietet die Kaiserin dem Schmeichler das Schmuckstück an, das er bewundert hat. Der Ring ist viel zu groß. Die Kaiserin ergreift den Arm eines kleinen Mädchens, das hinter ihrem Sessel mit einer Puppe spielt, zieht ihm einen Ring mit einem fast ebenso großen Diamanten vom Finger und steckt ihn an Józefs Mittelfinger.

»Sehen Sie, dieser passt Ihnen ganz genau.«

Józef gefällt der Ring sehr, aber es widerstrebt ihm, dem Kind etwas fortzunehmen.

»Madame, ich möchte nicht, dass diese junge Person ihr Schmuckstück entbehren muss.«

»Diese junge Person ist meine jüngste Tochter, Prinzessin Maria Antonia. Machen Sie sich keine Sorgen, in ihrem Alter weiß man noch nicht um den Wert von Dingen. Antonia, Sie machen unserem lieben Joujou hier doch sicher gern eine Freude, nicht wahr?«

Die Kleine heftet ihre großen Augen von der Farbe des Himmels nach einem Regenguss auf Joujou und errötet, antwortet aber nicht. Weil es ihm peinlich ist, auf den Knien der Kaiserin zu sitzen, während ihre Tochter vor ihm steht, wird Józef ebenfalls rot und beugt sich vor.

»Ihre Puppe ist fast ebenso groß wie ich«, sagt er sanft. »Wenn ich das nächste Mal zu Ihrer allergnädigsten Frau Mama gerufen werde, bringe ich Ihnen einige Kleidungsstücke für die Puppe mit. Es wäre doch sicher lustig, ihre Kleider gegen Kniehosen und Schnallenschuhe zu tauschen, glauben Sie nicht?«

Das kleine Mädchen nickt ernst. Es tritt von einem Fuß auf den anderen, wirft ihm einen schiefen Blick zu, streckt schließlich die Hand aus und berührt Józefs Bein.

»Sind Sie auch eine Puppe? Mein Kindermädchen sagt, es gibt keine Puppen, die sprechen.«

»Doch, die gibt es. Aber nur für große Leute.«

Das Kind wendet sich an seine Mutter.

»Maman, Sie schimpfen immer mit mir, weil ich meine Spielsachen nicht gern verleihe. Würden Sie mir Ihre Puppe leihen?«

Die Kaiserin lacht.

»Das müssen Sie Gräfin Humieska fragen, Antonia. Unser Freund Joujou wohnt bei ihr.«

Das kleine Mädchen neigt den Kopf wie der rote Papagei, wenn er Orangenstücke zu Gesicht bekommt.

»Wird sie denn Ja sagen?«

Mit großem Ernst antwortet Józef, dass er zwar nichts versprechen könne, sich aber darum kümmern wolle. Das rosige Gesicht hellt sich auf.

»Oh, vielen Dank. Und wenn Sie wiederkommen, spielen wir dann miteinander?«

»Ganz sicher.«

Glücklich wendet sich die kleine Prinzessin ab, und Józef Boruwłaski, den seine Mutter sieben Jahre zuvor weggegeben hat, um ihn vor dem Bettelstab zu retten, trägt an seinem Finger den Diamanten der Tochter des Kaisers. Wie im Märchen. Aber im Märchen gestatten Flügel dem Helden, weit fortzufliegen und sich hoch zum Licht und zum Glück hinaufzuschwingen. In der Wirklichkeit ist Józef nichts anderes als eine Laune der Natur, ein Monstrum im Taschenformat, und wenn er es vergessen hat, führen es ihm diejenigen, die ihn verhätscheln und feiern, immer wieder vor Augen.

Es ist Abend im Chinesischen Salon des Cousins. Madame Humieska empfängt Bekannte, und Józef sitzt in einer Ecke und blättert in einem Atlas. Ein Lachen lässt ihn aufhorchen. Auf der anderen Seite des Paravents, der ihn abschirmt, spricht man darüber, ob Zwerge in der Lage sind, sich zu vermehren, und wenn ja, ob es möglich sei, dass sie normalgroße Kinder bekommen. Die Gräfin unterhält ihre Gäste mit ausgiebigen Einzelheiten über die Familie Boruwłaski, Vater, Mutter, sechs Kinder, ausschweifendes Leben, Selbsttötung und verweilt lange bei seiner hübschen Schwester Anastasia, »die noch kleiner ist als unser Joujou«.

»Ich habe schon oft darüber nachgedacht«, fährt sie in scherzendem Ton fort, »wie amüsant es wäre, eine Hochzeit zwischen diesen beiden kleinen Lebewesen auszurichten. Das Resultat würde die Fragen beantworten, die wir uns heute stellen.«

»Wissen Sie denn, wo diese Anastasia zu finden ist?«, erkundigt sich eine männliche Stimme.

»Sie lebt in Polen bei einer Bekannten von Zofia Boruwłaska, die sie aus Nächstenliebe bei sich aufgenommen hat.«

»Und wenn wir es mit einer Frau in Normalgröße versuchten? Was glauben Sie, was dabei herauskäme?«, fragt eine Frauenstimme.

»Nein, das halte ich für unmöglich. Paaren sich Möpse etwa mit weiblichen Doggen?«

»Oder Hähne mit Pfauenweibchen?«

»Aber warum denn nicht? Trotz des Größenunterschieds dürfte diese Gymnastik für zwei Menschen nicht allzu schwierig sein.«

»Sprechen wir denn hier überhaupt von Menschen in unserem Sinne?«

»Ich persönlich bevorzuge die Idee von Joujou und seiner Schwester. Ein Wurf winziger Wichte, die ihnen ähneln, wäre doch hinreißend.«

»Anastasia ist doch keine Katze. Wahrscheinlich bekäme sie nur ein einziges, allenfalls zwei Babys.«

»Dann verschieben wir also die Frage nach dem Wie, bis wir Nachkommen haben. Süße, kleine Boruwłaski-Püppchen mit blondem Haar und blauen Augen.«

»Ich hätte gern eins!«

»Ich ebenfalls!«

»Würden Sie sie verkaufen?«

»Das hängt ganz von der Anzahl der erhaltenen Produkte ab. Wenn es nur zwei oder drei sind, behalte ich sie selbst.«

»Das ist purer Egoismus!«

»Ich würde sie gegen meine beiden Albinostuten eintauschen – Sie wissen schon, die Sie jedes Mal bewundern, wenn ich anschirren lasse.«

»Ich würde Ihnen dafür mein silbernes Teegeschirr überlassen!«

»Joujou ist eine seltene Perle, das habe ich schon oft gesagt. Und eine seltene Perle tauscht man nicht gegen Tassen oder Pferde …«

»Aber natürlich tut man das!«

»Wir wollen Ihnen nicht den Erzeuger nehmen, sondern lediglich seine Nachkommen.«

»Gut, legen Sie Ihre Bedingungen fest, und ich unterzeichne Ihnen einen Vorvertrag, der mit der ersten Schwangerschaft wirksam wird.«

»Besser erst mit der ersten Geburt, das wäre vorsichtiger. Es geschieht selten, dass es dieser Art von Lebewesen gelingt, sich fortzupflanzen. Und es gibt keine Garantie dafür, dass das Resultat einer solchen Kreuzung überhaupt lebensfähig ist.«

»Natürlich müssen Sie auch die Person entschädigen, die Ihnen das Weibchen überlässt.«

»Zeigt ihre Besitzerin sie in der Öffentlichkeit?«

»In der Provinz, wo die Kastellanin wohnt, gibt es kein großes Publikum.«

»Dann hat Ihr Joujou derzeit also keine Konkurrenz?«

»Nicht die geringste. Aus diesem Grund würde ich die Jungen – sofern es welche gibt – gern für mich behalten …«

Man kann Brunnen zuschütten und Teiche reinigen, aber Grundwasser kann ohne Vorwarnung wieder an die Oberfläche dringen. Das Lachen von Anna Humieska und ihren Freunden reißt im Herzen von Joujou einen Abgrund auf, in den sich eine ekelerregende Flut ergießt. Ein Strudel, der seine Lunge ertränkt und sich in schmutzigen Tränen über sein Gesicht ergießt. Sein unstillbares Schluchzen ruft die Lacher auf den Plan. Man zieht den Paravent beiseite, entdeckt ihn, überhäuft ihn mit Fragen, warum der Schmerz, warum die geballten Fäuste, warum dieses Zittern, man zieht mit Gewalt seine Arme und Beine auseinander und schaut nach, ob der Hund ihn gebissen oder ein Stück Glut aus dem Kamin ihn verbrannt hat, man fühlt ihm die Stirn, die nicht erhitzt ist, man betastet seinen Bauch, der nicht hart ist, hat ihm jemand etwas getan, hat er Hunger, hat er Angst, ist er nicht glücklich in Wien?

Stöhnend erklärt er, dass er nicht zum Versuchstier werden wolle, dass er keine Kreatur ohne moralisches Empfinden sei und dass er eher sterben würde, als Anastasia zu heiraten.

Madame Humieskas Gesicht schmilzt wie Wachs in der Sonne. Sie besteht von Natur nur aus Haut und Knochen, daher bleibt ihr nicht mehr als zwei hervorspringende Wangen und ein eckiges Kinn. Sie nimmt Józef in die Arme, wiegt ihn, ohne sich um die Umstehenden zu kümmern, und sagt ihm alles, was er hören möchte. Nie habe sie wirklich in Erwägung gezogen, ihn mit seiner Schwester zu verheiraten. Sie empfinde Respekt und Zuneigung für ihn, ob sie ihm das nicht tagtäglich beweise? Sie habe ihn von den Tarnows fortgeholt und versprochen, ihm eine Bildung zuteilwerden zu lassen, die seinen Talenten entspreche. Habe sie etwa ihr Wort gebrochen? Hätte sie ihn je auf Reisen mitgenommen, wenn sie nicht großen Wert auf seine Gesellschaft legte? Hätte sie ihn bei Hofe vorgestellt, wenn sie ihm nicht eine ernsthafte Wertschätzung entgegenbringe? Habe er so wenig Vertrauen zu ihr, dass er nichtiges Salongeschwätz auf die Goldwaage lege?

Während sie ihn ununterbrochen redend von den Lachern wegführt, zerteilt sich Józef fein säuberlich in zwei Hälften, als hätte man ihn mit einem Messer in der Mitte durchgeschnitten. Die eine Hälfte ist ergriffen, dass Anna Humieska sich von seiner Verzweiflung anrühren lässt. Diese Hälfte ist weich und porös, lässt sich von den an ihn gerichteten tröstenden Worten durchdringen und wünscht sich nichts mehr, als sie zu glauben und das Gehörte zu vergessen. Die andere Hälfte ist glatt, kalt, undurchdringlich und gefühllos. So sehr sich die Gräfin auch bemüht, nichts wird je den Eindruck ändern, den er von ihr bekommen hat. Diese Hälfte von Józef wird seine Gönnerin nie mehr bewundern und auch nie mehr lieben.

Madame Humieska steigt die große Empore hinauf, weigert sich, Józef abzusetzen, geht bis zu ihrem Zimmer, stößt die Tür auf und legt ihn auf die Daunendecke. Sie setzt sich neben ihn, zieht ihm die Schuhe aus, schenkt ihm etwas zu trinken ein und streichelt sein Haar. Józefs weiche Hälfte schmiegt sich an die tröstende Hand und sucht das Vergessen im Schlaf. Die andere Hälfte knirscht mit den Zähnen. Hinter geschlossenen Lidern verstaut sie den Plan einer Zwergenzucht gleich neben den Bleigewichten aus der Uhr, den finsteren Blick von Zofia Boruwłaska, als sie ihrem Sohn befahl, ein Schoßhund zu werden, das süße Parfüm von Karolina von Caroliz und den Karren, der seine Mutter, eingeklemmt zwischen zwei Tonnen, entführte.

Von jetzt an wird Józef Boruwłaski nicht mehr ein Ganzes, sondern zweigeteilt sein.

FÜNFTES KAPITEL

in dem Józef um ein Haar bei lebendigem Leib in einem lothringischen Kamin verbrennt und entdeckt, dass Königinnen ebenso bemitleidenswert sind wie Zwerge

Zweigeteilt kann man ausgezeichnet leben. Man kann sich sogar in dem Metier, anderen zu gefallen, sehr viel leichter weiterbilden und vervollkommnen als während der Zeit, als man noch ein Ganzes war. Sobald die freundliche Hälfte auf die Bühne steigt, beobachtet die strenge Hälfte ihre Vorstellung und zieht daraus Lehren. Um im Moment der Teilung nicht zu leiden, muss man die Phasen der Trennung beherrschen. Darin liegt das Geheimnis. Józef beißt die Zähne zusammen und übt sich beharrlich in seiner Persönlichkeitsspaltung. Noch weiß er nicht, dass ihm diese Gymnastik das Leben retten wird.

Lunéville liegt nur wenige Meilen von Nancy entfernt und ist die bevorzugte Residenz des ehemaligen Königs von Polen, Stanisław Leszczyński. Der Herzog ist ein hochgebildeter, kulturell interessierter Mann, spricht Deutsch, Französisch, Italienisch und Latein, ist begeistert von der Mathematik und liebt die Kunst in all ihren Variationen. Dementsprechend hat er seine Residenz ausgestattet, wobei er größten Wert auf die Gartengestaltung legte und sie liebevoll »mein lothringisches Marly« getauft hat. Gräfin Humieska erklärt Józef, dass Louis XIV. sich in das kleine Schloss Marly zurückzuziehen pflegte, um dort weniger gemaßregelte Freuden zu genießen als in Versailles, wo die Etikette ihm ständige Selbstkontrolle abverlangte. Der Sonnenkönig lud jeweils ungefähr sechzig Höflinge ein, deren

Liste er aufstellte, ohne jemanden dafür um Rat zu fragen. Die Auserwählten empfanden die Einladung als allerhöchste Gunst. Die Abgeblitzten hätten Mutter und Tochter verkauft, um »beim nächsten Marly« dabei sein zu dürfen.

Natürlich kann der Herzog von Lothringen nicht mit dem Sonnenkönig wetteifern, trotzdem ist Józef sehr beeindruckt, als er das Tor zu seinem Palast durchschreitet. Stanisław Leszczyński hat zweimal über Polen geherrscht und sich jedes Mal so große Mühe gegeben, die Not seines Volkes zu lindern, dass man ihm den Beinamen »der Wohltäter« verliehen hat. Im Lauf seines langen Lebens hat er ebenso viele Kämpfe, Rückschläge und Leiden erlebt wie Odysseus, bis schließlich die unerwartete Heirat seiner Tochter Maria mit Louis XV. ihn zum Herzog von Lothringen und Bar machte.

Der Schwiegervater des Königs von Frankreich ist inzwischen zweiundachtzig Jahre alt, dick wie ein Fass, hat ein weinrotes Gesicht, Hängebacken wie eine Pute und trägt eine lange und dicke weiße Perücke, deren Locken ihm bis auf die Schultern fallen. Seine Augenbrauen sind dicht und geschwungen, und er hat wulstige Lippen. Er schnauft beim Gehen wie ein Blasebalg und sieht kaum mehr als Graf Tarnow, aber das Alter hat seiner natürlichen Gutmütigkeit keinen Abbruch getan. Er küsst Gräfin Humieska, nennt sie sein liebes Kind und ist entzückt, sie so wenig verändert zu finden, obgleich er sie seit ihrer Hochzeit nicht mehr gesehen hat. Als er schließlich sein Lorgnon aufsetzt und entdeckt, dass sie so faltig ist wie eine auf dem Speicher vergessene Quitte, verbirgt er seine Verlegenheit, indem er in sein Taschentuch hustet und sich begeistert über die Überraschung in ihrer Begleitung zeigt.

Die Überraschung verneigt sich zur Begrüßung bis auf den Boden.

Auch der Herzog von Lothringen besitzt ein menschliches

Spielzeug. Das Spielzeug heißt Nicolas Ferry, aber alle Welt nennt ihn nur »Bébé«, ebenso wie sein Wohltäter, der den Kosenamen zu seinem persönlichen Gebrauch erfunden hat. Nicolas Ferry ist der Sohn eines Stellmachers aus den Vogesen und genießt den Ruf, der kleinste Zwerg der Welt zu sein. Bei seiner Geburt maß er einundzwanzig Zentimeter, wog sechshundertzwölf Gramm und passte auf einen Tellerboden. Weil seine Mutter fürchtete, ihn eines Tages erstickt unter den Kissen der Familienwiege zu finden, legte sie ihn vorsichtshalber in einen mit Stroh ausgepolsterten Holzschuh. Nachdem der Herzog von Lothringen von dem außergewöhnlichen Wesen gehört hatte, das mit fünf Jahren bei einem Gewicht von zwölf Pfund nur fünfzehn Zoll maß, hatte er keine großen Schwierigkeiten, die Eltern – beide ungebildete Bergbewohner – zu überzeugen, ihm ihren Sohn zu überlassen. Der winzige, achtunddreißig Zentimeter große Nicolas drückte seine Wünsche durch Knurren aus, seine Zufriedenheit durch wildes Herumhüpfen, und wenn er beunruhigt war, verhielt er sich wie eine Ente, die ihren Kopf unter einen Flügel steckt. Herzog Stanisław ließ in seinen Gemächern ein drei Fuß großes Häuschen mit maßstabgerechtem Bett, Tisch und Stühlen bauen und stellte eine Gouvernante und einen Hauslehrer für den Jungen ein. Bébé war ein freundlicher Schelm, liebte schöne Musik und bewunderte schöne Uniformen, zeigte aber weder Anlage noch Neigung zum Lernen. Mit vierzehn Jahren stolzierte er zwar an der Spitze der herzoglichen Grenadiere einher, konnte aber immer noch weder lesen noch schreiben oder rechnen, und auch das Vaterunser beherrschte er nicht. Er behielt nichts, verstand nicht, warum man so viele Anstrengungen von ihm verlangte, und versteckte sich unter den Röcken der Damen, um den Lehrstunden zu entkommen. Weil er ein hübsches Gesicht hatte und gerne Possen riss, verzieh ihm der Herzog alles und verwöhnte ihn nach Strich und Faden. Bébé besaß eine Garderobe, die eines Prinzen würdig war. Darüber hinaus verfügte er über eine von vier Ziegen gezogene Kalesche, um in den Straßen von Lunéville spazieren zu fahren. Das Geräusch von Spielsteinen im Würfelbecher beim Trictrac machte ihn wütend. Sein Herr setzte ihn dann auf den Spieltisch und sah lachend zu, wie er das Spiel umriss. Bébé war wahnsinnig eifersüchtig. Wenn eine Dame in seiner Anwesenheit einen kleinen Hund streichelte, ließ man es ihm durchgehen, dass er das Tier einfing und aus dem Fenster warf. Beim geringsten Verdruss zerschlug er Gläser und Geschirr, schloss sich in seinem Häuschen ein und rief durch das halb geöffnete Fenster: »Sagen Sie dem König, dass ich nicht da bin!«

Madame Humieskas Joujou hat die Schriften von Monsieur Voltaire gelesen, der lange in Lunéville gewohnt hat. Er wurde im katholischen Glauben erzogen, den er genau kennt. Er kann ein Mikroskop bedienen. Er spricht drei Sprachen, kann aus dem Stegreif dichten und schmeichelt den Damen wie ein ausgemachter Kavalier. Seine Wirbelsäule ist gerade, und seine Gliedmaßen sind seiner Größe proportional angemessen. Mit zwanzig Jahren macht ihm noch keine Sinnlichkeit zu schaffen, und sein Körper und sein Herz sind so rein wie die des Kindes, dessen Erscheinungsbild er hat.

Bébé ist zwei Jahre jünger als Józef und misst zwei Fuß und acht Zoll, also einundachtzig Zentimeter. Zu seinem Unglück hat seine Pubertät im normalen Alter eingesetzt und die Lebhaftigkeit seines Temperaments auf seine Geschlechtsorgane konzentriert. Auch sein Charakter und sein Aussehen haben sich verändert. Seine Wirbelsäule hat sich in S-Form verkrümmt, sein Kopf ist dicker geworden, ebenso wie sein Bauch, er hat Falten auf der Stirn, und seine Vorderzähne sind ausgefallen. Er sieht so vorzeitig gealtert aus, dass man ihm ohne Weiteres fünfzig oder sechzig Jahre mehr zugestehen würde als dem polnischen Gast.

Der Comte de Tressan ist Bébés Lieblingsfeind. Der französische Edelmann ist Mitglied im Orden der Tempelritter und hält den Hofnarren von Lunéville für abstoßend und dumm. Die Templer sind Soldaten Christi und dürfen nicht heiraten, aber Zwerge zu verachten ist ihnen gestattet. Als er von seiner Gönnerin diesem Herrn vorgestellt wird, der den Titel eines Grand Maréchal am Hof von Lunéville trägt, findet Józef, dass er weder einem Mönch noch einem Krieger gleicht, sondern an ein Schaf erinnert. »Das Schaf« ist im Übrigen auch der Name, den Maria Leszczyńska, die Königin von Frankreich, Monsieur de Tressan verliehen hat. Angeblich schätzt sie ihn sehr. Manchmal nennt sie ihn auch »den liebenswertesten Taugenichts«.

Herzog Stanisław und Monsieur de Tressan haben vieles gemeinsam. Am auffallendsten ist ihr Hang zur Wissenschaft, zur Philosophie und zur Komödie. Weniger öffentlich hingegen ist die Schwäche beider Herren für die Reize der Marquise de Boufflers, die seit mehr als einem Vierteljahrhundert über Lunéville und das Herz von Herzog Stanisław herrscht. Monsieur de Tressan begehrt Madame de Boufflers mit inniger Glut, aber wenig Hoffnung, und die Dame amüsiert sich über diese offenkundige Zuneigung mit ihrem offiziellen Liebhaber, den sie im Übrigen ungeniert betrügt.

Der Comte de Tressan tröstet sich damit, dass er einen ehrgeizigen Essay über den Ursprung der Elektrizität schreibt. Kuriositäten der Natur begeistern ihn. Seit der Ankündigung des Besuchs einer polnischen Gräfin in Begleitung eines gebildeten Zwergs hat er wie auf glühenden Kohlen gesessen. Wenn ein Gehirn, das in einem Schädel von der Größe eines Katzenkopfes eingezwängt ist, menschliche Intelligenz in vollem Umfang enthalten kann, muss er das wissen. Er will es wissen. Tressan fleht Herzog Stanisław an, Bébé und den Neuankömmling umgehend miteinander zu konfrontieren, und bittet die Gräfin, ihren

Schützling sprechen, singen und tanzen zu lassen, um ihn Punkt für Punkt mit dem Zwerg des Königs zu vergleichen und die beiden aneinander zu messen.

Józef hatte gehofft, Seine Hoheit würde ihm einen Augenblick unter vier Augen gewähren, ehe er ihn der allgemeinen Neugier aussetzt. Seine entgegenkommende Hälfte befiehlt ihm, seine Enttäuschung zu verbergen und höflich zu fragen: »Wie soll ich den Günstling Ihrer Majestät nennen? Monsieur Ferry? Oder Nicolas?«

Herzog Stanisław lacht auf.

»Natürlich Bébé! Er ist doch nichts anderes. Und er sollte Sie wohl Joujou nennen, nicht wahr?«

Der Betroffene tritt ein. Die Eisenbeschläge seiner Stiefel knallen auf den Boden. Er ist fett, faltig und verkrümmt. Eine Miniaturausgabe nicht etwa eines Kindes, sondern eines Greises. Józef schnürt es die Kehle zusammen. Er hat den Eindruck, sich in einem Zerrspiegel zu sehen.

Um den königlichen Sessel, vor dem die beiden einander gegenüberstehen, bildet sich ein Kreis. Bébé trägt die von ihm bevorzugte Husarenuniform. Er reckt die Brust vor, soweit es ihm seine verkrümmte Wirbelsäule gestattet, und begrüßt Józef mit dem Gebaren eines großen Herrn, der einem Bettler ein Almosen zugesteht. Herzog Stanisław klatscht in die Hände.

»Nicht schummeln, Bébé. Nimm die Mütze ab.«

Bébé wirft ihm einen finsteren Blick zu und setzt widerwillig seine Kopfbedeckung ab.

»Und jetzt gehst du auf Joujou zu. Er hat zwar mehr Zähne als du, aber er wird dich sicher nicht beißen.«

Józef ist gleichermaßen fasziniert wie entsetzt. Er fragt sich, ob sein Bruder Wladimir, den er seit zwölf Jahren nicht gesehen hat, mittlerweile dieser Karikatur ähnelt. Der Comte de Tressan zieht ein Maßband aus der Tasche und geht in die Hocke.

»Dürfte ich Ihre Maße nehmen, hübscher Joujou?«, fragt er Józef mit deutlich betonten Worten, als richte er sich an einen Bauerntölpel.

Józef neigt freundlich den Kopf.

»Ich bitte darum. Aber die Maße der Glieder des hübschen Joujou werden Sie nicht über die seiner Seele informieren.«

Er hat Französisch gesprochen. Vor Überraschung droht Tressan nach hinten zu kippen. Józef lächelt.

»Aber ja, Monsieur, das polnische Prüfstück ist Ihrer Sprache mächtig. Ich gehöre einer seltenen Gattung an, das hat man Ihnen sicher bereits mitgeteilt. Möchten Sie mich unter Glas setzen? Ich werde folgsam sein, so hat man es mich gelehrt, aber fern der Sonne dieses Hofes fürchte ich zu verwelken.«

Er hebt das Maßband auf, das der Graf hat fallen lassen, und reicht es ihm.

»Mein Arm misst halb so viel wie der Ihre oder ein Viertel Ihres Beines, und wenn Sie Ihren Taillenumfang durch drei teilen, erhalten sie ungefähr den meinen.«

Er dreht sich um und präsentiert seinen Rücken.

»Wünschen Sie, dass wir es gemeinsam nachprüfen?«

Madame de Boufflers applaudiert.

»Nun, lieber Graf, dieses kleine Persönchen hat es Ihnen aber gezeigt! Vermutlich werden Sie einige Ihrer Theorien korrigieren müssen.«

Tressans Augen glänzen.

»Ich glaube, der junge Mann hat noch lange nicht aufgehört, mich zu überraschen.«

Bébé zeigt sich weniger willfährig. Der Graf hält ihn an der Schulter fest und befiehlt ihm flüsternd, stillzuhalten, wenn er Marzipan möchte. Bébé gibt Ruhe und reißt den Mund weit auf.

Abgestoßen von seinem Atem erhebt sich Comte de Tressan und erklärt: »Ihrer ist fünf Zoll größer, Hoheit.«

Herzog Stanisław reicht dem Verlierer einen Keks.

»Fünf Zoll! Er hat dich entthront, mein Freund.«

Bébé errötet bis an die Spitze seiner großen Ohren. Er legt sein Maul in Falten, bis er einer Bulldogge ähnelt. Verlegen macht Józef einen kleinen Kratzfuß.

»Bitte entschuldigen Sie, dass ich kleiner bin als Sie, Monsieur Bébé«, sagt er.

Bébé zuckt die Schultern.

»Ich war krank. Deshalb bin ich gewachsen.«

Die Anwesenden lachen. Herzog Stanisław versetzt dem Kopf seines Zwergs einen Stüber.

»Halt den Mund. Du siehst ja den Unterschied zwischen Joujou und dir: Er ist liebenswürdig, fröhlich, amüsant und gebildet, während du bloß eine kleine Maschine bist.«

Bébé antwortet nicht. Er sieht nur, dass sein Herr ihn nicht mehr als das wunderbarste aller lebendigen Wunder betrachtet. Er sieht auch, dass Tressan, der ihn immer gering geschätzt hat, seinen Rivalen bewundert. Und er sieht, dass der Pole sich auf eine Art auszudrücken vermag, bei der die langen Wimpern der Damen zu flattern beginnen, ihre begehrenswerten Büsten sich heben und sie sich wünschen, den Eindringling auf ihren Schoß zu setzen. Der Pole spricht Französisch; er selbst versteht diese Sprache nicht. Joujou trägt ein echtes Schwert an der Seite, weil er ein Edelmann ist, während Bébés Schwert nur Teil seiner Verkleidung als kleiner Soldat ist. Der Pole ist ein Eroberer. Ein Eroberer hat sich auf sein Hoheitsgebiet geschlichen. Er muss ihn zur Strecke bringen.

Normalerweise findet Józef instinktiv das beste Verhalten, um sich dort beliebt zu machen, wo er es wünscht, ganz gleich, ob es sich um Männer, Frauen, alte Menschen, Kinder oder sogar Haustiere handelt. Gegenüber Bébé versucht er es mit extremer Höflichkeit: »Ich fühle mich geehrt, Ihre Bekanntschaft zu machen, Monsieur Bébé. Der Herzog von Lothringen liebt Sie, und ich wünsche mir nur, Ihre schönen Qualitäten kennenzulernen und Sie ebenfalls zu lieben.«

Mit geheuchelter Achtung: »Wissen Sie, dass Ihr Ruhm sich bis nach Polen herumgesprochen hat?«

Mit noch mehr geheuchelter Komplizenschaft: »Wir haben vieles gemeinsam, finden Sie nicht?«

Mit vollkommen geheuchelter Bescheidenheit: »Sie haben großes Glück, von einer Hoheit erwählt worden zu sein. Ich begnüge mich mit einer Gräfin als Wohltäterin.«

Und tatsächlich haben sie eine Gemeinsamkeit: Bébé knirscht mit den Zähnen, wenn er sich gedemütigt fühlt. Oder wenn er wütend wird. Und wenn er sich rächen will.

Józef glaubt nicht an eine Gefahr, aber sein Instinkt rät ihm, sich in Acht zu nehmen. Während seine verführerische Seite ihren ganzen Charme entfaltet, um sich bei Madame de Boufflers, dem Comte de Tressan und den umstehenden Höflingen einzuschmeicheln, wacht seine misstrauische Seite über Bébé.

Im Kamin des Kuriositätenkabinetts von Lunéville brennt ein großes Feuer. Die Diener haben Räucherpfännchen unter das Holz gelegt, und der ganze Saal duftet nach Rosmarin und Zimt. Der Herzog neckt seinen Zwerg.

»Hast du deinem neuen Freund von deinen militärischen Großtaten erzählt?« An Joujou gewandt fügt er hinzu: »Er war ein wahrer Schelm, ehe er zu dem Griesgram wurde, den Sie hier sehen. Er hat seine Uniform angezogen und die Köche dazu gebracht, ihn unter dem Deckel einer Pastete zu verstecken. Oder in einer Suppenschüssel. Die Bediensteten trugen auf, und wenn sie das Gericht auf den Tisch stellten, sprang dieser Vogel hier schreiend heraus. Die Damen fielen in Ohnmacht, die Herren applaudierten, und unser Freund rannte mit der Pistole in der

Hand zwischen den Tellern herum wie der tapfere Held, der er nun einmal ist. Nicht wahr, Bébé, du bist ein Held?«

Józef zwingt sich, zu lächeln, findet den Scherz aber abstoßend. Er schätzt sich glücklich, dass die Starostin, die eigentlich viel für Albernheiten übrighatte, nie auf die Idee kam, ihn in einem Käsekuchen zu verstecken.

Bébé macht wieder sein Bulldoggengesicht. Seine Kiefer mahlen. Er senkt die Schultern und ballt die Fäuste. Mit leisen Schritten nähert er sich dem Kamin.

Die wachsame Hälfte von Józef schreit stumm: »Aufpassen!«

Die Bulldogge reißt den Rivalen an sich. Bébé ist größer und schwerer als er und stößt ihn mit voller Wucht in Richtung der Flammen. Józef packt mit beiden Händen den Griff, an dem Schaufel und Zange hängen. Bébé malträtiert ihn mit heftigen Schlägen auf Schultern, Hals und Augen. Józef brüllt. Ein Edelmann schreit nicht, und ein Pole noch viel weniger, aber der eiserne Griff verbrennt ihm die Hände, und wenn er nicht bald freikommt, fangen seine Rockschöße Feuer. Herzog Stanisław eilt ihm zu Hilfe, packt den Angreifer am Kragen und zerrt ihn zurück. Aber Bébé krallt sich an einen Feuerbock und schlägt weiter auf Józef ein. Der Herzog verabreicht ihm eine heftige Backpfeife hinter die Ohren und noch eine in den Nacken. Endlich lässt Bébé los und wälzt sich schäumend vor Wut auf dem Boden. Herzog Stanisław ruft seine Diener und befiehlt ihnen, den Schuldigen mit einer der Schandtat angemessenen Züchtigung zu bestrafen. Bébé soll ausgepeitscht werden. Der Herzog befiehlt ihm, ihm nie wieder unter die Augen zu kommen.

Alle umringen Józef. Er wird geherzt und geküsst, und seine Handflächen werden verbunden. Man bringt ihm Sirup und kandierte Früchte. Er protestiert, die Verbrennungen an seinen Händen schmerzen kaum, will wissen, wie es Bébé geht, und fleht den Herzog an, dem Jungen zu vergeben. Der alte König verzeiht in aller Regel Fehler oder Fehlverhalten, wenn er selbst das einzige Opfer ist. Aber er bestraft mitleidlos diejenigen, die sich an Personen vergehen, die er schätzt oder schützt. Bébé bekommt die Rute, und der Herzog will ihn erst wiedersehen, wenn er den Reisebegleiter von Gräfin Humieska öffentlich um Verzeihung gebeten hat. Bébé muss sich vor den Vertrauten und Höflingen seines Herrn, vor Madame de Boufflers, die er anbetet, und vor dem ironischen Gesicht seines Feindes Tressan auf den Boden knien. Er ist kreidebleich und führt jede seiner Bewegungen mit einer Verdrossenheit aus, die komisch wirken würde, wäre sie nicht so mitleiderregend. Mit erstickter Stimme und gesenktem Blick entschuldigt er sich.

»Kopf hoch!«, tadelt ihn der Herzog. »Du schaust Joujou in die Augen, wenn du mit ihm sprichst. Und jetzt noch einmal von vorn. Außerdem musst du lauter sprechen, ich habe nichts gehört.«

Bébé wiederholt seine Entschuldigung.

Wie La Fontaines Frosch empfindet Józefs höfische Hälfte großen Stolz über diesen Sieg. Die andere Hälfte würde sich am liebsten im Erdboden verkriechen und vor Verwirrung sterben.

Nach Herzog Stanisław und seinem eifersüchtigen Zwerg soll die Reise weitergehen zu seiner Tochter, der Königin Maria Leszczyńska in ihrem Traumland.

Frankreich!

In Józefs Ohren klingt dieser Name wie ein Tedeum. Abgesehen von Kaiserin Maria Theresia, die natürlich Österreich bevorzugt, hat bisher jeder, der ihm begegnet ist, gesagt: »Frankreich ist das Licht Europas!«; »Paris ist die Hauptstadt der zivilisierten Welt!«; »Versailles ist das achte Weltwunder!«

Der Sohn des der ewigen Verdammnis anheimgefallenen Anton Boruwłaski soll die irdische Ausgabe des Paradieses kennenlernen!

Stanisław, Herzog von Lothringen, übergibt Madame Humieska ein ganzes Bündel Briefe. Er ist gerührt, küsst die Gräfin und bittet sie, seine Küsse auf die Wangen der Königin von Frankreich weiterzugeben. Der alte »Papinio«, wie Maria ihn zärtlich nennt, macht sich Sorgen um seine geliebte Tochter. Er fürchtet, dass das Leben, das ihr Ehemann ihr zumutet, ihrer Gesundheit schaden könnte. Er selbst hat seine verstorbene Ehefrau Katharina Opalińska nicht sehr glücklich gemacht, aber immer darauf geachtet, sie nie zu demütigen, während der Urenkel Louis' XIV. das Geld mit vollen Händen zum Fenster hinauswirft. Zwar genießt der Herzog den sorgenfreien Lebensabend, den sein Schwiegersohn ihm ermöglicht, trotzdem betrübt es ihn. Er drängt Gräfin Humieska, seinem »geliebten Herzen« zu sagen, wie oft er an sie denke und wie sehr sie ihm fehle.

Auf den vom Regen aufgeweichten Wegen teilen Anna Humieska und Józef nicht nur den Fußwärmer, sondern auch ihre Ungeduld. Voller Wonne erzählt sie ihm von den feinen Sitten. Vom guten Aussehen. Von der Schöngeistigkeit. Sie erklärt ihm, dass er, wenn er sich in Paris aufmerksam zeige, alles erreichen könne, was ihm fehle, und zu seinem vollen Format auflaufen könne.

Józef verzichtet auf die Frage, wie das volle Format eines Kümmerlings, wie er einer ist, denn aussähe. Er begnügt sich damit, seine Aufmerksamkeit zu spannen wie die Sehne eines Bogens, mit dem man einen Pfeil auf den Mond schießen könnte, und um seine Lektionen in feiner Sitte, gutem Aussehen und Schöngeistigkeit auch später noch anwenden zu können, wenn er wieder zurück in Polen sein würde, macht er sich während seines über ein Jahr währenden Aufenthalts in Frankreich immer wieder Notizen:

1. Ich komme in Frankreich an

Der Winter zeigt sich auf dem Weg von Straßburg nach Paris ebenso hart wie in Halicz.

Die Landschaft ist sehr uneben, und die Straßen sind schlecht. Es gibt viele Wälder mit Wölfen und Wegelagerern, die sich aber glücklicherweise nicht für polnische Reisende interessieren.

Auf den ersten Blick erscheint Frankreich ärmer als Österreich, aber reicher als Polen.

Die Herbergen sind hervorragend, das Essen reichlich, und die Feuer werden gut geschürt; zahlende Gäste erwarten das Beste, und zwar umgehend, aber auch in ihren Betten gedeihen zahlreiche Wanzenkolonien.

Die Franzosen erscheinen höflicher als die Deutschen und sind große Freunde der Polen, was für ihr gutes Herz und ihren guten Geschmack spricht.

Ihre Ochsen und Maultiere haben kurze Hälse und ein dunkles Fell, auch ihre Frauen sind in eher bescheidenem Zustand.

2. Ich komme in Paris an

Die östlichen Vorstädte bestehen aus einem Gewimmel von Holzhäusern, Hütten, Scheunen und leeren Lagerhallen, in denen ganze Familien in so bitterer Not hausen, dass einem weh ums Herz wird. In Lothringen unterstützt Herzog Stanisław die Ärmsten aus seiner eigenen Schatulle. Dort habe ich nie ein von Ratten zerfressenes Kind in einem gefrorenen Graben gesehen. Ob Louis XV. weiß, dass einige seiner Untertanen ihre Toten essen, anstatt sie zu begraben?

Die Hauptstadt der zivilisierten Welt wimmelt wie ein Ameisenhaufen und riecht wie eine Kloake.

Darüber hinaus ist sie der Tempel des guten Geschmacks und Treffpunkt aller, die über alles und nichts debattieren, auf Kosten anderer lachen und sich eine gute Zeit machen wollen.

Das Wetter existiert hier im Plural, sogar dann, wenn auf der Seine Eisschollen schwimmen und die Rümpfe der Schiffe aufschlitzen. Sowohl die Quantität als auch die Qualität des Wetters ist so vielfältig wie die Farben des Himmels zwischen Sonnenauf- und -untergang.

Nichts ist hier zeitgemäßer als das Vergnügen, und es wirkt ordinär, dem aus dem Weg zu gehen. Gute Zeiten verbringt man sitzend in einem der Cafés rings um die Comédie-Française, einer Taverne in der Nähe des Pont Neuf oder einer Spelunke bei den Markthallen. Man trinkt hellen Wein, den der König bevorzugt, Burgunder, der den Dienstmädchen schmeckt, dunklen Wein, der den Kopf verdreht, sowie tabakfarbiges Bier oder bittere Schokolade, die den Organismus stimuliert und viele Übel heilt.

Auch in den Stadthäusern wird viel getrunken und dann und wann Tabak geschnupft (selbst die Damen haben hier dunkle Nasenränder), während man schlecht über andere redet.

Wenn man weder trinkt noch redet, geht man ins Theater.

3. Ich gehe ins Theater, lache, weine und finde eine Freundschaft, die hoffentlich mein Leben lang halten wird

Die Schauspielerin, die derzeit bei den Reichen und Schönen in Mode ist, heißt Mademoiselle Clairon. Mit sechsunddreißig Jahren ist sie nicht mehr die Jüngste, aber ihre natürliche Sprechweise und ihr Aufgehen in der Geschichte, die sie darstellt, machen sie unvergleichlich. Sie ist sehr klein, hat tiefschwarzes Haar und glänzende Augen und ist lebhaft, beweglich und aggressiv wie Quecksilber.

Mademoiselle Clairon als Phädra hat mir das Herz zerrissen. Nachdem sie mich getötet hatte, lud sie mich zum Souper ein. Als sie entdeckte, dass ich El Cid und Agrippina mindestens ebenso liebe wie sie, war ich plötzlich nicht mehr der Salonzwerg, sondern ein Seelenfreund und guter Kamerad.

Der Vorname meiner neuen Freundin lautet Hippolyte. Sie trinkt ihren Wein mit Wasser gemischt, aber davon sehr viel. Männer behandelt sie wie Bonbons – die reichsten sind auch die süßesten.

Die Clairon hat mich schwören lassen, sie niemals zu vergessen. Auch sie würde mich nicht vergessen. Falls ich sie in einem Jahr oder in zwanzig Jahren brauchte, wäre sie immer für ihren kleinen Wahlbruder da.

Ich wünsche mir so sehr, dass sie die Wahrheit sagt und mich tatsächlich so schätzt, wie ich bin. Ich wünsche mir, dass sie ihr Wort hält. In einem Jahr oder in zwanzig Jahren.

4. Ich werde eingeführt in die Pariser Salons der Prinzen von Geblüt, wichtiger Edelleute und alter oder junger Frauen, die Geist zu ihrem Lebenszweck gemacht haben

In diesem Land wird Konversation wie ein Sport oder eine Kunstform betrieben.

Die besseren Damen von Paris halten sich für die geistreichsten und am schönsten herausgeputzten Frauen der Welt, sowohl der sichtbaren als auch der unsichtbaren.

Franzosen beiderlei Geschlechts zeigen viel Sinn für methodisches Vorgehen, benutzen Worte wie Peitschen und haben aufgewühltes Blut, aber wenig Durchhaltevermögen in ihren Leidenschaften und Plänen. Nachdem sie stundenlang debattiert und dabei zehnmal die Meinung geändert haben, äußern sie endgültige Ansichten über Wichtiges und Nebensächliches, wobei sie das Nebensächliche dem Wichtigen vorziehen. Sie verkaufen sich mit der gleichen Begeisterung an Gott oder den Teufel.

In Fragen der Liebe und des Stolzes sind sie leicht entflammbar, aber auch schnell wieder geheilt.

Sie machen noch mehr Schulden als die Polen, aber im Gegensatz zu diesen scheren sie sich kaum um die Rückzahlung. Sie halten so große Stücke auf sich, dass sie ihren Bankier nicht als Retter, sondern als jemanden betrachten, der ihnen verpflichtet ist.

5. Ich werde bei Hofe vorgestellt

Hof wird überall dort gehalten, wo sich der ständig umherreisende König befindet. Eine Woche oder weniger verbringt er in den Tuilerien, die nächste in Versailles, dann geht es wieder nach Saint-Cloud, Saint-Germain oder Meudon. Erster Beweggrund ist die Jagd, der zweite seine Laune, der dritte die frische Luft, die er hier oder dort sucht. Die königliche Familie, die Regierung und die betressten Höflinge folgen ihm. Dieses Vorgehen muss sehr ermüdend und unglaublich teuer sein.

Louis XV. ist ein schöner Mann. Er tut nur, was ihm gefällt.

Er ist neunundvierzig Jahre alt, hat feste Schenkel, eine gerade Haltung, und seine warmen braunen Augen sind wundervoll geschnitten. Er gibt sich jovial und aufmerksam. Manchmal auch geheimnisvoll. Wirkt oft melancholisch. Dann wieder aufbrausend und sehr einschüchternd. Sein Leben in Versailles und den Tuilerien ist auf die Minute genau geregelt, aber während einer großen Audienz, beim öffentlichen Mahl oder beim Spiel kommt es vor, dass sein Blick abschweift. Während einiger Sekunden ist er nicht anwesend. Man munkelt, dass seine Nächte ebenso zügellos sind, wie seine Tage verplant.

Es scheint, als ob der König sich vom Tod verfolgt fühlt. Das ist verständlich. Er hat beide Eltern und den älteren Bruder verloren, ehe er sprechen konnte, sein Urgroßvater Louis XIV. starb, als er fünf Jahre alt war, seinen Onkel und Mentor Philippe d'Orléans verlor er mit dreizehn, und fünf seiner zehn Kinder, die er mit Königin Maria hatte, starben ebenfalls. Mehrere seiner Mätressen wurden in der Blüte ihrer Jugend dahingerafft.

Seine Schwiegertochter Maria Josepha von Sachsen, Gattin des Dauphins Louis Ferdinand, starb mit sechsunddreißig Jahren an Lungentuberkulose. Und er selbst hätte beinahe unter dem Messer eines gewissen Robert-François Damiens bei einem Attentatsversuch sein Leben gelassen.

Ist es das Schreckgespenst des Sensenmannes, vor dem er mit solcher Leidenschaft in fremde Alkoven flieht, dass das Volk klagt, obwohl es doch an Eskapaden seiner Könige gewöhnt ist?

In Versailles wird wenig gelacht, sofern man sich nicht selbst kitzelt. Der Tagesablauf ist wunderbar, aber es ist immer das Gleiche: Morgens macht man Besuche, anschließend nimmt man am Lever des Königs teil, sofern man eingeladen ist, danach geht es zum großen Gastmahl. Zur Jagd, wenn man Jäger ist. Zu einem Spaziergang, wenn das Wetter gut ist. Und man spielt Bribri, das die Königin allen anderen Spielen vorzieht. Manchmal sitzen zehn Jahrhunderte um einen Spieltisch versammelt und spielen, wenn nicht unehrlich, so doch zumindest mit der größtmöglichen Gier. Nur dann und wann wird die Ruhe von den Klagen und Seufzern der Verlierer unterbrochen.

6. Ich lerne die Königin Maria Leszczyńska kennen

Die Königin ist sieben Jahre älter als ihr Gatte. Die Frische, die einst wahrscheinlich ihre mangelnde Schönheit ausglich, ist vergangen. Übrig geblieben sind ein strahlender Teint, graziöse Bewegungen und eine große Sanftmut.

Alles, was mit ihrem Vaterland zu tun hat, liegt ihr sehr am Herzen. Der erste Besuch eines Polen, Zwerg oder normalwüchsig, hat ihr zu gelten.

Frömmigkeit ist ihr hervorstechendstes Charaktermerkmal. Da die Etikette ihr nicht gestattet, täglich drei Messen beizuwohnen, wie sie es gern täte, hat sie ihre Andachtsübungen auf einen privaten Gottesdienst gleich nach dem Aufstehen beschränkt, zusätzlich zu der offiziellen Messe, an der auch der König teilnimmt. Sie betet auf polnische Art stehend vor dem Tabernakel, die Arme ausgebreitet, die Handflächen nach oben, und sie beichtet immer in ihrer Muttersprache.

Ein weiteres Charaktermerkmal ist ihre Naschhaftigkeit. Es entspannt und zerstreut sie, zu essen. Ganz besonders liebt sie rote Linsen, Melonen, Geflügel in Soße und Pasteten. Ihre Köche bereiten ihr kleine, mit Kalbsbries und Pilzen gefüllte Pasteten zu, die sie »Königinpasteten« nennen.

In Fontainebleau habe ich an ihrem Abendessen teilgenommen. Die Königin war ungeschminkt und trug eine einfache Haube. Ein Dutzend Höflinge standen im Abstand von acht Schritten im Halbkreis um den Tisch, an dem die Leibköche ihr die Speisen präsentierten. Niemand sprach. Die Königin kaute und wandte dabei den Blick nicht von ihrem Teller. Als ein Gericht ihrem Geschmack besonders entsprach, musterte sie die Anwesenden auf der Suche nach jemandem, mit dem sie ihre Befriedigung teilen konnte. Bei einem Herrn, dessen hohe Gestalt ihn von allen anderen unterschied, hielt sie inne.

»Monsieur de Löwendal«, sagte sie.

Der Marschall von Frankreich neigte den Kopf und trat drei Schritte vor.

»Madame.«

»Ich glaube, dass ein Hühnerfrikassee das bei Weitem vorzüglichste Ragout ist.«

Ulrich Graf von Löwendal nickte und antwortete ernst: »Ich bin ganz Ihrer Meinung, Madame.«

Woraufhin die Königin sich noch etwas von dem Gericht nahm, ihre Mahlzeit wortlos beendete und in ihre Gemächer zurückkehrte.

Unfreundliche Zungen behaupten, Maria Leszczyńska sei wenig geistvoll und habe kein Talent für Konversation. Nach jener Mahlzeit war ich geneigt, ihnen recht zu geben. Aber ich durfte sie auch in privater Umgebung besuchen, wo sie ein ganz anderer Mensch zu sein scheint. Sie spricht sechs Sprachen, unter anderem auch Latein, und ich kann bezeugen, dass sie im freundschaftlichen Privatgespräch frei, schlagfertig und lebhaft ist.

Jeder ihrer Vertrauten hat einen Spitznamen. Monsieur de Moncrif heißt zum Beispiel »Miau«, weil er eine *Histoire des chats* geschrieben hat, in der er gegen jeden der Großen des Reiches ein wenig die Krallen ausfährt. Ihre Hofdame Marie Brûlart, Herzogin von Luynes, ist »das Huhn«, die Herzogin von Villars heißt »Papette«, und der »Präsident Hénault«, Berater des Parlaments, ist »der Vertraute«.

»Miau« ist ihr Vorleser. Er rät ihr, über die *Lettres* der Madame de Maintenon zu meditieren, in denen sich seiner Ansicht nach alles – also sowohl Moral als auch Amüsantes – finde. Verschmitzt lächelnd fügt er hinzu, dass die Mätresse von Louis XIV. eine Heilige war, die ihre Stellung als morganatische Ehefrau ertrug, um die Seele des Königs von Frankreich zu retten.

Ich glaube, dass Königin Maria ihre Stellung als offizielle Ehefrau ohne Hoffnung für das Seelenheil des französischen Königs erträgt, der sich ihrem Einfluss ganz und gar entzieht.

Zu ihrem Herrn und Meister sagt sie: »Sire, ich habe einen König im Himmel, der mir die Kraft gibt, meine Leiden zu ertragen, und einen König auf Erden, dem ich immer gehorchen werde.«

7. Die Leiden der Königin von Frankreich (nach dem, was ich darüber gehört habe)

Die Königin erfreut sich einer ausgezeichneten Gesundheit. Es ist ihre Seele, die Qualen erduldet.

Erstens hat sie sehr unter der Trennung von ihren Töchtern gelitten. Bei Hofe für den Unterhalt von sieben Prinzessinnen aufzukommen, war sehr teuer. Der König wollte lediglich die drei ältesten Mädchen behalten und schickte die vier anderen trotz flehentlicher Bitten ihrer Mutter ins Kloster.

Zweitens leidet sie darunter, dass ihr Gatte sie seit zweiundzwanzig Jahren nicht mehr berührt. Sie liebt ihn ebenso leidenschaftlich, wie Kaiserin Maria Theresia ihren Gatten liebt, und ist über seine Entfremdung umso unglücklicher, als sie sich selbst die Schuld daran gibt. Nach zehn Schwangerschaften war ihre Gesundheit derart in Mitleidenschaft gezogen, dass ihre Ärzte ihr zu einer Abstinenz von drei Monaten vor und nach jeder Geburt rieten. Der König, der sie nach wie vor begehrte, fuhr jedoch fort, in ihrem Bett zu schlafen, obwohl sie so verfroren war, dass sie sich mit einer zusätzlichen Matratze zudeckte, und so unruhig, dass sie nachts hundertmal aufstand, um nach ihrer Hündin zu suchen. Als die Ärzte der Königin jedoch verboten, ein weiteres Kind zu empfangen, wollte sie nicht ihr Leben aufs Spiel setzen, hörte ihr Gatte auf, an ihre Tür zu klopfen, und begann, seine Gunst anderswo zu verteilen.

»Anderswo« fasst die quälende Gunst der Madame de Pompadour und die skandalösen Liebesspiele des Königs mit den »kleinen Mätressen« zusammen, die seine Diener ihm liefern. So viel Leidenschaft in acht Buchstaben zu legen ist eine typisch französische Heldentat.

Die Königin weint jeden Tag, zwingt sich aber, sowohl der Öffentlichkeit als auch ihrem Gatten immer ein freundliches Gesicht zu zeigen. Sie beklagt sich nur bei ihrer Landsmännin Prinzessin Maria de Talmont, geborene Jablonowska, und bei ihren Beichtvätern. Auf Polnisch.

Polnisch mag nicht die Sprache der Gebildeten sein, aber es ist mit Sicherheit die Sprache des Herzens.

8. Die Moral dieser französischen Geschichte

Die Schöngeistigkeit ist ein mit Edelsteinen besetzter Dolch; während der zehn Monate in Paris hat man mich mindestens zweihundertmal mit geistreichen Bemerkungen getötet.

Es heißt, dass die Luft dünner wird, je näher man dem Himmel kommt. Sie ist vielleicht nicht besser für jemanden, der in der Höhe von Pferdehufen atmet, aber ein sehr kleiner Mensch hat einem sehr großen gegenüber den Vorteil, dass er sich zwischen den Stäben eines Käfigs hindurchschlängeln kann. Die Gattin von Louis XV. hat Vertrauten gegenüber geäußert, dass sie ihre Erlösung allein von Gott erwartet, und sie hat die Wahrheit gesagt. Nach reiflichem Nachdenken und unter Berücksichtigung sämtlicher Vorteile der jeweiligen Funktion halte ich das Leben einer Königin von Frankreich für kaum erstrebenswerter als das eines Salonzwergs.

Ich würde sehr gern nach Paris zurückkehren. Nicht wegen der Pracht von Versailles und auch nicht wegen der Türme von Notre-Dame, die so hoch sind, dass ich, als ich sie erstieg, geglaubt habe, den Himmel zu berühren.

Der Grund, warum ich zurück nach Paris möchte, ist die Freundschaft mit Mademoiselle Clairon.

SECHSTES KAPITEL

in dem Józef den Brennenden Dornbusch entdeckt und sich die Schlinge um den Hals legt

Mit zweiundzwanzig Jahren kehrt Józef nach Hause zurück. »Zu Hause« bedeutet in seinem Fall Warschau, wo er noch nie zuvor gewesen ist. Er bewohnt zwei Zimmer in der Nähe der Gemächer von Gräfin Humieska, die ihn immer in Rufweite haben möchte.

Der Palast Humieski liegt nur einige Schritte entfernt vom Großen Theater und ist einer der ältesten aristokratischen Wohnsitze der Hauptstadt. Die Fassade zur Straße hin ist streng, in den Innenhöfen drängen sich Pferdewagen, Handkarren, Fässer, Hunde und Jungen, die Wassereimer und Holzkörbe schleppen. Nur etwa ein Viertel der Räumlichkeiten wird instand gehalten und ist bewohnt, den Rest überlässt man schon seit Jahrhunderten den Siebenschläfern. Ungefähr zwanzig mehr oder weniger entfernte Verwandte sowie mehr oder weniger schmarotzende Gäste schlafen im Ostflügel. Die Zimmermädchen, die Näherin, der Frisör und der Apotheker wohnen im Zwischengeschoss des Haupthauses unmittelbar unter ihrer Herrin. Die Gesellschaftsdamen von Madame Humieska sind im Südflügel untergebracht, die livrierten Diener im Nordflügel, der Rest des Personals lebt unter den Küchen und in den Ställen in den Vorhöfen.

Józef hat einen besonderen Status: zwei Zimmer für sich ganz allein. Im ersten Zimmer nimmt er sein Frühstück ein, badet in einer Kupferwanne, zieht sich an und frisiert sich mit der Hilfe von Halina, die Wert darauf legt, ihm auch jetzt noch wie früher zu assistieren, beantwortet die täglich zahlreicher werdenden

Briefe, empfängt Besucher, studiert und musiziert. Das zweite, kleinere Zimmer ist sein Refugium. Hierher zieht er sich zurück, um zu lesen, seine Notizen in die Hefte zu schreiben, die inzwischen die Stelle des kostbaren Durandal eingenommen haben, und zu schlafen, wenn er dazu Zeit findet.

Halina freut sich, dass ihr Püppchen in den drei Jahren seiner Abwesenheit kaum gewachsen ist, aber die Selbstsicherheit eines Ministers an den Tag legt. Sie sagt »Minister« und nicht »Herzog«, weil Minister ihre Funktion ihren Verdiensten verdanken, Herzöge sich hingegen damit begnügen, als solche geboren zu werden. Sie ist stolz auf Józef. Sie hat kleine Westen für ihn genäht und Flanellbänder gefertigt, die seine Waden vor dem Schmutz der Gehsteige schützen sollen. Sie findet ihn immer noch so rührend wie zu den Zeiten, als er sein Spitzmausschnäuzchen in ihrer Wäscherei einsetzte, und weil der Kontakt mit den ganz Großen dieser Welt ihn nicht hat hochmütig werden lassen, wird sie nicht müde, den Berichten über seine Drangsale zu lauschen. Die beiden Hälften von Józef haben sich auf so vielen Straßen durchrütteln lassen und in so vielen Betten geschlafen, sind über so viele Parkettböden gelaufen, haben gesungen, getanzt und so viele Unbekannte unterhalten, dass sie sich nur noch nach Ruhe sehnen. Aber Halina steht seinem Herzen nah, und wie früher bei Anka und Janek liebt er es, ihre Augen zum Glänzen zu bringen.

Warschaus bessere Gesellschaft erwartet nichts anderes von ihm. Man hebt ihn auf einen Sessel, setzt sich im Kreis um ihn herum und bittet um Ruhe. Er erzählt von Lunéville, wo Émilie du Châtelet, die Muse Monsieur Voltaires, an den Folgen ihres späten Kindbetts verstarb, woraus folgt, dass es unvorsichtig ist, mit vierzig Jahren noch ein Kind zu bekommen. Mit leiser Stimme, weil dieses Kapitel ihm Unbehagen bereitet, berichtet Józef, dass Bébé kurz nach seiner Prügelstrafe krank wurde, einige Monate später nicht mehr sprechen konnte, dann sein Gehör und nach und nach alle Kraft verlor, dass ärztliche Kunst ihn nicht mehr retten konnte und dass er schließlich in den Armen seiner Mutter starb, die der Herzog hatte holen lassen. Um sein schlechtes Gewissen zu beruhigen, gibt Józef im Anschluss den Ruf der Lastschiffer auf der Seine, den Gesang der Novizen der Abtei von Saint-Germain-des-Prés und das Augenzwinkern der Kurtisanen unter den Arkaden des Palais-Royal zum Besten, verrät die Sprache der Schönheitsflecke auf den Gesichtern der eleganten Damen, erzählt von ihren Röcken, die so weit sind, dass Türen seitwärts durchquert werden müssen, berichtet von den Giraffen der königlichen Menagerie und über das versteckte Haus im Parc aux Cerfs, das man im Volksmund »Goldwaage« nennt, weil der Hausherr, Louis XV., dort junge, sogar sehr junge Mädchen gefangen hält.

Alle Welt will auch hier denjenigen bewundern, den alle Welt schon dort bewundert hat. Madame Humieska ist ganz groß in Mode. Józef wird mit Komplimenten überhäuft und mit exquisiten Speisen verwöhnt. Er denkt nicht mehr an die Zwergenzucht, ebenso wenig wie an seine Mutter, deren Spur die Gräfin noch nicht wiedergefunden hat. Er freut sich daran, der zu sein, der er ist, und wünscht sich keinen Deut mehr als das, was er hat.

Die Veränderung geschieht ohne sein Zutun. Zunächst sind es unverständliche Vorgänge in seinem Organismus, während er schläft. Manchmal auch ganz früh am Morgen, ehe er aufwacht. Er ist verwirrt. Seit dem Tag, als Zofia Boruwłaska ihn weggegeben hat, ist er nur wenige Zentimeter gewachsen und glaubte nicht mehr daran, eines Tages seine Kindheit hinter sich zu lassen. Es widerstrebt ihm, sich dem Arzt der Gräfin anzuvertrauen, der ihn nur allzu gern überall abtastet, ebenso wenig wie dem Kaplan, der ihm ohnehin immer nur rät, sich an den Allmächtigen zu wenden. Józef respektiert Gott und ist ihm dankbar, dass er ihn durch seine Wohltäterinnen aus dem Nichts errettet hat, aber in seiner besonderen Situation zieht er es vor, lieber nur auf sich selbst zu vertrauen. Also schweigt er, und mit dem Gefühl, nur der unbeteiligte Dritte in einem Streit zu sein, in dem niemand seine Ansicht hören will, lässt er Mutter Natur ihr Werk vollbringen.

Auf diese unaussprechliche Unkeuschheit folgen stets plötzliche Hitzewallungen und eine noch größere Verlegenheit, als eines Morgens sein Bettzeug beschmutzt ist. Die Hitzewallungen und die Tatsache, dass ein gewisser Körperteil sich stramm aufrichtet, ohne dass er ihn darum gebeten hätte, erfolgen fast jedes Mal, wenn er bei einer der Damen auf dem Schoß sitzt. Daher die Verlegenheit. Er ist inzwischen fünfundzwanzig Jahre alt, aber die Damen nehmen ihn noch immer auf die Knie. Jung oder alt, verheiratet oder verwitwet – alle suchen dank seiner blumigen Erzählungen, seiner Puppengröße, seiner etwas kurzsichtigen Augen und seiner immer noch blonden Locken mehr denn je seine Nähe.

Sie streicheln sein Haar und sagen: »Joujou, du bist unwiderstehlich!«

Sie kitzeln ihn und fragen: »Weißt du eigentlich, wie sehr wir dich lieben, Joujou?«

Ihre Finger gleiten über seinen Leib, erkunden seine Leistengegend, und dann fügen sie hinzu: »Liebst du uns auch, Joujou?«

Und er, außen steif und innen fast zerschmolzen, erwidert, dass er sie liebt, sie alle und jede Einzelne, jede auf ihre Weise und alle gemeinsam. Er liebt sie, und er wünscht nur das Beste für sie, alle sind sie Königinnen, er ist ihr Troubadour und ihr Page, und wenn sie befehlen, so gehorcht er ihnen …

Sie drücken ihn an ihre Rundungen und flüstern ihm ins Ohr:

»Weißt du, dass ein freundliches kleines Spielzeug auf vielerlei Weise nützlich sein kann?«

Er weiß es nicht, aber manchmal sehnt er sich so inständig danach, es zu lernen, dass ihm schwindelt.

Eines Nachts verirrt sich seine Hand unter das Bettlaken. Er hält die Augen fest geschlossen, und hinter seinen Lidern brennt ein großes Feuer, vor dem sich nackte Damen bewegen. Seit der von Amor ins Visier genommenen Nymphe an der Decke des Gelben Salons hat er viele entkleidete Frauen gesehen. Als Schäferinnen dargestellte Göttinnen, als Göttinnen gemalte Prinzessinnen, von Göttern begattete Schäferinnen, Gefangene, die vor ihrem Bezwinger knien, und Sklavinnen in allen möglichen Stellungen. Bisher bewunderte er arglos den feinen Strich, das natürlich wiedergegebene Fleisch und die Ausgewogenheit der Komposition, aber die Rundung der Brüste oder des Hinterteils berührte ihn nicht mehr als die Samthaut eines Pfirsichs. Auch angesichts von Bronzen, Marmorstandbildern und schlüpfrigen Zeichnungen blieb er gelassen, sie erregten ihn nicht mehr als das Schauspiel, das ein Hengst mit einer Stute bot, und die Erinnerung an die Starostin von Caroliz im Bad sorgte bei ihm lediglich für einen Schauder des Widerwillens. Die Frauen hinter seinen Lidern jedoch ziehen ihn unwiderstehlich an. Sie haben keine Gesichter, sondern nur weiße Körper. Er hört sie lachen, sie drehen sich, damit er ihre Kurven bewundern kann, sie halten ihre Brüste in der Hand.

»Hast du Hunger?«, fragt die Rundlichste von ihnen.

Und eine andere: »Hast du Durst?«

Ein Blitz durchfährt ihn und lässt ihn keuchen. Er richtet sich in seinem Bett auf und muss an Janek denken. An Janeks Zuckungen, sobald die Kerze gelöscht war. An seinen gierigen Mund und seine Wolfsaugen, wenn die Töchter von Gromesch ihre Korsagen öffneten. An seinen Drang, ununterbrochen ihre

Brüste drücken und an ihnen saugen zu wollen. Damals verstand Józef nicht, wie man Lust haben konnte, die Reize der jungen Damen zu behandeln wie lederne Trinkschläuche an heißen Tagen. Er verachtete Janek wegen seiner Begierden und beschimpfte ihn als Vieh, Toren und Grobian. Aber jetzt begreift er, und diese Erkenntnis ängstigt ihn. Nach der Pubertät war Bébé aus Lunéville wie ausgewechselt gewesen. Wird sie auch ihn verändern? Wird auch er sich verkrümmen, innerhalb weniger Monate altern und hässlich, jähzornig und dumm werden? Wird die Natur die Wohltaten seiner Erziehung vernichten? Wird er die Wertschätzung und das Ansehen verlieren, die er sich in sechzehn Jahren mühsam aufgebaut hat? Gleichzeitig jubiliert er, weil er nun kein Kind mehr ist.

Madame Humieska ahnt nichts von diesen sehr persönlichen Veränderungen, ist aber der Meinung, dass die Lehrzeit ihres Schützlings beendet sei, und gibt ihm die Möglichkeit, sich mit Gleichaltrigen zu treffen. Natürlich handelt es sich um junge Männer aus der besten Gesellschaft, weil das die einzige Gesellschaft ist, die sie kennt. Wenn sie Józef irgendwo vorstellt, unterlässt sie es nie, darauf hinzuweisen, dass er der Sohn von Graf Boruwłaski sei. Dabei spielt es keine Rolle, dass der Graf ein hoch verschuldeter Trunkenbold war, denn in Polen gerät man schnell auf die schiefe Bahn, und selbst die besten Familien haben ihr Päckchen zu tragen.

Die Söhne von Madame Humieskas Freundinnen kommen wie alle anderen aus Neugier. Józef stellt sich der Herausforderung, ihnen zu beweisen, dass in seiner Brust eines Vögelchens ein Herz wie das ihre schlägt. Er ist es leid, Scharteken und Ministern zu schmeicheln und Verwunderung oder Mitleid hervorzurufen. Er möchte gern wissen, wie es sich anfühlt, um die zwanzig Jahre alt zu sein. Er will lernen, auch einmal nicht gehorsam zu sein.

Das Leben der vermögenden jungen Leute verläuft in Warschau ebenso wie in Wien oder Paris. Es ist wie ein Buch mit Goldschnitt, dessen Leser munter seine Seiten zerknittern. Einige haben studiert, sind gereist oder haben einen Beruf und sind ehrgeizig, aber die meisten begnügen sich damit, das Vermögen ihrer Eltern zu verschleudern. In ihrem Kielwasser entdeckt Józef die Unbekümmertheit und den Mangel an Ehrerbietung. Mit Saufgelagen und Blut besiegelte Freundschaftsschwüre. Er verzichtet darauf, sich zu fragen, ob er ihr neues Maskottchen ist und ob ihre Versprechungen ewiger Freundschaft mehr als eine Saison überdauern. Zwei oder drei Abende im Monat seinem Dasein als menschliches Spielzeug zu entfliehen genügt ihm zu seinem Glück.

Der Duft dieses Glücks ist derjenige der Frauen, die Józefs neue Freunde besuchen. Es sind Frauen, die nicht in den eleganten Salons empfangen werden. Ihr Leben beschränkt sich nicht darauf, einen Ehemann zu ertragen und ihre Stellung in einer Gesellschaft beizubehalten, in der Schein so viel mehr gilt als Sein und sich unter der Maske eine weitere Maske verbirgt, und dann noch eine und noch eine bis zum Knochen. Diese Frauen lachen mit weit offenen Mündern. Sie trinken genießerisch jeden Augenblick und werfen dann das Glas über ihre Schulter. Sie scheinen vor nichts Angst zu haben und sich nie zu schämen. Sie schauen einem gerade in die Augen, rauchen, ohne sich zu verstecken, es macht ihnen nichts aus, ihre Knöchel zu zeigen, und sie geben zu, Männer zu genießen. Sie sind Schauspielerinnen, Tänzerinnen oder Sängerinnen. Fast alle sind hinreißend. Nicht eine ist verheiratet.

In Paris hatte Madame Humieska Józef häufig mit ins Theater genommen, was ihm immer großes Vergnügen bereitete. In Warschau wird das Vergnügen zur Leidenschaft. Er ist geradezu versessen auf Theatervorstellungen, aber mehr noch auf die Zeit davor, wenn er mit seinen Kameraden »die Mädchen« hinter der Bühne besucht, oder die Zeit danach, wenn sie zusammen essen gehen. Józef hat kein Geld und kann den Schönen weder ausgesuchte Weine noch Seidentücher offerieren. Aber er umschmeichelt sie so gekonnt, dass sie ihn unbedingt dabeihaben wollen, ohne dass er dafür auch nur einen Złoty bezahlen muss.

Das Gespräch der neuen Freunde dreht sich fast ausschließlich um die Wonnen, die sie von »den Mädchen« erwarten, und um die, die sie bereits genossen haben. Józef wagt nicht, die Fragen zu stellen, die ihn seit der Hand unter dem Laken quälen, aber er strengt sich mit Augen, Ohren und jeder Pore seiner Haut an, das Wissen zu erwerben, das ihm noch fehlt. Schließlich geben die neuen Erkenntnisse seinen Sehnsüchten, die bisher zusammenhanglos und konfus waren, ein festes Ziel. Er will nicht mehr ausnahmslos alle Frauen leidenschaftlich lieben. Er möchte eine erwählen und erreichen, dass sie sich ihm ganz schenkt. Er zögert und schätzt ab: Welche Frau würde ihn so begehren, wie er ist? Alle sind gern mit ihm zusammen und streicheln ihn, weil sie ihn »außergewöhnlich« finden. Er gäbe gern die Hälfte des ihm noch verbleibenden Lebens, um eine Stunde lang, nur eine einzige Stunde lang ein normaler Mann zu sein. Allein mit einer Frau, die sich vor ihm auszieht.

Ende April 1764, als quälende Frühlingsgefühle ihm zu schaffen machen, kommt aus Paris eine sechzehnköpfige Truppe ausgezeichneter französischer Schauspieler an. Unter ihnen befindet sich eine Dame, die seine Aufmerksamkeit auf sich zieht, obwohl ihre Züge nicht regelmäßig hübsch sind. Sie heißt Marie Magdeleine Jollin, ist vierundzwanzig Jahre alt und spielt die Rolle der Kammerzofe. Sie ist lebhaft und zärtlich. Gern lädt sie elegante Herren zum Souper ein.

Józef bittet darum, ihr vorgestellt zu werden. Sie empfängt ihn. Er entfaltet seinen Charme, wie ein Pfau seine Federn spreizt, und erreicht damit den üblichen Eindruck. Die Demoiselle ist bezaubert, geschmeichelt, entzückt und bald erobert. Sie gestattet ihm, sie zu besuchen, wann immer es ihm beliebt.

Morgen?

Aber gern.

Und am Tag darauf?

Wenn er es wünscht.

An allen Abenden, an denen er frei hat?

Wie es ihm gefällt.

Magdeleine Jollins Mund ist zu breit, ihre Stirn ein wenig zu niedrig. Sie hat flache Arme und große Füße, aber trotz dieser kleinen Mängel gefällt sie Józef sehr. Jede Stunde fern von ihr kribbelt und peinigt ihn, als hätte man ihn auf einen Ameisenhaufen gebunden. Er liebt. Endlich liebt er, und diese Entdeckung verändert den Duft der Luft, die er atmet. Die Demoiselle ist belesen und korrespondiert mit dem Philosophen Diderot. Zur Erbauung beschreibt Józef ihr das Zimmer von Monsieur Voltaire in Lunéville. Die Demoiselle hat auch Gefühl. Sie erkundigt sich nach den Einzelheiten des Todes von Mademoiselle du Châtelet. Józef berichtet ihr von ihren Qualen, als wäre er dabei gewesen.

Magdeleine lehnt halb liegend auf einem Sofa. In ihrem duftigen weißen Kleid sieht sie aus wie eine Braut. Sie ist erschüttert, ihre Augen füllen sich mit Tränen. Ohne nachzudenken, lehnt Józef sich an ihre Schulter, stellt sich auf die Zehenspitzen und leckt ihr sanft und vorsichtig die Tränen von den Wangen. Er legt sein gesamtes Wesen in diese Geste. Der salzige Geschmack und die warme Haut lassen ihn sofort strammstehen, doch er empfindet nicht die geringste Verwirrung, sondern lediglich eine Steigerung des Genusses. Er denkt an die Himbeeren, die die Starostin von Caroliz mit der Zunge zu umspielen pflegte, ehe sie sie aß. Der Flaum unter Magdeleines Nase ähnelt den kleinen Härchen auf den Himbeeren. Er liebkost zunächst die kleinen Härchen, dann den Lippenbogen, den linken Mundwinkel, den rechten Mundwinkel. Magdeleine schließt die Augen und hält den Atem an. Als sie wieder ausatmet, geschieht es mit einem leichten Stöhnen, als falle sie in Ohnmacht. Diese Hingabe nimmt Józef jede Zurückhaltung. Er greift nach ihren Händen, küsst Handflächen und Finger, gesteht der jungen Dame zwischen zwei Küssen seine Bewunderung, seine Liebe, sein Begehren und verleiht schließlich mit dem Gefühl, mit geschlossenen Beinen in den Brunnen seiner Kindheit zu springen, seiner geradezu verrückten Hoffnung Ausdruck, sie möge ihn erhören.

Magdeleine findet diese Hoffnung so wenig verrückt, dass sie zunächst ihr Kleid und dann die beiden Unterröcke hochschiebt. Sie trägt keine Unterwäsche.

Józef reißt die Augen so weit auf, dass sie beinahe aus ihren Höhlen springen und auf den Teppich rollen.

Sie lächelt über seine Überraschung, fragt ihn, ob er Angst habe, und fordert ihn auf, sie so lange zu betrachten, wie er nur wolle.

Józef hatte geglaubt, das Dreieck zwischen den Beinen der Frauen sei rosig wie auf den Gemälden und glatt wie bei den Statuen. Seltsamerweise muss er bei seinem Anblick weniger an die Glückseligkeit denken als vielmehr an den Brennenden Dornbusch in der Bibel. Sein Gesicht befindet sich genau auf Höhe des Buschs.

Als Magdeleine beschließt, dass er nun genug geschaut habe, umschließt sie seine Taille, hebt ihn hoch und setzt ihn neben sich. Er würde gern ihre Korsage aufschnüren und ihre Brüste befreien, wagt es aber nicht. Sie hebt ihre Beine auf das schmale Sofa und nimmt den gesamten Platz ein. Er hat keine andere Wahl, als sich auf ihren Bauch zu legen. Sie zeigt nicht die geringste Verlegenheit. Hastig öffnet sie die Knöpfe, die ihn einengen, und scheint sehr neugierig auf das Tier, das unter dem Stoff seiner Hose einen Buckel macht. Sie versucht, Józef ein Stück zurückzuschieben, um ihn besser ansehen zu können.

Das befreite Tier hat jedoch so großen Appetit, dass Józef ihr diese Muße nicht lässt. Nie hätte er geglaubt, einer derartigen Wildheit fähig zu sein. Magdeleines Busch ist das Tor zu einer Welt, und in dieser Welt ist er ein Eroberer, ein Kaiser, ein Riese. Stundenlang möchte er diese jungfräulichen Gebiete erkunden, aber er legt so viel Hast an den Tag, dass er nur einen Moment dort verbringen kann. Einmal, und er geht. Noch einmal, und er kommt zurück. Und dann wieder und wieder. Und jedes Mal hat er das Gefühl, zu sterben, um danach umso besser wieder aufzuerstehen.

Magdeleine kichert und stöhnt, stöhnt und kichert. Józef weiß nicht, ob dies ein gutes oder ein schlechtes Zeichen ist; seine Kameraden haben ihn in dieser Hinsicht nicht aufgeklärt. Nachdem er innerhalb weniger Monate Deutsch und Französisch gelernt hat, schwört er sich, dass er auch die Sprache der Körper in diesem neuen Land so schnell wie möglich beherrschen wird.

Er ist Forscher und Pionier. Er erfindet Gesten und Worte und hofft, dass seine schöne Freundin sie zu schätzen weiß.

Sie sagt, dass er entkleidet noch überraschender sei als angekleidet und dass sie so etwas noch nie erlebt habe.

Zwar weiß er nicht genau, was sie damit meint, entgegnet aber, dass es ihm ebenso gehe. Er fragt sich, ob sie weiß, dass sie die Erste ist. Er wünscht sich, dass sie die Seine ist. Er rezitiert für sie die schönsten Verse von Racine, und er schwört ihr ewige Leidenschaft und Treue.

Sie seufzt und kichert. Kichert und seufzt. Sie liebe ihn, ja, natürlich, sie liebe ihn sogar sehr, sie liebe ihn, ohne Wenn und Aber. Im Herbst allerdings kehre ihre Truppe nach Frankreich zurück. Für Schauspielerinnen spiele sich Ewigkeit im Rhythmus der Theatersaison ab. Mehr als das, was sie ihm heute schenke, könne er von ihr nicht bekommen, und er solle es genießen und sich glücklich schätzen.

Er ist der glücklichste Mann der Welt, und er genießt es mit jeder Faser. Madame Humieska gestattet ihm jedoch nicht, jede Woche über Nacht wegzubleiben, geschweige denn mehrmals in der Woche. Józef besticht den Portier der Gräfin und zieht den Diener ins Vertrauen, dem es obliegt, ihn auf seinen Spaziergängen zu begleiten. Er schützt Kopfschmerzen vor, um sich früh zurückziehen zu können, und wenn alle glauben, er schlafe, schleicht er sich heimlich in die Dienstbotenquartiere und von dort durch die Küche auf die Straße.

Magdeleine scheint sich durch seinen Eifer geschmeichelt zu fühlen. Sie wird seiner Konversation nicht müde, und wenn sie allein sind, schlägt sie ihm immer neue Spiele vor. Sie sagt, er sei der unterhaltsamste Mann, den sie je kennengelernt habe. Wenn sie in seinen Armen oder, besser, wenn er auf ihrer Brust liegt, kichert sie nicht mehr, sondern sie gurrt. Tauben gurren, wenn sie verliebt sind, daher ist Józef sicher, geliebt zu werden.

So vergehen Wochen, die ihm wie ein einziger Augenblick vorkommen. Mit keinem Menschen hat er über seinen Triumph gesprochen, denn er möchte seine Großtaten ohne Zeugen genießen. Sein Herz ist wie ein Nest, in dem er sein Geheimnis weich und behütet mit sich herumträgt.

Dabei weiß halb Warschau Bescheid. Der Freund, der ihm Magdeleine vorgestellt hat, wundert sich über seine Blindheit. Als Józef bleich vor Zorn fragt, wer ihn verraten habe, antwortet der Freund ruhig: »Frauen verraten nicht, mein Lieber. Ihre Seelen sind zu zart für Dramen. Aber sie würden Vater und Mutter verkaufen, um Aufmerksamkeit auf sich zu ziehen. Magdeleine ist sehr in Mode, seit sie ein Tagebuch eurer Liebe veröffentlicht.«

Józef reißt die Augen auf. »Ein Tagebuch?«

»Oh ja. Sie berichtet über deine Leidenschaft und deine … große Eile. Aber mach dir nichts draus, das haben wir alle durchgemacht.«

Józef ahnt eine Anspielung, die ihm nicht schmeichelt. Er hat den Eindruck, einen Fuß mitten in einen Zuber voll Schlamm gesetzt zu haben. Trotzdem kann er sich nicht daran hindern, auch noch den zweiten Fuß hineinzustellen.

»Und was sonst noch?«

»Sie rühmt sich der stürmischen Gefühle, die sie in dir hervorruft.«

Józef errötet. Sein Gesicht und sein Hals brennen, als hätte er sie in einen Backofen gesteckt.

»Sie behauptet, es sei ihr großer Verdienst, bei einem Mann deiner Größe etwas entwickelt zu haben, das eigentlich gar nicht seinem Naturell entspricht.«

Józefs Farbe wechselt von hochrot zu wachsbleich.

»Unmöglich. Solche Worte benutzt sie nicht.«

»Sowohl diese als auch noch viele andere, mein Lieber. Sie berichtet übrigens auf äußerst amüsante Art.«

»Ich glaube dir nicht. Sie liebt mich, und das beweist sie mir auf die unwiderlegbare Weise.«

»Mir hat sie es auch bewiesen. Vor dir. Unmittelbar, bevor ich dich zu ihr mitgenommen habe.«

Józefs Gesicht sieht jetzt aus wie das seines Vaters, als man ihn aus dem Weiher zog. Sein Kamerad hebt verwundert die Brauen.

»Jetzt sag nicht, du hättest nicht gewusst, dass sie und ich …?«

Nein, er sagt es nicht. Und nein, er hat es nicht gewusst. Kurz vor seiner Abreise aus Wodnopol war die Dogge des Grafen in die Küche gestürmt und hatte ihn mit voller Wucht umgestoßen. Józef denkt nicht an Magdeleine, sondern an die Brust dieses Hundes, an den Schreck und daran, wie ihm die Luft wegblieb.

Der Freund, der ihm Magdeleine vorgestellt hat, tätschelt ihm den Nacken.

»Weiteratmen, alter Freund. Und sei mir nicht böse: Ich bin nicht der Einzige.«

Józef sieht ihn an, als entdecke er ihn eben erst.

»Nicht der Einzige?«

»Schauspielerinnen sind offen für alles. Der Rest kommt ganz von allein. Das ist doch völlig natürlich. Du solltest dich beglückwünschen. Hätte Magdeleine keinen Sinn für das Außergewöhnliche, glaubst du, sie hätte dich in dieses Land reisen lassen, in dem du dich ihren Worten nach verlierst, sobald sie dich dahin einlädt?«

Der junge Mann lacht auf. Er hat ein rundes, pausbäckiges Gesicht, glänzt wie ein polierter Apfel und hat so dunkle Augen, dass man die Iris nicht von der Pupille zu unterscheiden vermag. Die schwarzen Kugeln blitzen vor mutwilligem Vergnügen, wie es Kinder überkommt, wenn sie Fliegen die Beine ausreißen.

Józef versucht, sich zu teilen. Er fixiert den Pompon, der vom Gürtel des Mannes hängt, den er bisher für einen Freund gehalten hatte. Der Pompon ist grün. Die Farbe der Hoffnung, die Farbe des Verrats, aber auch die Farbe der Bänder, die Monsieur Molière trug. Mit Blicken klammert er sich an diesen Pompon, um seinen sensiblen und leidenden Teil loszuwerden. Er krallt sich fest und bemüht sich mit aller Kraft, sich aus sich selbst herauszukatapultieren. Doch es gelingt ihm nicht.

Sein Kamerad ärgert sich. Er hatte Józef nicht so viel Schmerz zufügen wollen.

Die Demütigung brennt so glühend heiß, dass es Józef vorkommt, als schmore er in Gesellschaft seines Vaters in der Hölle. Jahrelang hat er Amor gespielt. Er weiß, dass man intrigieren, beruhigen und sich in der Gegenwart verankern und von der Zukunft träumen muss, um sich eine schöne Frau gewogen zu machen. Man muss reden und schweigen. Man muss geduldig lauschen und auch das hören, was die Dame nicht sagt. Wenn man geschickt und hartnäckig ist, keimt Liebe auf, wie Eis zerschmilzt. Sie wächst wie das Korn auf den Feldern und wird schwerer als die Traube am Rebstock. Eine solche Liebe ist unfehlbar. Sie erzeugt Zärtlichkeit und führt zur Wonne, zum Alkoven und zum Altar. Józef hatte geglaubt, nicht nur den Körper, sondern auch das Herz und die Seele Magdeleines erobert zu haben. Er war ehrlich und vertrauensvoll gewesen. Eine solche Schmach hat er nicht verdient.

Sein Kamerad seufzt. »Wenn du Erklärungen willst, musst du sie fragen.«

Noch am gleichen Abend, kaum dass er in dem Hotel garni die Schwelle des Zimmers überschritten hat, die sie mit zwei anderen Schauspielerinnen teilt, noch mit dem Hut auf dem Kopf und dem Gehstock in der Hand, fragt er.

Magdeleine lacht ihn aus. Das böse Lachen macht sie hässlich.

»Warum? Nun, weil du kein alltägliches Persönchen bist, mein Kleiner. Du musst erst noch lernen, wohin die Neugier uns Frauen manchmal führt.«

Es ist das erste Mal, dass sie ihn »mein Kleiner« nennt. In ihren Armen hatte er sich riesengroß gefühlt und nicht damit gerechnet, so schnell wieder zum Zwerg zu werden.

»Du nimmst alles viel zu ernst. Wie kannst du nur, so, wie du gebaut bist?«

Hätte sie seine Hände an die Tür genagelt, wäre es nicht schmerzlicher gewesen.

»Bereust du es?«

Er weiß es nicht. Er betrachtet sie, bemerkt ihre hervorspringenden Schlüsselbeine, ihr glanzloses Haar und hätte am liebsten geweint, denn ihre kleinen Mängel machen sie für ihn noch liebenswerter. Er senkt die Augen, ohne zu antworten. Er wünscht sich, sie würde sich ihm zu Füßen werfen und um Verzeihung bitten. Aber dann ist er es, der vor ihr auf die Knie sinkt. Um genau zu sein, hängt er sich an ihre Knie. Während er ihre Gelenke umschlingt, was gar nicht so einfach ist, wenn man sehr kurze Arme hat und die Angebetete einen Reifrock trägt, geht ihm auf, wie grotesk die Situation ist. Seit dem Abend, als Magdeleine ihre Röcke hochstreifte, hat sie ihn nie spüren lassen, wie sehr der Größenunterschied zwischen ihnen zum Lachen reizte. Sie hält sich sehr gerade und spreizt die Arme, um ihn nicht zu berühren. Seine gekränkte Hälfte erhebt sich zur Decke, beobachtet die Szene aus der Entfernung und befiehlt der stöhnenden Hälfte, sofort jene Person loszulassen, die ihn mit einer geradezu beleidigenden Mischung aus Mitleid und eisiger Ablehnung mustert. Er muss die Frau loslassen, die in Wahrheit weder gut noch schön ist, seinen Hut und seinen Gehstock von dem Sofa nehmen, auf dem er sich nicht mehr mit ihr vergnügen wird, sie verlassen, ohne sich umzudrehen und niemals wieder zu ihr zurückkehren.

Er braucht noch einen ganzen Monat, ehe ihm das gelingt. Als er es endlich schafft, ist sein Selbstwertgefühl so klein zerhackt wie die Kräuter, mit denen Anka die Suppe zu würzen pflegte, seine Illusionen sind in Rauch aufgegangen und über Warschau davongeflogen, und seine Leidenschaft ist zu einem Stachel geworden, der so tief in ihm steckt, dass er sich seiner nicht einmal entledigen kann, wenn er sich dreht und windet.

Aber das ist noch nicht das Schlimmste: Das Gerücht von seiner drolligen Liebschaft verbreitet sich wie ein Lauffeuer. Madame Humieska erfährt, dass sich ihr Schützling fast jede Nacht heimlich davonmacht, weil er sich mit einer Schauspielerin eingelassen hat. Der Portier und der Diener werden streng verhört. Schließlich bleibt ihnen nichts anderes übrig, als ihr Vergehen zuzugeben. Noch in der gleichen Stunde werden sie aus dem Haus gejagt. Józef ist schuld am Unglück dieser beiden Männer, deren Ruf ruiniert ist. Nie mehr werden sie eine Anstellung in einem ehrenwerten Haus finden. Der Diener hat erst kürzlich geheiratet, und seine Ehefrau ist hochschwanger. Der Portier ist Witwer und hat vier Töchter und seine Mutter zu ernähren. Józef ist voll und ganz verantwortlich und voll und ganz schuldig. Er hat diese einfachen Gemüter missbraucht und das Vertrauen der Frau verraten, die seit mehr als zehn Jahren wie eine zärtliche Mutter über ihn wacht. So sieht also sein Dank für die edle Dame aus? So zahlt er ihr ihre Zuneigung und ihre sorgfältige Erziehung und Ausbildung zurück?

Józef senkt den Kopf angesichts des Sendboten von Madame Humieska, der ihm eine Strafpredigt hält. Er wagt nicht, zu antworten, dass eine zärtliche Mutter nicht davon träumen würde, ihre Nachkommen miteinander zu verkuppeln, und dass er der Meinung ist, sie mit seinem Triumph in ihrem Salon durchaus für die Ausgaben entschädigt zu haben, die sie in seine Ausbildung investiert hat. Auch denkt er, dass sich eine liebende Mutter sein Missgeschick vermutlich weniger zu Herzen genommen hätte, hat es ihm doch Gelegenheit gegeben, endgültig zum Mann zu werden. Anstatt ihm zu grollen, hätte sie ihn getröstet. Józef hat weder mehr noch anders gesündigt als die Neffen seiner Gönnerin. Die meisten dieser jungen Männer schlafen mit Mädchen vom Theater und geben horrende Summen für sie aus. Sofern Kinder geboren werden, muss auch deren Unterhalt bezahlt werden. Weit davon entfernt, Anstoß an solchen Dingen zu nehmen, sehen die Familien diese Verbindungen als natürliche Station auf dem Weg eines Sprösslings aus gutem Hause zwischen Schulabschluss und Heirat. Józef stellt fest, dass sich seine Freunde die Hörner abstoßen dürfen, während er sich, obwohl er im selben Alter und nicht anders erzogen ist, reuevoll an die Brust schlagen muss. Der Pfarrer von Halicz hatte ihm immer gesagt, er sei ein Auserwählter, im Zeichen des Allerhöchsten geboren. Darauf würde er gern um der Vergnügungen willen verzichten, auf die er offenbar weder als Zeichen noch als Liebesbote ein Recht hat.

Als hätte er diese Gedanken von seiner Stirn abgelesen, weist ihn der Abgesandte von Madame Humieska zurecht: »Haben Sie etwa vergessen, wer Sie sind und woher Sie kommen?«

Józef errötet und verneint. Natürlich nicht und wie auch? Aber in dem Land jenseits von Magdeleines Busch hatte er es tatsächlich völlig vergessen.

»Stellen Sie sich einmal vor, wie Ihr Leben aussähe, wenn Sie ganz auf sich selbst gestellt wären.«

Józef antwortet bescheiden, dass er fern von seiner Wohltäterin verwelken würde wie eine Pflanze ohne Sonne und Wasser.

Seine Demut erweicht den Moralprediger. Deutlich sanfter fährt er fort: »Sie haben Glück, dass die Gräfin Ihnen zutiefst zugetan ist. Sie wird Ihnen Ihre Fehler und die Brüskierung verzeihen, wenn Sie schwören, nie wieder einen solchen Fehltritt zu begehen.«

Alarmiert hebt Józef den Blick. Der Abgesandte aber lässt nicht mit sich verhandeln.

»Verstehen Sie, was das bedeutet?«

Józef versteht es nur allzu gut, und es kribbelt ihn im ganzen Körper. Madame Humieska verdammt ihn zu lebenslänglicher Keuschheit. Dabei hat er doch gerade erst das herrliche Land entdeckt, wo man jedes Mal wiedergeboren wird, wenn man stirbt. Dass er der kleinste, gebildetste, hübscheste und unterhaltsamste Zwerg in ganz Europa ist, genügt ihr nicht; nun will sie ihn obendrein auch noch in einen Eunuchen verwandeln. Es ist ihre Strafe für begeisterte Tiraden und köstliche Schauder. Sicher versteht diese Frau nichts von der Lust. Ob es ihm gelänge, sie aufzutauen wie die Starostin von Caroliz, wenn er erneut in sein Amorkostüm schlüpfte? Vielleicht würde sie dann verstehen, dass sie dies nicht von ihm verlangen kann …

Der Abgesandte unterbricht Józefs Überlegungen, indem er sich brüsk erhebt. »Träumen Sie, Monsieur?«

Der Mann ist extrem dünn. Wie eine Gräte oder ein Holzscheit. Er mustert Józef mit den strengen Augen des heiligen Petrus angesichts der zu rettenden oder zu verdammenden Bittsteller vor der Himmelspforte.

»Darf ich der Gräfin mitteilen, dass Sie Ihr Versprechen nach bestem Gewissen halten werden?«

Józef denkt an Janek, wie er in einer Küchenecke Linsen verlas, die schmutzigen Füße auf den mit Stroh ausgestopften Holzschuhen. Er denkt an Zofia Boruwłaskas Magerkeit und ihre Haut, grau wie ihr Hut. Er denkt an Anastasia, die seine Briefe nicht beantworten kann, weil ihre Gönnerin ihr nie lesen und schreiben beigebracht hat. Er denkt an den Spatz in der Hand und die Taube auf dem Dach. Er denkt daran, dass er kurze Beine hat und mit diesen Beinen immer langsamer laufen wird als andere. Er denkt, dass er lieber im Warmen unter einem sicheren Dach schläft als in Lumpen auf der Straße. Er denkt, dass es nicht peinlich ist, sich in einen goldenen Käfig einzuschließen, wenn man nicht über die nötigen Mittel verfügt, sich die Freiheit zu ermöglichen. Er denkt an seine Mutter, an die Starostin, an die Gräfin und an Magdeleine. Alle Frauen, in die er je sein Vertrauen und seine Hoffnung gesetzt hat, haben ihn enttäuscht. Er denkt, dass er in Zukunft seine Liebe den Büchern, der Musik, den Schönheiten der Kunst und den Wundern der Natur zuwenden wird. Mit einem Mal fühlt er sich unendlich leer. Im Ganzen oder zweigeteilt – er ist weder ein Mann von fünfundzwanzig Jahren noch ein fünfundsiebzig Zentimeter kleiner Schelm, sondern fühlt sich wie eine Frucht, deren innerstes Mark mit einem Messer entfernt wurde.

Mit strenger Miene wartet der Abgesandte der Gräfin darauf, dass der Verurteilte sich den Strick um den Hals legt. Im Geiste nimmt Józef den Strick. Er wiegt ihn in der Hand. Auch wenn er sich mit der Energie der Verzweiflung drehte und wendete, dieser Strick würde ihn nicht entkommen lassen. Er legt eine Hand auf das Revers seiner geknöpften Weste über die neue Leere, die jetzt in ihm gähnt, atmet den letzten Zug Freiheit ein und sagt: »Ich schwöre Ihnen, Monsieur, dass man mich nie wieder bei derartigen Dingen ertappen wird.«

Der Beauftragte hat zweifellos noch nie Monsieur de La Fontaine gelesen. Er wackelt mit dem Kopf, um seine Zufriedenheit kundzutun.

»Ich gehe nun und teile der Gräfin Ihre Entscheidung mit. Sie hat ein gutes Herz und hält zu Ihnen. Ihr Zorn wird vorübergehen, und sie wird Sie sicher schon bald wieder empfangen. Inzwischen bleiben Sie in Ihrem Zimmer. Freuen Sie sich darüber, die richtige und gebotene Wahl getroffen zu haben.«

Die gebotene Wahl. Józef würde sich von nun an nicht mehr mit den lasterhaften Jugendlichen von Warschau treffen. Er würde nicht mehr mit Schauspielerinnen soupieren, die rauchten und ihre Knöchel zeigten. Vier Monate, zwei Wochen und sieben Tage hatte die Zeit seiner Unbekümmertheit gewährt. Das ist wenig. Aber auch viel. Und es muss genügen. In den Armen von Magdeleine hat Józef gelernt, von der Liebe zu sprechen und sie zu genießen. Nun wird er lernen, von der Liebe zu träumen, ohne sie zu leben. Im Übrigen kann man viele angenehme, interessante und zuträgliche Dinge sowohl in vertikaler als auch horizontaler Lage erproben.

»Wirklich?« fragt seine widerspenstige Hälfte.

»Man muss sich nur selbst davon überzeugen«, entgegnet seine strangulierte Hälfte.

SIEBTES KAPITEL

in dem Sie erleben, wie das Wunder erst zu einem kleinen Aschehaufen wird und dann zum verheirateten Mann

Isaline Barboutan liebt das Leben. Sie liebt Hüte, Quittengelee, Spaziergänge im Schnee, und sie liebt es, in den Armen wohlriechender junger Männer Walzer zu tanzen. Sie ist zuvorkommend und lässt sich gern den Hof machen. Aber nie lässt sie sich auf andere Küsse ein als solche auf die Fingerspitzen. Mit ihren vierundzwanzig Jahren nährt sie keine der Illusionen, die ihre Freundinnen zum Träumen bringen. Kühlen Kopfes taxiert sie die Karten, die das Schicksal ihr zur Verfügung gestellt hat, und arbeitet daran, sich ihre Freiheit zu bewahren und dennoch ein angenehmes Leben zu führen. Isaline stammt aus bescheidenen Verhältnissen und kann auf kein Vermögen hoffen, aber sie hat eine hohe Stirn, große Augen, einen durchscheinenden Teint, üppiges aschblondes Haar, eine schmale Taille und eine hohe Büste. Sie wirkt so graziös und zerbrechlich, dass man Lust hat, an ihr zu riechen wie an einer Blume und sie wie einen Schatz zu behüten. Ihre Familie stammt aus dem Berry, einem mit Wäldern und Seen gesegneten Landstrich in Zentralfrankreich, und hatte in Paris im Faubourg Saint-Antoine gewohnt, einem Handwerkerviertel in der Nähe des berühmten Gefängnisses La Bastille. Der Vater, Monsieur Barboutan, besaß eine Uhrmacherwerkstatt von ausgezeichnetem Ruf. Ein Auftrag des Grafen Potocki rief ihn nach Warschau, wo er sich mit Frau und Tochter in der Hoffnung niederließ, dass er dank seiner Talente die Stellung des Hofuhrmachers übernehmen könnte. Zwar ist der gute Mann ein Meister seines Fachs, aber ihm fehlt es an der Fähigkeit zur Intrige. Jahr für Jahr erntet seine Arbeit zwar höchstes Lob, doch der ersehnte Posten wurde an Rivalen vergeben, die zwar weniger geschickt waren, sich aber auf Schmeicheleien verstanden.

Seine Ehefrau unterstützte Monsieur Barboutan, wo es nur ging, und lud Kunden und Verwandtschaft in ihren nach französischer Art möblierten Salon ein. Isaline war hinreißend, und Madame Barboutans Kuchen schmeckten köstlich. Die kleine Wohnung in der Straße Nowe Miasto zog männliche Motten an wie eine Laterne in der Nacht. Als Isaline zwanzig war, hielten der wohlhabende Erbe eines Notars und der jüngste Sohn einer ehrenwerten Familie um ihre Hand an. Keiner der beiden war hässlich, keiner schien gewalttätig oder bösartig zu sein, der Kaufmann trug einen sehr ansehnlichen Backenbart, und der Junge aus guter Familie spielte wunderbar Klavier. Vater und Mutter Barboutan schätzten beide Partien nicht nur als ausgezeichnet, sondern auch als unerwarteten Glücksfall ein. Aber Isaline hatte beide abgelehnt. Sie ließ sich nicht drängen, denn sie war hübsch genug, um den Moment nicht zu fürchten, wo sie weniger ansehnlich würde. Auf keinen Fall wollte sie das Schicksal ihrer Freundinnen erleiden, die sich bereits nach einigen Stunden oder erst nach mehreren Monaten der Euphorie in ihren Armen ausweinten.

»Igor ist ein Wüstling, den nichts befriedigen kann. Irgendwann bringt er mich um.«

»Sigmund liebt ausschließlich seine Pfeife.«

»Ladislas ist verrückt nach Stiefeln. Er hat sechzehn Paar, und ich muss sie alle putzen, weil er sonst niemandem vertraut.«

»Pavel ist nur an seinen Hunden interessiert. Sie schlafen in unserem Bett, und seine Lieblingshündin hat auf unserem Laken ihre Jungen bekommen.«

»Schon am Tag nach der Hochzeit hat er mich betrogen. Er ist zu seiner alten Geliebten zurückgekehrt, einer alten Frau von sechsunddreißig. Kannst du dir das vorstellen?«

»Er schläft mit meiner Zofe.«

»Mit seinem Kammerdiener. Seinem Kammerdiener!«

Isaline will keinen Herrn und Meister. Sie will jeden Tag mit einem anderen Verehrer scherzen. Jedem will sie den Eindruck vermitteln, ihr Favorit zu sein, ohne sich an einen zu binden. Sie will die Männer, die sie anbeten, an Leib und Seele brennen sehen, selbst aber einen kühlen Kopf behalten. Sie will ihre Macht ausspielen und sich daran erfreuen, selbst aber nichts anderes bieten als ihr Lächeln.

Ihre Mutter ist entsetzt.

»Das ist keine ehrenwerte Haltung, mein Kind. Man spielt nicht mit den Männern, als wären es Kegel.«

Isaline zuckt die Schultern.

»Und warum nicht? Glauben Sie etwa, die Männer hätten nicht die gleichen Absichten mit mir? Mich umzuwerfen? Am liebsten in ein Bett?«

»Kind, du spielst mit dem Feuer. Eines Tages wirst du dich verbrennen!«

»Wenn ein Mädchen erst nachgibt, hat es verloren, Mutter. Zwar bin ich der Fisch, aber ich bin auch der Köder. Kaum spannt sich die Schnur, hoffen alle, mich zu fangen. Aber verlassen Sie sich darauf: Keiner wird mich aus dem Wasser ziehen.«

»Sie werden die Schnur zerreißen, und dann hast du deine schönen Augen nur noch zum Weinen.«

Isaline sträubt sich gegen die Ehe, aber weil die Tage, an denen ihr niemand den Hof macht, nur sehr langsam vergehen und ihr der Sinn nicht nach Hausarbeit steht, würde sie sich über eine angenehme und wenig anstrengende Beschäftigung freuen. Sie hat eine schöne Singstimme und einen heiteren Charakter. Sie ist in der Lage, über alle möglichen Themen zu plaudern, wie es die Franzosen gern tun, die diese Kunst besser beherrschen als alle anderen. Sie könnte Gesellschafterin einer adeligen Dame werden. Damit würde sie sich keinesfalls erniedrigen. In Polen nehmen hochgestellte Persönlichkeiten häufig Mädchen und Jungen aus guten Familien auf. Sie vervollständigen ihre Erziehung, verhelfen ihnen zu guter Bildung, behalten sie bei sich und verheiraten sie schließlich vorteilhaft oder verschaffen ihnen eine Stellung in der Armee.

Dieser alte Brauch verdankt seinen Ursprung der sehr ungleichmäßigen Verteilung von Reichtum innerhalb des Adels. Die Verfassung bestimmt, dass jeder Adelige sich um die Krone bewerben kann. Die Königswürde ist in Polen nicht erblich wie in Frankreich, sondern der König wird gewählt. Indem sich der Adel junge Leute und deren Familie verpflichtet, verschaffen sich Thronanwärter eine Menge Verbündeter, die sie am bewussten Tag unterstützen.

Als Ausländer obskurer Herkunft kann die Familie Barboutan der Familie Humieski in keiner Weise nützlich sein. Doch die ganz in Weiß gekleidete Isaline sieht aus wie eine Narzisse, und wer kann am Ende eines langen Winters schon der Verlockung der ersten Narzissen widerstehen? Monsieur Barboutan vertraut sich dem Grafen Niewaroski an, als er ihm eine goldene Pendeluhr für seine Frau liefert. Isaline wird zu einem Vorstellungsgespräch gebeten. Gräfin Humieska beherbergt, ernährt und kleidet bereits zehn polnische Fräulein, aber Isaline ist Französin, und Anna Humieska liebt Paris.

Als Isaline in den Palast der Humieskis gebeten wird, trägt Isaline einen so ausgefallenen Hut, dass die Wachen sich nach ihr umdrehen. Sie stellt sich der Gräfin ohne Schüchternheit und ohne falsche Bescheidenheit vor. Sie selbst habe die außergewöhnliche Kopfbedeckung entworfen und genäht. Abgesehen von diesem Talent könne sie singen. Sie gefalle den Herren zwar, wisse aber, sie auf Abstand zu halten. In einem Alter, in dem andere heißblütig würden, bleibe sie tugendhaft, ohne Reue zu empfinden. Anstatt sich einem Mann zu verschreiben, den sie nicht schätzt und der sie grob behandelt, ziehe sie es vor, sich einer Dame zu widmen, die sie bewundern könne und bei der sie sich wohlfühle.

Anna Humieska hebt ihr Lorgnon vor die Augen und prüft die Kandidatin. Die Tochter des Uhrmachers hat klare Augen, hält sich graziös, und ihre Hautfarbe ist perfekt. Der Hut beweist, dass die junge Dame sowohl Geschmack als auch Mut besitzt. Die Gräfin legt ihre Augengläser beiseite und lächelt. Sie ist einverstanden. Ende der Woche käme ein Wagen und hole den Koffer von Mademoiselle Barboutan bei ihren Eltern ab. Man würde ein Zimmer mit Kamin für sie vorbereiten und Halina Pajak anweisen, ihr beim Einzug zu helfen. Im Palast stehe man früh auf und gehe spät zu Bett. Bevorzuge sie ein Zimmer in westliche oder östliche Richtung?

Auf diese Weise tritt Isaline Barboutan in Anna Humieskas Leben. Und in das unseres Freundes Józef.

Seit der Affäre mit Magdeleine Jollin sind fast fünfzehn Jahre verstrichen, und Józef hat seinen Schwur gehalten. Mit Ausnahme gewisser Erinnerungen, die den Enthusiasmus der Hand unter dem Bettlaken anfeuern, lebt er seit fünfzehn Jahren vollkommen keusch. Während der ersten Monate litt er angesichts des üppig gedeckten Tisches vor seinen Augen wahre Tantalusqualen. Alle wussten Bescheid, dass der kleine Joujou seine Unschuld zwischen den Schenkeln einer Schauspielerin verloren hatte, die sich über ihn lustig machte. Dieses Missgeschick stachelte die Neugier vieler Damen an, und während sie ihn heuchlerisch wie ein Kind behandelten, fanden sie ein hinterhältiges

Vergnügen daran, ihn aufzureizen. Józefs entflammbare Hälfte verbrachte die meiste Zeit unter der Zimmerdecke der Salons, während die gezähmte Hälfte sich zwang, die Nummer darzubieten, die das Publikum von ihm erwartete.

Im Lauf der Zeit jedoch verblasst die Erinnerung an den Brennenden Dornbusch. Nach der Schneeschmelze kehrt auch der wildeste Bach irgendwann in sein Bett zurück. Die Wogen glätten sich. Die Zeit der Turbulenzen ist vorüber. Liebevoll umsorgt von den Vertrauten der Madame Humieska erlebt Józef einen wolkenlosen Sommer, dessen Heiterkeit nichts und niemand gefährden kann, dessen ist er ganz sicher. Weder auf dem Sommersitz der Gräfin noch in Warschau, wohin sie zur Zeit der Bälle zurückkehrt, riskiert Józef Gesten oder Worte und noch nicht einmal Blicke, die ihn auf einen gefährlichen Weg bringen könnten. Gelassener und ruhiger geworden hält er sich für gewappnet gegen die Leidenschaft und geschützt vor den Schattenseiten, die sie mit sich bringt.

Und dann betritt Isaline Barboutan die Bühne.

Warum sie? In den vergangenen Jahren ist Józef mit einer Reihe junger Damen in Berührung gekommen, von denen einige sicher ebenso hübsch waren wie die Tochter des Uhrmachers. Alle Gesellschaftsdamen der Gräfin sind angenehm anzusehen, und er lebt mit ihnen in einer alltäglichen Vertrautheit. Sie streicheln und küssen ihn, wie es ihnen gefällt, aber keine konnte mehr als einen kleinen Stich in seinem Herzen oder weiter unten im Bauch hervorrufen, was er jeweils leicht zu unterdrücken vermochte. Der erste Blick von Isaline jedoch trifft ihn mit der Präzision einer Harpunenspitze. Józef hängt am Haken.

Er sitzt mit seiner Geige auf einem Podest, und eine fröhliche Gesellschaft nimmt auf den im Halbkreis aufgestellten Stühlen Platz. Auf ein Handzeichen von Madame Humieska hin stimmt

Józef eine Fantasie von Mozart an, der, wie es heißt, ein ebenso erstaunliches Wunderkind ist wie er, nicht aufgrund von Körpergröße und Geist, sondern wegen seines Talents und seiner Frühreife.

Seit Józef auf die Freuden des Fleisches verzichtet, ist die Musik seine einzige Geliebte. Sie nährt und tröstet ihn, und sie hält ihn zusammen. Sie ist ein ebenso weites Land wie das von Magdeleine, und er wird nicht müde, sie zu erkunden. Er korrespondiert mit den Lehrern, die ihm in Wien und später in Paris Geigen- und Gitarrenunterricht gegeben haben, er studiert Harmonielehre und Komposition nach ihren Ratschlägen, er hat schon mehrere kurze Stücke geschrieben, arbeitet gerade an einer Sonate und träumt davon, eines Tages mit einem kompletten Orchester auf der Bühne zu stehen.

Er spielt. Plötzlich erscheint eine junge Frau, die er noch nie gesehen hat, an der Flügeltür des Salons. Im Arm hält sie das italienische Windspiel der Gräfin, einen sandfarbenen, schrecklich verwöhnten Winzling, den Halina Pajak am liebsten vergiften würde. Als der Hund Józef entdeckt, windet er sich aus den Armen der jungen Dame, springt zu Boden und läuft zu Józefs Podest. Die junge Frau bahnt sich eine Schneise durch die Zuschauer, bückt sich, greift nach dem Tier, zieht an seinem Halsband und hebt ihre goldenen, zerknirscht dreinblickenden, aber fröhlichen Augen zu dem Geiger empor. Diese Augen prägen sich in sein Gehirn wie der Fußabdruck eines Riesen in frischen Lehm. Und genau das ist es, was er denkt: Fuß, Gewicht eines Riesen, Lehm.

Er nickt, als wolle er ihr zu verstehen geben, dass es nicht schlimm sei und sie sich keine Gedanken machen solle. Sie richtet sich auf und dreht sich um. Er nimmt ihre schmale Taille wahr und bemüht sich, sich auf die Bewegung seiner Bogenhand und die Gesichter zu konzentrieren, die ihn umringen. Zwischen den Gesichtern und ihm geistern die Augen der jungen Frau herum. Golden, zerknirscht, fröhlich.

Er errötet bis zum Rand seiner Perücke. Es ist Jahre her, dass er zum letzten Mal derart rot geworden ist. Die Flammen sind also nicht allein der Hölle vorbehalten, auch vor dem Tor zum Paradies kann man verbrennen. Das Fräulein steht gleich auf der anderen Seite. Aber wie ist dieses Tor zu öffnen?

Er beendet sein Konzert, ohne zu wissen, was er spielt. Auf seinem Podest und vor der Paradiespforte ist er zu einem kleinen, einem sehr kleinen Haufen Asche verbrannt.

Die junge Dame übergibt Madame Humieska den Hund und wartet, bis sie an der Reihe ist, den Künstler zu begrüßen. Sie trägt ein geblümtes Kleid und Spitzenhandschuhe. Sie entschuldigt sich bei Józef, das nächste Mal passe sie besser auf, hielte das Windspiel besser fest, und sagt, sie hoffe, Monsieur Joujou nicht zu sehr von seinem Spiel abgelenkt zu haben.

Er möchte lieber Józef genannt werden.

Sie freut sich, ihn kennenzulernen. Natürlich hat sie schon von ihm gehört. Als Gräfin Humieska ihr die Gnade erwies, sie in ihre Dienste aufzunehmen, gefiel ihr die Vorstellung, unter dem gleichen Dach zu leben wie er.

Gräfin Humieska? In ihren Diensten? Unter dem gleichen Dach?

»Tatsächlich? Und seit wann?«, stammelt er.

»Ich bin vorgestern Morgen angekommen.«

»Haben Sie alles zu Ihrer Zufriedenheit vorgefunden? Sollten Sie etwas benötigen, ganz gleich, was es ist, fragen Sie mich. Es wäre mir ein Vergnügen …«

Weil seine Wangen, seine Stirn und sein Hals sich anfühlen, als hätte er sich im August zu lange draußen in der Mittagshitze aufgehalten, lässt er das Wort Vergnügen im Raum stehen und verstummt. Das Fräulein neigt den Kopf, um sich zu bedanken.

Ihr Hals sieht aus wie der Stängel einer Blüte. Józef fragt sich, welcher Blüte. Im Geist versucht er, sich aller Blumen zu erinnern, die er kennt, aber sein Gehirn ist wie leer gefegt. In seinem Kopf existiert nur noch der Eindruck dieser beiden Augen, die ihn jetzt gerade fröhlich mustern.

»Das Vergnügen wäre ganz auf meiner Seite«, sagt die junge Frau, »aber Madame Pajak achtet darauf, dass es mir an nichts fehlt. Im Übrigen brauche ich nicht viel. Ich bin sehr glücklich, und es ist mir eine große Ehre, dass ich hier sein darf. Mein Vater ist Franzose und Uhrmacher. Vielleicht werden Sie ihn eines Tages kennenlernen, wenn er der Gräfin seine Aufwartung macht. Er hat Finger wie eine Fee und ist ein wahrer Künstler. Ich bewundere ihn sehr …«

Sie spricht schnell, ohne das Ende ihrer Sätze kenntlich zu machen, und hat eine charmante Art, einige Silben zu verschlucken und andere zu betonen. Er denkt: Sie hat einen tanzenden Akzent. Darüber hinaus hat sie sehr lange, gebogene Wimpern, die im Rhythmus ihrer Worte blinzeln und ihn an die Schmetterlinge erinnern, die er früher für die Starostin fing.

»Ich hoffe, wir werden gute Freunde. Sofern Sie es wünschen …«, fahren die Schmetterlingswimpern und die tanzende Stimme fort.

Gute Freunde? Sie und er? Ob er es wünscht?

»Ich heiße Isaline. Isaline Barboutan.«

Der große Corneille und der große Molière, deren Stücke Józef in Paris gesehen hat, behaupten, dass manche Frauen dieses besondere »Ich-weiß-nicht-was« besitzen, dem niemand widerstehen kann. Isaline ist hübsch, aber vor allem ist ihr »Ich-weiß-nicht-was« stark genug, um jedem Mann den Kopf zu verdrehen. Sogar einem kleinen, einem sehr kleinen Mann. Auch wenn man nur die Größe einer Dogge erreicht, ist man ein Mann. Ein vollständiger Mann. Mann und vollständig in jeder Hinsicht.

Józef gäbe frohen Herzens seinen Ruhm und alle von Fürsten und Königen erhaltenen Schmuckstücke dafür, dass Isaline ihn verstünde.

Dass sie ihn verstünde und dass der Rest folgte. Der Rest? Er denkt nicht an den Brennenden Dornbusch. Fast nicht. So wenig wie möglich. Nur in der Nacht und nur im Traum. Józef findet die junge Frau begehrenswert, aber nicht auf die verstohlene Weise, die von der Hand unter dem Laken profitiert. Er findet sie bewundernswert, und er respektiert sie. Er wird nicht müde, ihr zuzuhören und sie anzuschauen. Sie scheint weder die Heimlichtuerei noch das gezierte Gehabe zu kennen, das andere Frauen sich zunutze machen, und weil ihre Züge sehr ausdrucksstark sind, kann man von ihrem Gesicht jedes Gefühl ablesen. Diese Treuherzigkeit und Natürlichkeit bezaubern Józef. Er will sie nicht auf egoistische Weise genießen und sie so besitzen, wie er geglaubt hatte, Magdeleine Jollin zu besitzen. Er möchte sie glücklich machen. Er möchte den Rest seines Lebens in ihrer Nähe verbringen. Den gesamten Rest seines Lebens, oh ja.

Sie lächeln? Sie bemitleiden diesen Liliputaner, der, nachdem er seinen Status als Hofnarr akzeptiert, seine Illusionen in den Wind geschlagen und sein Vergnügen der Sicherheit geopfert hat, tatsächlich beschließt, vor der Zeit und noch auf dieser Erde das Tor zum Paradies aufzustoßen?

Spotten Sie nicht über ihn. Denken Sie an unseren Freund in seiner Rolle als Amor. Wahrscheinlich glauben Sie nicht an Wunder, aber Sie haben gesehen, auf welch verschlungenen Wegen Graf Tarnow und Karolina von Caroliz ihr Glück fanden, und werden die Macht der Liebe, die sich mit dem Willen verbündet, nicht leugnen. Allerdings muss ich Ihnen zugestehen, dass Józef sein Begehren auf eine Person hätte richten können, die besser zu dem passt, was er ist und was er zu geben vermag.

Eine Zwergin?

Tief in seinem Innern hat sich Józef, das Wortspiel auskostend, geschworen, sich nie zu solchen Extremitäten herabzulassen. Ein Erwählter, der unter dem Zeichen des Allerhöchsten geboren ist, muss nach oben blicken, und zwar sowohl im wörtlichen als auch im übertragenen Sinn. Unser Freund weiß, dass die Besucher seiner Gönnerin weiterhin kränkende Pläne schmieden.

Halina hat ihm von einem Gespräch berichtet, in dem von einer Dunkelhäutigen im Besitz eines türkischen Würdenträgers die Rede war.

»Ihr Joujou, Gräfin, ist jetzt bald vierzig Jahre alt. Für Leute wie ihn ein geradezu biblisches Alter. Wenn Sie ihn nicht bald verheiraten, wird er ohne Nachkommen sterben. Was hielten Sie davon, ihm eine Ehefrau in seiner Größe zu geben, die zudem noch eine wunderbar schwarze Hautfarbe hat? Die Dame, an die ich denke, ist im heiratsfähigen Alter, sehr exotisch und wenn man ihr mit der Peitsche droht, tut sie alles, was man von ihr verlangt. Eine Frucht dieser Vereinigung wäre etwas völlig Neues und ein unschätzbarer Fortschritt für Gesellschaftsleben und Wissenschaft. Halten Sie das nicht für eine schöne und gute Idee?«

Madame Humieska lehnte diesen Vorschlag zwar ab, aber von Zeit zu Zeit fragt sie Józef, ob er nicht gern eine Gefährtin hätte, mit der er Glück und Unglück seiner Lage teilen könnte.

»Wie sollte ich eine Gefährtin brauchen, da ich doch dank Ihnen so angesehene und wohlwollende Gesellschaft habe?«, versetzt Józef, von einem nahezu lebenslang immer wieder geübtem Kratzfuß geschmeidig geworden, mit einer formvollendeten Verbeugung. »Mein Leben wird nicht genügen, Ihren Freunden und Verwandten meine Dankbarkeit für die immer gute Behandlung auszudrücken, und da wollen Sie, dass ich mich verzettele?«

»Ich sprach im Gegenteil davon, dass du wieder zu dir selbst finden solltest, indem du dich auf eine ganz bestimmte Person konzentrierst, die dich vielleicht besser versteht als wir anderen …«

»Sie verstehen mich ganz ausgezeichnet, Madame. Bei der Gräfin Tarnowa haben Sie mich vom ersten Augenblick an durchschaut.«

»Möchtest du dich nicht mit einer Frau zusammentun, die dir Kinder schenken könnte?«, hakt die Gräfin nach:

Józef denkt: *Mir* schenken oder *Ihnen* schenken?

Er schüttelt den Kopf und entgegnet: »Seit der dummen Affäre, die Sie mir in Ihrer Güte verziehen haben, interessieren mich Frauen nicht mehr. Ihre Körper lassen mich kalt. Ich schätze sie nur noch um ihrer Seele willen und wegen des Charmes ihrer Konversation.«

Die Gräfin lächelt.

»Du bist die Vorsicht in Person, Joujou.

Er erwidert ihr Lächeln und fragt sich, ob sie ebenso heuchelt wie er.

»Zu Diensten, Madame.«

In Wahrheit verhält es sich so, dass er nur Frauen begehren kann, die mindestens doppelt so groß sind wie er. Und dass er keine andere Gefährtin wünscht als Isaline Barboutan. Weil er ohnehin ständig zwischen den Röcken der Gesellschaftsdamen der Gräfin steckt, lässt er keine Gelegenheit aus, sich ihr zu nähern. Er beobachtet sie. Er lernt ihr Wesen kennen. Sie hat eine zärtliche Mimik, und ihre Gesten sind so sanft wie eine taumelnde Feder, aber ihre Augen nehmen manchmal die Schärfe einer geschliffenen Klinge an. Ihr Lachen klingt wie ein Arpeggio. Sie kann Veilchen nähen und Hüte neu gestalten. Sie besitzt wenig Talent für Dinge, die eines guten Gedächtnisses bedürfen. Sie liebt ihren Vater, der sie vergöttert und ihr jede Laune durchgehen lässt, mehr als ihre Mutter, die immer auf der Hut ist und unter ihren französischen Seidenhandschuhen wahre Krallen verbirgt. Wie Madame de Caroliz ist Isaline verrückt nach Himbeeren. Sie liebt gutes Essen, kocht aber nicht gern. Sie schläft auf dem Bauch. Ihr Haar ist von Natur aus lockig, und wenn sie die Flechten löst, fällt es ihr bis auf die Hüften. Als Józef das erste Mal sieht, wie ihr Haar sie wie ein schaumiger Schwall einhüllt, muss er sich die Fingernägel in die Handflächen drücken, um seine Gefühle zu verbergen. Die Gräfin empfindet Freundschaft für ihre neue Gesellschaftsdame und erweist ihr die Gunst, ihr eines ihrer nur einmal getragenen Ballkleider zu schenken.

Als Józef die Wäscherei betritt, stützt sich Isaline auf den Tisch, auf dem die Tücher zusammengefaltet werden. Ihr Haarknoten hat sich gelöst, und ihre Haare umgeben sie wie ein lockerer Umhang, der mit ihr atmet. Als Halina ihn fragt, welche Farbe am besten mit dem Teint von Mademoiselle Barboutan harmoniere, fällt es Józef schwer, seinen Wunsch zu verbergen, sich sofort unter diesen Umhang zu flüchten. Die Schneiderin liegt auf Knien und hilft der jungen Frau, in die Reifen eines gestärkten Unterrocks zu steigen. Der erste Rock hat die Farbe eines sommerlichen Sonnenuntergangs. Isaline hält den Atem an, während die Frau ihr Korsett schnürt. Schließlich atmet sie mit der Sanftheit eines – ja, genau – sommerlichen Sonnenuntergangs aus. Józef kann nicht umhin, sich der Seufzer von Magdeleine zu erinnern, als er ihr die Tränen von den Wangen leckte. An ihr Gurren, wenn er ihren Hals küsste. Ob Isaline ebenso gurren würde? Um sie küssen zu können, müsste er sie erst einmal hinlegen. Aber wie bekommt man eine fröhliche, goldene Turteltaube auf ein Sofa oder ein Bett?

Józef besitzt inzwischen ein eigenes Haus, das ihm ganz allein gehört, aber es misst lediglich einen Meter zwanzig vom Boden bis zum First, und selbst ohne Reifrock könnte Isaline es nicht betreten. Das Haus steht im ersten Zimmer dessen, was Madame Humieska feierlich »Joujous Appartement« nennt. Wenn er Besuche erhält, verlässt er dieses Haus immer so, als wohne er tatsächlich darin. Isaline streckt ihren Arm durch das Fenster, bewegt die kleinen Stühle, hebt die von Halina mit dem Wappen der Boruwłaskis bestickte Steppdecke auf.

»Joujou, warum schlafen Sie nicht hier anstatt in dem großen Zimmer, das doch viel unbequemer ist?«, fragt sie.

Józef denkt: Weil wir uns dort nicht lieben könnten, meine Göttin.

Und weil sie die Tropfen reinster Liebe nicht bemerkt, die von seinen Lidern perlen, antwortet er eine Spur verbittert: »Weil ich nicht wie Bébé aus Lunéville bin, meine Liebe.«

Er ist kein Kobold. Er ist ein erwachsener Mann voller Schwung und ehrenhafter Pläne. Und dieser erwachsene Mann voller Schwung und ehrenhafter Pläne will Mademoiselle Barboutan erobern und sie lieben. Bis dass der Tod sie scheidet.

Er mit ihr verheiratet? Hat er jetzt seinen gesunden Menschenverstand eingebüßt?

Mit Sicherheit. Eingebüßt ohne die Hoffnung, ihn je wiederzubekommen.

Und aus diesem Grund strebt er vorwärts, koste es, was es wolle.

Die erste Schwierigkeit besteht darin, sich zu erklären. Vor seinem Spiegel wiederholt er Worte und Gesten, aber in der entsprechenden Situation leert sich sein Kopf so schnell, als hätten Isalines Augen ein großes Loch hineingebohrt. Die zweite Schwierigkeit besteht darin, dass er für eine zärtliche Liebkosung zwar seine Seele an den Teufel verkauft hätte, dass Luzifer jedoch nicht die geringste Eile an den Tag legt. Die Tochter des Uhrmachers versteift sich darauf, ihm immer mit mütterlicher Fürsorge zu begegnen, als wäre er sechs und nicht fast vierzig Jahre alt. Dadurch fühlt er sich so gedemütigt, dass er ihre Berührung kaum erträgt. Sie wundert sich. Józef lässt sich von allen Frauen küssen, aber sobald Isaline ihn auf den Schoß nehmen will, setzt er entweder eine Leidensmiene auf, oder er flieht. Sie beklagt sich über seine Kälte, sie glaubt, dass er nicht gern mit ihr zusammen ist, und sie fragt ihn, was sie tun soll, damit er nicht mehr schmollt.

Begehre mich.

Seine Leidenschaft lässt ihn nicht zum Narren werden. Nachts, wenn er allein ist mit seiner entmutigten Hand, die jetzt auf dem Laken liegt, denkt er nach. Je mehr er nachdenkt, desto abenteuerlicher kommt ihm sein Kreuzzug vor. Sollte es ihm gelingen, den Blick zu verändern, mit dem Isaline ihn anschaut, muss er auch die Eltern überzeugen. Er ist zweifellos der kleinste, hübscheste und geistvollste Zwerg Europas. Der einzige Zwerg, der mehrere Sprachen spricht, Geigenvirtuose ist und Menuett zu tanzen versteht. Er ist berühmt. Hoheiten, Minister und Generäle machen ihm ihre Aufwartung. Aber er verfügt über keinerlei Vermögen, bezieht keine Rente, und so gelehrt er auch ist, kann er doch keinen anderen Beruf ausüben als den eines Spielzeugs. Die Barboutans wünschen für ihre Tochter sicher eine bessere Partie. Wie sollte er darüber hinaus Madame Humieska überzeugen, ihren Segen zu einem Plan zu geben, den sie höchstwahrscheinlich als lächerlich ansähe? Natürlich könnten er und Isaline ihr auch als Ehepaar weiterhin dienen, aber würde sie das wollen? Falls sie sie aber aus dem Haus jagte und ihnen Kost und Logis verweigerte, wie würde er sich selbst und seine Ehefrau durchbringen?

Wochen vergehen.

Monate.

Ein ganzes Jahr.

Die Fragen, auf die es keine Antwort gibt, quälen Józef. Er

wird mürrisch. Sein Elan ist dahin. Es fällt ihm schwer, die Freunde seiner Gönnerin zu unterhalten. Die Gräfin zwingt ihn, einen Arzt aufzusuchen, der eine geschwollene Milz diagnostiziert. Ein zweiter Arzt wundert sich, dass Józefs Genitalien wie die eines Mannes von normaler Größe aussehen, ein dritter verschreibt ihm Eselsmilch gegen die Blutarmut und Mohnsamen gegen die Schwermut.

Halina Pajak fragt ihn ohne Umschweife nach dem Namen der Person, die ihn Tag und Nacht beschäftigt.

Er leugnet.

Er verflucht seine Feigheit.

Er leidet unter seiner Liebe wie unter heftigen Zahnschmerzen.

Er verliert seinen Appetit.

Isaline bemerkt seine Blässe und seine Magerkeit. Eines Abends, als sie allein im Salon sind, setzt sie sich neben ihn und legt ihm eine Hand auf die Schulter.

»Joujou, woher kommt der Schmerz, der Ihnen so zusetzt und den Sie zu verbergen trachten? Haben Sie denn zu niemandem hier Vertrauen?«

Ist es ihre sanfte Stimme oder die Wärme ihrer Hand?

Mit dem Gefühl, dass sich in seiner Brust eine Schleuse öffnet, antwortet er: »Ausgerechnet Sie halten mir das vor? Sie, die Sie der Grund für all meine Schmerzen sind?«

Sie begreift nicht und mustert ihn nachdenklich. Dabei hebt sich ihre linke Augenbraue bis zur Mitte der Stirn, was bei ihr ein Zeichen für große Verwirrung ist. Lange zurückgehaltene Tränen brodeln in seiner Kehle. Er schnieft, ohne daran zu denken, sein Taschentuch zu benutzen. Er wischt sich die Wangen mit seiner Krawatte ab und denkt, dass er rot und sehr hässlich aussehen muss. Er lässt sich nach vorn fallen, verkriecht sich in den Falten von Isalines Rock, und dort, eng an ihren Körper geschmiegt, gelingt es ihm endlich, die Worte der Leidenschaft und des Unglücks hervorzustoßen, die ihn so lange schon fast erstickt haben.

Sie ist gerührt und streichelt sein Haar.

Aber sie hat noch immer nicht verstanden.

Józef hebt den Kopf und blickt ihr direkt in die Augen. Ohne auch nur einmal zu stammeln, wiederholt er, dass sie sein Leben, sein Blut, sein Ein und Alles sei, dass er sie gleich an jenem ersten Abend im Salon der Gräfin – Mozart, das italienische Windspiel – erwählt habe, dass er sie heiraten wolle, dass sie die Mutter seiner Kinder werden solle und dass sie glücklich bis ans Ende ihrer Tage leben könnten. Er weint und lächelt gleichzeitig wie ein Einfaltspinsel und bedankt sich immer wieder, ohne aufhören zu können.

Dieses Mal hat sie verstanden. Ihre Augenbraue senkt sich, und ihre Augen nehmen die Farbe neuen Stahls an, was sonst nur für Streitereien mit Madame Barboutan reserviert ist. Isalines Oberkörper richtet sich auf. Sie ist schockiert, fast angeekelt und zögert, ob sie sich über ihn lustig machen oder ihm eine Standpauke halten soll. Um den kleinen Mann zu schonen, für den sie Mond und Sonne zu sein scheint, weicht sie aus.

»Wie kann man sich nur in einen solchen Zustand bringen? Ich habe Ihnen nie verboten, mich zu lieben. Im Gegenteil: Ich habe Ihnen sogar Ihre Gleichgültigkeit vorgeworfen. Joujou, Sie sind wirklich ein Kind.«

Er ballt die Fäuste und löst sich von ihr.

»Ich bin kein Kind, Isaline«, sagt er tapfer. »Ich bin ein Mann. Als Mann liebe ich Sie und möchte Sie glücklich machen. Als Mann halte ich um Ihre Hand an. Und als Mann sollten Sie mich lieben.«

Isaline lacht laut auf.

Ja, sie lacht!

Hätte sie ihm ein glühendes Eisen auf die Stirn gedrückt, hätte sie ihn nicht mehr verletzen können. Er beginnt wieder zu zittern. Er zittert von Kopf bis Fuß. Schweiß bricht ihm aus allen Poren, der saure Schweiß todgeweihter Menschen.

Sie rümpft die Nase, steht auf und mustert ihn.

Er legt die Hände zusammen. Ein Gebet. Eine flehentliche Bitte.

Sie tätschelt ihm den Kopf, wie man es mit einem winselnden Welpen macht.

»Sie scheinen nicht zu wissen, was Sie da reden. Ich wünsche Ihnen einen schönen Abend.«

Sie streicht mit einer entschiedenen Geste ihren Rock glatt und verlässt Józefs Appartement.

Ein Wirbelsturm hat ihn gepackt und verwüstet. Aber er hat gesprochen. Er denkt an nichts anderes mehr als an diesen ersten Sieg. Er hat an die Tür des Paradieses geklopft. Isaline hat eine reine Seele, und Józef ist sicher, dass sie sich mitreißen und von dem Edelmut seiner Gefühle überzeugen lässt.

Sie ist vor allem eine Spielernatur. Am nächsten Tag geht sie ihm aus dem Weg, doch am übernächsten Tag beginnt sie, ihn zu necken.

»Kommen Sie schon, Joujou! Wie geht es Ihnen? Sind Sie heute Morgen noch unglücklich?«

Er ist es nicht, denn sie wird ihn lieben, weil sie ihn vielleicht jetzt schon liebt.

»Wie? Hat sich Ihre Leidenschaft nicht im Schlaf abgeschwächt, der, wie man so sagt, der beste Berater sein soll?«

Im Gegenteil. Er erklärt ihr, dass er für sie geschaffen ist und sie für ihn.

Sie lächelt.

»Dann lieben Sie mich also noch immer. Und wie lieben Sie mich?«

Er beschreibt es ihr ausführlich mit dem nötigen Schwung und viel Geduld.

Sie legt einen Finger an ihr Dekolleté, zieht daran, bis man ihren Brustansatz sieht und beugt sich zu Józef hinunter. Ihre Augen glänzen.

Jetzt ist sie die Katze und er die Maus.

»Haben Sie diese Schauspielerin damals ebenso geliebt?«

Józef errötet. Er stammelt, dass dem nicht so wäre, ganz und gar nicht, und wie sie dazu käme, eine solche Frage zu stellen?

Die Katze fährt wohlüberlegt ihre Krallen aus.

»Ach wirklich? Dabei munkelt man, dass Sie damals äußerst entflammt gewesen sein sollen und dass diese Dame Argumente benutzt habe, für die Sie sehr empfänglich waren.«

Die Maus verteidigt sich rechtschaffen.

Die Katze amüsiert sich.

»Sehe ich ihr ähnlich?«

Ungefähr so, wie ein Schwan einem Huhn ähnelt.

»Haben Sie sie lange geliebt?«

Fünf oder sechs Monate, ist das lang?

»Würden Sie mich ebenso lieben?«

Bis ans Ende aller Zeiten.

»Ich wüsste es gern genau. Wie viele Tage und Wochen noch?«

Da er das Datum seines Todes nicht kennt, kann er ihr nicht antworten.

Sie seufzt.

»Wenn sie immer so ungenaue Angaben machen, wie soll ich Sie dann ernst nehmen?«

Beim Katz-und-Maus-Spiel wird die Maus verletzt.

Józef wird krank. Ihn befällt ein Fieber, das demjenigen ähnelt, das ihn befiel, nachdem er bei der Hochzeit der Tarnows seine Mutter gesehen hatte. Mehr als zwei Monate bleibt er ans Bett gefesselt. Hätte sich Isaline nicht regelmäßig bei Halina nach seinem Zustand erkundigt, hätte sein Lebenswille ihn verlassen.

Trotz aller Aderlässe, Blutegel und scheußlicher Tränke stirbt er nicht. Halina kocht ihm stärkende Bouillon. Sie sitzt an seinem Bett, wacht bei ihm, massiert ihn, schimpft mit ihm und verspricht ihm, dass seine menschlichen Qualitäten eines Tages belohnt würden und dass die Dame seines Herzens ihn eines Tages lieben würde.

Er fühlt sich wie eine winzige Spinne am Ende eines langen, im Wind hin und her schwingenden Fadens.

Sobald der Arzt ihm gestattet, sein Zimmer zu verlassen, geht Józef zu Isaline und erklärt ihr ernst, dass sie ihn an den Rand des Grabes gebracht habe.

Sie blickt ratlos nach rechts, nach links und nach unten, genau wie er, als er eine Spinne hoch über dem Nichts war. »Ich musste ebenfalls Schmerzen erdulden. Große Schmerzen sogar, das darf ich Ihnen versichern. Und alles nur Ihretwegen«, murmelt sie schließlich.

Er traut seinen Ohren nicht.

»Meinetwegen?«

»Wären Sie vernünftig gewesen und hätten mich so geliebt, wie ich glaube, es zu verdienen, hätten Sie mir viel Leid erspart.«

Ihre Stimme klingt traurig, aber zärtlich. Ihre Trauer und ihre Zärtlichkeit erschüttern Józef. Er nimmt ihre Hand.

»Ich werde ihnen nicht mehr wehtun. Niemals!«

Sie nickt und antwortet mit dem tanzenden Akzent, der ihn bezaubert: »Ich verspreche Ihnen, mich nie mehr über Ihre Liebe lustig zu machen, hoffe aber, dass Sie im Gegenzug alles unternehmen, Ihre Gefühle in ruhigere Bahnen zu lenken.«

Józef behält nur den ersten Teil des Satzes. Seine Verzweiflung hat sie berührt.

Die Zukunft öffnet sich. Es ist nur ein kleines Fenster, allenfalls eine Luke. Aber das eindringende Licht leuchtet so hell, dass es die Welt erstrahlen lässt. Er hat es eilig, mit seiner großen Liebe die Pläne zu besprechen, die er während seines langen Fiebers geschmiedet hat. Er möchte über das Wie und das Wann reden und über die beste Möglichkeit beratschlagen, Monsieur Barboutan und Madame Humieska die Dinge beizubringen.

Aber sie geht ihm aus dem Weg. Nicht nur, dass sie ihn niemals mehr auf ihren Schoß hebt, sie richtet es auch so ein, dass sie nie mit ihm allein in einem Raum ist.

Er erkennt darin ein Zartgefühl und eine Zurückhaltung, die ihn noch stärker entflammen. Wenn er nicht wieder krank werden will, muss er ihr unbedingt mitteilen, was ihn bewegt. Also schreibt er ihr mit den brennendsten und betörendsten Worten, die je ein Mann für eine Frau zu Papier gebracht hat.

Sie antwortet lange nicht.

Er schreibt erneut, noch brennender, noch betörender und endet mit folgenden Worten:

> *… möge die zärtliche und feinfühlende Isaline nicht das Unglück dessen verursachen, den sie früher nannte ihren lieben Joujou.*

Die so Angesprochene hängt viel zu sehr an ihrer inneren Ruhe, als dass sie das Unglück eines Mannes verursachen möchte. Einige Tage später erhält Józef folgenden Brief:

> *19. Oktober 1779*
> *Hören Sie auf, Joujou, mich zu verfolgen, hören Sie auf, ungerecht zu sein. Ihre Leidenschaft beunruhigt mich, und Ihr Schmerz trifft mich zutiefst, aber das Erste treiben Sie zu weit, und dem Zweiten geben Sie sich allzu sehr hin. Lieben Sie mich, es soll mir recht sein. Ich werde Sie ebenfalls lieben, so*

viel Sie mögen. Aber dabei sollten wir es belassen. Ihre exaltierte Fantasie hindert Sie daran, die Dinge so zu sehen, wie sie wirklich sind und sein müssen. Vor allem hindert sie Sie, meine zärtliche Aufmerksamkeit und die ehrliche Freundschaft zu erkennen, die ich für Sie empfinde.
Isaline

Józef ist froh über seine Fantasie. Sie ermöglicht es ihm, sich ihr künftiges gemeinsames Glück auszumalen. Er schämt sich auch nicht, exaltiert zu sein, denn Exaltation gehört zur Liebe. Was die Forderung angeht, die Dinge so zu sehen, wie sie wirklich sind, so hat er sie längst aus allen Blickwinkeln betrachtet. Aus diesem Grund gestattet er sich, derjenigen, die ihn als ungerecht bezeichnet, folgendes zu antworten:

21. Oktober, 11 Uhr abends
Charmante Freundin,
je länger ich darüber nachdenke, desto weniger erkenne ich etwas, das unsere Gefühle beenden oder begrenzen könnte. Ich verschließe die Augen nicht vor den Hindernissen, die sich unserem Glück entgegenstellen, aber gilt das Gleiche auch für unsere Liebe? Unsere Hochzeit wird zweifellos für viel Gesprächsstoff sorgen, und es ist wahr, dass die Vereinigung mit einem Mann meiner Größe etwas Lächerliches hat. Aber haben Sie mir nicht hundertfach gesagt, wie angenehm Ihnen meine Gesellschaft ist? Wären Sie nicht darüber hinaus mit mir, der ich Sie mehr liebe als irgendjemand sonst und der im Bewusstsein seiner Unvollkommenheit danach trachtet, Sie für alle Unannehmlichkeiten zu entschädigen, nicht glücklicher als mit einem unvermögenden Ehemann, der Sie nicht schätzt und Ihnen das Joch der Ehe auferlegt, ohne Ihnen den Genuss ihrer schönen Seiten zu ermöglichen? Geben Sie zu, zärtliche

Freundin, dass die Lächerlichkeit, die Ihnen Angst macht, abgemildert wird, wenn man ihr eine wahre Liebe entgegensetzt und dass wir uns nur lieben müssen, um sie ganz verschwinden zu sehen.

Er ist sehr zufrieden mit diesem Brief. Überzeugt, die Bedenken seiner Angebeteten zerstreut zu haben, denkt er jetzt nur noch an die Zustimmung derer, von denen sie beide abhängig sind. Isaline ist verblüfft, aber vor allem verärgert über seine Dickköpfigkeit. Wie oft hat sie ihm schon ihre Haltung zur Ehe erklärt? In der Hoffnung, ihn endlich zur Vernunft zu bringen, greift sie erneut zur Feder.

24. Oktober
Ihre Überlegungen, mein lieber kleiner Freund, machen wahrlich Ihrem Geist und Ihrem Herzen alle Ehre. Aber ich wünsche nicht zu heiraten, Joujou, und ich kann Ihnen versichern, dass das schon immer so war. Warum sollte ich es wollen? Ich bin glücklich, fröhlich und ruhe in mir. Ich bin noch zu jung für traurige Erinnerungen, habe keine Angst vor der Zukunft und lebe vertrauensvoll in der Gegenwart. Sie würden nur mein Glück zerstören, und wenn Sie Freundschaft für mich empfinden, dann verzichten Sie auf ein Vorhaben, das mich beunruhigt. Binnen Kurzem werden Sie Ihre Tollheit erkennen und mir dafür danken, so mit ihnen gesprochen zu haben, wie ich es tue. Inzwischen seien Sie dankbar für meine Schwäche, die mich dazu bringt, mich zu Ihren Fantasien herabzulassen und auf Ihre Briefe zu antworten, die ich nicht erhalten dürfte.

Gräfin Humieska weiß Bescheid. Józef bemüht sich verzweifelt, die wild gewordene Hornisse zu beruhigen, die in seinem Kopf summt. Er hat mit niemandem über Isaline gesprochen und sorgfältig auf Gesten und Blicke geachtet. Halina liest in seinem Herzen besser als in ihren Rechnungsbüchern, aber sie ist auf seiner Seite. Der Diener, der Isaline seine Briefe bringt, ist stumm. Woher weiß sie es also?

Die Gräfin mit ihrem Gesicht wie zerknittertes Pergament ist zornig.

»Ich dachte, Sie wären von derlei Dummheiten geheilt, Joujou. Die junge Person, die ich sehr schätze, berichtet mir, dass Sie sie bedrängen. Seit wann dauert diese Geschichte schon?«

Isaline hat ihn verraten. Grenzenlose Verwunderung zerquetscht die Hornisse in seinem Kopf.

»Fünfzehn Monate.«

»Fünfzehn Monate! Ich verbringe die Hälfte meiner Zeit mit Mademoiselle Barboutan, und sie sagt mir sein fünfzehn Monaten nichts von Ihrer Affäre!«

»Sie weiß erst seit Kurzem von meiner Liebe, weil ich nicht den Mut hatte, mich zu erklären. Es handelt sich nicht um eine flüchtige Liebschaft, Madame, sondern um wahre Leidenschaft, die weder sie noch ich erhofften. Ich bitte Sie, stellen Sie sich uns nicht entgegen.«

Die Gräfin legt ihm Punkt für Punkt dar, dass diese Geschichte völlig absurd und unausgewogen sei.

Józef aber ist blind und taub. Seine beiden Hälften haben seinen Körper verlassen, und alle Aufrufe zur Vernunft prallen an ihm ab wie Regentropfen am Panzer eines Käfers. Schon einmal hat er sich wie ein Käfer gefühlt. Damals, unter der kalten Steinbank, als seine Mutter ihn der Starostin von Caroliz überließ.

Auf jede von Józefs Antworten auf ihre Einwände findet Madame Humieska ein Gegenargument.

Er versucht, die Situation aus einem anderen Blickwinkel darzustellen. Wenn ein Grimassen schneidender Satyr sich erst an einer Zimmerdecke und dann vor Gott mit einer Nymphe vereinigen kann, warum sollte ein polnischer Zwerg dann nicht eine französische Gesellschaftsdame glücklich machen?

Er sagt, dass die Freude an seiner Liebe zu Mademoiselle Barboutan eine viel lebhaftere Flamme ist, als alle anderen, die ihn bis zum heutigen Tag geleitet und gewärmt haben.

Die Gräfin schimpft ihn einen kindischen Narren.

Mit Narr ist er einverstanden, nicht aber mit kindisch.

Ihre Stimme wird lauter, als sie von den Konsequenzen für Isalines Zukunft spricht, die er ernsthaft kompromittiert.

Isaline hat nichts zu befürchten, denn er wird sie heiraten.

Madame Humieska schilt ihn ein undankbares, böses, kleines Männlein. Sie befiehlt ihm, sich zurückzuziehen, und gibt ihm Zeit bis zum Ende der Woche, um wieder zur Vernunft zu kommen.

Aber Józef ist weder böse noch undankbar oder unvernünftig, er ist einfach nur bis über beide Ohren verliebt.

Madame Humieska ruft einen Diener und befiehlt ihm, das widerspenstige Spielzeug fortzubringen und in sein Appartement einzuschließen.

Wie einen Übeltäter. In seinem Gefängnis erhält der Übeltäter einen Brief, der ihm gleich mehrere Dolche in die Brust stößt.

11. November

Nach allem, was Sie mich erleiden lassen, Monsieur, müsste ich Sie hassen. Sie sind der Grund dafür, dass die Gräfin mir ihre Gunst entzogen hat und ich mich gezwungen sah, gegen meinen Willen in mein Elternhaus zurückzukehren. Meine Mutter macht mir Vorwürfe, meine Schwestern lachen über mich. Die gesamte Stadt spricht über die Affäre, und ich kann nirgendwo hingehen, ohne mich schlechten Scherzen auszusetzen. Was habe ich Ihnen getan, Joujou, dass Sie mich derart

großen Unannehmlichkeiten aussetzen? Sie wollen der Welt Ihre Sichtweise aufzwingen, aber das wird Ihnen nicht gelingen. Selbst wenn ich mich bereit erklärte, mit Ihnen zu leben, würde meine Mutter einer Ehe nicht zustimmen. Das hat sie mir in aller Form mitgeteilt, aber ich habe ihr versichert, dass eine Ehe nie für mich infrage käme. Ich beschwöre Sie inständig, verzichten Sie auf Ihre Ansprüche. Beruhigen Sie auf diese Weise Madame Humieska, der Sie so viel verdanken. Sorgen Sie dafür, dass die Öffentlichkeit zum Schweigen kommt, und geben Sie mir die Fröhlichkeit zurück, die Sie mir geraubt haben. Nur um diesen Preis bleibe ich Ihre
Isaline

Obwohl sein Herz durchbohrt ist, gibt er nicht nach. Er verachtet die Spötter und Lästermäuler. Isalines Leid zerreißt ihn fast, doch er ist bereit, das Hundertfache zu erdulden. Wirklich das Hundertfache?

Als die Woche vorüber ist, lässt die Gräfin ihn zu sich rufen. Sie sieht wieder gütig aus und sagt mit sanfter Stimme: »Es tut mir leid, Joujou, dass ich Sie so hart behandeln musste, aber Sie liegen mir wirklich am Herzen, und ich will nicht, dass Sie Ihr Glück einer närrischen Leidenschaft opfern. Wenn meine Ratschläge und die Dankbarkeit, die Sie mir schulden, ohne Auswirkung auf Ihre Tollheit bleiben, werde ich Sie notfalls durch Zwang vor sich selbst schützen. Versprechen Sie mir, nicht mehr an diese vermeintliche Liebe zu denken, und ich vergesse gern alles, was war, und gebe Ihnen meine Freundschaft zurück.«

»Das ist unmöglich, Madame. Urteilen Sie anhand meines Widerstands über meine Liebe. Ich habe Isalines Unglück verursacht, und von dieser Schuld wird mich nichts in der Welt befreien.«

Der Übeltäter muss wieder ins Gefängnis.

Dieses Mal ist es einer der höheren Offiziere seiner Gönnerin, der ihn verwarnt: »Wenn Sie weiter an Ihrem Entschluss festhalten, Joujou, werden Sie dieses Haus verlassen müssen und dürfen nie wiederkommen.«

Fortgejagt? Er? Nach fünfundzwanzig Jahren ausgezeichneter Dienste? Hat er etwa Silberlöffel gestohlen oder ins Badewasser seiner Dienstherrin gepinkelt?

»Das ist doch nicht möglich!«

Natürlich weiß er sehr gut, dass alles möglich ist, wenn man sein eigenes Leben nicht zu meistern in der Lage ist.

Der Offizier bestätigt es: »Möglich und endgültig. Gräfin Humieska ist eindeutig. Wenn Sie ihr nicht gehorchen, will sie Sie nie im Leben mehr wiedersehen.«

Józef hat Angst. Aber wenn er jetzt nicht sein Schicksal beim Schopf packt, ist er ebenso verachtenswert wie diejenigen, die über seine Liebe spotten. Er zügelt die Gefühle, die seine Stimme zum Zittern bringen.

»Ich bin bereit zu gehen, Monsieur«, entgegnet er. »Ich möchte Sie lediglich bitten, der Gräfin zu sagen, wie untröstlich ich darüber bin, bei ihr in Ungnade gefallen zu sein, dass ich sie bitte, mir zu verzeihen und dass ich ihre Wohltaten nie vergessen werde.«

Hundertfach.

Józef steht allein auf dem Gehsteig vor dem großen Tor, das er so oft in einer Kalesche, Kutsche oder Sänfte durchquert hat. Er hatte nicht genügend Zeit, seine bestickten Kleider, die hübschen Perücken, die zwanzig Paar maßgefertigter Schuhe, die Krawattenkollektion und die Seidenstrümpfe einzupacken. Auch die während seiner Zeit bei Madame Humieska gekauften oder geschenkten Nippsachen hat er zurückgelassen. Das Mikroskop im Rochenlederetui. Die Spieldosen. Das Opernglas. Das Schreibmäppchen mit den parfümierten Tinten. Die Bücher. Ein Schauder der Verzweiflung und des Stolzes überläuft ihn. Für Isaline hat er seine Bücher geopfert und nur das mitgenommen, was er tragen kann. Ein wenig Wäsche, sein Tagebuch, den Diamanten von Prinzessin Antonia, ein paar weitere Ringe, Broschen und Tabakdosen, die er zur Not verkaufen kann. Man hat ihm nicht gestattet, sich von Halina Pajak zu verabschieden.

Und nun?

Er hat weder eine Beschäftigung noch ein Dach über dem Kopf. Da er es nie nötig gehabt hatte, Geld anzusparen, besitzt er kaum genug, um sich bis zum Ende des Monats zu ernähren. Aber er hat Freunde. Bewunderer, die mächtiger und möglicherweise reicher sind als Anna Humieska. Er vertraut seinen Koffer dem Portier der Gräfin an und macht sich, um Geld zu sparen, zu Fuß auf den Weg zu Fürst Kazimierz.

Fürst Kazimierz Poniatowski ist der Bruder des Königs Stanisław II. August und Großkämmerer der polnischen Krone. Der Mann hat zwar einen dicken Bauch, aber ein gerechtes Urteilsvermögen. Er verspricht dem Liebenden, sich für ihn einzusetzen, und kümmert sich um eine Unterkunft für die Zeit, bis ihm eine Pension zugeteilt wird.

Madame Barboutan zitiert eine Menge Sprichwörter, die sie nach eigenem Gutdünken ausschmückt. Der Krug geht so lange zum Brunnen, bis er bricht. Wie man sich bettet, so liegt man. Gelegenheit macht Diebe. Unter den Fittichen des Kron-Großkämmerers und mit der Aussicht, dem König vorgestellt zu werden, erscheint ihr Józef Boruwłaski plötzlich nicht mehr so grotesk. Ein Spatz in der Hand sei besser als die Taube auf dem Dach, erklärt sie ihrer Tochter und verkündet, dass diese nichts Besseres tun könne, als den Zwerg zu heiraten.

»Also wirklich, Maman, noch gestern fanden Sie keine Worte, die grob genug für ihn waren.«

»Ich hatte meine Gründe, und heute habe ich andere.«

»Er wird von einem Fürsten protegiert, und das stachelt Ihren Ehrgeiz an. Plötzlich werden Sie tolerant.«

»Genau! Jetzt ist er eine akzeptable Partie. Umso mehr, als deine Romanze für so viel Klatsch gesorgt hat, dass es dir wahrscheinlich unmöglich sein wird, einen anderen zu finden.«

»Ich verzichte auf einen Ehemann! Man wird doch wohl leben können, ohne sich an einen Mann zu binden!«

»Nein, mein Kind. Und jetzt noch viel weniger. Du hast deinen Ruf verloren, Gräfin Humieska wird darauf achten, dass keine ihrer Freundinnen dich einstellt, und wir müssen die Mitgift für deine Schwestern aufbringen.«

Als sie bemerkt, dass Weinen ihren Teint verdirbt, denkt Isaline nach. Sie ist wütend auf Joujou, aber sie verabscheut ihn nicht. Auch weiß sie zu viel über seine Qualitäten, um ihn zu verachten. Sein Äußeres erregt eher ihr Mitleid als ihre Abneigung, und die Rechte, die ihm das Sakrament über ihren Körper verleiht, machen ihr keine Angst. Sie trocknet ihre Tränen, pudert ihr hübsches Näschen und beschließt, dem Schicksal die Stirn zu bieten.

Józef Boruwłaski ist ein Spielzeug. Sie wird mit ihm spielen. Und wenn jemand über sie als Paar lacht, würde sie die Schultern zucken und mitlachen. Sollte ihr Ehemann sie nicht zur Mutter machen, woran sie nicht zweifelt, würde sie die Trennung fordern. Oder sie behielte Joujou als Schoßhündchen und nähme sich einen Liebhaber, der ihr all das böte, was eine vernünftige Frau ohnehin nicht von der Ehe erwartet. Entschlossen, das Schicksal zu ihren Gunsten zu wenden, schreibt sie erneut an den Eigensinnigen, der sie wider besseres Wissen unbedingt heiraten will.

26. November 1779
Sie dürfen meiner Mutter Ihre Aufwartung machen, wann immer es Ihnen beliebt. Sobald Ihnen die Pension zugesprochen wird, gibt sie ihr Einverständnis. Sie dürfen mir jedoch glauben, Joujou, dass all das keineswegs meinen Entschluss verändert. Sie dürfen gern einen allen Regeln entsprechenden Ehevertrag aufsetzen und mich sogar dazu bringen, ihn zu unterzeichnen, Sie dürfen mich zur Kirche führen und dort heiraten – für mich werden Sie immer mein kleiner Joujou bleiben.

Und weil diese Worte sie in der Vorstellung bestärken, dass sie mit dem Knirps ihre Freiheit behalten wird, fügt sie abschließend hinzu:

Adieu, mein Freund. Anderswo würde man Sie dafür bestrafen, den Willen eines Menschen derart zu unterdrücken. Hier muss man Sie wohl lieben, weil man Sie nicht hassen kann.
Isaline

Wenige Monate später, ausgestattet mit einer Pension von hundertzwanzig Dukaten und gegen den Widerstand des päpstlichen Nuntius, der die Verbindung als abnorm ablehnt, nimmt Józef Anton Boruwłaski, polnischer Edelmann von einundvierzig Jahren, das französische Fräulein Isaline Charlotte Marie Barboutan, fünfundzwanzig Jahre alt, zu seiner rechtmäßig angetrauten Ehefrau.

Vor Gott und den Menschen, jawohl.

Im Licht von sechs Kerzen aus weißem Wachs in der Hauskapelle des Fürsten Kazimierz.

Die Zeremonie findet bei Nacht statt und ist sehr intim, weil niemand dazu eingeladen wurde. Isaline trägt ein Kleid, das der Großkämmerer ihr geschenkt hat, und einen so dichten Schleier, dass sie bis zum Jawort das kleine Monstrum nicht sehen muss, an das sie sich bindet. Das fragliche Monstrum steht auf einem Schemel. Józef trägt die Kleidung, in der er den Palast Humieski verlassen hat, denn etwas anderes besitzt er nicht. Madame Barboutans Hut erinnert an einen Blumenkohl in Sahnesoße. Ihr Lächeln erscheint wie festgefroren. Monsieur Barboutan starrt auf seine Fußspitzen. Als Zeugen fungieren Isalines Schwestern, Halina Pajak und der ehemalige Vorleser der Starostin, der inzwischen in der königlichen Bibliothek arbeitet.

Das anschließende Souper bei den Barboutans wird so üppig begossen, dass die Gäste ihre Trunkenheit mit Fröhlichkeit verwechseln. Józef fühlt sich nicht mehr als zwei, sondern als drei. Er ist der Schwiegersohn, der sich überlegt, wie er seinen Schwiegereltern gefallen kann, der geübte Unterhalter, der ein ganzes Feuerwerk abschießt, und der verblüffte Ehemann, der kaum das Glück fasst, das ihm zuteilwird. Er kann immer noch nicht glauben, dass er sein Ziel erreicht hat. Er scherzt und singt, als wäre er eine Maschine. Er trinkt so wenig wie möglich. Er kann die Augen nicht von Isaline abwenden. Sie hingegen würdigt ihm kaum eines Blickes, trinkt für zwei, lacht fast ebenso laut wie Magdeleine Jollin und zeigt aller Welt den Ring, den ihr lieber Joujou ihr an den Finger gesteckt hat.

Er wartet auf die Nacht. Auf das Paradies.

Von der ersten Auszahlung seiner Pension hat Józef ein Zwischengeschoss über der Werkstatt eines Lautenbauers gemietet. Ein großes, mit Kiefernholz ausgelegtes Zimmer, ein Kamin mit Säulen, ein zweitüriger Schrank, ein verblichener Teppich und ein Bett mit Vorhängen.

Ein großes Bett mit blauen Vorhängen. Und jetzt, in diesem Bett, wird er die Frau nehmen und sich ihr schenken, die ihm wenige Stunden zuvor ihre Treue geschworen hat.

Ihre Treue?

Sie lehnt es ab, von ihm ausgezogen zu werden, und bittet ihn, im Vestibül zu warten, wo sich der Kocher für die Küche und das Waschbecken befinden. Er hört, wie sie den Schrank öffnet und schließt. Sie ruft ihm zu, er solle Tee aufgießen und lange ziehen lassen. Als er mit der dampfenden Tasse erscheint, liegt sie mit geschlossenen Augen und ausgestreckten Armen unter dem Laken. Hastig zieht er sich aus und gleitet neben sie. Sie atmet so ruhig, dass er glaubt, sie wäre eingeschlafen. Starr vor Entzücken und unbefriedigtem Verlangen betrachtet er sie, bis er vor Müdigkeit auf das benachbarte Kopfkissen sinkt. Als er die Augen mit dem Gefühl wieder öffnet, kaum geschlafen zu haben, ist sie bereits ausgegangen.

Er wartet auf sie. Um sich zu beschäftigen, macht er sich daran, zu kehren. Seit mindestens dreißig Jahren hat er keinen Besen mehr in der Hand gehabt, und dieser hier ist nicht für eine Person seiner Größe gedacht. Józefs Bewegungen sind unbeholfen, und er schwitzt, aber er gibt sich Mühe. Es stört ihn keineswegs, dass seine Finanzen ihm nicht gestatten, einen Diener einzustellen, sondern empfindet es geradezu als angenehm, seine Wohnung selbst zu reinigen. Er fühlt sich wie ein Vogel, der sich in der Zeit der Paarung um sein Nest kümmert. Er ist ein geschäftiger Distelfink. Eine planmäßig vorgehende Ringeltaube. Eine begeisterte Amsel. Pfeifend geht er die Treppe hinunter, um den Kammertopf in die Sickergrube am Ende des Hofes zu leeren. Summend putzt er das Fenster im Vestibül. Die Zeit verstreicht, und sein Magen meldet sich, doch er fürchtet, Isalines Rückkehr zu versäumen, wenn er das Café aufsucht, in dem sich die Instrumentenmacher und Musiker des Viertels treffen, um etwas zu essen. Mit den Vorräten, die sein Vermieter ihm in weiser Voraussicht für den ersten Morgen nach der Hochzeit besorgt hat, bereitet er eine Mahlzeit vor. Doch er isst den Stockfisch, die Kartoffeln und den Rote-Bete-Salat allein. Danach schläft er ein wenig. Anschließend spielt er Gitarre. Schließlich beginnt er, auf den Nägeln herumzukauen, weil seine Angebetete bei Tagesanbruch gegangen ist und die Schatten auf dem verblichenen Teppich allmählich länger werden.

Mit wehenden Röcken und in einer Parfümwolke kehrt Isaline zurück. Ohne Atem zu holen, erklärt sie, sie habe wegen mehrerer offener Fragen ihre Eltern aufsuchen müssen und hoffe, dass ihr kleiner Gatte nicht unter ihrer Abwesenheit gelitten habe, sie geht in die Knie, nimmt Józef bei den Schultern und drückt ihm einen schmatzenden Kuss erst auf die eine, dann auf die andere Wange. Er sucht nach ihrem Mund, aber sie lacht so sehr, dass er ihre Lippen nicht finden kann. Sie erhebt sich, macht einen Tanzschritt, lobt ihn, dass er ihr Liebesnest so hübsch aufgeräumt hat.

Sie benutzt die Worte »unser Liebesnest«, und er sieht nicht mehr den dunklen Nachthimmel jenseits des Fensters. Mit seiner Frau Isaline ist die Sonne zurückgekehrt. Seine Frau ist wie eine Sonne. Ohne mit dem Schwatzen aufzuhören, setzt sie ihren Hut ab, bittet ihn, ihr den Handspiegel aus der zweiten Schublade zu holen, dann die Kämme, die sich in einem grünen Etui befinden, dann die Bürsten mit dem Elfenbeingriff. Sie zieht die Nadeln heraus, mit denen sie ihren Knoten befestigt hat, und fragt, ob er ihr das Haar bürsten könne, das habe er doch früher auch für die Gräfin Tarnowa getan, nicht wahr? Schließlich soll er ihr mit den Flechten helfen, denn sie würde gern außer Haus speisen. Er doch sicher auch. Will er nicht immer das, was sie auch will?

Er weiß nicht, wie er ihr sagen soll, was er will. Was er sich so sehr wünscht. Was er als Ehemann einfordern dürfte, worum er aber nicht zu bitten wagt.

Wie bereits in der ersten schickt sie ihn auch in der zweiten Nacht, Teewasser aufzusetzen. Als er zurückkehrt, schläft sie.

In der folgenden Nacht hat sie das Übel der Frauen, das sie jeden Monat befällt. Sie wird jähzornig, schroff und schmollt. Er reinigt ihr »Liebesnest«, kocht, macht Wärmflaschen und massiert ihr abends die Füße. Nach dem Übel der Frauen beklagt sie sich über Rückenschmerzen. Sie schiebt es auf die Matratze, die mit Heu gefüllt ist und nicht mit Rosshaar und einer Schicht Federn, auf denen man weicher hätte liegen können.

Józef hat nicht damit gerechnet, dass Gesellschaftsdamen und Uhrmachertöchter derart empfindlich sind. Die Matratze nach den Kriterien von Mademoiselle Barboutan, verheiratete Boruwłaska, zu wechseln, kostet ihn ein Viertel seiner Rente.

Er nutzt den Moment, als seine Angebetete sich prüfend auf der neuen Matratze ausstreckt, klettert neben sie und sagt: »Isaline, ich möchte Sie gern noch inniger lieben.«

Sie hebt ihre rechte Augenbraue, die Verblüffung bedeutet.

»Noch inniger? Ich glaubte, dass Sie mich so innig lieben, wie es nur möglich ist.«

»Ich möchte Sie lieben wie ein Gatte seine Gattin liebt.«

»Lieben Sie mich denn nicht so?«

Er weiß nicht, ob sie nur so tut, als verstünde sie nicht, oder ob sie mit ihren mehr als fünfundzwanzig Jahren tatsächlich keine Ahnung hat, womit Ehepaare sich zwischen den Vorhängen ihrer Betten beschäftigen. Oder wo auch immer. Im Land der Magdeleine Jollin tollten sie am liebsten auf einem Sofa herum, aber auch auf anderen Möbelstücken, die eine Angleichung der unterschiedlichen Maße der Akteure gestatteten.

Mit sanfterer Stimme fügt Isaline hinzu: »Lassen Sie mir Zeit, mich an Sie zu gewöhnen.«

»Sich an mich zu gewöhnen? Sie kennen mich seit fast anderthalb Jahren. Die meisten Verlobten kennen sich höchstens ein paar Wochen, wenn nicht nur einige Tage, ehe sie sich trauen lassen.«

Sie wirft ihm einen Blick wie eine Pfeilspitze zu.

»Es gibt kennen und … kennen, mein Freund!«

Unter ihrem metallischen Blick fallen sein Schwung, seine Glut und seine Selbstsicherheit in kürzester Zeit in sich zusammen.

»Gefalle ich Ihnen denn nicht?«, murmelt er. »Bereuen Sie, mich geheiratet zu haben? Lieben Sie mich denn kein bisschen?«

Sie senkt ihre Schmetterlingswimpern und lächelt. Wenn sie so lächelt, bildet sich in ihrer Wange ein allerliebstes Grübchen.

»Sie sind ein sehr charmantes kleines Wesen. Ich liebe Sie sehr, und es entspricht nicht meinem Charakter, lange böse zu sein. Sie sind immer mein lieber Joujou, wie ich es Ihnen geschrieben habe.«

Józef findet die Kraft, noch einen letzten Versuch zu wagen.

»Aber ich bin auch Ihr Ehemann, Isaline, und in dieser Eigenschaft …«

Sie lässt ihn den Satz nicht beenden, beugt sich nach vorn und drückt ihm einen Kuss auf die Stirn.

»Sie sind ein Kind. Und Sie haben Fieber. Rühren Sie sich nicht von der Stelle, ruhen Sie sich aus. Ich besorge Orangenblütensirup.«

In dieser Nacht, während sie auf ihrer Prinzessinnenmatratze schläft, findet Józef keine Ruhe. Er hat die Kerze gelöscht. Im Zimmer ist es so dunkel wie in dem Brunnen seiner Albträume, und die Hornisse in seinem Kopf randaliert. Wenn er diesem verdammten Vieh nicht bald die Flügel ausreißt, wird er darüber noch verrückt. Er hat Fieber, das ist richtig.

Isaline liebt ihn nicht so, wie er sie liebt. Sie hat es ihm vor ihrer Hochzeit gesagt, das ist wahr, aber er hatte es nicht hören wollen. Er will es noch immer nicht. Seine Angebetete verfügt über keinerlei Lebenserfahrung, sie weiß nichts von den Umwegen, den Mysterien und der Herrlichkeit der Liebe. Er wird ihr den Weg zeigen. Die Liebe der Herzen und auch die Liebe der Körper. Er muss sie an die Hand nehmen und sie sanft zu dem Glück geleiten, das er ihr versprochen hat. Sanft, das ja. Aber nicht nur mit der Hand.

Er wendet sich dem leisen Schnarchen zu, das an der Wandseite wie ein Wiegenlied zwischen den Bettvorhängen klingt. Ein Wiegenlied für ein kleines, allzu ungeduldiges Wesen. Für ein Spielzeug, das seine neue Besitzerin am liebsten ganz tief in einer Truhe einschließen würde. Anstatt sie zu beruhigen, stachelt das Wiegenlied die Hornisse zu neuer Wut an. Józef ist kein eigenwilliges Kind. Er ist ein Ehemann. Ein Ehemann mit dem Recht, seine Frau zu besitzen.

Spritzer beflecken die Schwärze vor seinen Augen. Mit hastiger Hand schiebt er das Hemd der Schläferin nach oben. Die Berührung ihrer Haut bringt ihn so stark zum Strammstehen, dass er aufstöhnt. Sie regt sich nicht. Immer noch atmet sie regelmäßig. Józef streift sein eigenes Hemd ab, rollt sich auf den gerade entblößten Bauch, und ohne zu wissen, woher er die Geschicklichkeit nimmt, spreizt er die warmen Schenkel und sucht sich den Weg in eine ganz neue, feste und zarte Wärme. Selbst die Hornisse beruhigt sich und genießt.

Isaline erwacht, als tauche sie aus einem Sumpf auf. Sie jammert wie ein misshandelter Welpe und versucht, Józef zur Seite zu schieben. Er ist jedoch schon fast vor Ort und macht weiter, ohne Hast und ohne Brutalität, aber so entschlossen, dass sie begreift, dass er es bis zum Ende fortführen wird. Sie versteht, lässt ihre Arme sinken und wehrt sich nicht mehr.

Er beendet seinen Wettlauf in einer Apotheose, die alle Sterne des Firmaments am Betthimmel erglühen lässt. Einen Moment ruht er sich auf Isalines Brust aus. Er fühlt sich wie tot und ist ausgelaugter, als er es in Magdeleines Land je war. Schließlich kriecht er zu seinem Kopfkissen. Er fühlt sich jämmerlich. Glücklich. Erschöpft.

Isaline sagt nichts. Er hört sie nicht einmal mehr atmen.

Ihr eine gute Nacht zu wünschen, wagt er nicht. Er lauscht auf ihren Atem und fleht zum Gott der Christen, dem der Juden und zu deren Verwandten auf dem Olymp, dass sie schnell wieder einschläft. Er fürchtet, sie verloren zu haben, ehe er sie gewonnen hat. Er ist es, der als Erster in Morpheus' Arme sinkt.

Als er wiedergeboren wird, schickt die Sonne schräge Strahlen durch das Fenster, und Isaline liegt immer noch neben ihm. Sie stützt sich auf die Ellbogen und betrachtet ihn. Józef erwartet das Schlimmste. Wut. Beleidigungen. Aber sie betrachtet ihn nachdenklich. In Ihren Augen leuchtet ein Interesse, das er nie zuvor bei ihr gesehen hat. Schließlich schlägt sie die Decke zurück, unter der er nackt geblieben ist, und betrachtet ihn weiter. Nachdenklich und ohne Scham.

Er möchte sie gern um Verzeihung bitten. Ihr sagen, dass er sich wünscht, beim nächsten Mal ginge es anders … Trotz seiner Beschämung darüber, wie er sich verhalten hat, versetzt ihn der Gedanke an das nächste Mal sofort wieder in Erregung, und zwar mit einer nicht zu verbergenden Begeisterung.

Isaline lacht.

Józef ist von ihrem Lachen wie vor den Kopf geschlagen. Hasst sie ihn etwa nicht?

Sie lacht so freimütig, dass er ebenfalls zu lachen beginnt.

Die gemeinsame Fröhlichkeit beruhigt das buckelnde Tier. Isaline steigt gelenkig über Józef hinweg und springt aus dem Bett. Der Anblick der Flecken auf ihrem Hemd ist ihm peinlich.

Isaline streckt sich, öffnet das Fenster, atmet die neblige Septemberluft ein, dreht sich um und sagt beschwingt: »Hilfst du mir, die Bettwäsche zu wechseln?«

Es ist das erste Mal, dass sie ihn duzt. Alle Götter seien gelobt, sie hasst ihn nicht.

Das Bett ist so sehr mit Blut befleckt, dass er erschrickt. Man könnte denken, er habe ein Kaninchen geschlachtet. Isaline aber wirkt weder verlegen noch gerührt. Sie sagt, dass sie alles in die Wäscherei geben wolle, und, weil die neue Matratze ebenfalls befleckt ist, schlägt sie vor, sie umzudrehen. Jetzt sind sie wirklich Mann und Frau.

Sechs Wochen später eröffnet sie Józef, dass sie ein Kind erwartet.

Während dieser sechs Wochen hat sie ihn sechsmal auf ihren Bauch gelassen. Immer in tiefster Dunkelheit. Immer im tiefsten Schlaf. Im Herzen der Nacht lässt sie sich streicheln, kneten und von ihm dirigieren. Aber sie lehnt es nach wie vor ab, sich vor Józef zu entkleiden. Tagsüber entzieht sie sich ihm, sobald er Anstalten macht, mehr als ihre Hände oder Arme zu berühren. Noch nie hat er sie nackt gesehen, und sie hat ihn noch nie geküsst.

Noch nie.

Es ist früher Nachmittag. Wie so oft, isst sie bei ihren Eltern, und er erwartet sie nicht vor vier oder fünf Uhr zurück. In Pantoffeln sitzt er vor dem ersten Feuer dieses Herbstes und schreibt Worte der Leidenschaft, des Begehrens und der Lust in sein Tagebuch, Worte, die er während der kurzen Momente ihrer Vereinigung lieber hinunterschluckt. Isaline tritt ein, ohne die Tür hinter sich zu schließen, geht direkt zum Tisch und setzt sich. Sie wirkt müde, und ihre Haut ist blasser als sonst. Józef fragt nicht, warum sie so früh zurückkehrt. Er sieht es als seine Pflicht an, sie nie auszufragen. Liebe gründet sich auf Vertrauen, die

Ehe ebenfalls. Isaline starrt einen Riss im Holz an. Unter ihren großen Augen sieht Józef ungewohnte violette Schatten. Er geht nach nebenan, um die Bürste zu holen und sie wie jeden Abend zu kämmen.

»Joujou, ich bin schwanger«, sagt sie hinter seinem Rücken. »Du musst mit mir zu Mamans Schneiderin gehen und die Stoffe auswählen. Um die Hüte kümmere ich mich selbst.«

Ihr Tonfall ist absolut neutral. Man könnte glauben, sie gäbe ihm die Liste der Einkäufe für den folgenden Tag.

Er versteht lediglich, dass sie ihn zum Vater macht.

Vater! Er! Er fällt auf die Knie.

Isaline war seine Angebetete, jetzt wird sie zu seinem Idol. Sie ist die Maria, die Jesus unter ihrem Herzen trägt. Er hofft, dass ihr Bauch richtig dick wird, damit ganz Warschau von diesem Wunder erfährt.

Ihr Charakter verändert sich. Manchmal lächelt sie beim Aufwachen, und die Sonne singt in ihrem Zimmer. Sie bittet ihn, ihr beim Ankleiden zu helfen, und bereitet summend das Frühstück zu, während er sie auf der Gitarre begleitet. Sie wirkt glücklich und stark, sie hat tausend Ideen. Sie wird junge Leute aus guter Familie Französisch lehren. Für ihre mit reichen Männern verheirateten Freundinnen wird sie Hüte entwerfen und herstellen. Sie könnte auch Stunden in Haltung und Anstand geben. Französinnen sind berühmt für ihre elegante Haltung und ihre guten Umgangsformen, die Joujou bereits in Paris bewundert hat.

Er stimmt zu. Er applaudiert. Er bewundert ihre Findigkeit und ihre Entschlossenheit.

Solche Morgen sind gesegnete Morgen.

An schmerzlichen Morgen weigert sie sich, das Bett zu verlassen, oder sie geht ohne ein Wort aus dem Haus, und bei ihrer Heimkehr erkennt er, dass sie ihre Zeit damit verbracht hat, allein oder in Gesellschaft düstere Gedanken zu wälzen.

Die schlimmsten Morgen aber sind diejenigen, an denen sie ihre düsteren Gedanken mit ihm teilt: »Ist es zu fassen, dass eine Frau meiner Stellung und in meinem Zustand keine Dienerin hat?«; »Es ist wirklich nett, Edelmann und Musiker zu sein, und es ist auch nett, Freunde mit so vielen Titeln zu besitzen, dass sich einem der Kopf dreht, aber das genügt nun einmal nicht.«; »Du kannst doch nichts anderes als katzbuckeln und mich mit Kuhaugen anglotzen.«; »Du bist ein Gnom.«; »Du bist eine Blattlaus.«; »Hast du bei unserer Hochzeit daran gedacht, dass du vielleicht ein Monstrum wie dich zeugen könntest?«; »*Ich* habe daran gedacht, aber du hast mir ja keine andere Wahl gelassen«; »Du manipulierst mich seit dem ersten Tag.«; »Du hast immer nur an dein Vergnügen gedacht.«; »Wie viele Zwerge waren unter den sechs Kindern deiner Mutter?«; »Wenn dein Sohn so ist wie du, verlasse ich dich und geh zurück zu meinen Eltern.«

Józef antwortet, dass er lieber eine Tochter hätte. Er sagt nicht, dass er nicht mit dem Schicksal hadern würde, wenn dieses Mädchen wie Anastasia aussähe.

Fürst Kazimierz nimmt Anteil. Er versteht Isalines Unruhe und kann nachvollziehen, dass es schwierig ist, mit hundertzwanzig Dukaten auszukommen, wenn man an den Überfluss im Palast Humieski gewöhnt ist. Er hat versprochen, Józef zu helfen. Zwar geht er in seiner Großzügigkeit nicht so weit, ihn aus eigener Tasche zu unterstützen, aber er sucht nach einer Lösung. Er ist es, der eine zweite Tour durch Europa vorschlägt.

»Sie wurden an allen Höfen in Europa gefeiert und haben überall eine wunderbare Erinnerung hinterlassen.«

»Das ist über fünfundzwanzig Jahre her, Eure Hoheit. Damals war ich noch ein Junge, heute bin ich ein gestandener Mann.«

»Ganz genau. Man wird Sie mit einer Freude empfangen, die dank Ihrer veränderten Umstände umso größer sein wird. Man hat Sie als Püppchen einer der reichsten Damen Polens kennengelernt, jetzt entdeckt man Sie als Familienvater ohne Einkommen. Das Interesse der Leute wird dadurch nur gesteigert.«

Madame Barboutan stößt schrille Schreie aus und beruhigt sich erst, als sie erfährt, dass der König die Idee für ausgezeichnet hält und als Zeichen seiner Unterstützung seinen Stallmeister gebeten hat, Józef einen bequemen Wagen zur Verfügung zu stellen.

Und Isaline?

Zum ersten Mal küsst sie ihren Gatten auf den Mund und sagt: »Endlich taugst du zu etwas.«

Der Plan macht ihr keine Angst. Im Gegenteil, er erregt sie. Noch nie hat sie Warschau verlassen und brennt darauf, das Land kennenzulernen, in Palästen empfangen zu werden, deren Schönheit Józef ihr beschrieben hat, und fremde Sitten und Gebräuche zu entdecken. Ihre Ehe ist kein Gefängnis mehr. Jetzt ist sie ein Tor zu anderen Ländern, von denen sie nachts mit offenen Augen träumt. Sie bittet ihren lieben Joujou, ihr ein wenig Deutsch beizubringen. Sie kümmert sich eifrig um die zu packenden Koffer. Sorgfältig ordnet sie die Empfehlungsbriefe, die Józef von einer beeindruckenden Anzahl Prinzen, Herzögen, Markgrafen und Pfalzgrafen bekommen hat. Sie ist im siebten Monat schwanger. Die Zeit der Morgenübelkeit ist vorüber, und ihr Arzt hat sie für reisefähig erklärt, vorausgesetzt, man wähle nicht zu lange Etappen.

Józef ist ihr unendlich dankbar, dass sie bereit ist, mit ihm zu reisen. Ihr Kind würde, wenn alles so liefe, wie er hofft, bei der Kaiserin von Österreich das Licht der Welt erblicken. Er würde sich bis zum letzten Blutstropfen bemühen und sogar an einen Zirkus verkaufen, um seine Angebetete zu schützen und ihr das Leben zu bieten, das sie verdient.

Noch weiß er nicht, was ihn erwartet.

ACHTES KAPITEL

in dem sich herausstellt, dass das Beste manchmal zum Schlechtesten führt

Ende November 1780 verlassen sie Warschau. Sie sind eingehüllt in die Pelze von Madame Barboutan und noch ganz benommen von ihrem Jammern. Fünf Tage später erreichen sie Krakau. Eisiger Regen prasselt hernieder. Die ehemalige Hauptstadt, in der früher die Könige gesalbt wurden, ist heute nur noch eine Grenzstadt am Ufer der Weichsel, die das selbstständige Polen von dem von Österreich eroberten Teil trennt. Isaline würde die Stadt gern besichtigen, aber sie hat nicht die Kraft dazu. Sie hustet so heftig, dass die Scheiben ihres Wagens ins Zittern geraten. Józef mietet ein möbliertes Zimmer, das seine Mittel weit übersteigt, bringt seine Angebetete zu Bett und beauftragt den Kutscher, einen Arzt zu besorgen.

Der Mann ist zwar kein Doktor, aber Barbier und Wundarzt, was, wie er versichert, genau das Richtige ist, um Frauen von ihren Stimmungen zu befreien, ganz gleich, ob sie an verschleimter Lunge, Schwangerschaft oder ihrer Galle leiden. Er hat einen schwarzen Rauschebart und trägt schmutzige Schuhe. Noch ehe er Isalines Puls genommen hat, erklärt er, dass ihr Zustand ihn beunruhige. Seine Unruhe wird vielseitiger und größer, je mehr Lohn er dafür bekommt.

Józef verzichtet darauf, sich in einigen Adelspalästen vorzustellen, wo seine Lage Mitleid hätte erregen können. Alle Edelleute von Krakau sind mit den Tarnows und den Humieskis verwandt, und er möchte sich nicht der Demütigung aussetzen, vor Türen herumzustehen, die sich nicht öffnen würden. Er verlässt das Zimmer nicht, dessen Läden geschlossen sind und in dem ein Feuer brennt, das einer Schmiede angemessen gewesen wäre. Mit dem Feuer geht das letzte Geld in Rauch auf, das nach der Bezahlung des Wundarztes noch übrig war. Zwar braucht Józef die Reserven für die Weiterreise, aber die Genesung seiner Angebeteten ist es ihm wert.

Isaline fürchtet, bei der Niederkunft zu sterben. Sie fleht Józef an, für ihr Seelenheil und das des Kindes Messen lesen zu lassen. Er bezahlt für Kerzen und Weihrauch. Das Fieber steigt. Isaline wird wütend. Sie spuckt ihm ins Gesicht und nennt ihn Teufel, Dämon, Inkubus und wirft ihm andere Liebenswürdigkeiten an den Kopf, sie kratzt sich die Haut über dem gewölbten Leib auf und schreit, er habe ihr eine Ratte wie ihn selbst in den Bauch gepflanzt, die sie von innen auffresse. Er muss sie mit Weihwasser übergießen, um sie zu beruhigen.

In der Nacht des 21. Januar 1781 beginnen die Wehen. Józef verliert den Kopf. Die Wirtin ist elfmal niedergekommen und schlägt den künftigen Eltern vor, Karten zu spielen, um sich die Wartezeit zu vertreiben, und weil der winzige Herr am Bett seiner Dame angewachsen scheint, ist sie es, die die Hebamme holt.

Acht Stunden und zehn Minuten später wird ein Mädchen geboren. Es ist beunruhigend violett, und sein Gesicht erinnert eher an einen Affenhintern. Aber die Größe ist normal, es hat zwei Arme, zwei Beine, zwei Hände und zwei Füße, die sich da befinden, wo sie hingehören und deren Proportionen stimmen.

Isaline schluchzt. Die Hebamme verspricht ihr, dass der Säugling nichts von einer Ratte hat und dass niemand sterben wird. Isaline schluchzt noch mehr. Die Hebamme zeigt ihr ihre kleine Tochter, die in Form einer Bohne eingeschnürt ist, damit die Knochen in der richtigen Stellung erhärten. Isaline schluchzt weiter. Weil sie befürchtet, dass die junge Mutter sich derart weinend erschöpft, schlägt die gute Frau Opiumsirup vor, der ein

Vermögen kostet. In Józefs Geldbörse befinden sich gerade einmal noch zehn Münzen.

Die folgenden Stunden verbringt er über die Wiege gebeugt. Der Weidenkorb gäbe ein wunderbares Bett für ihn ab, aber er widersteht der Versuchung, sich neben seiner Tochter hineinzulegen. Er hat eine Tochter!

Mit den Fingerspitzen berührt er ihre Stirn, ihre Wangen und ihren wie schmollend zusammengepressten Mund. Ihre Nasenlöcher versetzen ihn in Erstaunen. Sie hat lange, helle Wimpern. Er hofft, dass Isaline mit dem Namen Józefa einverstanden ist.

Die Wöchnerin erwacht aus ihrem Opiumrausch. Sie hat starke Leibschmerzen, starke Kopfschmerzen, und vor allem schmerzen ihre Brüste. Mit großen Augen sieht Józef zu, wie Józefa zunächst fröhlich an der einen und dann an der anderen Brust saugt. Er sagt sich, dass die Kleine großes Glück hat. Ihn lässt Isaline niemals ihre Brüste derart schänden. Er holt seine Geige und spielt, bis der satte Säugling eingeschlafen ist.

Er ist wunschlos glücklich und sagt zu seiner Frau: »Ich wusste es, seit ich dich das erste Mal sah. Es gibt doch ein Paradies auf Erden.«

Sie antwortet nicht, sondern heftet die Augen fest auf ihr Kind.

Ihr Kind.

Sie nennt sie Charlotte, nach Madame Barboutan, und schreit Zeter und Mordio, wenn Józef die Kleine in die Arme nehmen will.

»Du wirst sie fallen lassen!«

»Also bitte, Isaline, ich habe schließlich zwei gesunde Arme.«

»Aber du bist ein Zwerg.«

Er verstummt und wartet, bis sie ihren Mittagsschlaf hält, um Józefa, nein, Charlotte zu bewundern.

Je mehr sie zu Kräften kommt, desto besser wird Isalines

Laune. Die Kleine ist eine Schönheit. Sie hat Józefs blondes Haar und die goldenen Augen ihrer Mutter. Isaline ist ihrem Gatten dankbar für dieses Wunder. Um ihren Dank auszudrücken und weil sie den Vorgang eigentlich gar nicht so unangenehm findet, wie sie vorgibt, gestattet sie ihm weitere Besuche im Schlaf. Sie könnten eigentlich wirklich glücklich sein, zu dritt dort in dem kleinen Zimmer, wenn sie etwas zu essen hätten. Aber es fehlt an Geld. Es fehlt so sehr, dass die Wirtin sie auffordert, ihre Sachen zusammenzupacken und anderswo auf Pump zu wohnen.

Es ist Anfang Februar, und es schneit seit Weihnachten. Der Frost erinnert Józef an die schlimmsten Winter seiner Kindheit, die Kälte bricht Äste von den Bäumen und tötet die Krähen auf den Feldern und die Notleidenden in ihren Hütten. Józef lässt den Wagen auf Kufen setzen und stattet ihn mit dem Nötigsten aus, damit Isaline das Kind stillen und die Windeln wechseln kann, ohne dass sie aussteigen muss. Er wickelt die beiden in dicke Decken, dichtet Fenster und Türen ab, stellt Kohlenbecken unter die Sitze und setzt sich ihnen gegenüber. Gib den Pferden die Peitsche, Kutscher. Adieu, Polen. Sie machen sich auf den Weg nach Österreich.

Bei ihrer Ankunft finden sie Wien in tiefer Trauer. Kaiserin Maria Theresia ist gestorben. Die Fenster der Häuser, die Fassaden öffentlicher Gebäude, die Pavillons, wo Musik gespielt wurde, alles ist schwarz verkleidet. Alle Schauspiele und Konzerte sind abgesagt. Die Leute in den Straßen tragen Trauerflor, und in den Cafés und Salons wird nur über den unersetzlichen Verlust gesprochen. Józef steckt sich den Diamantring der Prinzessin Antonia an den Mittelfinger. Er ist traurig, ehrlich traurig. Aber vor allem ist er niedergeschmettert. Er hatte auf das gute Herz der Kaiserin gehofft, um seine Angelegenheiten wieder ins Reine zu bringen. Er wollte die gleiche freundliche Wertschätzung hervorrufen wie bei ihrem ersten Treffen und hoffte darauf, eine Rente zu bekommen, die zusammen mit der vom König von Polen ausgezahlten Summe ausgereicht hätte, ihnen ein akzeptables Leben zu ermöglichen. Er hatte sogar darauf gehofft, dass die Kaiserin ihn in ihre Dienste nähme und dass er mit Frau und Tochter ein mit Musik, geistvollen Gesprächen und Federhüten angefülltes Leben in ihrer Nähe hätte führen können. Fern von Gräfin Humieska. Und fern von den Eltern Barboutan.

Unter dem Gewicht von Trauer und Staatsangelegenheiten zeigt der neue Kaiser wenig Interesse an dem früheren Schützling einer polnischen Gräfin, die er vor fünfundzwanzig Jahren kennengelernt hatte. Joseph II. erinnert sich sicher noch an den Zwerg, den er damals gefragt hatte, ob es an der schlechten Ernährung in Polen läge, dass die Jungen dort nicht größer wurden, aber jetzt hat er wichtigere Fragen zu klären. Vorübergehend und auf Kredit untergebracht im Namen des Sekretärs seiner kaiserlichen Majestät, wartet Józef vergeblich auf eine Einladung. Im Übrigen wird in der Hofburg nicht mehr Hof gehalten. Höhergestellte Persönlichkeiten versammeln sich im Haus des Fürsten von Kaunitz. Gräfin Clarissa, eine Verwandte, betätigt sich als Gastgeberin.

Glücklicherweise erinnert sich der Fürst an Józef. Der unvergleichliche Joujou! Er empfängt ihn mit aller Wärme, die in diesen traurigen Zeiten möglich ist, bittet ihn, ihm Isaline vorzustellen, und lädt beide zum Essen ein. Józef ist es gewöhnt, früh zu Abend zu essen, um den Magen nicht zu voll zu haben, wenn seine Angebetete sich schlafen legt und er vielleicht eine taktische Annäherung unternehmen kann. Um die Gewohnheiten »seines kleinen Freundes« nicht zu stören, verlegt der Fürst das Abendessen auf halb fünf vor, obwohl er sonst immer zwischen sechs und sieben zu speisen pflegt.

In den Salons trifft Józef die meisten der Damen und Herren

wieder, die ihn anlässlich seiner ersten Reise zu schätzen gelernt hatten. Die Gesichter dieser Leute sind im Gegensatz zu seinem eigenen stark gealtert. Die Damen geraten völlig aus der Fassung angesichts seiner glatten Haut, die Herren erkundigen sich, durch welchen Zauber er der Korpulenz entgehe. Er muss seine Perücke absetzen, um zu demonstrieren, dass sein Haar noch immer dicht und blond ist, und viel lächeln, damit man seine nach wie vor weißen Zähne bewundern kann.

Fürst Kaunitz hat in seinem Archiv Joujous Maße aus dem Jahr 1759 aufbewahrt. Er beweist den erstaunten Zuschauern mit einer neuerlichen Messung, dass »sein kleiner Freund« seither um zehn Zoll, das sind zwanzig Zentimeter, gewachsen ist. Es ist schier unglaublich. Der Joujou des Jahres 1781 misst neunundneunzig Zentimeter und hat damit die Größe eines vierjährigen Kindes. Niemand kann sich diese Winzigkeit um noch einmal zehn Zoll verkleinert vorstellen. Diesem Phänomen dann auch noch zu lauschen, ihn auf scherzhafte Weise über die polnischen Sitten plaudern und über den Platz Österreichs innerhalb Europas reden zu hören ist der Gipfel des Erstaunens. Als er schließlich zur Violine greift und auf allgemeinen Wunsch hin Mozart spielt, wird es noch besser. Man beglückwünscht Madame Boruwłaska zu der außergewöhnlichen Persönlichkeit und den vielfältigen Talenten ihres Gatten.

Isaline fühlt sich geschmeichelt, dass der Mann, der sie erwählt hat, im Zentrum der Aufmerksamkeit steht. In den folgenden Nächten, wenn er in der Dunkelheit ihre Schenkel spreizt, ist sie zwar hellwach, stößt ihn aber nicht zurück. – Liebesfreuden dauern nur einen Moment, ernähren aber weder Mann noch Frau, hätte Madame Barboutan mit erhobenem Zeigefinger gewarnt.

Isaline hat praktischere Vorschläge.

»Was hältst du davon, ein Konzert zu geben? Wir sind in

Wien, und hier hast du das Musizieren erlernt. Lass dich gegen Geld von den reichen Leuten bewundern.«

»Die Hofoper ist während der Trauerzeit geschlossen. Wenn sie wiedereröffnet wird, käme ich erst nach vielen anderen Musikern an die Reihe, die bereits auf den Listen stehen. Und sie sind alle ausgezeichnet.«

»Mag schon sein, aber sie sind größer als neunundneunzig Zentimeter.«

Dieses Argument, das bisher zu Unwilligkeit und Tadel führte, wird zum Ansporn, mit dem Isaline Józef dazu bringt, einen Besuch nach dem anderen abzustatten, ohne den Mut zu verlieren.

»Neunundneunzig Zentimeter! Immerhin haben sie dir genügt, um ein Kind zu zeugen, nun solltest du dich ihrer bedienen, um Leute zu begeistern, die uns nützlich sein können.«

Józef krempelt die Ärmel hoch, die dringend erneuert werden müssten, und greift erneut zu seinem Pilgerstab. Der Sekretär seiner kaiserlichen Majestät hat alle Macht über den Direktor des Hoftheaters und ist außerdem ein großer Freund der Franzosen. Józef deklamiert für ihn Phädras Geständnis an Hippolytos, was ihm schon damals geholfen hat, Magdeleine Jollin zu verführen: »Ich seh ihn treu, ich seh ihn stolz, ja selbst ein wenig scheu – Ich seh ihn jung und schön und reizend alle Herzen sich gewinnen. Wie man die Götter bildet, so wie ich – Dich sehe!«

Diese Worte haben auf den schmerbäuchigen Sekretär eine außergewöhnliche Wirkung. Nicht nur, dass sich die Türen des Saales für den polnischen Geiger Józef Boruwłaski öffnen, sondern der Hofsekretär und der Direktor übernehmen auch alle Kosten für die Organisation des Konzerts.

Der Saal ist zum Bersten voll. Die eleganten Damen kleben an ihren Operngläsern. Józef rührt sie zu Tränen, als er sich im Namen seiner geliebten Gattin, seiner wunderbaren Tochter und seiner selbst, dem Mutter Natur in ihrer Laune so viel und gleichzeitig so wenig zugestanden habe, bei seinen früheren, derzeitigen und zukünftigen Wohltätern bedankt. Noch mehr als die Akkorde seiner Geige zieht seine tiefe, männliche Stimme das Publikum in seinen Bann. Eine solche Stimme in einem so kleinen Körper versetzt die Menschen in Erstaunen.

Die Familie Boruwłaski zieht in eine Wohnung mit Garten um. Die Tochter eines benachbarten Kneipenwirts kümmert sich um ihren Haushalt, und mehrmals in der Woche kommt Fleisch auf den Tisch. Isaline nimmt wieder ein wenig zu, singt, sobald sie morgens aufsteht, gibt mehrere Kleider nach österreichischer Mode in Auftrag und strahlt.

Innerhalb von vier Monaten ist der Erlös des Konzerts verbraucht.

Baron de Breteuil, der französische Botschafter am Wiener Hof, der Józef bereits seit seiner Zeit in Paris kennt, erklärt unverblümt: »Glauben Sie bloß nicht, mein Lieber, dass Sie sich mit Konzerten über Wasser halten und auf Dauer angenehm davon leben können. Sie werden sich zwischen Ihrer Selbstachtung und der Not entscheiden müssen. Wenn Sie nicht bereit sind, ein ärmliches Leben zu führen, und eines Tages eine gewisse Ruhe genießen wollen, müssen Sie sich entschließen, sich zu zeigen.«

Isaline reißt die schönen Augen auf. »Dich zu zeigen? Aber tust du das nicht bereits?«

Józef senkt den Kopf und schweigt.

»Wenn du beim Fürsten Kaunitz herumstolzierst und die Leute mit deinen Geschichten unterhältst, was tust du dann?«, hakt sie nach.

Er seufzt.

»Es gibt noch andere Weisen, sich zu zeigen.«

Isaline prustet.

»Was? Rät er dir etwa, dich völlig nackt zur Schau zu stellen?«

Józef erkennt, dass sie sich nicht vorstellen kann, was er selbst nur schwer begreift. Das, wozu die Leute, die sich über ihn amüsieren, ohne auch nur einen Bruchteil ihrer Einkünfte für seinen Lebensunterhalt zu opfern, ihn zwingen.

Alle?

Ja, alle. Im Kreis der edelsten und einflussreichsten Persönlichkeiten der Stadt Wien pflichtet auch sein »großer Freund« Kaunitz dem Baron de Breteuil bei.

»Sie werden sehen, nur der erste Schritt ist schwierig. Wenn Sie wüssten, wie viele Kompromisse ich in der Politik habe schließen müssen. Gehen Sie nach Paris. Oder nach London.«

»Sie werden Furore machen. Die Engländer werden Sie gar nicht mehr fortlassen wollen.«

»Aber ich spreche ihre Sprache nicht.«

»Sie werden sie lernen. Haben Sie nicht auch Deutsch und Französisch mit Leichtigkeit gelernt?«

»Damals war ich jung, Euer Gnaden. Heute ist mein Gedächtnis nicht mehr so gut wie damals.«

»Aber, aber. Sie sind doch immer noch jung. Menschen wie Sie altern nicht! Es ist ungerecht, und wir beneiden Sie darum.«

Wenn der Fürst lacht, enthüllt sein dichter grauer Schnurrbart ein Pferdegebiss. Die edelsten und einflussreichsten Persönlichkeiten der Stadt Wien nicken und lachen mit ihm. Ohne Boshaftigkeit und mit vielen gelben Zähnen zeigt man dem kleinen Joujou sein Wohlwollen und wünscht ihm alles Glück der Welt. Weil er ihnen kein Schwert in die fetten, zufriedenen Bäuche stoßen kann, lacht Józef mit den ach so wohlmeinenden Herren, die vorgeben, ihn zu beneiden, ihn aber aus ihrer Stadt und ihrem Leben verstoßen.

Ihn beneiden!

Er übertüncht seine Verbitterung mit Begeisterung. Er wird London entdecken und dort sein Glück machen. Sir Robert Keith, der Botschafter von König George III., stellt ihm Empfehlungsschreiben an alle aus, die am englischen Hof Rang und Namen haben. Gräfin Clarissa tut desgleichen für ein Dutzend deutscher Adeliger, die sicher entzückt wären, Józef und seine Familie auf dem Weg nach Ostende zu beherbergen. In Ostende legt das Schiff zu diesem mitreißenden Abenteuer ab.

Tief in seinem Innern hat Józef entsetzliche Angst.

Isaline beschimpft ihn als Verräter und falschen Propheten, sie wirft ihm vor, seine Versprechen nicht zu halten und Charlotte und ihr Unglück zu wünschen.

Im Frühling sind die Straßen wieder frei. Der großzügige Theaterdirektor hat Józef einige Polster geschenkt, die dem Mietwagen eine gewisse Bequemlichkeit verleihen. Józefa lacht, sobald sie die Augen öffnet. Sie hat zwei Zähne und die rosige Gesichtsfarbe der Engelchen von Wodnopol. Wenn Isaline ihm gestattet, die Kleine in die Arme zu nehmen, flüstert Józef ihr zu, dass sie fast so hübsch ist wie Anastasia und dass er ihr mit seiner Geige und seiner Liebe das Leben einer Prinzessin bieten würde.

In Pressburg, um diese Zeit Hauptstadt Ungarns, gibt Józef Boruwłaski ein erstes Konzert und erhält dafür dreißig Dukaten. In Linz gestattet ihm der Graf von Thürheim, Landeshauptmann von Oberösterreich und Schwiegersohn des Fürsten Kaunitz, seine eigene Musik zu spielen, die von fünfzehn talentierten Jungen komponiert wurde, deren ältester nicht mehr als sechzehn Jahre zählt. Trotz dieser außergewöhnlichen Konstellation, oder vielleicht gerade deswegen, zieht das Konzert nur wenige Zuschauer an, bezaubert aber die erst sechs- oder siebenjährige Tochter des Hausherrn.

»Papa, können Sie mir diesen kleinen Mann nicht kaufen? Bitte!«, flüstert sie und klammert sich an den Ärmel ihres Vaters.

Der Graf flüstert zurück: »Was würdest du denn mit ihm anfangen, kleine Freundin? Wir haben schließlich keine Wohnung für ihn.«

»Er darf bei mir wohnen, Papa. Ich passe auch gut auf ihn auf, ziehe ihn an, mache ihn hübsch, bin ganz lieb zu ihm und gebe ihm viele Süßigkeiten.«

Der Graf muss ihr erklären, dass Józef trotz allem Anschein keine Puppe ist. Das Mädchen wird trotzig und weint. Sie wünscht sich Józef so sehr, dass sie aufstampft und so laut wird, dass ihre Klagen die Geige übertönen und ihr Vater sie fortbringen lassen muss.

Józef ist enttäuscht, Isaline ebenfalls.

Im Wagen zählt sie die Münzen und murmelt: »Kleines Konzert, kleine Musik, kleiner Musiker, kleine Einnahme.« Sie zieht die Kordel der Börse zusammen und seufzt: »Du denkst wirklich nur an dich.«

Józef betreibt eine rasche Gewissenserforschung, ohne jedoch seine Sünde zu erkennen.

»Ich plage mich, um unser Auskommen zu sichern, und soll ein Egoist sein?«

»Wenn du wirklich unser Auskommen sichern wolltest, hättest du den Vorschlag der kleinen Gräfin angenommen.«

»Welchen Vorschlag?«

»Sie wollte dich unbedingt kaufen. Du hättest dich nur zu verkaufen brauchen.«

Józef lacht auf. Isaline runzelt die Stirn.

»Ich meine es ernst, Joujou.«

Oh ja, sie meint es ernst.

Verwirrt antwortet er: »Also wirklich, Isaline! Man verkauft keine Menschen.«

Nur allzu gut weiß er, dass es doch so ist. Und falls er es vergessen hat, wird ihn die schnell herannahende Zukunft daran erinnern.

Mit den Dramen ist es wie mit hübschen Frauen: Sie lassen gern auf sich warten. Familie Boruwłaski macht halt in München, dann in Teschen beim Fürsten von Thurn und Taxis und schließlich auf Schloss Hohenaltheim beim Fürsten von Oettingen-Wallerstein. Für jemanden, der auf diese Weise reist, ist Europa wie eine Art Freiluftsalon, dessen Stühle die Paläste und dessen Teppiche die Gärten sind. Bemalte Zimmerdecken imitieren den Himmel, und unter diesem Himmel halten sich die Menschen samt und sonders für Götter. Wie auf dem Olymp sind sie die Brüder, Schwäger und Cousins anderer Götter. Und wie auf dem Olymp verbringen sie ihre Zeit mit Eifersüchteleien und damit, sich gegenseitig schlimme Dinge anzutun, die viele Unschuldige das Leben kosten. Wie auf dem Olymp sind sie müßig, wunderlich, strahlend schön und beschäftigen sich hauptsächlich mit sich selbst. In ihrer Umgebung setzt die Zeit so spurlos aus, dass Józef den Eindruck hat, den Gesprächen seiner ersten Reise wiederzubegegnen. Die Welt dieser Leute ist ihm ähnlich: Fünfundzwanzig Jahre vergehen ohne eine einzige Falte.

Isaline neben ihm träumt von ihren Verehrern, die sie mit der Hoffnung auf ihre Gunst hingehalten hat. Innerhalb weniger Wochen hat sie mehr Liebesbriefe und Vorschläge zur Entführung bekommen als andere Frauen während ihres ganzen Lebens. Der Stolz darauf macht die Unannehmlichkeiten holpriger Fahrten, des ständigen Staubes, der mit Ungeziefer verseuchten Zimmer und die Klagen Charlottes wett, die von Isalines langsam versiegender Milch nicht mehr satt wird. Weil ein Palast so gut ist wie der andere, schlägt Józef vor, in Triesdorf zu bleiben, bis das Kind abgestillt ist.

»Ich habe an Mademoiselle Clairon geschrieben, um sie über unsere Ankunft zu unterrichten. Sie verbringt die schöne Jahreszeit beim Markgrafen, dessen gute Freundin sie seit dreißig Jahren ist.«

Isaline hebt ihre rechte Augenbraue.

»Mademoiselle Clairon? *Die* Clairon? Die Schauspielerin?«

»Die berühmteste Schauspielerin dieses Jahrhunderts, ja.«

»Du kennst sie? Seit wann?«

»Ich habe sie in Frankreich während meiner großen Reise mit Madame Humieska kennengelernt.«

»Hast du mit ihr geschlafen?«

»Natürlich nicht.«

»Wieso natürlich? Du hast dich auch mit Magdeleine Jollin vergnügt, die ebenfalls Schauspielerin und Französin war.«

»In Paris war ich verliebt in Andromache, nicht in Mademoiselle Clairon.«

»Andromache?«

»Eine sehr unglückliche und sehr mutige Königin, die lange vor Christi Geburt starb.«

»Du warst in eine Tote verliebt? Das ist ja ekelhaft!«

»Nicht, wenn sie von dem göttlichen Racine besungen wird: ›… darum sei auf der Hut und fürchte die Liebende, die sich zu rächen sucht …‹«

Isaline legt ihm die Hand auf den Mund.

»Wie alt ist deine Freundin Clairon heute?«

»So um die sechzig, würde ich sagen.«

»Und der Markgraf?«

»Zehn oder fünfzehn Jahre jünger.«

»Und die Markgräfin? Ist sie jung? Hübsch?«

Józef lächelt.

»Weniger als du.«

Er ist nicht eifersüchtig. Isaline amüsiert sich damit, Männer aufzureizen, aber er kann sich nicht vorstellen, dass sie ihn betrügt.

Isalines Augen glimmen auf wie Glühwürmchen in der Dämmerung.

»Glaubst du, dass man in Triesdorf viele Bälle gibt? Vielleicht ist deine Freundin Clairon einverstanden, dass wir bei ihr wohnen. Es wäre bequemer und billiger, meinst du nicht?«

Józef denkt, dass seine Frau die würdige Nachfolgerin von Madame Barboutan ist, und betet zum Himmel, dass Mademoiselle Clairon ihn nicht vergessen hat.

Unter der Bleiweiß-Schminke, mit der sie ihr Gesicht zukleistert, ist die Schauspielerin verschrumpelt wie ein auf dem Speicher vergessener Apfel, aber ihre Augen sind lebhaft, und ihr Gang ist fest. Sie hebt Józef bis zu ihrem mit braunen Flecken übersäten Ausschnitt und lacht.

»Schau dir die weiße Clairon an, mein Freund. Die Zeit hat gut gearbeitet, nicht wahr? Es wäre nicht sinnvoll, mit solcherlei Trümpfen eine Karriere zu beginnen, das sag ich dir.«

Auf Liebedienerei dressiert wie ein Windhund auf das Rennen, antwortet Józef mit seiner wärmsten Stimme: »Alles an Ihnen kündet vom Gegenteil, Madame.«

»Seit wann nennst du mich Madame? Hat die Ehe dich deiner Natürlichkeit beraubt? Das wäre sehr schade, denn deine Natürlichkeit war das Beste an dir. Dein Aussehen war eine Reise wert, aber deine Natürlichkeit machte einem Lust zu verweilen. Wir sind allein, mein Vögelchen, und können miteinander reden wie zu den Zeiten, als du die Marotte einer Gräfin warst und ich eine Puppe in den Händen von zwei oder drei Herren!« Sie kichert. »Was wir im Grunde immer noch sind, nur mit etwas mehr Rheumatismus und einer Menge Illusionen weniger! Das Leben ähnelt dem Pharo-Spiel, mein Vögelchen. Du verlierst am Ende immer mehr, als du gewonnen hast.«

»Haben Sie denn nicht alles, was Sie begehren?«, wundert sich Józef.

»Wenn mein freundlicher Markgraf sich von mir abwendet

und ich meine Reserven aufgebraucht habe, stehe ich so nackt und bloß da wie am Tag meiner Geburt. Du wirst sehen. Aber niemand hat Lust, einer alten Nackten zu applaudieren. Ich werde versuchen, meinen Abgang schön zu gestalten. Das ist das Mindeste. Wenn man einmal so berühmt war wie ich, muss man sein Ansehen wahren. Und du, mein Vögelchen? Hast du beim Pharo-Spiel das bekommen, was du dir gewünscht hast?«

Józef verzieht das Gesicht.

»Ja und nein.«

»Liebst du deine Frau?«

»Für sie habe ich auf meine gesicherte Existenz verzichtet.«

»Am Ende einer Leine.«

»Ich kannte die Freiheit kaum, daher fehlte sie mir nicht. Welche Zukunft kann ein Phänomen wie ich schon erhoffen? Ich spreche drei Sprachen, ich komponiere, ich kann Tausende von Versen auswendig aufsagen, aber ich kann nicht einmal ein Buch von einem Tisch nehmen.«

»Der kleinste Mann der Welt. Das ist schon außergewöhnlich.«

»Unser Dorfpfarrer sagte immer: ›Du bist ein Auserwählter, Józef. Gott erwartet viel von dir.‹ Ich bin der Not mit knapper Not entkommen, mehr nicht.«

Mademoiselle Clairon seufzt.

»Ja, die Not – dieses Miststück!«

»Die es schon wieder auf mich abgesehen hat. Nachdem Madame Humieska mich aus dem Haus geworfen hatte, bin ich bei einigen Leuten vorstellig geworden. Aber diejenigen, die mich überhaupt empfangen haben, antworteten jedes Mal: ›Also wissen Sie, Joujou, das geht leider nicht.‹«

»Welche Art von Beschäftigung schwebte dir denn vor?«

»Privatsekretär, Gutsverwalter, Inspizient einer Theatergruppe, Kammermusiker oder auch Verwalter bei der Armee.

Liebend gern hätte ich in der königlichen Bibliothek gearbeitet. Ich war sogar bereit, einen kleinen Laden aufzumachen. Aber nachdem ich fünfundzwanzig Jahre so gut das Spielzeug gegeben habe, konnte sich niemand vorstellen, dass ich auch zu anderem in der Lage bin.«

»Armes Vögelchen. Ich werde ein gutes Wort für dich einlegen. Karl Alexander ist ein gutherziger Mensch, und deine Geschichte wird ihn berühren. Auch die Schönheit deiner Frau wird ihn berühren. Untersteh dich zu murren. Wenn der Winter droht, muss man mit jeder Art von Holz Feuer machen.«

»Ich brauche nicht zu murren. Isaline ist tugendhaft.«

»Die Wege der Begierde sind verschlungen, mein Kleiner. Wenn du es nicht längst weißt, wirst du es vermutlich bald lernen.«

Verschlungen, oh ja.

Es ist nicht der Markgraf, der sich in Isaline verliebt, sondern seine Frau. Die Markgräfin von Ansbach ist vierzig Jahre alt oder etwas älter, hat die Figur eines Reihers und ein Gesicht, das so flach ist wie eine auf dem Sand liegende Seezunge. Ihre Augen sind braun, ihr Haar ebenso und ihre Zähne auch. Sie ist sanft, sehr fromm, isst und schläft wenig, weint häufig und tut Gutes an ihrem Nächsten, sei er groß oder klein, angefangen bei ihrem eigenen Gatten, dem sie alle Seitensprünge verzeiht. Sie empfindet für ihn eine Bewunderung, die ebenso unbeirrbar ist wie ihr Glaube, und die Zuneigung eines treuen Hundes. Nach einer ganzen Reihe von Fehlgeburten hat sie es schließlich aufgegeben, ihm ein Kind schenken zu wollen. Sie hat die Clairon und die anderen Mätressen des Markgrafen jedoch nur ertragen, weil er keine von ihnen geschwängert hat. Hätte eine der Damen ihn zum Vater gemacht, hätte sie sie vergiftet. Oder sie wäre in den Fluss hinter ihrem Palast gesprungen.

Nachdem Isaline mit Gatte und Tochter im Pavillon von Mademoiselle Clairon wohnen darf, wieder genügend isst, von den Domestiken der Favoritin gebadet, angezogen und frisiert und fast jeden Tag an die Tafel des Markgrafen eingeladen wird, strahlt sie vor Fröhlichkeit und vergoldet die Melancholie ihrer Gastgeberin. Zwar stolziert der Markgraf bei ihrem Anblick sofort wie ein Pfau einher, aber Isaline zieht Spaziergängen mit ihm die Zweisamkeit mit seiner Gattin vor. Das Schloss in Triesdorf ist berühmt für seine Labyrinthe, seine Gärten und seine mit Muscheln ausgelegten Grotten. Hierhin ziehen sich die beiden Frauen zurück und unterhalten sich, geschützt vor fremden Blicken, lange und ausführlich. Isaline berichtet von den abenteuerlichen Umständen ihrer Eheschließung, und die Markgräfin stellt tausend Fragen zu dem Kind.

»Sie heißt Józefa, nicht wahr?«

»Charlotte.«

Sie bewundert ihre Wimpern, die lang und golden sind wie ein Sommertag. Ihren Duft, der sich ständig verändert. Ihre bemerkenswert robuste Gesundheit. Und ihr sonniges Gemüt.

»Wie alt ist sie? Wie viele Zähne hat sie?«

»Fünf Monate. Sie hat jetzt einen Zahn, aber der zweite kommt bald.«

»Stillen Sie sie noch?«

»Nein. Und darüber bin ich sehr froh, denn diese Freiheit gibt mir die Möglichkeit, mich ganz Ihnen zu widmen.«

»Wie groß ist ihre Tochter?«

»Sechsundsechzig Zentimeter.«

Isaline liest in den Augen ihrer Gastgeberin die brennende Frage, die alle anderen nicht zu stellen wagen. Sie lächelt.

»In ihrem Alter maß ihr Vater zweiundzwanzig Zentimeter. Charlottes Wachstum entwickelt sich ganz normal. Sie ist sogar recht groß, fast so groß wie ein Junge. Wussten Sie, dass Joujou drei Brüder hat, die alle drei hochgewachsen und gut gebaut sind?«

Sie hütet sich, zu erwähnen, dass Józefs drei Brüder alle vor dem zwanzigsten Lebensjahr gestorben sind. Auch über Anastasia und Wladimir spricht sie vorsichtshalber nicht.

Die Markgräfin beglückwünscht die glückliche Mutter. Um ihr ihre Freundschaft zu beweisen, schenkt sie ihr eine komplette Ausstattung, einen Unterrock aus feinstem Tuch, Seidenstrümpfe, Satinschuhe, einen Reifrock und einen Mantel aus Taft. Józef, mit dem sie jeden Tag nach dem Abendessen eine Partie Federball spielt, erhält eine Tabaksdose und einen kleinen Ring.

Der Hausherr fragt schon früh morgens nach Isaline. Er bittet sie, ihm französische Lieder vorzusingen, und lädt sie zum Spielen, ins Theater oder zu Bällen ein. Józef spielt Gitarre und plaudert im Schatten mit geladenen Gästen. Weil sie wenig Zeit haben, sich um ihre Tochter zu kümmern, stellt die Markgräfin ihnen eine sehr üppige Deutsche zur Verfügung, die ausgezeichnet mit Kindern umgehen kann. Die Deutsche bittet um die Erlaubnis, Józefa-Charlotte mit zu ihrer Dienstherrin zu nehmen, weil diese nur selten Gelegenheit habe, mit kleinen Kindern zu spielen. Nach einigen Tagen ziehen das Kindermädchen und der Säugling aus Bequemlichkeitsgründen in die Räume der Markgräfin ein, die auf diese Weise in aller Ruhe Gelegenheit hat, Charlotte-Józefas Wimpern zu zählen und ihr das Zahnfleisch mit Honig einzureiben, um ihr das Zahnen zu erleichtern.

Zu Beginn der sechsten Woche bittet der Markgraf Józef in seine Bibliothek und schlägt ihm das Unfassbare vor.

»Joujou, ich möchte Ihnen ein Angebot machen. Vielleicht wird es Ihnen seltsam vorkommen, vielleicht verletzt es Sie auch, aber nehmen Sie es mir bitte nicht übel. Ich glaube, meine Idee kann sowohl Ihnen als auch mir eine große Erleichterung verschaffen.«

»Wenn es sich darum handelt, Ihrer Hoheit nützlich zu sein oder einen Gefallen zu tun, betrachten Sie Ihren Vorschlag bereits als akzeptiert.«

»Darf ich in diesem Fall meiner Gattin mitteilen, dass Sie einverstanden sind, dass wir die Betreuung Ihrer Tochter übernehmen?«

Józef starrt seinen Gastgeber an, als hätte der die Frage auf Türkisch gestellt.

Der Markgraf von Ansbach wird deutlicher: »Ihre Tochter. Charlotte.«

»Józefa«, korrigiert Józef mechanisch.

Der Markgraf nickt und fährt in vertraulichem Tonfall fort: »Ich werde so offen mit Ihnen reden, wie ich es nur mit meinen wenigen Freunden tue. Meine Frau und ich können keine Kinder bekommen. Es ist unser Kreuz, das mit den Jahren immer schwerer auf meiner Gattin lastet. Sie hat sich in Ihre Tochter verliebt. Innig verliebt. Es ist eine dieser Leidenschaften, der man nicht mit Vernunft beikommen kann. Sicher haben Sie bemerkt, wie lebhaft ihr Gesicht wird, wenn sie die Kleine auf den Arm nimmt. Man könnte meinen, in ihrem Herzen sei eine Kerze entzündet worden, die sie völlig verändert. Wenn ich dieser schmerzlichen Seele, die mir seit dreißig Jahren nie einen Vorwurf gemacht hat, Frieden und Freude schenken könnte, wäre ich wirklich sehr glücklich. Verstehen Sie das?«

Józef will nicht verstehen.

»Indem Sie uns das Kind überlassen, vollbringen Sie eine doppelt gute Tat. Sie retten nicht nur meine Frau, sondern auch Ihre Tochter …«

»Entschuldigen Sie, Hoheit, aber Józefa ist nicht in Gefahr!«

»Oh doch, das ist sie, mein Freund. Das ist sie. Sie leben von einem Tag in den anderen, Sie flattern von hier nach dort, ganz wie ein Schmetterling. Es ist jetzt sechs Monate her, dass Sie Polen verlassen haben. Seit sechs Monaten geben Sie Konzerte in großen Häusern und bekommen dafür viel Applaus, aber man behält Sie höchstens eine Woche bei sich. Niemand hat Sie so lang bei sich wohnen lassen wie wir, nicht wahr?«

Józef nickt.

»Das stimmt, und dafür bin ich Ihnen sehr dankbar …«

»Vergessen Sie die Dankbarkeit, und seien Sie realistisch. Auf wie viel beziffern sich Ihre Ersparnisse?«

»Wir besitzen etwa hundert Dukaten und einige sehr hübsche Schmuckstücke …«

»Mit Frau und Kind können Sie mit diesen hundert Dukaten die Überfahrt und die ersten beiden Monate in London bestreiten. Und dann?«

»Sir Robert Keith hat mir versichert, dass Großzügigkeit und Seelengröße zu den charakteristischen Eigenschaften der englischen Nation zählen. Er versprach mir, dass ich mir in England schnell ein schönes Vermögen aufbauen könnte.«

»Ich kenne den Gesandten. Er ist ein Träumer, der nie nach unten geblickt hat. Mag sein, dass er recht behält. Aber wenn er sich nun irrt? Was, wenn Ihr Exil nicht die erwarteten Früchte trägt? Könnten Sie nach Warschau zurückkehren und Ihrer Familie ein glückliches Los bescheren?«

Józef senkt den Kopf.

»Ich fürchte nein.«

»Ich weiß, dass es unmöglich ist, denn sonst hätten Sie Ihr Vaterland nicht verlassen. Sie haben Ihrer gerade niedergekommenen Frau und dem Säugling eine Schlittenfahrt im tiefsten Winter zugemutet, Sie werden trotz drohender Stürme mit ihnen den Ozean überqueren, Sie müssen eine Wohnung suchen, essen, sich kleiden, für Reinlichkeit sorgen, Ihre Auftritte organisieren und finanzieren, und das in einer Stadt, die Ihnen unbekannt ist und deren Sprache und Gebräuche Sie nicht beherrschen. Die wahre Frage, lieber Freund, ist nicht die nach den Risiken, die Sie eingehen, sondern die nach dem Abgrund, in den die angeblich von Ihnen so geliebten Menschen stürzen, wenn Sie ins Straucheln geraten.«

Józef richtet sich auf, so hoch er kann.

»Ich werde das Unmögliche möglich machen, um ans Ziel zu kommen.«

»Das Unmögliche ist ein Trugbild. Hier geht es um Brot, eine warme Wohnung und Geld. Glauben Sie etwa, dass die englischen Ärzte ihr Wissen ohne Bezahlung anwenden? Ihre Tochter ist eine Freude für die Augen, aber sie wird den Kinderkrankheiten nicht entgehen. Und was, wenn ihre Frau erneut schwanger würde?«

Józef senkt die Augen. Erst am Morgen hat Isaline ihm mitgeteilt, dass ihr Monatsfluss nicht eingetreten ist.

»Dann werde ich meine Anstrengungen verdoppeln …«, murmelt er.

Seine Verlegenheit entgeht dem Markgrafen nicht. Er beugt sich vor und wird noch deutlicher.

»Sie werden nicht mehr wissen, wo Ihnen der Kopf steht. Ihre Frau wird an den Tagen und in den Nächten, in denen man Sie anfordert, immer allein sein. Eine schlechte Wohnung, schlechtes Essen, ein kleines Kind – das wird ihre Kräfte übersteigen. Ihre Kleine bekommt Krupp oder Scharlach. Sie wird dahinsiechen und schließlich sterben. Ich betone dies, weil ich wünsche, dass Sie den Dingen in die Augen schauen: Sie wird sterben, und Isaline wird sich davon nicht erholen. Entweder verliert sie ihr Ungeborenes, oder sie überlebt die Entbindung nicht. Sie aber hätten Ihr Möglichstes getan, daran zweifele ich ebenso wenig, wie ich an Ihrer Liebe zu Ihrer Familie zweifele.« Er legt seine große Hand auf Józefs Schulter. »Angesichts widriger Umstände genügt es nicht, sein Möglichstes zu tun. Man muss auch die Hilfe anderer annehmen.« Er drückt die zerbrechliche Schulter. »Meine Hilfe. Ich habe lange über das nachgedacht, was ich Ihnen heute sage. Das Glück Ihrer Familie hängt von Ihrer Entscheidung ab. Ihr Unglück ebenfalls.«

Józefs Herz schlägt wie eine gewaltige Uhr.

»Ich möchte gern mit meiner Gattin darüber sprechen.«

»Natürlich. Aber entscheiden werden Sie. Sie sind der Mann, vergessen Sie das nicht.«

»Ich denke, bei einem derartigen Thema hat eine Mutter ebenso viele Rechte wie ein Vater. Vielleicht sogar mehr.«

»Ein Mann urteilt mit dem Kopf, eine Frau mit dem Bauch, was selten vernünftig ist. Aus diesem Grund habe ich mich an Sie und nicht an Isaline gewandt. Und ebenfalls aus diesem Grund steht Ihnen das letzte Wort zu.«

Der Markgraf richtet sich auf.

»Józefa wird hier bei uns aufwachsen. Wenn sich bewahrheitet, was ihre Schönheit und ihr guter Charakter versprechen, werden wir sie aufziehen wie die Tochter, die wir nie hatten. Es wird ihr nie an etwas fehlen. Diesem feierlichen Versprechen füge ich eine Unterstützung von vierzig Louis d'Or hinzu, die es Ihnen ermöglicht, Ihre Karriere in England unter den besten Voraussetzungen in Angriff zu nehmen.«

»Euer Hoheit, ich könnte nie …«

»Doch, mein Freund, Sie können. Weil es sein muss.« Er steht auf und schließt: »Treffen Sie die richtige Wahl.«

Józef kehrt mit einem schweren Klotz an den Beinen zur Clairon zurück. Er denkt an die Steine in der Tasche. An die Bleigewichte der Uhr. Und plötzlich begreift er, wie man sich vom Leben so in die Enge getrieben fühlen kann, dass man lieber auf dem Grund eines Weihers liegt.

Er geht zu Isaline, die fröhlich singend Blütenblätter aus

Seide an einen breitkrempigen Hut näht, den sie der Markgräfin schenken will. Sie lächelt ihrem kleinen Gatten zu.

»Die Markgräfin findet, dass Charlotte einem Colchicum ähnelt.«

Mit so zugeschnürter Kehle, dass seine Stimme rau klingt, erkundigt sich Józef, was ein Colchicum sei.

»Die erste Blüte im Frühjahr, die Frühlingslichtblume.«

Józef zieht sich einen Schemel heran und setzt sich vor die Knie seiner Angebeteten. Auf dem Weg durch den Park hat er versucht, die Worte in seinem Kopf zu ordnen, doch er weiß noch immer nicht, wie er etwas formulieren soll, das man weder aussprechen kann noch hören will, wie etwa: »Liebste Freundin, seine Hoheit der Markgraf von Ansbach will, dass wir ihm unsere Tochter zugestehen, überlassen, abtreten, verkaufen, und ich fürchte, wir müssen uns dazu entschließen.«

Also holt er tief Luft und verkündet in dem wackeren Tonfall, den Offiziere annehmen, die ihre Soldaten in den Tod schicken: »Wir setzen unsere Reise fort. Aber Józefa bleibt hier.«

Isaline hebt ihre rechte Augenbraue.

»Sie bleibt hier? Warum?«

»Weil ich es beschlossen habe.«

Die beiden Augenbrauen treffen sich.

»Ich verstehe nicht.«

»Die Markgräfin liebt sie. Sie möchte sie adoptieren.«

Der Hut rollt vor Isalines Füße. Die Blütenblätter haften an ihrem Kleid.

»Du gibst meine Tochter zur Adoption frei?«

»Unsere Tochter.«

»Du nimmst sie mir weg?«

»Ich kümmere mich um die Sicherheit ihrer Zukunft.«

Mit einem Eisklumpen in der Seele fügt er hinzu: »Meine Mutter hat das Gleiche getan, als ich neun Jahre alt war. Und heute bin ich ihr von ganzem Herzen dankbar dafür.« Und weil ihm nichts Besseres einfällt, um Farbe in das Gesicht seiner Angebeteten zurückzubringen, setzt er hinzu: »In London werden wir noch mehr Kinder bekommen. Zwei, drei – so viele du willst.«

Isaline ohrfeigt ihn mit voller Wucht.

Sie bleiben zwar noch einige Tage, aber sie sind längst nicht mehr da. Józef fühlt sich wie ein Automat, dessen Arme, Beine und Lippen sich mechanisch bewegen. Isaline schützt Unwohlsein vor und verlässt Mademoiselle Clairons Pavillon nicht mehr.

Józef küsst seine Tochter ein letztes Mal. Die zarte Haut unter den Ohren, die feuchten Locken in ihrem Nacken, ihre Augenlider, ihre Handflächen. Die Kleine fürchtet sich vor seinen ungestümen Liebkosungen und seinem Schluchzen, das er nicht unterdrücken kann. Sie beginnt erst zu weinen, dann zu schreien. Józef geht und überlässt es der Deutschen, sie zu trösten. Er fühlt sich, als hätte die Dogge von Wodnopol ihm ein Stück seines Herzens herausgerissen, ein großes, blutendes Stück, das unter dem Laken in der Wiege weiterschlägt.

Isaline will das Kind nicht wiedersehen, das ihr Mann verkauft hat. Innerhalb weniger Tage hat sie mehrere Pfund abgenommen. Józef fleht sie an, beim Abschied die Nerven zu bewahren. Vorsichtshalber mischt er ihr morgens den Rest des in Krakau gekauften Opiumsirups in die Milch. Wie ein Schatten ihrer selbst bedankt sie sich mit schwerer Zunge bei Mademoiselle Clairon für ihre Gastfreundschaft und bei der Markgräfin von Ansbach für ihre Großzügigkeit.

In der Bibliothek, wo der Handel abgeschlossen wurde, überreicht der Markgraf Józef das versprochene Geld.

»Mein Freund, ich gebe Ihnen nicht nur mein Ehrenwort als Edelmann, dass ich mich gut um Ihre Tochter kümmern werde.

Es ist auch das Wort eines Ehrenmannes. Seien Sie versichert, dass es ihr nie an etwas fehlen wird.«

Józef zittert so, dass er sich am Fuß eines Sessels festhalten muss. Der Markgraf bittet seine Diener, den Wagen des Grafen Boruwłaski mit ausreichend Proviant auszustatten, und um die Reise kurzweiliger zu gestalten, schenkt er seinem Gast einige wertvolle Bücher.

Im Wagen spricht Isaline kein Wort. Sie weint nicht, sondern starrt aus dem Fenster und scheint weit fort zu sein.

Józef denkt daran, dass ihn zum ersten Mal ein Adeliger »Graf Boruwłaski« genannt hat. Er denkt auch an Judas' Silberlinge und versucht, sich zu erinnern, ob Judas gekreuzigt wurde oder sich erhängt hat. Schließlich fragt er sich, wie Gott ihn wohl für das strafen würde, was er gerade getan hat.

Frankfurt. Mainz. Mannheim. Brüssel. Der polnische Zwerg gibt Konzerte, die von allen beklatscht werden. Seine bezaubernde Frau lässt sich nicht blicken. Man bittet sie, zu kommen, man beklagt ihre Abwesenheit. Józef entschuldigt sie, so gut es geht.

Ostende. Das Meer. Es ist nicht nur grau, blau und grün. Unter der blassen Märzsonne erinnert es an die Federn eines Eichelhähers. Es besteht aus unzähligen Wellen, unsichtbaren Fischen, unbekannten Algen, unzugänglichen Sandbänken und erschreckender Bedrohlichkeit. Im Hafen geht es zu wie in einem Ameisenhaufen und einem Hornissennest. Józef wird viele Male um Haaresbreite zermalmt. Die Schiffe sind höher als die Häuser der Juden, Schiffe in allen möglichen Formen, gespickt mit Masten und Rudern, auf denen sich Männer in Lumpen herumtummeln wie Kakerlaken in einer schmutzigen Küche.

Józef weiß nicht, an wen er sich wenden soll, und noch weniger, welches Schiff er nehmen muss. Er sucht sich aufs Geratewohl ein flämisches Schiff aus, dessen wuchtiger Rumpf ihm sicher scheint, und verhandelt wegen der Überfahrt. Der Kapitän sieht aus wie ein Schinken, was sicher ein Zeichen von Wohlstand ist. Er verspricht dem winzigen Persönchen in bestickten Kleidern, das ihm eine Handvoll Goldstücke von bestem Feingehalt entgegenstreckt, eine heitere Überfahrt. Für das Gold, das er mit den Zähnen prüft, darf die hübsche Madame Boruwłaska im Liegen reisen und bekommt so viel Wasser und Käse, wie sie möchte.

Józef mietet ein Zimmer in einer vom Steuermann empfohlenen Herberge. Der Mann schmachtet Isalines Hals mit einem Blick an, der so klebrig ist wie die Tentakel einer Krake. In der Herberge gibt es einen düsteren Gemeinschaftsraum, schwärzer als der Keller in Turly, wo brünstige Männer auf schmutzigen Bänken sitzen und saufen, herumgrölen, den verlebten Kellnerinnen unter die Röcke greifen, sich übergeben und schließlich einfach auf den Boden rollen und im urinfeuchten Stroh schnarchen.

Isaline durchquert das Schmutzloch ohne einen Blick für die Männer, die ihr nachpfeifen. Józef folgt mit angehaltenem Atem dem Steuermann, der das Gepäck trägt. Das Zimmer hat kein Fenster. Der Alkoven riecht nach faulem Heu. Józef legt sich neben Isaline, die sich nicht ausgezogen hat. Er ist so unglücklich wie noch nie zuvor. Tränen laufen in seine Kehle hinunter.

»Liebling, ich möchte dich um Verzeihung bitten …«, flüstert er und hustet.

Isaline antwortet nicht.

Er dreht sich um und will sie in die Arme nehmen. Regungslos starrt sie ihn an.

»Wenn du mich berührst, töte ich dich«, sagt sie mit eisiger Stimme.

NEUNTES KAPITEL

in dem Sie nachprüfen können, dass sich in London der Abgrund hinter dem Gipfel unmittelbar beim St. James Palace (und bei Józefs Wohnung) befindet

Im Gegensatz zu allem, was die Franzosen dem Rest der Welt erzählen, ist die wichtigste Stadt der Welt nicht etwa Paris, sondern London. Aber im Gegensatz zu dem, was einem die Geografiebücher vorgaukeln, ist London gar keine Stadt. Es ist ein Alchemisten-Schmelztiegel, ein Hexenofen. Der Sammelpunkt aller hochfliegenden Pläne. Der Ort, an dem, wenn man nur leidenschaftlich genug danach strebt, Blei zu purem Gold wird und Lumpen sich in edlen Spitzen verwandeln.

Die Überfahrt von Ostende nach Margate dauert vier Tage und drei Nächte, während deren Józef hundertmal zu sterben glaubt. Die Dünung dreht Isalines Eingeweide um, und die salzige Luft schlägt ihr auf die Lunge. Sie bringt es nicht fertig, auch nur einen Happen zu essen, und ab der zweiten Nacht hustet sie so heftig, dass sie Blut spuckt. Der Sturm zerreißt die Segel, knickt die Masten und reißt zwei Matrosen über Bord.

Als sie das Schiff verlassen, können sich die Eheleute Boruwłaski nicht mehr auf den Beinen halten. Der Steuermann mit seinem aufdringlichen Blick trägt Isaline bis zu einer Kutsche in Form eines Skarabäus, die für eine bescheidene Summe Männer, Frauen, Kinder, Gepäck und kleine Tiere bis ins Herz der Hauptstadt bringt. Anschließend kehrt er zurück und holt den Koffer und das Geld für die sechs Pferde, die den Weg ohne Unterbrechung zurücklegen, außerdem die Mütter der beiden ertrunkenen Matrosen, die sich die Augen aus dem Kopf weinen, sowie die Huren von Margate, die auf englischem Boden nicht ihresgleichen finden. Angesichts der Passagiere, die sich in der Kutsche drängen wie Erbsen in ihrer Hülse, wagt Józef nicht zu protestieren.

Isaline, die schwer atmet und hohle Wangen hat, verliert das Bewusstsein, als sich der Wagen in Bewegung setzt. Józef sitzt neben einem sehr beleibten Menschen, der gurrend ein blumig ausgeschmücktes, nach Sonne duftendes Französisch spricht. Der gurrende Mann trägt eine Perücke, ein Schwert und Seidenstrümpfe.

»*Signor Alessandro conte di Cagliostro*, gebürtiger Sizilianer, Freimaurer aus Neigung und von Beruf Abenteurer«, stellt er sich in hochtrabendem Ton vor.

Józef hat noch nie einen Abenteurer kennengelernt. Auch keinen Freimaurer. Übrigens auch keinen Sizilianer. *Il signor conte* seinerseits hat noch nie einen Liliputaner getroffen und auch noch kein gebildetes Spielzeug. Entzückt, auf einen Zuhörer zu treffen, der seiner Redseligkeit würdig ist, bietet er sich an, den Neuankömmling in die Sitten und Gebräuche der faszinierenden Stadt einzuweihen, wo Ruhm und Reichtum schneller wachsen als die Brennnesseln in den Höfen von Palermo.

»Kennen Sie London gut?«, erkundigt sich Józef hoffnungsvoll.

»Wie meine Westentasche«, antwortet der Sizilianer. Er hat lange Fingernägel, die nach Art der Kurtisanen rot bemalt sind.

»Sind Sie ebenfalls gekommen, um hier nach dem Glück zu suchen?«

»*Io* habe nicht gesucht, ich habe es erzwungen.«

Mit einem werwölfischen Lächeln zeigt er auf Isalines Nachbarin, ein schnurrbärtiges Klatschweib, die, nachdem sie ein halbes Dutzend Eier verschlungen hat, inzwischen schnarcht wie ein Grenadier.

»*La fortuna è donna*, mein Lieber, und das Weibervolk muss man anschubsen!«

In der linken Hand hält der Mann ein Kartenspiel, mit dem er verdächtig vertraut umgeht.

»Spielen Sie Pince, *Signore?*«

»Ich spiele Geige.«

»Geige? *Bene. Ma* … Aber Sie müssen spielen am richtigen Ort, zur richtigen Zeit und vor dem richtigen Publikum. Und *dopo,* danach, müssen Sie etwas anderes finden.«

»Danach?«

»Wenn die Mode vorüber ist.«

»Welche Mode?«

»Die Mode, Ihnen zu lauschen. Ein paar Wochen werden Sie gefallen. *Molto* gefallen. Man wird Ihnen schmeicheln, und Sie werden zufrieden sein. Aber dann können Sie sie nicht mehr überraschen. Und dann rennen alle, die angerannt gekommen sind, um Sie zu sehen, woandershin, und Sie werden sehr beschämt sein, sehr traurig. *A parte* der Geige, haben Sie noch andere Talente?«

»Salontänze. Und ich verstehe mich auf Konversation. Aber nicht auf Englisch.«

Der Sizilianer verzieht das Gesicht.

»Kartenspiel?«

»Nur wenig.«

»Quadrille? Whist? Pharo?«

»Ich habe bei den Partien nur zugeschaut, nicht selbst gespielt.«

»Schade, *io* hätte Ihnen ein paar Tricks beigebracht, mit denen Sie sicher gewinnen.«

Józef hebt die Augenbrauen.

»Auf ehrenhafte Weise?«

Il signor conte gluckst.

»Ein wahrer Falschspieler ist immer ehrenhaft mit sich selbst. *Non mi dice,* dass Sie nicht schon auf die andere Weise, in diesem oder einem anderen Leben, in großer oder kleiner Gesellschaft dem Schicksal … nachgeholfen haben?«

Józef denkt an die Art, wie er seine Ehe vollzogen hat. Er errötet und lächelt.

Zufrieden, den ersten Punkt geholt zu haben, tätschelt sich der Sizilianer das Doppelkinn, das ihm das Aussehen einer Aga-Kröte verleiht, und beginnt mit seinem Bericht, von dem Józef das Folgende behält:

1. London ist ein Phönix. Im Jahr 1665 hat die Pest ein Viertel seiner Einwohner dahingerafft, im Jahr danach hat ein Brand dreißig Millionen Holzhäuser und fünfzig Kirchen zerstört. Alles musste neu gebaut werden. Die Handwerker strömten nur so in die Stadt. Tausende Prostituierte hoben ihre Röcke, Tausende Steinhäuser wurden auf den Trümmern erbaut, Tausende Handelsschiffe brachen in die Kolonien auf. Hundertachtzehn Jahre später hat der Vogel das schönste Federkleid von ganz Europa.

2. Der Phönix ist eine Krake, die sich tagtäglich vergrößert. Ihre Tentakel recken, strecken und verlängern sich im Norden, Osten und Westen immer weiter. Seit zwanzig Jahren verschlingt sie die umliegende Landschaft. Schafsweiden werden zu ganzen Reihen von Backsteingebäuden, halbmondförmigen Plätzen und Villen, die sich nach dem Ideal der Engländer außen städtisch und innen ländlich geben.

3. Der Fluss, der mitten durch die Stadt fließt, heißt *the Thames*, die Themse. Er ist breit und gemächlich. Auf der Themse kann man segeln, man angelt, und man taucht. Überquert wird sie von drei Brücken, die von der ältesten zur jüngsten heißen: London Bridge, Westminster Bridge und Blackfriars Bridge. *Il signor* Giovanni Antonio Canal hat die Westminster Bridge sehr

hübsch gemalt, mit Enten, die darunter umherpaddeln, und mit Badenden.

4. Mit mehr als einer Million Einwohner gibt es keine größere, keine so dicht bevölkerte, keine reichere und keine ärmere Stadt.

»Kennt *il signor* Boruwłaski den Harlekin?«

Józef kennt die Figur.

5. London ist eine Harlekin-Krake, die sich in den unterschiedlichsten Farben präsentiert. Jedes Viertel hat seine Farbe, und in jedem Viertel hütet man sich vor der Nachbarschaft. Oder man verachtet oder beneidet sie. Oder man versucht, Profit aus ihr zu schlagen. In London leben reiche Aristokraten und Parlamentarier, Unternehmer und gut situierte Kaufleute, Künstler und Straßenverkäufer, Sklaven und Taschendiebe, Ladys und leichte Mädchen, Protestanten, Anglikaner, Baptisten, Juden, Katholiken, Flamen, Iren, Schotten und Franzosen mit weißer, schwarzer, roter und sogar gelber Hautfarbe. Kaum ein Viertel der Londoner ist in London geboren. Alle anderen sind Immigranten und zu allem bereit, um ihrer Not zu entfliehen.

»Kann *il signor* Boruwłaski mit den hübschen Zähnen in seiner *piccola bocca* auch beißen?«

Schoßhündchen beißen nie. Aber wenn Józef es lernen muss, dann wird er es lernen.

6. Die Aristokraten trinken französischen Wein, die Kaufleute Bier und das gemeine Volk Gin. Französischer Wein ist Eitelkeit, Bier eine gesunde Angewohnheit, Gin aber eine Epidemie, die kaum weniger Menschen tötet als die Pest.

7. Die Reichen gehen zu Pferderennen, die weniger Reichen zu Hunderennen und die Armen zu Hahnenkämpfen.

8. Noch beliebter als dieser Zeitvertreib ist das öffentliche Schauspiel, das die Bestrafung von Groß- und Kleinkriminellen beiderlei Geschlechts bietet. Aufwiegler, Betrüger und wegen Spielschulden verurteilte Frauen werden an den Pranger gestellt

oder öffentlich ausgepeitscht, Falschmünzer kommen auf den Scheiterhaufen, Einbrecher, Wegelagerer, Sodomisten und rückfällige Schuldner werden in Tyburn oder vor dem Gefängnis von Newgate am Galgen aufgeknüpft.

Józef spürt, wie er blass wird.

»Schulden zu machen wird in England mit dem Galgen bestraft?«

»*Certo! Ma* zuerst wird der Übeltäter ins Gefängnis oder in die Besserungsanstalt zur Zwangsarbeit geschickt. Erst dann geht es an den Strick oder auf den Scheiterhaufen, wenn er nicht schon vorher an Cholera, Typhus und Durchfall stirbt, die mehr Menschen umbringen als der Henker.«

Mit einer Gänsehaut auf dem Rücken schwört sich Józef, seine Miete und die Ausgaben für die Konzerte immer sofort zu bezahlen.

»Gibt es in London Plätze, wo Musik gemacht wird, so wie in Wien?«

»*Si!* Viele sogar. Sie sind neu und sehr schön. Die Orchester treten in Rundbauten oder Pavillons auf. In den Parks kann man sich außer mit Spaziergängen und Musik mit Tontaubenschießen vergnügen sowie essen, trinken und tanzen. Und die Frauen! Fast so viele *donne* wie Blumen. Liebt *il signore le donne?*«

Natürlich liebt Józef die Frauen. Genau genommen sind es die Frauen, die ihn zu dem gemacht haben, was er ist. Große, ja sogar sehr große Frauen.

Der Sizilianer lacht laut auf.

»*Io* spreche eher von den kleinen. Hier sind mehr *donne* käuflich als in Venezia oder Napoli. Vor dem Zahlen müssen Sie handeln. London ist die Stadt des Handels. *Tutto* ist Ware, und *tutto* ist verhandelbar.«

Józef streift Isaline mit einem beunruhigten Seitenblick. Sie schläft noch immer. Ihr Kopf liegt auf der Schulter der Eierverschlingerin. Ihr eingefallenes Gesicht hat eine erdige Färbung angenommen.

»Hat *la sua sposa* einen *dottore* aufgesucht?«, erkundigt sich der Sizilianer leise.

»Noch nicht. Der Husten kam erst während der Überfahrt. Sobald wir eine Unterkunft haben, werde ich meine Frau untersuchen lassen.«

»Sie ist krank in der Brust, *ma* auch krank von ihrem ungeborenen Kind. Die dunklen Ringe unter ihren Augen! Ich fürchte, sie wird das Kind verlieren.«

»Sind Sie Arzt?«

»*No, ma io* weiß solche Dinge.«

Der Sizilianer neigt sich zu Józef hinunter.

»*Io sono un magio*, ein Magier. *Io* errate Dinge, die man nicht sehen kann. *Io* lese Gesundheit, Liebe und Zukunft aus den Karten. Wünscht *il signore*, dass ich die Karten für ihn und *la sua sposa* lese?«

Mit klopfendem Herzen lehnt Józef ab. *Il magio* blickt ihn betrübt an.

»Sie haben schon ein Kind verloren, *no?* Ein anderes Kind?«

Der Sizilianer greift nach seiner Hand. Die roten Fingernägel streifen Józefs glatte Handfläche.

»Wollen Sie nicht wissen, was jetzt geschieht?«

Erschrocken rückt Józef so weit wie möglich von ihm ab. Cagliostro nickt sanft.

»*La vita* ist ein Rätsel, *caro signore. Come Lei*. Wie Sie. Ein Rätsel, *si*. Warum haben Sie Angst?«

Wieder beugt er sich zu Józef.

»*Io* liebe die Rätsel ebenso sehr wie *le donne* …«

Und ohne sich darum zu kümmern, ob sein Gesprächspartner seinen Hang zu Rätseln teilt, ergeht er sich in einer detaillierten Beschreibung der Rätsel des Freimaurertums, das er in

England kennen und schätzen gelernt habe. Nebenbei erfährt Józef, dass sein Name in Wirklichkeit Giuseppe Balsamo laute, dass aber *il conte di Cagliostro* in den Ohren der Leute, die er hereinlegt, besser klinge. Nach einem langen Aufenthalt in Frankreich sei er zurückgekehrt, um seine Frau zu holen, die derzeit bei einem Neffen von König George III. wohnt, der übrigens ein wohlwollender und exzentrischer Mensch, seiner Ehefrau aus unverständlichen Gründen treu und liebender Vater von fünfzehn Kindern sei.

»Dann leben die Gräfin Cagliostro und Sie nicht zusammen?«

»*No!* Und *si! La mia sposa* und ich arbeiten Hand in Hand. Ich bezahle die kleinen *donne*, die ich sehr liebe, und sie lässt sich von den *signori* bezahlen, die sie sehr lieben. Wir wollen zusammen nach Paris fahren, um dort meinen Freund *il conte* de Saint-Germain zu treffen und das Geheimnis der Unsterblichkeit zu erkunden.«

Józef reißt die Augen auf.

»Immer weiterleben«, flüstert die Magierkröte. »Mein Freund, *il conte* de Saint-Germain, ist tausend Jahre alt.«

»Machen Sie sich über mich lustig?«

»*Io* lege die Karten, und *Lei* werden verstehen. Die Karten entschlüsseln die Rätsel. Das Unsichtbare. *La vita* vorher und *la vita* danach.« Erneut senkt er die Stimme. »Wir sind bald am Ziel. Wollen Sie wirklich nichts über Ihr verlorenes Kind wissen? Ein kleines Mädchen, glaube ich. *Vero?*«

Oh ja, ein kleines Mädchen, das in seiner Wiege mit einem großen Stück aus dem blutenden Herzen seines Vaters spielt. Ein kleines Mädchen, das wie eine Prinzessin leben wird. Das ist es, was Józef glauben will und was er glaubt. Wenn er es nicht glauben könnte, würde er seinem Leben ein Ende setzen. Wie sein Vater. Und wie sein Vater würde er in der Hölle schmoren.

Um zu verhindern, dass der beunruhigende *magio* ihm die

Karten legt, redet Józef während der gesamten restlichen Fahrt. Er erzählt von Gulliver, von Gromeschs Töchtern, von Amors Tricks, vom Papagei der Kaiserin Maria Theresia, vom Kamin in Lunéville, von der Zwergenzucht, von den Menuettstunden, von Madame Barboutans Sprichwörtern, vom polnischen Schlitten im Schnee und vom flämischen Schiff im Sturm. Jedes Mal, wenn er eine Pause macht, ruft der Sizilianer, er sei verdutzt, verwundert, verblüfft, bewegt und glaube felsenfest, dass die Londoner einen so kleinen, großen Reisenden sofort in ihr Herz schließen würden. Bestimmt würde der *piccolino conte* reich, sehr reich und berühmt, sehr berühmt, dessen sei er sicher, sehr sicher!

Als sie angekommen sind, erweckt diese Sicherheit in ihm ebenso viel Mitgefühl wie Zuvorkommen. Anstatt die Boruwłaskis mit ihrem Gepäck einfach an der Endstation der Kutsche stehen zu lassen, die sich in der Nähe des Zollhauses am Nordufer der Themse zwischen dem Turm und der London Bridge befindet, winkt er einen Mietwagen herbei, bezahlt ihn aus eigener Tasche, begleitet das Ehepaar bis zum Viertel Covent Garden, verhandelt mit einer großen Frau, die ebenso mager ist wie ihre Katze, über den Zimmerpreis und hilft Isaline, die schmale Stiege zu erklimmen.

Auf der Schwelle nimmt er den Hut ab und erklärt mit samtener Stimme: »*Non sono dottore*, aber bei dem, was da kommen wird, kann ich helfen. Ich habe *la mia sposa* zweimal geholfen, sich von dem zu befreien, was nicht erwünscht war. Ich nehme kein Geld von Ihnen, Sie können mir meine Gefälligkeit anderweitig vergelten.«

Beunruhigt darüber, was dieser zwar verlockende, aber zweifelhafte Herr unter »anderweitig« versteht, zieht Józef es vor, abzulehnen. Er bedankt sich überschwänglich und erkundigt sich nach einer Adresse, um Neuigkeiten auszutauschen. Als Zeichen seiner Wertschätzung und als Entschädigung schenkt er seinem

Reisegenossen eine Kamee, die er von Gräfin Clarissa erhalten hat. Unverzüglich befestigt *il conte di Cagliostro* die Brosche an seinem Revers, protestiert, dass dieses herrliche Geschenk viel zu wertvoll sei, und erklärt, die Freundschaft, die er für *il caro signore* verspüre, werde *tutta la vita* währen. Leider könne er keine Adresse angeben, weil er noch nicht wisse, wo er an diesem Abend übernachte und am nächsten Abend noch viel weniger. Übermorgen reise er mit *la sua sposa* ab, aber man sehe sich gewiss in Paris wieder, nicht wahr? Vielleicht. Unbedingt. In Paris brauche *il piccolo conte* keine Angst mehr zu haben, er würde sich die Karten legen und sich alles über sein verlorenes Kind und *la sua sposa* sagen lassen, *vero?*

Am Krankenbett von Isaline, aus der sich ein Strom schwarzen Blutes ergießt, bereut Józef, dass er die Hilfe des *magio* nicht angenommen hat. Ja, seine Angebetete war schwanger, und ja, sie hat gerade eine Fehlgeburt. Sie stöhnt ununterbrochen, sie hustet furchtbar, sie windet sich, sie ruft nach ihrer Mutter und ihren Schwestern, aber sie richtet nicht ein einziges Mal ihren Blick auf ihn, die eingeschüchterte und untröstliche Ratte, den Lump. Er läuft hin und her, bringt warmes Wasser, wechselt die Bettwäsche, schürt das Feuer, tupft ihr die Stirn ab und küsst ihr die vor Schmerz und Hass verkrampften Hände.

Seine Angebetete verabscheut ihn.

Er widersteht der Versuchung, sich auf den Boden zu werfen und ebenfalls zu stöhnen, sondern wiederholt seine Litanei tröstlicher Worte: Unsere Empfehlungsschreiben haben Erfolg gezeigt, der Herzog und die Herzogin von Devonshire haben mich sehr freundlich empfangen, sie wissen vom Hörensagen von meinen Verdiensten und meinem Unglück, sie wünschen, dass ich mich an sie wende, wenn es mir an irgendetwas fehlt, die Herzogin spricht ein ausgezeichnetes Französisch mit einem amüsanten Akzent, der noch viel stärker ist als der von Sir Keith, ihr Herz scheint ebenso gut zu sein, wie sie schön ist, längst nicht so schön wie du, aber schön genug, dass der Herzog ihr jeden Wunsch von den Augen abliest, ich habe ihnen nicht vorenthalten, dass du krank bist, der Arzt der Herzogin heißt Mr. Walker und ist sehr fähig, sie hat versprochen, ihn zu uns zu schicken, sie wird sich auch darum kümmern, uns auf ihre Kosten bequemer unterzubringen, du wirst zwei Zimmer bekommen wie in Wien, vielleicht sogar drei, der Komponist Händel hat fast fünfzig Jahre lang in London gelebt, und wenn ein Deutscher sich hier einleben konnte, dann können wir es auch, du wirst Rindfleisch und Hühnchen essen, der Graf von Cagliostro hat mir erzählt, dass man hier Hühnerfleisch mit Erbsen als Pastete zubereitet, du wirst bald wieder Farbe bekommen, und dann bist du die hübscheste Frau in ganz England, nachdem du schon die hübscheste Frau in Polen und in Österreich warst, hörst du mich, mein Schatz, ich werde dir London zu Füßen legen, das schwöre ich …

Er sagt nicht mehr: Wir werden noch andere Kinder bekommen.

Doktor Walker kommt mit einem Diener. Der Arzt ist ganz in Schwarz gekleidet und trägt eine weiße Perücke. Der Diener ebenfalls. Außerdem trägt der Diener einen Klappstuhl und ein Köfferchen. Der Klappstuhl ist für das Gesäß des Doktors, das Köfferchen enthält zwei silberne Schüsseln, Lanzetten aus Stahl, eine Knochensäge, Spritzen für Klistiere und Punktionen, Phiolen, Druckverbände, Bandagen, Puder und Mohnmilch. Mit einem Kopfnicken begrüßt der Arzt den kleinen blonden Jungen, der neben dem Feuer kauert, tritt zu der Dame und entblößt ihren Arm, um ihren Puls zu ertasten. Józef tritt an die andere Seite des Betts.

»Seien Sie gesegnet, Doktor, dass Sie uns zu Hilfe kommen.«

Mr. Walker versteht genug Französisch, um zu begreifen, dass jemand sich bei ihm bedankt, weiß aber nicht, wer ihn angesprochen hat.

»Die Herzogin von Devonshire hat mir viel von Ihrem Wissen und Ihrer Güte erzählt. Ich lege Ihnen meine Gattin ans Herz und flehe Sie an, ihr zu helfen.«

Der kleine Junge ihm gegenüber, ein sehr kleiner Junge, lächelt ihm mit Tränen in den Augen zu. Der Arzt lächelt zurück. Es muss der Sohn der Kranken sein, aber er sucht nach dem reifen Mann, gewiss von hoher Statur, dem die tiefe Stimme gehört, die sich so herzlich bedankt hat. Isaline folgt seinem Blick. Sie seufzt.

»Sie brauchen nicht zu suchen, Monsieur. Mein Gatte steht da auf der anderen Seite.«

Sie zeigt auf den kleinen Jungen mit dem flehenden Blick.

Die eingeschüchterte, untröstliche Ratte, der Lump, der sie nie mehr wird berühren dürfen.

Der Arzt kann es kaum glauben. Er bückt sich und fragt das Bübchen, ob seine Mama schon seit Langem so blute.

Józef hätte gern gelacht und so die Fesseln entfernt, die sein Herz einschnüren, aber es gelingt ihm nicht.

»Ich bin Józef Boruwłaski, Monsieur. Es geht um meine Ehefrau. Die Herzogin von Devonshire hat Sie gebeten, sie zu behandeln.«

Doktor Walker ist ein Nachkomme des ungläubigen Thomas. Er muss Józef berühren, um sich zu überzeugen, dass der charmante Blondschopf älter als fünf Jahre ist und dass es sein gutes Recht war, Leben in den Bauch dieser französischen Dame zu pflanzen – ein Leben, das nun leider keines mehr ist.

Schurke. Verfluchter.

Isaline beißt die Zähne zusammen, während der Arzt mit furchterregenden Metallinstrumenten zwischen ihren Schenkeln hantiert. Józef bringt ihr eine Schüssel Fleischbrühe und fleht sie an, zu trinken, um die Flüssigkeit zu ersetzen, die aus ihr herausläuft. Sie jagt ihn fort. Nachdem er das Zimmer verlassen hat, eröffnet sie dem Arzt, ihr Gatte sei ein Teufel, der sie nach allen Regeln der Kunst quäle. Doktor Walker hat langjährige Erfahrung mit weiblicher Übertreibung. Er äußert einige höfliche Zweifel hinsichtlich der dämonischen Natur von Monsieur Boruwłaski, den ihm die Herzogin von Devonshire empfohlen habe und der ebenso harmlos wie verliebt zu sein scheine. Er verspricht der gequälten Ehefrau, dass die traurige Episode keinerlei Nachwirkungen haben werde, und empfiehlt ihr, das begonnene Werk weiterzuführen, sobald ihre Monatsregel wieder einträte. Sie sei noch jung, perfekt gebaut und mit ein wenig gutem Willen könne sie noch viele Kinder gebären. Er käme gegen Abend wieder, um zu kontrollieren, ob die Blutung versiegt sei, und dann morgen und an den folgenden Tagen, um ihre Lunge zu behandeln. Er würde auf ihrem Rücken Blutegel anlegen, und wenn die Heilung keine Fortschritte mache, auch auf ihrer Brust. Isaline hasst Blutegel. Die Aussicht auf zwischen ihren Brüsten hängende Schleimtiere flößt ihr einen so großen Widerwillen ein, dass sich ihr Wille aufbäumt. Nach dem zweiten Anlegen der Tiere hört der Husten auf.

Auf Knien dankt Józef dem Arzt und der Herzogin von Devonshire, die ihm seine Angebetete zurückgegeben haben. Er erkennt nicht, dass die Frau, die sich unter dem Dachstuhl des Hauses Rattle Place Nr. 3 vom Krankenlager erhebt, nicht mehr dieselbe ist, die er zwei Jahre zuvor in Warschau geheiratet hat. Im gleichen Maß, wie ihr Appetit zurückkehrt, wie sie wieder Geschmack daran findet, sich ans Fenster zu setzen und wie sie ihn neugierig über die Stadt ausfragt, spürt er, wie die Federn seiner Flügel nachwachsen. Er ist Józef Boruwłaski, der dritte Sohn des Grafen Anton. Er ist ein Wunder. Die Zukunft gehört ihm.

In einen Schal gehüllt sagt sich auch Isaline, dass die Zukunft ihr gehört. Nachdem es Józef und dem Markgrafen von Ansbach nicht gelungen ist, sie zu töten, indem sie ihr Charlotte fortnahmen, nachdem der Sturm sie nicht gemeinsam mit den unglücklichen Matrosen des flämischen Schiffs auf den Meeresgrund gezerrt hat und nachdem sie auch die Pinzetten von Doktor Walker überlebt hat, wird sie nichts und niemand mehr niederschmettern. Sie kann das Schicksal nicht rückgängig machen, das sie mit ihrem kleinen Monster vereint hat. Aber als gute Tochter von Madame Barboutan weiß sie, dass etwas hinzunehmen, oft bedeutet, ohne etwas zurechtzukommen. Isaline Boruwłaska wird ohne zurechtkommen. Ohne Liebe, ohne Wertschätzung, ohne Ehrlichkeit. Ohne Skrupel. Ohne Schonung. Und wenn das kleine Monster aufbegehrt? Hunde und Affen kann man dressieren. Sie wird mit Zuckerbrot und Peitsche arbeiten. Sie wird ihn dressieren.

Józef jubiliert. Seine bessere Hälfte wendet nicht mehr die Augen ab, wenn er sich nähert, sondern betrachtet ihn, wie es scheint, mit völlig neuem Interesse. Es ist zwar noch keine Zärtlichkeit, noch nicht einmal das Versprechen von Zärtlichkeit, aber es ist zumindest eine Hoffnung auf Zärtlichkeit.

Beseelt von dieser Hoffnung und mit Unterstützung des Herzogs und der Herzogin von Devonshire stürzt er sich in das Abenteuer, London zu erobern. Es ist ein Krieg wie die ersten Feldzüge von Louis XIV., in die man zum Klang von Geigen in Perücke und Spitzen marschierte. Die Märsche erscheinen umso endloser, als Józef nicht die Mittel hat, sich einen *sedan chair* zu mieten, eine Art Sänfte mit schwankendem Dach. Die Stationen bestehen aus Sälen, die mit Schafe streichelnden Kindern, Paaren mit bedrückten Gesichtern und düsteren Himmeln über tobenden Meereswogen ausgemalt sind, aus unendlich vielen

Verbeugungen, wohl platzierten Schmeicheleien, guten Worten und die Musik von Händel, den man hier *Handel* schreibt. Die Häuser der großen Familien sind weder weitläufiger noch ausgeschmückter als die polnischen oder österreichischen Paläste, aber die meisten sind noch keine dreißig Jahre alt, und die gesamte Innenausstattung ist neu. Die Treppengewölbe sind mit üppigem Stuck ausgestattet, der den Eindruck vermittelt, man habe eine Schüssel mit Schlagsahne über dem Kopf. Die Decken sind in Kassetten aufgeteilt, auf deren pastellfarbenem Grund sich Silhouetten, Masken und Friese im Stil Pompejis und etruskischer Vasen abzeichnen. Niemand ist in Pompeji gewesen, aber alle Welt glaubt, um Lüster tanzende Nereiden wären perfekt der Antike nachempfunden. Antike auf englische Art ist nicht die Darstellung fetter Nymphen, die in der Umarmung eines als Stier verkleideten Gottes dahinsinken. Jenseits des Ärmelkanals hält man weniger von tierischen Begierden und trivial dargestelltem, nackten Fleisch, sondern zieht subtilere Darstellungen vor.

Die Architekten Robert, James und Williams Adam, die am Grosvenor Square ein florierendes Geschäft besitzen, wissen genau, dass sowohl Familien von altem Adel als auch reich gewordene Unternehmer eine schmeichelhafte Mischung aus Raffinesse und Glanz bevorzugen. Die Heilige Dreifaltigkeit des guten Geschmacks entwirft auch Wandbespannungen, Schmuck für Tafel und Salon, Mahagonischränke mit »griechischen« Säulen und Sofas mit Krallenfüßen, die so steif sind, dass Józef nie auf die Idee gekommen wäre, Magdeleine auf einem solchen zu verführen.

Der Herzog von Devonshire macht sich über die Dekoration seiner Häuser lustig. Er überlässt es der Herzogin, zu entscheiden, ob es wichtig ist oder nicht, für das neue Haus am Strand gravierte Scheiben aus rotem Glas zu bestellen, wie sie der Herzog von Northumberland hat. Er interessiert sich nur für Windhundrennen, Feuerwaffen und den Stammbaum seiner weitverzweigten, ruhmreichen Verwandtschaft. Der edle Herr scheint keinerlei Wert auf Konversation zu legen und zeigt nicht die geringste Neugier auf die ihn umgebende Welt. Trotzdem gefällt Józef ihm. Er gefällt ihm sogar so sehr, dass er ihm nach ihrem zweiten Gespräch eine vollständige Garderobe in seinen Maßen schickt. Der Anzug aus grauer Seide ist mit Silber und Edelsteinen bestickt, dazu gehören Schnallenschuhe und ein kleines Stahlschwert, die wunderbar dazu aussehen.

Józef wirft sich dem herzoglichen Paar zu Füßen. Die Herzogin hebt ihn sanfter auf, als es sonst bei Damen ihres Ranges üblich ist. Er hat ihr von seiner Jugend und den Jahren bei Madame Humieska nur von den besseren Tagen erzählt, aber hinter seinen scherzhaften Beschreibungen hat sie die Zwänge und Demütigungen seiner Stellung erahnt. Sie versichert ihm, dass er bei ihr nie ein Spielzeug oder ein Schoßhund sein werde, dass man ihn wegen seiner Talente und nicht wegen seiner Körpergröße empfange, dass London ihm liebend gern eine Wiedergeburt bieten wolle und dass sie selbst, der Gott so viel und gleichzeitig so wenig zugestanden habe, sich als seine Patin für dieses neue Leben zur Verfügung stelle.

Überrascht hebt Józef den Kopf. Die Lippen der Herzogin von Devonshire lächeln, aber ihre braunen Augen wirken seltsam traurig.

So viel und gleichzeitig so wenig.

Was können eine junge, englische, von Feen verwöhnte Adelige und ein armer, nun neunundneunzig Zentimeter großer Exilpole gemein haben?

Georgiana Cavendish, die unangefochtene Modekönigin Londons, ist vierundzwanzig Jahre alt. Sie ist größer als ihr Gatte, stattlich, hat volle Brüste, ein ovales Gesicht, dunkle Augen, eine hohe Stirn, eine etwas zu lange Stupsnase und eine vorbildliche Körperhaltung. Sie ist eher hübsch als schön, aber mit der Art, wie sie sich zurechtmacht, zieht sie alle Blicke auf sich. Ihr geschmeidiger Gang erinnert an einen auf dem Wasser dahingleitenden Schwan. Den rötlichen Ton ihres dichten, sehr lockigen Haares mildert sie mit Wolken von Puder. Ihre Haut ist blass und ohne Pockennarben, aber ihre Wangen röten sich, sobald sie sich echauffiert.

Sie ist nicht in der Lage, still zu sitzen. Von den mit Seide beschuhten Füßen bis zu ihrem mit unglaublichen Konstrukten aus Haarteilen und Federn hoch aufgetürmten Kopf ist sie ein Irrlicht, das nichts mehr erhofft, als eines Tages zur Fackel zu werden. Begeistert widmet sie sich den Problemen ihrer Zeit und träumt davon, die Ungerechtigkeit zu bekämpfen. Jede Art von Ungerechtigkeit. Als Frau kann sie nicht in die Politik gehen, wäre sie jedoch ein Mann, würde sie sich sofort um einen Sitz im Parlament bewerben. Wollte man dem Anführer der Whigs glauben, dem umtriebigen und talentierten James Fox, gäbe sie einen entschlossenen Minister ab. Außer Französisch spricht sie Italienisch und einige Worte Deutsch. Sie sprüht vor Geist wie ein Sturzbach in den Bergen. Wenn sie lacht, muss Józef an Anastasia denken. Wenn sie jedoch schweigt und die Augen senkt, ist sie ein völlig anderer Mensch. Mit großem Ernst verbirgt sie hinter ihren Wimpern Geheimnisse, deren Schatten ihr Gesicht mit Trauer zeichnen. Sie liebt süße Liköre, offene Gespräche und lange Spaziergänge. Die Herren vergöttern sie, die Damen ahmen sie nach. Von einem Liebhaber ist nichts bekannt. Ihre Busenfreundin ist eine hinreißende Frau, zwei Jahre jünger als sie, die sich gerade von einem brutalen Ehemann getrennt hat, vor dem kein Zimmermädchen sicher war. Lady Elizabeth Foster, genannt Lady Bess, hat kaum Einkommen. Ihr größter Schmerz ist, dass man ihr ihre Kinder vorenthält. Herzogin Georgiana bietet ihr Raum in ihrer Seele und unter ihrem Dach.

Wenn die Herzogin sich mit etwas befasst, ist sie mit ganzem Herzen dabei. Sie trägt das blau-weiße Banner der Liberalen Partei. Allein ihre Anwesenheit bei öffentlichen Diskussionen zieht Menschenmassen an, sie erteilt Ratschläge bei den Wahlen, denen sowohl die schlichten wie auch die privilegierten Bürger Folge leisten, sie unterstützt die Unabhängigkeit der amerikanischen Kolonien und die Abolitionisten, die sich für die Abschaffung der Sklaverei starkmachen, sie setzt sich für uneheliche Mütter und geschlagene Frauen ein. Außerdem, weil die Nacht nun einmal auf den Tag folgt und auch sie eine gewisse Erregung braucht, spielt sie. Sie würfelt und spielt Karten. Oft verliert sie sehr viel. Ihr Gatte bezahlt. Die Aufgabe eines Herzogs besteht darin, die Spielschulden seiner Gattin zu begleichen, eine Herzogin dagegen hat die Pflicht, einen männlichen Erben zur Welt zu bringen. Und hier liegt der Hase im Pfeffer.

Georgiana Spencer hat William Cavendish, den fünften Herzog von Devonshire, kurz vor ihrem siebzehnten Geburtstag geheiratet. Nach acht Jahren Ehe und einer traurigen Anzahl von Fehlgeburten hat sie es nicht geschafft, einen lebensfähigen Sohn zu gebären. William Cavendish trägt einen der größten Namen Englands, verfügt über eine ausgezeichnete, nur ab und zu von der Gicht getrübte Gesundheit, ist so reich, dass auch einige Ausschweifungen keinen Schaden anrichten können, besitzt Stadtresidenzen und Landhäuser ebenso wie Jagden und Abteien fast überall im Königreich, aber das alles ist sinnlos, wenn er es nicht vererben kann. Wenn er Herzogin Georgiana ansieht, haben seine Augen den gleichen metallischen Glanz wie die von Isaline an ihren schlechtesten Tagen. Er behandelt seine Gattin mit der Rücksicht, die seiner Stellung zukommt, aber Józef fragt sich, wie er mit ihr redet, wenn sie allein sind und wie er es anstellt, um von ihr den Sohn zu bekommen, auf den er schon so lange wartet.

So viel und gleichzeitig so wenig.

Das Lächeln und die traurigen Augen der Herzogin von Devonshire schenken dem Schelm Boruwłaski eine Rolle mit dreißig Guineen und eine goldene Uhr. Mit einer Guinee kann man bescheiden, aber anständig eine Woche lang leben. Dreißig Guineen bedeuten dreißig Wochen, also sieben volle Monate inklusive der Kosten für einen Umzug in eine Wohnung, die diesen Namen verdient, und dem Lohn für eine Dienerin.

Józef ist gerettet.

Bei einem Buchhändler kauft er eine Grammatik und ein Wörterbuch, lernt jeden Tag etwa zwanzig Vokabeln auswendig und macht sich auf die Suche nach einer Wohnung. Jeden Morgen wiederholt er vor dem Spiegel die Sätze, die er braucht: »Können Sie mir bitte ein Gasthaus nennen, wo ich preiswert speisen kann?«; »In der wievielten Etage befindet sich die Wohnung?«; »Ist die Wohnung möbliert?«; »Sie ist zu klein. Zu groß. Zu dunkel. Sehr angenehm, aber etwas zu teuer.«; »Ich bin Geiger.«; »Ich bin polnischer Adeliger.«; »Ich bin verheiratet.«; »Wir haben keine Kinder.«; »Ich bin zwar sehr klein, aber völlig gesund.«; »Ja, ich bin volljährig.« Weil er keinen Lehrer hat, der ihm die Aussprache beibringt, ist sein Akzent so ausgefallen, dass niemand ihn versteht, und er muss die Orte aufschreiben, die er besuchen will. Die Leute wundern sich hier weniger über seine Statur als in den deutschsprachigen Ländern und bieten sich gerne an, ihm den Weg zu zeigen.

Engländer halten das Zu-Fuß-Gehen für das sicherste Mittel gegen Krampfadern und träge Verdauung und laufen daher viel. Wenn es zu regnen beginnt, winken sie eine Kutsche heran oder reservieren sie. Die Kutschen werden von zwei Pferden gezogen und bieten bis zu sechs Plätze. In ganz London gibt es ungefähr tausend solcher Mietwagen; der Beruf ist in einem *Act of Parliament* reglementiert. Die Kutschen heißen *hackney coach*. Der Name ist vom französischen *haquenée* entlehnt, das so viel bedeutet wie Mietpferd. Die meisten Wagen sind alte Karossen, die man den großen Häusern abgekauft hat, und innen sind sie schmutzig und riechen nicht gut, aber die entfernungsabhängigen Festpreise verhindern, dass die Passagiere übervorteilt werden. Für längere Wege ist es am günstigsten, einen vierspännigen *stage coach* zu nehmen. Der *stage coach* nach Bath nimmt an drei verschiedenen Stationen Passagiere auf. Für weniger als fünf Shilling kann man die ganze Stadt durchqueren, während es zehn Shilling kostet, für zehn Stunden einen *hackney coach* zu mieten.

Józef schreibt sich all diese Informationen in einem neuen Tagebuch auf. Auf der Rückseite des Deckels notiert er, dass man unter dem Schild *The Seven Stars* in der Vere Street *True Cordial Quintessence of the Viper's* kaufen kann, eine Tinktur, die mit absoluter Sicherheit gegen Impotenz und Kahlköpfigkeit wirkt. Zwar verliert er seine Haare noch nicht und sein Tier buckelt noch immer (leider völlig umsonst), wenn er sich neben Isaline ausstreckt, aber man weiß ja nie, was noch kommt, nicht wahr?

Falls Sie sich dieses Elixier mit der doppelten, äußerst nutzbringenden Wirkung selbst besorgen wollen, sollten Sie wissen, dass die Vere Street heute Carey Street heißt. Das Seven Stars sieht immer noch aus wie damals.

Wo Verstand ist, braucht es nicht viele Worte, hätte Madame Barboutan gesagt.

Der Immigrant Boruwłaski gibt es bald auf, eine Wohnung nach seinem Geschmack in der Nähe der Squares zu finden, deren Ruhe, Charme und angenehme Nachbarschaft die Herzogin von Devonshire angepriesen hatte. In der Umgebung von Hanover, Bloomsbury, Cavendish, Berkeley und rings um Lincoln's Inn Fields und Leicester Fields, wo die berühmten Maler William Hogarth und Sir Joshua Reynolds wohnen, mietet man nicht, sondern kauft. Selbst wenn Józef die nötigen Mittel besäße, um zu kaufen, dürfte er es nicht, denn sein Status als Ausländer verbietet es ihm, Eigentümer zu werden. Nicht einmal Mietverträge auf längere Zeit darf er abschließen. Er darf nur mieten oder zur Untermiete wohnen.

Józef versucht es in Mayfair, das nicht weit von den Künstlervierteln von Soho und Covent Garden und auch ganz nah am St. James Palace liegt, wo der König residiert. Das Viertel ist elegant und luftig. Er bleibt vor dem Haus des *great Handel* in der Brook Street 57 stehen. Eine schmale, von Gipssäulen eingerahmte Tür, drei mit rotem Backstein unterstrichene Fenster in jedem Geschoss, drei Luken im Schieferdach. Józef kann die Werke des Meisters auswendig spielen und verehrt ihn. Nach kurzem Zögern klopft er an die Tür.

Als er zum Rattle Place 3 zurückkehrt, ist er rot vor Freude.

»Ich habe das Haus von Georg Friedrich Händel besichtigt«, erzählt er Isaline. »Ein Beamter hat mir geöffnet und war sehr entgegenkommend. Er hat mir das Zimmer gezeigt, in dem der Meister seine Musik komponiert hat. Bei seinem Tod vor dreiundzwanzig Jahren hat sein Kammerdiener den Pachtvertrag übernommen. Der gute Mann hieß John Burk. Der Meister hatte ihm seine gesamte Kleidung überlassen, und die Möbel hat er für achtundvierzig Pfund zurückgekauft. Die Gemälde, die der Meister gesammelt hatte, sind in alle Winde zerstreut. Achtzig Bilder, darunter, wie es heißt, ein sehr schönes des Flamen Rembrandt. Wärst du glücklich, wenn ich so viel verdienen würde, dass wir uns achtzig Gemälde leisten können?«

Isaline sieht ihn mit so viel Verachtung an, dass er die Augen abwendet. Weil er jedoch noch immer an die Anmut des weiblichen Geschlechts und an Harmonie in der Ehe glaubt, fährt er fort: »Im großen Zimmer auf der ersten Etage, in dem der Komponist seine Besucher empfing und seine Proben abhielt, steht immer noch ein Cembalo. Ich habe dem freundlichen Beamten erzählt, dass ich Musiker bin. Daraufhin ließ er zu, dass ich meine Hände auf das Cembalo legte. Ich habe die Augen geschlossen und von ganzem Herzen an Meister Händel gedacht. Ich hoffe, es bringt mir Glück.«

Isaline pfeift durch die Zähne. Wenn sie so pfeift, ähnelt sie weniger einem Schmetterling als vielmehr einer Natter.

»Mach dir keine Illusionen«, sagt die Natter kühl. »Händel war ein Genie, aber du bist nur klein.«

Józef steckt die Bosheit ein, ohne zu murren. Sein Verständnis und seine Geduld müssen in ihrer Größe dem Leid entsprechen, das er seiner Angebeteten zugefügt hat. Er lehnt sich an ihre Knie und streichelt ihre Hand.

Mit der weichen Stimme, welche die Damen zum Seufzen bringt, spricht er weiter: »Ich werde mich darum bemühen, dass Herzogin Georgiana mich bei Hofe vorstellt. Wenn es sein muss, kann ich Menschen für meine Interessen gewinnen. Du bist das lebende Beispiel dafür.« Isaline entzieht ihm ihre Hand. »Der König wird mich als Musiker engagieren. Ich könnte auch der Tanzlehrer seiner Töchter werden …«

»Du meinst der Hofnarr …«, unterbricht sie ihn mit schneidender Stimme.

Józef schweigt, um nicht Anlass für weitere Sticheleien zu bieten. Er wappnet sich gegen die Dolchstöße seiner Angebeteten.

Mit zusammengebissenen Zähnen setzt er seinen Weg mit kleinen Riesenschritten fort. Er hat die Seele eines Adlers, eingeschlossen in den Körper eines Flohs.

In Wien wird in den Kaffeehäusern über Politik gesprochen, in Paris in den Salons. In London finden die Debatten an Straßenecken und auf Plätzen statt, am liebsten an Markttagen, wenn besonders viele Menschen unterwegs sind. Jeder, der will – ob Edelmann oder Armer, Vorbestrafter oder Pastor, Kandidat für das Parlament oder ehemaliger Sklave –, darf auf das Podest steigen, das Wort ergreifen und seine Ansicht über alles und jedes darlegen. Das große Thema dieses Frühlings sind die Verhandlungen über den Vertrag, der den amerikanischen Unabhängigkeitskrieg beenden soll. Die dreizehn englischen Kolonien, die in ihrem Aufbegehren von Frankreich unterstützt werden, Schande über das Land, fordern vom guten König George, der sich darüber kaum noch beruhigen kann, ihre Unabhängigkeit.

Józef betrachtet eine Karte. Von Massachusetts bis Georgia bilden die Gebiete einen riesigen Saum entlang des Atlantiks. Er versucht, sich den Alltag der Baumwollpflanzer im Süden und das der Trapper im Norden vorzustellen. Er versteht, dass die Kolonien sich gegen die Steuern wehren, mit denen George III. hier in London seine Staatsfinanzen aufbessern will. Wie sollte man sich so weit von England entfernt auch noch als Engländer fühlen? Isaline ist in Paris geboren und in Warschau aufgewachsen. Ist sie Französin oder Polin? Und falls er selbst noch zehn, zwanzig oder gar dreißig Jahre auf dieser Seite des Ärmelkanals verbringt, wem würde er sich stärker verbunden fühlen? Der polnischen Wahlmonarchie oder dem Erbthron der Engländer?

Józef hofft, dass George III. ihn nicht nach seiner Meinung zu diesem peinlichen Problem fragen wird. Zwar toleriert der König durchaus Ansichten, die nicht mit seiner eigenen übereinstimmen, doch die Krankheit, die unterschwellig in ihm wirkt, führt manchmal zu verwirrenden Reaktionen. Der König leidet an einer unbekannten Form der Geisteskrankheit, bei der sich extreme Unruhe und tiefe Niedergeschlagenheit mit einem unaufhaltsamen Redefluss oder hartnäckigem Schweigen abwechseln. Während solcher Phasen ist der König nicht er selbst und kann weder essen noch schlafen oder nachdenken, und natürlich ist er nicht in der Lage, Entscheidungen zu treffen. Niemand wagt es, das Wort Demenz auszusprechen, aber die Zeugen der ersten Krise sechs Jahre zuvor zittern noch heute beim Gedanken daran.

Dabei wirkt George William Frederick, der 1761 zum König des Vereinigten Königreichs gekrönt wurde, ganz und gar nicht verrückt. Er empfängt den von der Herzogin von Devonshire empfohlenen kleinen Polen am 23. Mai 1782 im St. James Palace mit seinem bewundernswerten Naturell und den Ehren, die einem Besucher von Rang zustehen. Der König ist groß, robust, hat hängende Schultern, ein blasses Gesicht, ein fliehendes Kinn, schwere Wangen, eine gewölbte Stirn, eine Hakennase, blonde Augenbrauen und große, klare Augen. Józef findet, dass er eher wie ein Deutscher als wie ein Engländer aussieht.

Königin Charlotte hat einen ungewöhnlich langen Hals, eine Himmelfahrtsnase und ist ein wenig flachbrüstig. Sie ist ebenso freundlich wie ihr Gatte. Umgeben von ihrer so zahlreichen Nachkommenschaft, dass Józef das Zählen aufgibt, plaudern die Majestäten mit ihm, als wären sie bereits seit Jahren miteinander bekannt. Der König begeistert sich für Astronomie, Geografie und italienische Malerei, und Bücher liebt er geradezu leidenschaftlich. So sehr, dass er die King's Library gegründet und aus seiner persönlichen Schatulle sechstausend Werke angeschafft hat.

Józef kennt die meisten europäischen Herrscher aus nächster Nähe. Zwei oder drei davon hat er bewundert, aber keiner hat sein Herz wirklich zum Pochen gebracht. Als er St. James nach vierstündiger, erstaunlich kurzweiliger Audienz schließlich verlässt, ist er entschlossen, fortan der glühendste Verehrer unter den Untertanen von George III. zu sein. Der König von England hat ihm weder Geld noch Schmuck geschenkt, was Isaline mit Sicherheit bedauern wird. Aber von allen Herrschern, mit denen er bisher zu tun hatte, ist dieser der einzige, der ihn nicht auf den Schoß genommen hat, um ihn zu untersuchen und zu berühren. Er hat auch kein Maßband holen lassen, um ihn zu messen. Er hat ihn nicht gebeten, auf einen Tisch oder einen Schemel zu steigen. Er hat ihn nicht gebeten, zu tanzen, Gedichte aufzusagen oder Gitarre zu spielen. George III. hat ihn wie einen Edelmann behandelt. Mit fast dreiundvierzig Jahren ist Józef endlich nicht mehr nur der hübsche, kleine Joujou.

Er ist *Count Józef Boruwłaski from Polish Russia.*

England ist sein gelobtes Land.

Genau einen Monat nach der Ankunft in England zieht das Ehepaar Boruwłaski in die zweite Etage des Hauses St. James Street Nr. 3. Das Gebäude ist nicht einmal fünfzig Jahre alt, und die weiß gestrichenen Fensterrahmen gestalten die rotbraunen Ziegel freundlicher. Die Wohnungen erreicht man durch eine holzgetäfelte Passage mit Gewölbe, die auf einen gepflasterten Hof führt. Von diesem Hof aus gehen die Treppen nach oben. Die Straße ist breit und senkt sich sanft zum St. James Palace hin ab. Ein Durcheinander von Wagen, Sänften und Karren verstopft das Ganze. Nummer 3 ist ein Mietshaus. Im Erdgeschoss und in der ersten Etage liegen die Geschäftsräume und Büros der Firma Berry Bros & Rudd, deren Firmenschild über den Bögen der drei Schaufenster eine goldene Kaffeemühle mit einer goldenen Schleife ziert. Isaline steht vor dem Koffer, den der Kutscher auf die Straße gestellt hat, und runzelt die Stirn.

»Du willst also, dass ich über einem Krämerladen wohne?«

»Die Gründerin des Geschäftes, eine Witwe Bourne, handelte mit Lebensmitteln. Ihre Nachfolger haben sich auf Wein und Spirituosen verlegt.«

»Und das findest du besser?«

»Berry Bros & Rudd sind Hoflieferanten, Isaline! Der königliche Palast liegt nur fünfzig Meter entfernt. Besser können wir gar nicht wohnen.«

»Hast du etwa die Absicht, dich im Hinterzimmer des Ladens mit den Mitgliedern des Oberhauses zu betrinken?«

Józef zwingt sich zu einem Lächeln.

»Ist es möglich, dass meine geliebte Gattin vergessen hat, dass ich – außer ich werde gezwungen – nichts anderes als Wasser trinke?«

Die geliebte Gattin zuckt die Schultern. Die geliebte Gattin ist überdies nach der Genesung von ihrer Fehlgeburt und ihrem Blutspucken sehr viel anspruchsvoller als zu Beginn ihrer Ehe. Sie versteht nicht, warum sie sich mit vier Zimmern begnügen soll, von denen nur zwei nach vorne hinausgehen, während Händel, der allein lebte, ein ganzes, viergeschossiges Haus zur Verfügung stand. Sie will ein *basement,* in dem die Küche untergebracht ist. Sie will einen *formal dining room,* um dort wie ihre Mutter in Warschau »erlesene Gäste« zu empfangen. Sie will ein Dachgeschoss für die Domestiken. Händel hatte drei Diener, sie will ebenfalls drei, darunter eine Köchin. Sie will ein mit Schmierseife gebürstetes und anschließend lackiertes Parkett. Sie will einen in der derzeitigen Modefarbe *pale blue* gestrichenen Salon. Sie will innen liegende Fensterläden. Sie will Vorhänge aus Damastseide in der Farbe *ivory*, die sich mit einer in einer Falte verborgenen Schnur zurückziehen lassen. Sie will einen *bedroom* für sich allein.

Józef wundert sich über die Vielfalt ihres Vokabulars und verspricht, binnen kürzester Zeit die Köchin und die erlesenen

Gäste zu liefern. Über das eigene Schlafzimmer sagt er vorsichtshalber nichts und verzichtet ebenfalls darauf, seine Angebetete zu fragen, ob sie vorhat, die elfenbeinfarbenen Vorhänge aus ihrem Hochzeitskleid zu schneidern. Um seinen guten Willen zu demonstrieren, nimmt er sie mit zu einer Auktion. Von der Auktion hat er durch den *General Adviser* erfahren, den Herren in Ermangelung einer freundlichen Ehefrau und ohne Köchin lesen, während sie wie Józef ihr Mittagessen in einem *coffee house* an der Ecke einnehmen. Isaline begeistert sich für einen türkischen Teppich, Feuerböcke, die ebenso hoch sind, wie Józef groß ist, zwei französische Sessel, die sie sofort »meine Lehnstühle« nennt, einen Tisch aus Nussbaumholz, sechs mit rotem Damast bezogene Stühle, eine Vitrine mit Glastüren, zwei Standuhren und eine Harfe, die einem Aushang zufolge sämtlich einer verstorbenen Dame der besseren Gesellschaft gehörten. Józef hütet sich, Isaline zu kritisieren. Er lässt ein Doppelbett mit neuer Matratze – selbstverständlich aus Rosshaar – in die Wohnung bringen.

In diesem Bett legt Isaline immer ein Kopfkissen zwischen sie, aber sie pfeift nicht mehr durch die Zähne, und wenn sie sich allein glaubt, hört Józef sie manchmal summen. Doch sie weigert sich, ihn bei seinen Höflichkeitsbesuchen zu begleiten, die ihn zu Wilhelm Cramer führen, dem ersten Geiger im Orchester Seiner Majestät, zu Franciszek Butaky, dem Gesandten des polnischen Königs, zum Grafen von Brühl, zur Gräfin d'Egremont und zu Lady Clermont. Isaline geht lieber spazieren. Dabei wagt sie sich jeden Tag ein Stückchen weiter und kehrt etwas später zurück. Wenn sie nach Hause kommt, findet ihr kleines Monstrum, dass sie entspannter aussieht.

Zu ihrem achtundzwanzigsten Geburtstag schenkt er ihr die goldene Uhr der Herzogin von Devonshire. Sie drückt ihm einen flüchtigen Kuss auf den Scheitel, zieht die Hand zurück, die er in der Hoffnung auf eine etwas gehaltvollere Zuwendung drückt, und räumt das Etui in die Schublade eines Mahagonisekretärs, den sie gekauft hat, ohne ihn zuvor zu fragen.

In der folgenden Woche ist das Etui verschwunden. Józef wundert sich.

»Hast du es woanders hingeräumt?«

»Nein.«

»Wo ist es dann?«

»Das weiß ich nicht.«

»Und die Uhr?«

»Die hab ich verkauft.«

Józef traut seinen Ohren nicht.

»So viel sind dir also meine Geschenke wert?«

»Sie sind mir so viel wert, wie ich dafür bekommen kann«, antwortet Isaline ungerührt. Der Herzog von Devonshire hat sich ein Vergnügen daraus gemacht, dich von Kopf bis Fuß neu einzukleiden, aber er hat mir nicht die Ehre erwiesen, auch an mich zu denken.«

»Unser Schrankkoffer ist voller Kleider, die du kaum jemals getragen hast!«

»In London kleidet man sich anders als in Wien, das solltest du eigentlich wissen.«

»Du hast mir gesagt, dass du dich noch nicht bereit fühlst, öffentlich aufzutreten …«

»Wer spricht denn hier von auftreten? Ich möchte nur hübsch gekleidet sein, wenn Monsieur de Trouville kommt. Er ist mein Onkel.«

Józef hat noch nie von diesem Onkel gehört.

»Ein Onkel? Wo kommt der denn plötzlich her?«

Auf Isalines Gesicht erscheint die hochmütige Miene, die Madame Barboutan annimmt, wenn sie mit Lieferanten verhandelt.

»Ein Onkel mütterlicherseits. Ein Verwandter über die weibliche Linie.«

»Hast du ihn oft gesehen?«

»Nein, aber ich habe sehr angenehme Erinnerungen an ihn. Ihm gehört Schloss Chenonceau in der Nähe von Versailles, und er hat mir geschrieben, dass er mich dorthin einlädt, wenn wir eines Tages nach Frankreich fahren.«

Józef beißt sich fast die Zunge ab, um sie nicht zu fragen, wann sie die Nachricht von diesem angeblichen Onkel erhalten und warum sie ihm diesen Brief nicht gezeigt hat. Er bemüht sich, ruhig zu bleiben.

»Chenonceau ist ein königlicher Wohnsitz und liegt nicht in der Nähe von Versailles, sondern an der Loire, meine Liebe«, sagt er nur. »Auch wenn es dich enttäuscht, begreife ich nicht, wie dieser Herr sich als sein Besitzer ausgeben kann. Kommt er aus geschäftlichen Gründen nach London?«

»Nein, meinetwegen.«

»Was hast du mit einem Onkel zu schaffen, den du kaum kennst?«

»Ich kenne ihn immerhin genug, um zu wissen, dass ich ihn brauche und dass er besser für mein Wohl sorgen wird als du.«

Dieser Schlag trifft Józef tief ins Herz.

»Du brauchst ihn?«, fragt er mit zugeschnürter Kehle.

»Ja, ich brauche ihn.«

»Was fehlt dir denn?«

Sie wirft ihm ihren Stahlblick zu.

»Alles, was mir wichtig ist.«

Unter diesem Blick verbrennt er wie an dem Tag, als er sie zum ersten Mal sah.

Jenem Tag, als sie zu seinem Paradies geworden war.

Wirklich zu seinem Paradies?

»Wann kommt er?«, stammelt er.

»Nächsten Sonntag.«

»Müssen wir ihm bei der Suche nach einer Unterkunft behilflich sein? Hat er vor, lange zu bleiben?«

»Er wird hier wohnen. Er kann in dem Zimmer schlafen, in dem du musizierst, und er bleibt so lange, wie ich ihn um mich haben will.«

Monsieur de Trouville heißt Jean und trägt ein Monokel. Er ist sieben Jahre jünger als Józef und damit sieben Jahre älter als Isaline. Er ist mittelgroß, etwas beleibt und hat einen dunklen Teint, dunkle Augen und dunkle Haare, den Kiefer eines Eroberers und weiße, pummelige Hände. Künstlerhände, sagt Isaline bewundernd. Prälatenhände, korrigiert Józef. Der Künstler ist gefallsüchtig wie ein junges Mädchen vor dem ersten Ball, der Prälat erweist sich als naschhaft wie ein Waschbär. Darüber hinaus gibt er sich in jeder Situation auf ölige Weise höflich. Isaline nennt ihn »mein lieber Onkel«, er sagt zu ihr »mein Kind«. Als Józef ihn fragt, wie er sie hier in London gefunden hat, obwohl sie gerade erst eingezogen sind, faltet er seine hübschen Hände und spricht von den Wegen des Herrn, die für gewöhnliche Sterbliche unergründlich seien. Weil Józef sich nicht wie ein gewöhnlicher Sterblicher fühlt, hakt er nach. Der ölige Mensch spricht von Zufall, vom englischen Frühling, von dem Pavillon in den Ranelagh Gardens und vom Geschenk seines Lebens. Lachend erklärt er, er habe nur so getan, als besäße er Schloss Chenonceau. Wenn er lacht, verbirgt er seine faulen Zähne hinter vorgehaltener Hand. Mit viel Gefühl, aber wenigen Details spricht er über den Himmel im Loiretal und von den kleinen Kuchen der Madame Barboutan. Józef versucht, ihn aufs Glatteis zu führen, mehr über seine Vergangenheit und die Verbindung zu seinen Schwiegereltern zu erfahren und mehr über die Umstände zu hören, die ihn nach London geführt haben, aber der Mann windet sich wie ein Aal und geht den Fragen entweder aus dem Weg oder begnügt sich mit unklaren Antworten.

Wenn es jedoch um das Thema der Hetzjagd geht, ist er kaum zu bremsen. Hirsch, Wildschwein, Reh, Fuchs, Hase, Hoch- und Niederwild sind für ihn keineswegs geheimnisvoll. Isaline findet den Verwandten mit dem aristokratischen Geschmack einfach hinreißend. Józef hingegen denkt, dass er ebenso gut der Sohn eines Jagdgehilfen sein könnte, der sein Wissen über Hunde und Wild bei der Vorbereitung der Jagden seines Herrn erworben hat. Anschließend könnte er vom Wald in den Salon übersiedelt sein, dessen herrschaftlicher Glanz durch ständige Reibung auf ihn abgefärbt hat. Seine Manieren sind angenehm, und es fehlt ihm nicht an Eleganz. Trotzdem klingt irgendetwas an ihm falsch. Isaline jedoch hat kein musikalisches Ohr und erkennt nur seine Qualitäten. Sie kann sich an seinen Geschichten nicht satthören.

»Früher war *ich* es, dem du zugehört hast«, brummt Józef.

»Das war früher. Jetzt ist die Zeit danach«, versetzt Isaline trocken.

»Nach was?«

»Willst du mir diese Frage wirklich stellen?«

Nein, das will er nicht.

Er kennt die Antwort.

Er fragt sich, wie lang es her ist, dass seine Lippen die Haut seiner Frau berührt haben.

Auch die Antwort auf diese Frage kennt er.

Es ist die gleiche.

Sie teilen das Bett, weil sie nur dieses eine besitzen, aber Józef liegt starr da wie ein Baumstamm. Isaline hat ihm gesagt, wenn auch nur sein Fuß ihren Fuß berühre, würde sie die ganze Nachbarschaft zusammenschreien. Die Kerze brennt die ganze Nacht hindurch. Sie will nicht, dass er sie löscht. Mit weit geöffneten

Augen starrt er den Betthimmel an. Er ist erschöpft, sein Rücken und seine Beine schmerzen, aber er fürchtet sich vor dem Einschlafen ebenso wie davor, seine Frau zu verärgern.

Sobald er die Lider schließt, befindet er sich wieder in Ansbach. Leise öffnet er die Tür des Zimmers, das das dicke deutsche Kindermädchen mit Józefa teilt, trippelt mit winzigen Schritten an das Bettchen, das dort jetzt statt der Wiege steht, reckt sich, hebt die Steppdecke und gleitet neben seine Tochter. Er atmet sie ein, er genießt sie, er flüstert ihr zu, dass er immer noch und für immer ihr Papa sei. Sie öffnet die honigfarbenen Augen, die denen seiner Angebeteten so ähnlich sind, sie erkennt ihn nicht und beginnt, mit Isalines Stimme zu schreien, sie stößt ihn zurück, und er fällt aus dem Bett.

Der Sturz weckt ihn unsanft. Der Schmerz an der Stelle seines Herzens, wo ein Stück fehlt, ist so heftig, dass er aufstöhnt. Er krümmt sich zusammen und gibt dabei acht, nur ja nicht die Hüfte seiner Frau zu berühren. Noch nie hat er so wenig Platz eingenommen.

Er fragt sich, ob seine Angebetete ihrem »lieben Onkel« von Józefa erzählt hat. Jean de Trouville ist nicht nur gefallsüchtig, naschhaft und sitzt auf dem Sofa der Boruwłaskis wie die Made im Speck, er hat überdies die verabscheuungswürdige Angewohnheit, sich in die Angelegenheiten anderer Leute einzumischen. Er verbringt seine Tage damit, Isalines Vertraulichkeiten zu lauschen und ihr viele Ratschläge zu allen möglichen Fragen zu erteilen. Ein wenig wie ein Pfarrer, nur dass er kein Pfarrer ist. Mit der gleichen Redseligkeit schreibt er Józef vor, wie er sein erstes Konzert zu gestalten habe, indem er seine Sätze immer mit den Worten beginnt: »Wenn ich Sie wäre …« Am liebsten hätte Józef ihm aus den vielen Worten einen Strick gedreht und ihn damit erdrosselt. Aber er begnügt sich damit, zu antworten: »Glücklicherweise sind Sie nicht ich, Monsieur.«

Isaline versteht seine Gereiztheit nicht.

»Du verzichtest auf eine Hilfe, die dir zugutekommen könnte. Jean könnte dir bei deinen Unternehmungen behilflich sein.«

»Nennst du ihn inzwischen Jean?«

»Ich nenne ihn, wie es mir gerade einfällt. Es spielt doch keine Rolle.«

»Dein Onkel hat keine Ahnung von Musik.«

»Dafür hat er andere Talente.«

»In Londons Straßen gibt es keine Hetzjagden.«

»Dafür spricht Jean Englisch.«

»Er kommt aus dem Loiretal und spricht Englisch?«

»Du sprichst auch Französisch und Deutsch, obwohl du in Halicz geboren bist.«

»Warum hat er es mir nicht gesagt?«

»Weil du ihn nicht magst.«

»Wo ist da der Zusammenhang?«

»Er denkt, dass du ihm nicht vertraust. Er denkt, dass du ihn für einen Schmarotzer hältst, dass du ihn nur erträgst, weil ich es von dir verlange, aber dass du es am liebsten sähest, wenn er seinen Besuch abkürzte, damit du wieder mit mir allein sein kannst.«

»Welch außergewöhnliche Intelligenz!«

»Nicht wahr? Er ist so aufopferungsvoll! Ich persönlich bin der Meinung, dass du dich mit ihm zusammentun solltest. Er könnte dich bei den Theaterdirektoren vertreten und deine Verträge aushandeln …«

»Ganz sicher nicht!«

»So, wie wir zurzeit leben, halten wir nicht mehr lang durch.«

»Wenn man drei Mäuler zu stopfen hat, kostet es nun einmal mehr als bei zweien. Auch glaube ich nicht, dass dein Onkel je daran gedacht hat, die Frau zu bezahlen, die sich nicht nur um unsere, sondern auch um seine Wäsche kümmert.«

»Da siehst du es! Dürfte er dir helfen, würde er dich für alles entschädigen. Alle großen Künstler haben jemanden, der ihnen zur Hand geht.«

»Meine Ehefrau sollte diesen Part übernehmen. Täte sie es, wäre ich vollkommen glücklich.«

»Jean könnte sich um die kleinen Aufgaben kümmern, die viel Zeit in Anspruch nehmen, keinen Ruhm einbringen und für die man des Englischen mächtig sein muss. Die Auswahl des Saals, die Beleuchtung, das Anbringen von Plakaten und den Verkauf der Eintrittskarten. Du könntest derweil das tun, was du liebst, was du ausgezeichnet beherrschst und was ich an dir bewundere.«

Józef starrt sie ungläubig an und überlegt, wie viele Monate (oder Jahre) sie ihm nicht mehr gesagt hat, dass sie ihn bewundert.

»Ist diese Idee von dir?«

Sie nickt ernst.

»Ich weiß, was gut für meinen kleinen Gatten ist.«

Sie hat »mein kleiner Gatte« gesagt. Józef verbirgt seinen Gefühlsaufruhr hinter einem Hustenanfall.

»Gut, ein Konzert vielleicht. Aber keinesfalls mehr.«

»Ein Abend reicht nicht, um dich auf den Gipfel zu bringen. Dafür braucht es mindestens zwei oder drei.«

»Und danach würde dein Onkel wieder abreisen?«

»Sobald wir ihn nicht mehr brauchen, wird er selbstverständlich abreisen.«

Józef überhört das »wir«. Angesichts der goldenen, über ihn gebeugten Augen klingt der Vorschlag verführerisch. Er lässt sich verführen.

Trouville erweist sich als ausgezeichneter Unterhändler, und das Debüt des Geigers Boruwłaski kündigt sich unter den besten

Voraussetzungen an. Ein zweispaltiger Bericht in den Zeitungen über seine Vorstellung beim König hat die Geister entflammt, und nichts erscheint den Leuten jetzt drängender und unumgänglicher, als dieses Phänomen *in the flesh* zu bewundern. Herzogin Georgiana trommelt ihre sämtlichen Bekannten zusammen, Lady Bess verkauft eigenhändig zweihundert der teuersten Eintrittskarten, den Rest bringt der Onkel an den Mann. Am 31. Mai 1782 entsteht vor den Soho Square, wo Jean de Trouville einen Theatersaal angemietet hat, ein wahres Verkehrschaos. Die Organisation hat achtzig Guineen verschlungen, die zur Hälfte zu einem horrenden Zinssatz bei einem Wucherer geliehen wurden.

Józef setzt alles auf eine Karte. Zum ersten Mal tritt er mit Berufsmusikern in einem öffentlichen Theater vor zahlendem Publikum auf. Seine zu stark rasierten Wangen brennen, als hätte der Barbier sie mit Brennnesseln abgerieben. Er beißt die Zähne zusammen, um sein Kinn am Zittern zu hindern. Ununterbrochen wiederholt er für sich selbst: »*Ich weiß, was ich wert bin … Ich weiß, was ich wert bin …*«

In Wahrheit hat er Angst. Schreckliche Angst.

Durch einen Schlitz im Vorhang sucht er nach Isaline. Sie sitzt in der zweiten Reihe einer Loge. Ihr Gesicht kann er nicht sehen, nur ihre Hand, die einen Fächer öffnet und schließt.

Den Fächer kennt er nicht und fragt sich, ob Trouville ihn ihr geschenkt hat.

Das Herz schlägt ihm bis zum Hals, und er spürt seine Beine nicht mehr. Er sieht sich fünfundzwanzig Jahre zuvor wieder, als er wie ein kleiner Zinnsoldat auf dem runden Teppich der Kaiserin von Österreich erstarrt war.

Wenn er an diesem Abend keinen Erfolg hat, wird Isaline ihn verlassen.

Wenn Isaline ihn verlässt, wird er sich auf die Suche nach

einem Brunnen oder einem Weiher machen, seine Taschen mit Steinen füllen und sich untergehen lassen.

Der Hafen von London würde sich dafür ausgezeichnet eignen. Im Londoner Hafenbecken schwimmen Massen von braunen Ratten. Der Gedanke an die Ratten lässt Józef vor Ekel erschaudern.

Über diesem Schauder erhebt sich der Vorhang. Der Applaus ist so heftig und dauert so lange, dass die zu Józefs Begleitung engagierten Musiker ebenfalls zu klatschen beginnen.

Tränen steigen ihm in die Augen.

Er wird sich nicht im Londoner Hafen ertränken. Inmitten der Ratten.

Er wird lang leben. Sehr lang. Glücklich. Sehr glücklich.

Sein langes und glückliches Leben beginnt hier.

Jetzt.

Vor diesen Leuten, mit diesen Leuten.

Das wunderbare Publikum von London.

Er hebt seine Geige.

Er schließt die Augen.

Er spielt die erste Note.

Das wunderbare Publikum applaudiert mit der gleichen Begeisterung sowohl Master Handel als auch Master Purcell, der zweiten der sechs Sonaten für Cembalo, zwei Violinen und Cello von Thomas Ebdon sowie den drei von *Count* Józef Boruwłaski selbst komponierten Stücken.

Józef bedankt sich in seinem hakeligen Englisch, wiederholt seinen Dank auf Französisch und fragt, ob die *noble friends* vielleicht Lust hätten, ihn tanzen zu sehen.

Sie haben große Lust.

Mitten auf der Bühne, im Licht eines ganzen Kerzenwaldes, die sein Podest wie einen Altar aussehen lassen, tanzt Józef, was seine Beine und sein Herz hergeben.

Er tanzt, um den Engländern zu zeigen, dass er endlich Flügel hat und bald dank ihrer Hilfe davonfliegen wird.

Er tanzt, damit seine Mutter ihm die Wange streichelt und damit Anastasia in seinem Kopf fröhlich lacht.

Er tanzt, um sich bei Isaline hinter ihrem Fächer zu entschuldigen, er tanzt, damit ihre Ehe wieder zur Blüte wird, deren Honig er einsammeln darf.

Er tanzt für Józefa, die in ihrem Prinzessinnenbett schläft und ein Prinzessinnenleben führt, zehn Tagereisen von der größten Stadt der Welt, der Phönix- und Krakenstadt entfernt, die ihren Papa adoptiert hat.

Die Einkünfte belaufen sich auf siebenundfünfzig Guineen, die auf eine süße Zukunft, rote Rosen und eine Versöhnung unter dem Baldachin aus Seide in der Farbe *ivory* schließen lassen.

Die Herzogin von Devonshire besteht darauf, dass Józef nach dem Konzert bei ihr speist. Selbstverständlich mit seiner bildschönen Ehefrau.

Isaline gefällt dem Herzog sehr. Wirklich sehr. Herzogin Georgiana, Lady Bess und alle anderen Gäste bemerken es.

Im Wagen beglückwünscht die bildschöne Ehefrau keineswegs den von Müdigkeit und *old brandy* überwältigten Helden. Sie wirft ihm giftig vor, sich nicht dafür eingesetzt zu haben, dass die Herzogin zur Feier des Triumphes auch Jean de Trouville eingeladen hatte, der durch seine Findigkeit und seine Gewandtheit doch sehr zum Gelingen des Abends beigetragen habe.

Den folgenden Tag verbringt Józef mit der unerfreulichen Aufgabe, Finanzangelegenheiten zu klären. Die Musiker verlangen einen Zuschlag, weil der Tanz nicht im Programm vorgesehen war. Die Hitze der Kerzen hat den Fransen des Bühnenvorhangs geschadet. Der kleine Pole tut sich schwer, sich in einer Sprache zu verteidigen, die ihm das Gefühl gibt, er kaue auf einer Handvoll Gummikugeln herum. Er sieht sich gezwungen, zuzugeben, dass er Trouville zur Unterstützung braucht, und geht nach Hause, um ihn zu holen.

Isaline hatte ihn nicht so früh erwartet. Nackt liegt sie unter ihren Damastdecken auf der Rosshaarmatratze.

Mit ihrem »lieben Onkel«.

ZEHNTES KAPITEL

in dem Józef ein Tier mit spitzen Zähnen zähmt, einen geächteten Ort besucht, dort auf die wahre Liebe trifft und sie nicht erkennt

Der »liebe Onkel« ist natürlich nicht Isalines Onkel. Sie hat ihn nach ihrer Genesung bei einem Spaziergang kennengelernt. Józef und sie wohnten noch am Rattle Place Nr. 3 in dem schäbigen Zimmer, in dem Doktor Walker ihr geraten hat, ihr Werk fortzusetzen, sobald sie sich in der Lage fühle, die ehelichen Pflichten wieder aufzunehmen.

Jean de Trouville roch nach französischem Parfüm. Er bot ihr einen Schal an, weil sie sich in den langen Alleen der Vauxhall Gardens über die feuchte Luft beklagte, die ihrer schwachen Brust zu schaffen machte. Entzückt, in dieser Stadt, in der sie niemanden kannte, einen Franzosen aus Frankreich zu treffen, erzählte sie ihm von der Herkunft ihrer Familie aus dem Berry, von den Feenhänden ihres Vaters, dem pedantischen Charakter ihrer Mutter und der Güte von Gräfin Humieska bis zu jenem bewussten Tag. Nachdem sie den bewussten Tag einschließlich der folgenden Tage näher beschrieben hatte, rief Trouville: »Mein armes Kind, wie haben Sie dieses Martyrium nur ertragen?« Sie seufzte und zitierte einige nach der Art von Madame Barboutan gewürzte Sprichwörter.

Um sich zu revanchieren, erzählte er ihr von der Morgenröte über einem vor Frost glitzernden Wald, vom blauen Atem der Pferde und ihren Schritten, die im Laub knistern. Sie wollte wissen, um welchen Wald es sich handele und wo er herkäme. Er setzte die geheimnisvolle Miene auf, mit der man Frauen einfangen kann wie Lachsforellen, und antwortete: »Ich komme daher, wo Sie es wünschen, und von heute an gehe ich, wohin Sie mich führen.«

Dieser Satz hatte ihn ganz selbstverständlich auf Józefs Sofa und ebenso selbstverständlich in Józefs Bett geführt.

»Bist du sehr böse?«

Józef ist am Boden zerstört. Isaline tätschelt ihm den Kopf, wie es Graf Tarnow zu tun pflegte, als Józef noch ein Schoßhündchen war.

»Es ändert nichts zwischen uns, weißt du? Schon als du angefangen hast, mir den Hof zu machen, habe ich dir gesagt: ›Du wirst immer mein kleiner Joujou sein.‹ Wir können uns sicher zu dritt arrangieren, du wirst schon sehen.«

Er sieht sie an, als verstünde er nicht, was sie sagt. Er versteht wirklich nicht, was sie sagt.

»Dabei ist es doch ganz einfach: Wir beide brauchen Jean. Und Jean will nicht ohne mich leben. Also bleibt Jean bei uns. Jetzt schau mich nicht so entsetzt an! Man könnte glauben, ich würde von dir verlangen, in die Themse zu springen.«

Aber ist es nicht genau das, was sie von ihm verlangt?

»Nun sei doch vernünftig. Etwas Besseres als Jean konnte uns gar nicht passieren – sowohl dir als auch mir.«

Mit dem Bewusstsein kehrt auch seine Wut zurück.

»Dieser Mann verlässt auf der Stelle unsere Wohnung, Isaline! Jetzt sofort!«

»Und wenn nicht? Muss ich dich daran erinnern, dass du ganze neunundneunzig Zentimeter misst?«

»Ich bin dein Ehemann, und Ehebruch gilt vor dem Gesetz als Straftat. Wenn ich diesen Dieb verjagen will, darf ich es tun.«

»Du wirst ihn nicht verjagen. Es steht dir nicht zu, mir etwas abzuschlagen. Du hast mir schon Charlotte weggenommen, du wirst mir nicht auch noch die verwandte Seele nehmen, die mir endlich die Freude am Leben zurückgegeben hat.«

»Eine verwandte Seele, die sich mit meiner Frau in meinem Bett vergnügt!«

»Du bist doch selbst schuld daran, dass es so weit gekommen ist. Hat dir der Pfarrer in deinem Dorf, der, dem du den Freitod deines Vaters verschwiegen hast, nicht beigebracht, dass man für seine Sünden büßen muss?«

Das schlimme Fieber kehrt zurück. Ein Fieber wie Knüppelschläge in den Nacken und Schwertstiche ins Herz. Ein schwarzes, ein verrücktes Fieber, das ihn in die Luft wirft und an den Füßen zieht. Mal ist er Feder, mal ist er Stein. Und manchmal ist er gar nichts mehr.

Er hat nicht einmal mehr Zeit, die Herzogin von Devonshire zu benachrichtigen, dass er ihr einige Tage lang nicht seine Aufwartung machen kann. Er ist ans Bett gefesselt.

Isaline und Trouville wachen abwechselnd bei ihm. Józef sieht, wie der Dieb nach der Hand seiner Frau greift und sie küsst. Er hat nicht die Kraft, dagegen aufzubegehren. Seine Angebetete und der Dieb gehen ins Nebenzimmer und denken mit lauter Stimme darüber nach, welche Entscheidungen getroffen werden müssten, falls er sterben würde.

Georgiana Cavendish stattet Józef auf dem Weg zum St. James Palace einen Überraschungsbesuch ab. Isaline öffnet ihr im Negligé. Ihre Haare sind lediglich zu Zöpfen geflochten. Verwirrt macht sie einen Hofknicks und gibt der Besucherin dadurch den Blick auf einen dunkelhaarigen Mann frei, der in einer Strickjacke neben dem Ofen sitzt. Der Mann verschwindet, kehrt nach kurzer Zeit in geschlossener Weste und mit Perücke zurück und macht einen Kratzfuß bis zum Boden. Die schlecht befestigte Perücke gleitet nach vorn. Er schiebt sie zurecht und stellt sich mit einer Mischung aus Ergebenheit und Selbstgefälligkeit vor: Er sei Jean Amédée Guichard de Trouville, ein Cousin der charmanten Madame Boruwłaska, ein sehr entfernter Cousin, tatsächlich eher ein Freund als ein Verwandter, aber die Herzensnähe …

Die Herzogin von Devonshire unterbricht ihn: »Ist unser geschätzter Geiger ausgegangen? Ich habe ihn seit dem Triumph in Carlise House nicht mehr gesehen.«

»Er hat Fieber, Madame«, antwortet Isaline mit süßlicher Stimme. »Starke Gefühle führen häufig bei ihm zu Fieber. Er wird einige Tage delirieren, aber das geht wieder vorbei.«

Die Tür zum Schlafzimmer steht offen. Man sieht das ungemachte Bett. Es ist leer.

»Ist er nicht in seinem Bett?«, fragt die Herzogin verwundert.

»Wir haben ihn in seinem Musikzimmer untergebracht«, beeilt sich Trouville zu entgegnen.

»Dort fühlt er sich besser«, fügt Isaline hinzu. »Wir wollten ihn nicht unnötig verstimmen.«

Wir.

Die Herzogin sieht einen nach dem anderen an. Einen neben dem anderen. Die Situation ist so trivial, dass sie errötet.

»Bringen Sie mich bitte zu ihm.«

Józef kann sein Zittern nicht beherrschen und ist nicht in der Lage, die Hand zu küssen, die sie ihm hinhält. Herzogin Georgiana beugt sich zu ihm.

»Verachtung ist das einzige Mittel, um nicht zu leiden. Wenn Sie wieder gesund sind, unterhalten wir uns«, flüstert sie ihm ins Ohr.

Sie richtet sich hoch auf, rafft ihre Röcke zusammen und geht zur Tür. Mit einem Blick befiehlt sie Trouville, in der Nähe des Kranken zu bleiben. Auf dem Weg durch den Salon wendet sie sich an Isaline, die sie begleitet, und zeigt auf die beiden Sessel neben dem Kamin.

»Muss Ihr ›Cousin‹ etwa hier schlafen? Aber Sie haben recht, es ist der beste Platz. Die Hunde ziehen ihn allem anderen vor.«

Herzogin Georgiana erklärt Józef, dass man diese Art von Übereinkunft mit dem französischen Ausdruck *ménage à trois* bezeichnet.

»Zur Hochzeit hat mir mein Ehemann, der Herzog, ein kleines fünfjähriges Mädchen geschenkt, das eine seiner Dienerinnen vor unserer Heirat geboren hatte«, erzählt sie. »Er sagte zu mir: ›In Erwartung eines eigenen Kindes können Sie an diesem hier üben.‹ Anschließend nahm er ›in Erwartung‹ alles mit in sein Bett, was unser Haushalt an Frauen und Mädchen zu bieten hatte. Ich hatte eine einzige Freundin. Sie war mir fast eine Schwester. Lady Elizabeth Foster. Seit Beginn dieses Jahres hat mein Gatte ein Auge auf sie geworfen. Sie gab sich ihm in der Hoffnung hin, dass er seine Macht spielen ließe, damit sie ihre Kinder zurückbekäme. Lady Bess ist sehr hübsch und sehr verwegen. Dem Herzog hat ihr Abkommen so gut gefallen, dass er, anstatt sie wie alle anderen fallen zu lassen, Gefühle für sie entwickelte. Sie lieben sich. Ich glaube, es ist echte Liebe. Und jetzt leben sie wie Mann und Frau unter meinem Dach.«

»Leiden Sie sehr darunter?«, fragt Józef mit bangem Herzen.

Georgiana Cavendish legt eine Hand auf ihren Magen.

»Hier sitzt ein kleines Tier mit grässlich spitzen Zähnen und Klauen. Ich lerne gerade, es zu zähmen. Solange ich dem Herzog noch keinen Erben geschenkt habe, wird er mich nicht in Frieden lassen, aber Gott versagt mir die Gnade, ein männliches Kind auszutragen. Wenn ich meinen Gatten verlasse, wie Lady Bess den ihren verlassen hat, wird er mich daran hindern, meine

Kinder, wenn ich denn welche bekomme, zu sehen, wie es John Foster auch getan hat. Ich aber kann mir keinen mächtigeren Mann suchen, der sie mir zurückfordert.«

So viel und gleichzeitig so wenig.

Nun weiß Józef, warum die Augen der Herzogin immer traurig sind, auch wenn sie lächelt.

Er nickt. »Sie haben in der Tat kaum eine andere Wahl.«

»Man hat immer eine Wahl. Was bedeutet Ihnen am meisten, *my dear Count?* Ihre Ehre? Ihre Ruhe? Das, was die Leute über Sie reden? Oder Ihre köstliche Isaline?«

»Wenn man so gebaut ist wie ich, Madame, und Gott einem eine Gattin wie sie schenkt, dann liebt man sie mehr als alles andere. Hinzu kommt, dass auch ich mir einiges habe zuschulden kommen lassen.«

»Waren Sie etwa auch auf Liebesabenteuer aus?«

Józef zögert. »Es gibt noch andere Sünden als die des Fleisches …«

»Wovon genau sprechen Sie?«

Doch er kann die Sache mit Józefa nicht zugeben. Daher murmelt er nur: »Isaline hätte ein besseres Leben verdient.«

Die Herzogin strahlt ihn an.

»Dann glänzen Sie! Geben Sie ihr das bessere Leben. Ihr französischer Schönling wird sicher nicht lange bleiben. Wenn ein Blutegel sich vollgesaugt hat, lässt er los. Inzwischen bezähmen Sie Ihre Eifersucht, Ihren Schmerz und Ihren Zorn, mein Freund. Wenn Sie das nicht tun, wird das Tier mit den spitzen Zähnen Sie überwältigen …«

Józef zähmt es.

Nachts schläft der Dieb auf dem Sofa. Bei Tag beschäftigt er sich damit, das zweite Konzert des Gatten seiner Mätresse mit jener Mischung aus Ergebenheit und Selbstgefälligkeit vorzubereiten, die an ihm zu kleben scheint wie sein französisches Parfüm.

Isaline bewegt sich völlig natürlich zwischen ihren beiden Männern. Zwar glänzen ihre Augen, wenn sie Trouville ansieht, aber sie stellt ihn nach wie vor als ihren Onkel vor. In Józefs Anwesenheit lässt sie keine Vertraulichkeiten zu, und zu Bett geht sie immer mit ihrem »lieben kleinen Gatten«. Sie hat beschlossen, sich in der englischen Küche zu üben und sie anschließend mit der französischen und der polnischen zu vermischen, um so eine neue kulinarische Mode zu kreieren. Mit Józefs Wörterbuch in der rechten und der Schöpfkelle in der linken Hand (Isaline ist Linkshänderin) entziffert sie sorgfältig Kochbücher wie *The Art of Cookery Made Plein and Easy*, dessen hohe Auflagen auf Vorzüglichkeit schließen lassen.

Józef muss seine Mahlzeiten nicht mehr in Child's Coffee House oder Dolly's Beefsteak House einnehmen. Seine holde Gattin bereitet ihm überraschende Gerichte zu und fordert ihn auf, sie zu genießen. Die englisch-polnischen Ragouts liegen ihm schwer im Magen, doch der Dieb scheint sie zu mögen. Heimlich bittet Józef Doktor Walker, ihm ein Pulver gegen Leibschmerzen zu verschreiben. Isaline setzt die höchsten Erwartungen in seinen nächsten Auftritt und spricht bereits davon, statt des dritten Stocks die Beletage zu mieten. Sie sammelt Geschirr für die wunderbaren Diners, die sie geben werden. Schon bald. So bald.

Das zweite Konzert im gleichen Saal mit den gleichen Musikern gerät zur Katastrophe. Früher als gedacht ist das Wetter schön geworden, und die edle Gesellschaft hat sich auf den Weg zu ihren Sommersitzen gemacht. Nur die Hälfte der Plätze ist besetzt, und die Einkünfte decken gerade eben die Ausgaben. Józef kehrt mit einem Amboss auf jeder Schulter und Eisen an den Knöcheln zurück in die St. James Street.

Seltsamerweise wird Isaline nicht wütend. Sie macht ihm nicht den geringsten Vorwurf. Sie zeigt sich sogar sanft und mitfühlend und sucht nach Lösungen, wie man das Ruder herumreißen könnte. Wenn das wunderbare Publikum in der Sommerfrische ist, warum sollte er ihm nicht folgen? Braucht man etwa keine Musik in den Kurstädten, wo man in gelblichen Bädern schmachtet und literweise nach Schwefel riechendes Wasser trinkt? Und ehe er nach London zurückkehrt, könnte er sich den englischen Gebräuchen anpassen und ein wenig in der Provinz umherstreifen. Zum Beispiel an der Südküste. Oder in Irland, das zudem den Vorteil hat, katholisch zu sein.

Die Vorstellung, seine Angebetete mit dem Dieb allein zu lassen, macht Józef nervös.

»Ich möchte mich nicht so lange von dir trennen.«

Sie lacht mit der Stimme von früher, die tausend Glocken im Zimmer erklingen lässt. »Was befürchtest du, Dummerchen?«

Das Echo der Glocken schenkt ihm genügend Mut, um ehrlich zu antworten: »Dich nicht mehr hier zu finden, wenn ich zurückkehre.«

Wieder lacht sie. »In diesem Fall lass uns zusammen reisen. Nur wir beide. Würde dir das gefallen?«

Sie und er?

»Und Trouville würde hierbleiben?«

»Niemand ist unverzichtbar«, entgegnet sie und sieht ihn ein wenig gereizt an. »Wenn ich ohne ihn auskommen kann, kannst du es auch. Zuerst wirst du dich ein bisschen schwertun, aber ich kenne dich. Du wirst ruck, zuck gut genug Englisch sprechen, um allein zurechtzukommen. Ich vertraue dir. Du nicht?«

Was sollte er darauf antworten?

Schon sieht er sich mit seiner Angebeteten unterwegs. In anheimelnden englischen Gasthöfen, wo sie Tee und Bier trinken (Józef hat Geschmack am Tee gefunden, Isaline am Bier). Aber gebranntes Kind scheut das Feuer. Er beobachtet seine bessere Hälfte mit misstrauischen Augen und schweigt.

Isaline jedoch verfügt über eine sehr persönliche Heilmethode für Verbrennungen. Es ist die gleiche, die Zerlina ihrem Verlobten Masetto in einer Oper von Wolfgang Amadeus Mozart zukommen lässt, um seine Vergebung zu erlangen.

Sie drückt einen Kuss auf das Ohr ihres kleinen Monstrums. Einen langen, weichen Kuss. Und auf diesen Kuss, der sein Rückgrat mit dem angenehmsten Schauder überzieht, setzt sie noch einen zärtlichen Schlag mit der Zunge. Mit spitzer Zunge.

Józef denkt an die Abhandlung des Comte de Tressan über die Elektrizität. Er ist die leblose, undurchdringliche Materie, Isaline das magische Fluidum.

Ohne ihren Mund von seinem Ohr zu entfernen, säuselt die Magierin: »Diesmal bin ich es, die dir das Vertrauen zurückgibt.«

Sie zieht ihn auf das Ehebett.

Ihr gemeinsames Bett.

Mitten am Tag.

Wie elektrisiert von diesem Ausflug ins Paradies tummelt sich Józef mit großem Eifer. Sie würden nach Bath reisen. Wenn es so liefe, wie sie hoffen, ginge es im Anschluss weiter nach Bristol, dann nach Chester. Er kauft zwei neue Koffer, Tüll, künstliche Blumen, Perückenständer und eine Ankleidepuppe mit Holzkopf. Isaline kocht nicht mehr, sondern näht wieder Hüte. Die Herzogin von Devonshire verbringt einen Teil des Winters in Bath, sie liebt kühne Kopfbedeckungen, und die charmante Countess Boruwłaska hat beschlossen, sie zu verblüffen.

Józef zweifelt nicht daran, dass seine Angebetete verblüffen kann, wen sie will.

Angefangen bei ihm selbst.

Es ist der Vorabend ihrer Abreise. Das Gepäck wartet vor der Tür, im *stage coach* sind zwei Plätze reserviert. Seit dem Tag von Józefas Geburt war Józef nicht mehr so glücklich.

Isaline setzt sich neben ihn. Sie nimmt seine beiden Hände (was sie sonst nie tut) und sagt sanft: »Mein Freund, ich kann nicht mit dir fahren.«

Józef wird blass. »Wegen Trouville?«

»Wie kommst du auf Jean? Nein, ich bin wieder schwanger. Wenn ich das Kind behalten will, muss ich jede Art von Unruhe und vor allem Reisen in der Kutsche vermeiden. Verstehst du das?«

Eine Feuerkugel dringt in seinen Schädel ein.

Was genau gibt es da zu verstehen?

Im grellen Lichtschein sieht er rosa Füße, weiße Waden, geöffnete Schenkel und inmitten des zarten Fleischs den Hintern des Diebs, der die Saat ausbringt, den Pfeffer mahlt, sich wild bewegt und dabei wiehert. Er schließt die Augen.

»Freust du dich nicht?«

Er bringt es nicht fertig, ihr ins Gesicht zu sehen. »Sollte ich denn?«

Sie lässt seine Hände los und zischt mit ihrer Natternstimme: »Wie kannst du es wagen?«

Dieses Mal sieht er ihr gerade in die Augen. »Das fragst du *mich?*«

»Du-weißt-schon-wer hat mich seit deinem ersten Konzert nicht mehr berührt.«

Dass sie den Dieb inzwischen Du-weißt-schon-wer nennt, ist eine gewisse Genugtuung, aber er braucht mehr.

»Schwörst du es?«

Er wagt nicht, hinzuzufügen: beim Leben unserer Tochter.

Isaline legt eine Hand auf ihre Brust: »Beim Leben Charlottes.«

Fünf Monate und vier Tage später erhält er in Dublin, wo er sich bemüht, den Hofstaat des Vizekönigs zu unterhalten, ein Exemplar der *Herald Tribune* vom 6. Mai 1783, auf das Isaline ein Stück Papier mit den Worten: »Uns geht es gut. Siehe Seite 12« geheftet hat.

Auf Seite 12 liest er:

Gestern Morgen wurde die Tochter des Grafen Boruwłaski, des fabelhaften Zwergs aus Polnisch Ruthenien, geboren.

Die Zeitung fällt ihm aus den Händen. Isaline hat der Tochter des fabelhaften Zwergs aus Polnisch Ruthenien einen französischen Vornamen gegeben: Françoise.

Józef tauft sie um in Fanfan.

Fanfan hat schwarzes Haar, dunkle Augen, die dunkle Haut und das eckige Kinn von Jean de Trouville. Außerdem hat sie Schmetterlingswimpern.

Józef ist es egal, dass sie dem Dieb ähnelt. Sie ist seine Tochter, genau wie Józefa.

Sie ist es sogar noch intensiver, denn jedes Mal, wenn er sich über ihre Wiege beugt, jedes Mal, wenn er ihre Haare küsst, und jedes Mal, wenn er ihre Haut streichelt, erwählt er sie aufs Neue.

Die Kleine lacht vor sich hin, und wenn sie strampelt, bedeutet es, dass auch sie ihn liebt und dass auch sie ihn erwählt.

Das erste Wort, das sie spricht, ist *tatuś*, Papa.

Trouville ist nicht eifersüchtig. Der Windelgeruch ekelt ihn an, das kindliche Gebrabbel ermüdet ihn, von dem Sofa im Musikzimmer bekommt er Rückenschmerzen, und die Wälder des Loiretals fehlen ihm. Isaline erkennt nicht, dass er beginnt, ihrer müde zu werden, und das umso mehr, als Józef sich nicht als das erhoffte Huhn herausstellt, das goldene Eier legt. Wie von

Cagliostro vorhergesagt, hat die Mode des polnischen Wunderkindes nur eine Saison angehalten. *The Little Count* wird zwar in den besten Häusern empfangen, wo er mit Komplimenten überschüttet wird und man ihm indischem Kaffee kredenzt, aber wenn er wieder einmal auftritt, wie dieses Mal am Hanover Square, bleibt die Hälfte der Plätze im Saal leer.

»Man hat immer eine Wahl«, sagt seine Herzogin mit traurigen Augen zu ihm.

Zwischen seiner Eigenliebe und einem Gefängnisaufenthalt wegen der Schulden zögert Józef nicht lang.

Ein Edelmann, selbst ein Zwerg, ist keine Jahrmarktsattraktion. Er lässt sich nicht auf einem Gestell neben bärtigen Frauen und Kindern mit zwei Köpfen ausstellen. Wenn er sich entschließt, sich zu zeigen, achtet ein Edelmann, vor allem ein Zwerg, darauf, den Schein zu wahren.

Józef, Isaline, Fanfan und Trouville ziehen in die St. James Street 29. Die Wohnung liegt unmittelbar über der Beletage, hat ein hübsches Parkett, ein Zimmer mehr und zwei Eingänge. Der fabelhafte Zwerg aus Polnisch Ruthenien lässt sich hier von zwölf bis drei und von sechs bis zehn Uhr bewundern. Jeden Tag, auch sonntags. Die Besucher werden von einem Kammerdiener begrüßt, der ihnen die Mäntel abnimmt und sie in den Salon begleitet, wo der Hausherr sie erwartet und so lange mit ihnen plaudert, wie es ihnen gefällt. Unterwegs werden sie höflich gebeten, fünf Shilling in eine silberne Schale zu legen. Józef macht auch Hausbesuche. In diesem Fall beträgt der Obolus eine halbe Guinee pro Anwesendem.

Die Hausbesuche richten sich an ein Publikum, das elegant ist oder vorgibt, es zu sein. Um seine Zuschauerzahl zu vergrößern, bietet das kleine Wunder öffentliche Mittagessen zum bescheidenen Preis von drei Shilling sechs Pence an, und für diejenigen, die gern geistigen Genuss mit körperlicher Erholung verbinden, auch Tanzveranstaltungen, für die Trouville die Eintrittskarten im Voraus zum Preis von fünf Shilling verkauft.

Die Tanzveranstaltungen finden im Gasthof Crown and Anchor am Strand statt. Zunächst unterhält Józef die Gesellschaft mit Konversation (in frei erfundener Syntax und mit immer noch exotischem Akzent), anschließend spielt er Gitarre oder Geige. Manchmal tanzt seine hinreißende Ehefrau mit ihm einen Kosakentanz, dessen besondere Grazie der *Morning Herald* ausdrücklich rühmt. Nach den Zugaben beginnt der Tanz, der von acht Uhr abends bis ein Uhr morgens dauert. Józef achtet darauf, mit jeder Dame, die ihn darum bittet, zu tanzen, sei sie jung oder weniger jung, hübsch oder weniger hübsch, Bürgerin oder Fischverkäuferin.

Darüber hinaus vermietet Józef für Londoner oder durchreisende Fremde, die ihre Erholung in der Horizontale bevorzugen, seine Dienste im Pantheon. Das Pantheon hat erst kürzlich an der Oxford Street eröffnet und ist ein dem Vergnügen gewidmetes Etablissement, in dem man an ein und demselben Abend einem Konzert lauschen, sein halbes Vermögen beim Spiel verlieren, verführerische Damen beim Maskenball erobern und sich anschließend mit ihnen eine Etage höher in gegenseitigem Einverständnis, aller Diskretion und völlig ungestraft amüsieren kann.

Im Pantheon regiert Sunday.

Warum Sunday? Weil der Sonntag die Woche beschließt und weil es besser ist, mit einem Höhepunkt zu enden als einsam vor einer Hühnersuppe oder noch einsamer angesichts einer spröden, schwermütigen, kleinlichen oder cholerischen Ehefrau. Sunday ist von vorne, von hinten, im Sitzen, im Stehen, auf Knien und im Liegen unstrittig ein Höhepunkt. Wer nicht das Glück hat, sie zu kennen, mag glauben, dass Exstase eine Sache von Rundungen und Oberflächenbeschaffenheit sei, und ja, feste

Brüste und eine seidige Haut gehören sicher dazu, aber das Wesentliche ist etwas anderes. Das Wesentliche an Sunday ist ihre genussvolle Freude am Leben. Ihre Fähigkeit zum Staunen. Ihre Großzügigkeit, die jedem, dem sie sich verkauft, das Gefühl gibt, dass sie sich ihm schenkt.

Sunday ist zwanzig Jahre alt. Oder fünfundzwanzig. Vielleicht sogar dreißig. Wie das Jesuskind ist sie im Heu geboren, und ihre Mutter hat sie, genau wie die Jungfrau Maria, in eine Futterkrippe unter die Nase eines Esels gelegt. Domenico Angelo Malevolti Tremamondo, ihr Erzeuger, war zu seiner Zeit einer der berühmtesten Fecht- und Reitlehrer der Stadt. Der Prince of Wales, später George III., der berühmte Schauspieler David Garrick, die Maler Joshua Reynolds, George Stubbs und Canaletto, der junge Dramatiker Richard Brinsley Sheridan sowie die Musiker Johann Christian Bach und Karl Abel verkehrten auf seinem Reitplatz und tranken gern einen Sherry mit ihm.

In der Zeit ihrer Reitstall-Kindheit hieß Sunday noch Alma. Ihre Mutter war eine dunkle, füllige, sanfte Schönheit. Darüber hinaus war sie stumm und dem Reitlehrer gefügig wie ein Tier, bekam aber die Peitsche öfter zu spüren als die Stuten. Unter der väterlichen Gerte lernte Alma früh Italienisch, das Voltigieren und die Kunst, Hengste im Passgang gehen zu lassen – ganz gleich, ob es sich um Männer oder um Pferde handelte. Mit zehn, zwölf, vierzehn Jahren fraßen ihr die Herzöge und Künstler aus der Hand, ohne dafür mehr von ihr zu erhoffen als ein Tätscheln auf den Hals. Bis zu jenem finsteren Tag, als Maestro Angelo sich bei einem Sturz das Kreuzbein brach. In einem Rollstuhl und unter schweren Schmerzen verließ er mit seinen besten Pferden und Almas Mutter die Hauptstadt. Ihre Tochter begann, ihre Träume auf den Beeten des Soho Square auszusäen.

Gartenarbeit erfordert viel Geduld, aber Alma hatte es eilig, das Leben kennenzulernen. Als Carlisle House erneut von der Italienerin Teresa Cornelys übernommen wurde, die es schon zehn Jahre zuvor zum Aushängeschild der Londoner Nächte hatte werden lassen, ergriff Alma die Gelegenheit beim Schopf. Teresa stammt aus Venedig und hatte unter den Namen Madame Pompeati und Madame Trenti viel Beifall, mehrere Liebhaber und einen Haufen Schulden angesammelt, dem Frauenheld Casanova angeblich eine Tochter geschenkt und später ein flämisches Täubchen gerupft, als dessen Witwe sie sich ausgab, ehe sie sich daranmachte, London zu erobern. Als eingefleischte Spielerin beherrschte sie die Kunst, das Geld anderer Leute aus dem Fenster zu werfen, und setzte ihren Begierden keine Grenzen. Sie liebte die Musik, das Geld, die Macht, die Kunst und ausgelassene Feste. Unter ihrer Führung und mit der Hilfe ihres Freundes Thomas Chippendale, der es prunkvoll dekorierte, wurde Carlisle House zum Tempel der Wonnen.

Vom Voltigieren zu Pferde zum Voltigieren im Schlafzimmer sind es nur wenige Stufen. Die Tochter des Reitlehrers hatte sie wohlgemut erklommen. Die meisten Herren, die sich ihr bei Madame Cornelys näherten, waren ehemalige Schüler ihres Vaters. Sie versteigerte sich selbst und bat den Gewinner, sie ihr zukünftiges Handwerk so rücksichtsvoll zu lehren, dass er es ihr nicht verleidete. Spätere Kunden kamen ihr danach im Gegenteil ziemlich ruppig vor. Sie setzte ihre Ehre darein, sie so zuzureiten wie die Fohlen, die ihr Vater ihr anvertraute. Sie liebte die Liebe so sehr, dass sie sie auch dann liebenswert fand, wenn sie es nur wenig war. Nachdem sie verstanden hatte, dass die meisten Männer sich vor dem Sonntag fürchten, weil ihre Einsamkeit an diesem Tag doppelt wiegt, nannte sie sich Sunday und widmete sich der Aufgabe, den Tag des Herrn zum fröhlichsten Tag der Woche zu machen.

Die Eröffnung des Pantheon an der Oxford Street 1772 hatte

das Ende von Carlisle House eingeläutet, aber die Amazone brauchte nun keine Anstandsdame mehr, wenn sie ihr Pferd tänzeln lassen wollte.

Um sich die Fassade einer respektablen Frau zu geben, hat Sunday in der Nähe von St. Paul's Cathedral ein Zwischengeschoss angemietet, das sie in ein Boudoir umgewandelt hat und den »Palast der Seufzer« nennt, weil die Herren, die auf ihrem Sofa Limoncello trinken, häufig seufzen. Wie die berühmte Ninon de Lenclos hat Sunday neben ihren zahlreichen und meist eiligen, zahlenden Kunden ihre »Caprices«, Liebhaber, die rar gesät und oft mittellos sind.

Sie ist sich ihres Wertes bewusst und vergibt im Pantheon, wie auch Józef, Termine für ihre Konsultationen. Die Höhe des Preises hängt von ihrer Laune, dem Äußeren des Besuchers, der Tageszeit und der Nachfrage ab, aber sie empfängt ausschließlich in einem ganz in Rot ausgestatteten Raum. Auf karmesinfarbenem Satin wirken ihre rehbraunen Haare noch intensiver, ihre Kurven noch sinnlicher und ihre Haut noch weißer. Sie möchte eine Muse sein. Sie ist eine Königin.

Die Königin der Nacht aus der *Zauberflöte* des göttlichen Mozart, denkt Józef, als er sie zum ersten Mal sieht. Oder auch Salome bei ihrem berühmten Schleiertanz.

Der Geschäftsführer des Pantheon hat Józef engagiert, um bei einem Kostümfest aufzuspielen. Sunday kennt ihn bereits vom Hörensagen und ist neugierig, ob er tatsächlich so winzig und so geistreich ist, wie behauptet wird. Sein jugendliches Aussehen und seine traurigen Augen beeindrucken sie mehr als seine Proportionen. Dieser in die Jahre gekommene kleine Junge führt die Menschen zwar schwungvoll hinters Licht, denkt sie, während sie ihm zusieht, wie er Possen reißt, um die Zuschauer zu unterhalten, aber dahinter verbirgt er eine geradezu tragische Trauer.

Sundays Berufung besteht darin, Trauer in jeder Form zu bekämpfen. Als Józef seine Gitarre verstaut, nimmt sie ihn bei der Hand.

Noch nie ist er auf die Annäherungsversuche von Straßenmädchen eingegangen, und auch die Hetären höheren Niveaus hatten ihn immer kaltgelassen. In seinen Augen ist Sunday ein Wesen, das gemalt, aber nicht berührt werden dürfte. Er ist so verblüfft, dass er sie gewähren lässt und nicht nachfragt. Als Sunday die Tür des roten Zimmers hinter ihnen schließt, muss er an das blutige Haupt von Johannes dem Täufer denken und weicht unwillkürlich einen Schritt zurück.

Die junge Frau lacht. »Haben Sie etwa Angst vor der Liebe, hübscher Monsieur?«

Ihre Lippen haben das gleiche Rot wie die Vorhänge des Bettes, das auf einem Podest steht. Allein von ihrem Anblick fühlt Józef sich erregt.

Sie lässt ihm nicht die Zeit, sich zu schämen, sondern sagt fröhlich: »Lassen Sie mich nur machen.«

Sein erregter Teil überlässt sich ihr. Ohne ein Wort, ohne eine Bewegung. Sein tugendhafter Teil hängt unter dem Betthimmel und denkt daran, wie Isaline bei seinen Zärtlichkeiten immer erstarrte.

Sunday stützt sich auf ihre Ellenbogen. »Sie sind nicht bei mir. Das ist schade.«

Er windet sich, zieht ein paar Münzen aus seiner Westentasche und hält sie ihr hin.

»Ist das genug? Entschuldigen Sie, aber ich bin in diesen Dingen nicht bewandert.«

Sie stößt seine Hand zurück. »Sie zahlen nur, wenn ich Sie glücklich mache.«

Er hat seine Kleidung bereits wieder geordnet und sitzt am Bettrand. Seine Beine baumeln in der Luft. Sie sind so kurz, dass er den Boden nicht berührt.

»Ich danke Ihnen«, sagt er, »aber Sie machen mich nicht glücklich. Ich habe eine kleine Tochter und eine Ehefrau, die ich vergöttere. Ich hätte nicht mitkommen dürfen. Es tut mir leid …«

Sie streichelt seinen Rücken. Die meisten Männer, die sie empfängt, sind verheiratet, und einige lieben ihre Ehefrauen wirklich.

»Manchmal braucht man ein Woanders«, sagt sie sanft. »Ich bin dieses Woanders.«

Er dreht sich zu ihr um. Ein paar Locken, die sich aus ihrem Knoten gelöst haben, ringeln sich auf ihren Schultern. Ihre Augen haben die Form und die Farbe ungeschälter Mandeln. Salome. Ja, wirklich. Es fällt ihm schwer, zu verstehen, dass sich eine solche Schönheit dem erstbesten Hergelaufenen anbietet.

»Und Sie? Haben Sie niemals das Bedürfnis, alldem zu entfliehen?«, fragt er.

Sie lächelt, bleibt aber die Antwort schuldig. Sie hat kräftige, leicht auseinanderstehende Zähne. Er fühlt sich nun nicht mehr eingeschüchtert. Sie hat versucht, ihm Vergnügen zu bereiten, und er möchte ihr dafür etwas zurückgeben.

»Darf ich Ihnen eine Geschichte erzählen? Eine Geschichte, die Sie weit fort führt?«

Zu den Stammgästen von Sunday zählen einige Literaten, und ein öffentlicher Schreiber hat sie das Wort »Apotheose« gelehrt. Die Herren berichten ihr oft von ihrem Ehrgeiz, ihren Enttäuschungen, den Krampfadern ihrer Angetrauten und ihren finanziellen Sorgen, aber noch keiner hat ihr eine Reise mit Worten vorgeschlagen. Sie streckt sich aus, legt ihren Kopf auf ein Kissen und schließt die Augen. Sie kann sich nicht erinnern, je in Gesellschaft eines Mannes im Bett die Augen geschlossen zu haben.

»Ich bin bereit.«

Er erzählt ihr von Smok Wawelski, dem bösen Drachen von Krakau. Sie hört ihm so treuherzig zu wie früher Janek in seiner Kaminecke. Beim letzten Wort schläft sie ein wie ein Kind.

Erst nach mehreren Monaten, fast einem Jahr, kehrt Józef ins Pantheon zurück. Zuvor war er auf Tournee in Liverpool, Manchester, Birmingham und Oxford gewesen. In der St. James Street findet er die Nachtmütze und die Pantoffeln von Jean de Trouville unter dem Ehebett. Als er wütend droht, Isaline wegen Ehebruchs anzuzeigen, lacht sie nur.

»Weggegangen, Platz vergangen, mein Freund. Soll ich etwa die Penelope spielen und Tag für Tag und Woche für Woche am Fenster sitzen, sticken und an dich denken?«

»Viele Ehefrauen tun das. Warum nicht auch meine?«

»Weil du nicht Odysseus bist.«

Sie entwickelt eine Strategie, ihn ruhig zu stellen. Wenn er nicht von ihrer Seite weicht und ihr immer wieder vorwirft, ihn nicht mehr zu lieben und ihn nicht zu respektieren, packt sie ihn und stellt ihn auf den Kaminsims. Der Absatz ist schmal, befindet sich einen Meter fünfzig über dem Boden, und auf den Fliesen vor der Feuerstelle liegt kein Teppich. Als er das erste Mal springt, verletzt er sich die Schulter. Beim zweiten Mal verstaucht er sich das Handgelenk.

»Seien Sie doch vernünftig. Und ein wenig geduldiger«, rügt ihn Trouville. »Unsere Isaline hat ein gutes Herz und verzeiht letztlich doch alles. Wenn Sie sich den Knöchel brechen, können Sie nicht mehr tanzen, und wir müssen die Eintrittskarten erstatten, die ich bereits verkauft habe. Wovon soll die gute Seele dann leben? Und Fanfan? Haben Sie an Fanfan gedacht?«

Fanfan ist drei Jahre alt, läuft wie ein Hase, spricht eine köstliche Mischung aus Englisch und Französisch und klatscht, wenn sie ihren *tatuś* auf dem Sims sieht. Sie hält das Ganze für ein Spiel und bittet ihre Mutter, ihren polnischen Papa so hoch wie möglich hinzustellen.

Isaline sorgt derweil für die Zukunft vor. Sie erklärt ihrer kleinen Tochter, sie habe einen polnischen und einen französischen Papa, die sie beide lieben müsse, weil auch die Mama beide liebt. Sie erzählt ihr nicht, dass sie, bräche sich der polnische Papa beim Sprung den Hals, den französischen Papa heiraten würde. Aber sie denkt so intensiv daran, dass Józef es ihr von seiner hohen Warte aus an der Stirn ablesen kann.

Eines Winterabends im Jahr 1786, nach einer Vorstellung, die bis nach Mitternacht gedauert hat, erzählt er Sunday von dem Kaminspiel. Er ist zum Weinen müde. Er hat den Eindruck, ein ganzes Jahrhundert gerannt zu sein, ohne einmal Atem zu schöpfen. Er hat keine Lust, nach Hause zu gehen.

»Möchten Sie bei mir schlafen?«, fragt Sunday. »Einfach nur schlafen?«

Er denkt an die vielen Männer, die die Bettlaken im roten Zimmer zerwühlt haben.

»Hier?«

Sie schüttelt den Kopf. »Bei mir zu Hause. Ich wohne hinter der St. Paul's Cathedral.«

Er erstarrt. »Aber nur schlafen, nicht wahr?«

»Natürlich. Was sonst? Allerdings müssten Sie mich trotzdem bezahlen ...« Sie lacht wie die kleine Alma in sorgloser Kinderzeit.

»Mit einer Geschichte.«

Noch nie hat Józef in den Armen einer Frau geschlafen. Noch nie ist er an der Brust einer Frau erwacht. Er ist unendlich glücklich, wie vollkommen und sanft dieser Augenblick ist, und entsetzt, dass er seine Gefühle nicht verbergen kann. Sunday tut so, als bemerke sie das aufgerichtete Tier an ihrer Hüfte nicht. Ihr

Haar hat sie zu Zöpfen geflochten. Sie trägt das am Hals und an den Handgelenken zugeknöpfte Leinenhemd, das sie Kunden vorbehält, deren heimlicher Wunsch es ist, eine Nonne zu entjungfern. Sie küsst Józef auf die Stirn, wie einen Freund.

»Ich verreise gern mit Ihnen«, sagt sie. »Kommen Sie, so oft Sie wollen, Józef.«

Sie nennt ihn weder Joujou noch *my dear Count*, sondern Józef.

Seit er seine Mutter verlassen hat, hat ihn niemand mehr Józef genannt.

Nachdem sein Schatz an polnischen Märchen erschöpft ist, bittet Sunday ihn, von sich selbst zu sprechen.

Er erzählt ihr all die Dinge, die er weder mit Isaline noch mit den Prinzen und Herzoginnen, den Besuchern zu fünf Shilling oder den Klatschweibern auf den öffentlichen Tanzveranstaltungen teilen kann.

Er gesteht ihr, nicht sicher zu sein, ob er wirklich ein Wunderkind oder ein Erwählter ist und dass das Gelobte Land vielleicht nur in den Träumen existiert.

Er vertraut ihr an, dass Anastasia bei der Kastellanin von Kamiensk gestorben ist, ohne dass er sie je wiedergesehen hat. Sie hatte sich hoffnungslos in einen jungen Mann verliebt, der ihre Gönnerin häufig besuchte. Ihr Charakter war sanft, ihr Gesicht hinreißend, und an ihren Proportionen hätte auch der begabteste Bildhauer keinen Makel gefunden. Die Pocken rafften sie innerhalb von zwei Tagen dahin. Sie hatte die Liebe kennengelernt, wenn auch ohne das Glück. Sie maß zwei Fuß und zwei Zoll, also sechsundsechzig Zentimeter. Sie war zwanzig Jahre alt.

Er erzählt ihr, dass die Markgräfin von Ansbach Józefa wie ihre eigene Tochter erzieht. Weil es zum Besten der Kleinen sei, die sie wie ein eigenes Kind liebt, wünscht sie nicht, dass das

Ehepaar Boruwłaski noch einmal nach Triesdorf kommt. Józefa wird er also auch nicht wiedersehen.

Sunday hört zu.

Er legt den Kopf auf ihre Knie, und für ein paar Minuten oder ein paar Stunden fühlt er sich wie ein vom Sturm gebeuteltes Schiff, das endlich seinen Hafen gefunden hat.

»Selbst die größten Reisenden brauchen ein Woanders«, sagt sie.

Er denkt: Du bist nicht mein Woanders, du bist mein Anker.

Aber um Isaline nicht zu verraten, die trotz Józefa und trotz Trouville vor Gott und den Menschen seine Ehefrau ist, schweigt er.

Ehe sie das Bett aufdeckt, in dem sie schlafen wie ein altes Ehepaar, fragt Sunday ihn regelmäßig: »Möchten Sie?«

Er sagt Nein, er habe es nicht nötig und auch keine Lust, und dass die Art von Freundschaft, die sie beide verbindet, ihm zusage und er nichts daran ändern wolle.

Sie gleitet unter die Laken, ohne ihn weiter zu drängen. Sie weiß, dass er noch nicht bereit ist, aber dass er ihr eines Tages doch folgen wird, wohin sie ihn führen will.

Er folgt ihr in einer finsteren, mondlosen Nacht. Hastig und gierig. Als er verschämt und verwirrt wieder zu sich kommt, küsst Sunday seine Hand.

»Sie sind ein wunderbarer Erzähler«, sagt sie, »aber die Worte der Liebe kennen Sie nicht. Möchten Sie mit mir das Alphabet erlernen?«

Er wird so rot wie die Vorhänge des Zimmers im Pantheon, aber er möchte. Aus der tiefsten Tiefe seiner vom Leben gebeutelten Seele, mit seinem blutenden Herzen und jeder Pore seiner Haut sehnt er sich danach.

Die ersten Buchstaben sind die Kleider, die zu Boden fallen, die aufsteigenden Düfte und das Begehren, das schon in sich ein Genuss ist.

Die folgenden Buchstaben sind die einzelnen Körperteile; der Körper von Sunday, der Körper von Józef; darüber, darunter, darin.

»Mit den Buchstaben schreiben wir jetzt Worte.«

Die Worte sind Zärtlichkeiten, die auf die einzelnen Körperpartien abgestimmt sind; des Körpers von Sunday, des Körpers von Józef; darüber, darunter, darin.

»Nun kennen Sie die Buchstaben und die Worte, jetzt möchte ich Sätze hören. Sprechen Sie mit Ihrem Körper zu meinem. Sagen Sie ihm, wie innig Sie ihn lieben und wie sehr Sie ihn begehren. Fragen Sie ihn, wie innig er Sie liebt und wie sehr er Sie begehrt. Halten Sie den Atem an. Finden Sie Worte. Wiederholen Sie sie, wiederholen Sie sie noch einmal, bis ich verstehe. Sie können schnell und langsam, laut und leise sprechen, aber sprechen Sie lange. Ich kann Ihnen zuhören. Ich höre Ihnen zu.«

Eine Apotheose. Oh ja.

Sunday kann es nicht verstehen. Die Körpergröße ihres neuen Liebhabers ist allerdings ungewöhnlich, aber sie hat schon so viele Arten von Verkrüppelungen in den Armen gehalten, dass sie in dieser Hinsicht nichts mehr verblüfft. Vielen Männern hat sie die Unschuld genommen, und viele erwiesen sich als ebenso gute Schüler wie Józef. Er ist ein wundervoller Geiger, aber sie ist schon viel besseren Musikern begegnet.

Ja und? Sie begreift nicht, warum die Zeit, die sie fern von ihm verbringt, so langsam vergeht. Warum sie sich plötzlich mit ihren Kunden langweilt. Warum sie ihre »Caprices« verabschiedet und die Anzahl der zahlenden Kunden bis zur Grenze der Unvernunft verringert. Warum sie keinen Anwärter mehr einlädt, auf ihrem Sofa zu seufzen. Warum sie keine Lust mehr hat, mit Männern zu schlafen. Warum sie sich nach Boruwłaski sehnt, sobald er sie verlässt.

Verwundert fragt sie Józef nach seiner Ansicht zu diesen Fragen. Er ist darüber so verblüfft, dass er antwortet: »Sind Sie sicher, dass es dabei um mich geht?«

Jean de Trouville kann sich noch so sehr anstrengen, die Verdienste des fabelhaften Zwergs aus Polnisch Ruthenien anzupreisen – die Besuche zu einer Guinee bringen nicht genügend ein, um für Miete, Essen, Kleidung und den Diener aufzukommen, der die Tür öffnet und die Getränke serviert.

Die edlen Herren, die ihre Bekannten zu Józef bringen, sind betrübt, wenn sie sehen, wie er sein Dasein fristet. Aber sie sind es auch müde, reihum für seine Schulden aufzukommen. Sie schlagen vor, eine Spendenaktion ins Leben zu rufen. Unter der Schirmherrschaft der Herzogin von Devonshire und von Lord Townsend soll jeder jedes Jahr etwas beisteuern, um dem *dear Count* eine Rente zur Verfügung zu stellen, die seine Not lindert.

Mehrere Wochen lang ist das großzügige Projekt so sehr in Mode, wie es der Geiger selbst in seiner ersten Zeit in England war. Doch bereits in der nächsten Saison wird es in den Keller verbannt, und die gleichen Edelleute bringen Józef zitternd vor Eifer wie ein Spürhund, der einen Hasen gewittert hat, eine neue Idee nahe: Sie haben getanzt, Sie haben gesungen, jetzt schreiben Sie!

Ja, ein Buch.

Der Fabelhafte soll, muss unbedingt und, ohne noch lange zu zögern, seine Lebensgeschichte als Memoiren veröffentlichen.

Józef bleibt der Mund offen stehen. Noch nie hat er mehr geschrieben als kurze Notizen in seine Reisetagebücher. Die Aussicht darauf, einen Text von mindestens hundert Seiten Länge zu schreiben, verursacht ihm Schwindel. Zumal das Unterfangen mehrere Monate, wenn nicht Jahre in Anspruch nehmen würde, und die Herren, die in seinem Salon auf Eile drängen, bieten anstatt eines Bratens lediglich ihre Wertschätzung an.

Die Wertschätzung aber ernährt einen Menschen ebenso wenig wie die Liebe. Es sei denn, man heißt Sunday. Während Józef darauf wartet, dass das Erscheinen seiner Memoiren in allen Hauptstädten Europas ihm irgendwann ein sorgenloses Alter bescheren werde, lockt er die Kundschaft mit niedrigeren Tarifen für die Besuche bei ihm zu Hause. Fünf Shilling. Ein Almosen!

Aber die Kunden schmollen. Józef verkauft goldenen Zierrat, seine Broschen und seine Schnupftabaksdosen. Trotzdem fehlt es an Geld, und die Verleiher verlangen Zinsen, die er nicht bezahlen kann. Trouville sieht schwarz, und Isaline beginnt wieder zu husten. Fanfan fragt, was ein Ehemann sei, der dieses Namens würdig ist und warum ihre Mama keinen hat.

Verzweifelt bittet Józef die Herzogin Georgiana um ein Empfehlungsschreiben für den Herzog von Rutland, den Vizekönig von Irland. Wieder einmal verlädt er seinen Koffer in den *stage coach*. Er küsst seine Tochter auf die Stirn und seine Frau auf die Wange. Weil der Abschiedsschmerz seinen Groll dämpft, schüttelt er auch Trouville die Hand und trägt ihm auf, während seiner Abwesenheit gut auf alles aufzupassen. Und dann geht er erneut auf Reisen.

Unterwegs denkt er darüber nach, dass Trouville in den fünf Jahren keinen Sou zum Lebensunterhalt beigetragen hat und dass diese schwarze Ratte wohl, anstatt aufzupassen, das letzte Körnchen seiner Ersparnisse aufzehren wird.

Um seine Unruhe zu vertreiben, schreibt er. Ein oder zwei Seiten am Tag, und zwar auf Französisch, weil das die Sprache ist, in der er Gulliver und Lanzelot entdeckt hat. Er hat eine Liste von mehr als zweihundert Personen aufgestellt, die möglicherweise sein Manuskript vor der Veröffentlichung kaufen würden. Sollte er die Patenschaft eines gekrönten Hauptes gewinnen können, kann er sogar auf das Doppelte hoffen. Der polnische König Stanisław II. August wäre perfekt. Anderenfalls könnte er den jungen Fürsten von Wales bitten, der ihm immer sehr freundlich begegnet, wenn er ihn bei Hofe oder in der Stadt trifft. Józef weiß, dass man der Freundschaft der Großen nicht trauen darf, aber, wie Sunday sagt, dies ist nun einmal sein Beruf, und er hat nichts Lohnenderes, das er nutzen könnte.

Über sein Manuskript gebeugt, sammelt er seine Erinnerungen. Er sortiert, stellt zusammen und verändert. Zehnmal überarbeitet er jede Passage.

Er muss Gefühle hervorrufen.

Er muss die Leser zum Lächeln bringen.

Und vor allem muss er danken, immer wieder danken, für Zärtlichkeiten, Schmuck und Geld. All jenen danken, die ihn bisher am Leben gehalten haben.

Ehrlich dankbar sein?

Er denkt an den Sizilianer Cagliostro und muss lächeln. Ein wahrer Falschspieler ist immer ehrenhaft mit sich selbst.

Die *Memoiren des berühmten Zwergs und polnischen Edelmannes Józef Boruwłaski* sollten in Seidenpapier eingeschlagen werden, das gepudert und parfümiert ist wie er selbst.

In diesem Buch wird der köstliche Joujou unter dem Kronleuchter tanzen, sich wie ein gebildetes Äffchen benehmen und so tun, als fände er daran ebenso viel Gefallen wie jene, die ihm Beifall klatschen. Er wird Isaline Barboutan nicht zur Ehe drängen, sondern sie nach und nach dazu bringen, ihn zu begehren, und sie dann heiraten.

Er wird seine erstgeborene Tochter nicht verkaufen, sondern

sie einem großzügigen Fürsten anvertrauen, bis er reich genug ist, sie wieder zu sich zu nehmen.

Er wird nicht zulassen, dass Jean de Trouville seine Ehefrau schwängert. Der Dieb wird lediglich sein Berater sein und Fanfan die Tochter seines Herzens und seines Blutes.

Man wird sich auf seine Höhe begeben, zwischen den Zeilen lesen und sehr aufmerksam zuhören müssen, um sein zerrissenes Herz unter dem Spitzenjabot schlagen zu hören. Józef schließt die Augen. Abgesehen von Sunday kennt niemand den Sohn von Zofia Boruwłaska.

Er glättet das Blatt und schreibt:

Es geschieht selten, dass man Vernunft, Gefühl und edle Werte in einem Menschen findet, den die Natur nicht vollendet zu haben scheint und der durch seine geringe Größe wie ein Kind wirkt …

Zweiundfünfzig Seiten sind geschrieben und vier Monate vergangen, als Isaline und Fanfan nachkommen. Ohne Trouville. Isaline sieht krank aus, hustet viel, und manchmal ist sie morgens so schwach, dass sie nicht aufstehen kann. Sie ist wieder schwanger. Ihrem Leibesumfang nach zu schließen, war sie es bereits, als ihr kleiner Gatte London verließ.

Sie sprechen nicht darüber.

Sie reden ohnehin so wenig wie möglich. Józef vermeidet es, ihren Bauch anzusehen. Er beschäftigt sich damit, Geld zu verdienen.

In Dublin gibt er einen Ball und ein Konzert, die ihm fünfzig Guineen einbringen. Beim folgenden Konzert in Newry verliert er das Geld wieder.

In Drogheda bekommt Isaline Wehen. Sie schreit, als zerstückele man sie. Das Kind in ihrem Leib bewegt sich nicht mehr.

Mr. Roger, der Chirurg, glaubt, dass es tot ist, und will es sofort entfernen. Józef fleht ihn an, noch ein oder zwei Tage zu warten und sich darum zu kümmern, dass das Fieber nachlässt, ehe er zur Tat schreitet. Weil Mohnmilch Isaline nicht mehr beruhigt, gibt der Arzt ihr Opium zu rauchen.

Ein Mädchen wird zu früh geboren. Es ist groß, aber sehr zerbrechlich. Trotz ihres Hustens stillt Isaline die Kleine. Mit seiner porzellanweißen, an keiner Stelle rosigen Haut, hellen Augen und Wimpern, langen Gliedmaßen und einem spitzen Kinn ähnelt das Kind weder Fanfan noch Isaline. Als Józef sich über die Kleine beugt, erkennt er eine verblüffende Ähnlichkeit mit der Tochter, die der Herzog von Devonshire vor seiner Hochzeit gezeugt hat. Er kann nicht umhin, seine liebe Gattin zu fragen, ob William Cavendish eine Rolle bei der Empfängnis ihres dritten Kindes gespielt hat.

Isaline antwortet mit schneidender Stimme: »Und wenn es so wäre? Hast du mir nicht bei der Hochzeit gesagt, dass du mit Freuden alles annähmest, was von mir kommt?«

Der Säugling schreit Tag und Nacht. Sein Jammern strapaziert Isalines Nerven. Ihre Milch versiegt. Die Kleine hustet ebenso stark wie ihre Mutter. Wenn Józef ihr den winzigen Mund abwischt, ist das Tuch schlimm besudelt. Ihre Haut nimmt den Farbton einer Wachskerze und dann eines Talglichts an. In jeder Stadt und in jedem Dorf versucht Isaline es mit einem anderen Arzt. Die Kleine trinkt nicht mehr und magert zusehends ab. Auch Isaline magert ab. Hinter Józefs Rücken raucht sie weiter Opium. Er findet die Pfeife versteckt zwischen ihren Tüchern. Beunruhigt redet er ihr zu, diese unheilvolle Gewohnheit aufzugeben.

Sie zuckt die Schultern und antwortet müde: »Hast du mir etwas Besseres zu bieten?«

An einem verregneten Nachmittag stirbt das kleine Mädchen.

Es schrie und schrie und schrie, aber plötzlich verstummte es. Seine Mutter hatte von der Paste geraucht, die für dunkle Ringe unter ihren Augen sorgt, und war am Tisch mit dem Kopf zwischen den Armen eingeschlafen. Sie hat nichts gehört.

Zu seiner tiefen Beschämung empfindet Józef keine Trauer, sondern nur Erleichterung.

Nie hätte er das Kind so lieben können, wie er Józefa und Fanfan liebt.

Ja, er ist erleichtert.

Das Opium entführt Isaline weit fort von Schmerz und Trauer. Fort von Irland und fort von ihrem Ehemann. Ihre schönen Augen versinken in ihren Höhlen, und die Ringe werden dunkler. Sie sieht aus wie eine Eule. Sie klammert sich an Fanfan, will sie dicht bei sich haben, am liebsten die ganze Zeit. Jean de Trouville fehlt ihr schrecklich. Jeden Tag schreibt sie ihm. Sie fürchtet, ihn zu verlieren. Stundenlang sitzt sie unbeweglich da.

Józef will sie nicht nach London zurückkehren lassen. Er will nicht, dass man ihm Fanfan wegnimmt.

Józef spielt für die irische Oberschicht, für Gefängnisinsassen in Belfast, für Quäkerbauern, für Hugenotten, die sich in Portarlington gesammelt haben, und für die Offiziere in englischen Garnisonen.

Er hat eine blonde und eine dunkelhaarige Tochter. In seinem Herzen und hinter seinen Augenlidern lässt er sie miteinander spielen. Die Blonde ist hübscher, die Dunkelhaarige kecker. Sie lachen. Die Dunkelhaarige läuft der Blonden nach, wie Anastasia ihm nachgelaufen ist, als sie noch in Halicz lebten. Sie verstecken sich unter dem Tisch und rufen ihn auf Polnisch. Er gesellt sich zu ihnen und zeigt ihnen, wie man den mürrischen Mops oder das seidenweiche Schoßhündchen mimt.

Mithilfe seiner Geige und ohne die Kleine je zu verlassen, will er Fanfan ein ebenso herrliches Leben bieten wie seiner Erstgeborenen.

Das ist es, was ihn weitermachen lässt. Schlecht und recht.

Józef verliert jegliches Zeitgefühl. Isaline erklärt sich bereit, mit ihm zu tanzen. In Gasthäusern oder beim Herzog von Leinster. Wenn sie sich die Hand reichen, ist das Publikum entzückt, sie so verschieden und doch so vereint zu erleben. Sobald sie jedoch nach Hause kommen, werden sie wieder zu Feinden, die sich um ein kleines Mädchen streiten. Józef hat furchtbare Angst, dass Isaline ihm Fanfan mehr und mehr entfremdet. Die Kleine vergöttert ihre Mutter und ist beunruhigt, sie immer nur düster und kränkelnd zu erleben. Sie glaubt, ihr *tatuś* behandele sie schlecht, und jetzt ist sie es, die ihm mit scharfer Stimme vorwirft, ein schlechter Ehemann und Vater zu sein.

Józef flüchtet sich in seine Erinnerungen. Sobald er aufsteht, beginnt er zu schreiben und fährt fort bis tief in die Nacht, wenn seine Frau und seine Tochter eng aneinandergeschmiegt in dem Bett schlafen, in dem er nicht erwünscht ist.

Er kommt an den Schluss seines Berichts:

Da ich das Ende meines Berufslebens noch nicht erreicht habe, wird es wohl nötig sein, dass ich mich in andere Länder begebe, mich in mein Schicksal füge und das Los ertrage, zu dem ich scheinbar verdammt bin.

Im November 1787, nach einem Aufenthalt in Edinburgh, wo dem Wunderkind ein unerwarteter Erfolg beschert war, kehren sie endlich nach London zurück.

Jean de Trouville lebt nicht mehr in der Wohnung in der St. James Street. Er hat einen Brief hinterlassen, in dem er politische Unruhen und ein zu regelndes Erbe im Anjou erwähnt. Er versichert seine lieben Freunde Boruwłaski seiner vorzüglichen Hochachtung und bittet Isaline, Françoise von ihm einen Kuss auf die Stirn zu geben.

In dem Brief steht weder eine Adresse, noch ist von Rückkehr die Rede. Isaline steckt ihn sich in den Ausschnitt. Ihre Lippen sind weiß.

»Ich fahre zu ihm«, murmelt sie.

Józef greift nach ihrer Hand. »Unser Leben ist hier, Isaline«, sagt er. »Wir haben genug gelitten. Wollen wir nicht Frieden schließen?«

Mit ihren verlorenen Augen blickt sie zu ihm hinunter.

»Hast du denn immer noch nicht verstanden? Mein Leben, das ist Jean.«

»Bitte sei still.«

»Er ist es, den ich will. Er, nicht du.«

Józef betrachtet die Frau, für die er so viel auf sich genommen hat. Die Frau, die er gegen alle Widerstände geheiratet und der er versprochen hat, in guten wie in schlechten Zeiten für sie da zu sein.

Er sieht die Ringe unter den ehemals schönen Augen, deren Glanz erloschen ist.

Er sieht die vorspringenden Knochen ihrer Schlüsselbeine.

Er sieht, dass Isaline dreiunddreißig Jahre alt ist, dass er sie trotz aller Anstrengungen nicht glücklich gemacht hat und sie auch nie glücklich machen wird.

Er sieht, dass sie die Wahrheit sagt: Trouville ist zum Sinn ihres Lebens geworden.

Er weiß, wie ein amputiertes Herz leidet. Er bezwingt seinen Zorn und seine Bitterkeit.

»Ich verstehe«, sagt er. »Wir brechen auf, sobald ich die Subskription meines Buches in die Wege geleitet habe.«

Isaline runzelt die Stirn. »Wir?«

Er lässt ihre Hand los und blickt ihr gerade in die Augen.

»Du wirst mir Fanfan nicht wegnehmen.«

Ohne dass sie ihn darum bittet, zieht er auf das Sofa im Musikzimmer. Seine jähzornige Gattin streitet nicht mehr mit ihm und hebt ihn nicht mehr auf den Kaminsims. Niedergeschlagen sitzt sie auf dem Lieblingssessel von Trouville und fragt von morgens bis abends und von abends bis morgens, wann sie sich endlich einschiffen. Fanfan unterstützt sie. Ständig fragt sie nach »Onkel Jean«, sie möchte über das Meer nach Frankreich reisen, sie versteht nicht, warum ihr *tatuś* ihre Mama immer nur ärgert.

Józef senkt den Preis für Besucher bei ihm zu Hause auf einen Shilling und für Besuche außer Haus auf eine halbe Krone. Er hat den Eindruck, sich zu einem Schleuderpreis zu verkaufen. Oder sogar zu prostituieren, wenn er sich in Charing Cross neben einem zweiundzwanzigjährigen Riesen zur Schau stellt, der acht Fuß und vier Zoll, also zwei Meter fünfzig misst.

Sunday lächelt über seine Skrupel.

»Sie und ich, wir schenken denen, die uns aufsuchen, Vergnügen. Warum sollte man sich dessen schämen?«

Außer im Pantheon tritt Józef inzwischen auch im White House auf, das gegenüber dem Carlisle House am Soho Square eröffnet hat. Für den Spaziergänger ist es ein Hotel der besonderen Art, für denjenigen, der sich hineintraut aber ein *magical brothel*, ein Bordell, in dem seltsame Maschinen das Liebesspiel blasierter Freigeister ein wenig spannender gestalten. Die Frauen, Mädchen und die jungen Männer, die in den beiden Etablissements arbeiten, nennen Józef Joujou. Er ist ihr Fetisch und ihr Glücksbringer.

Isaline fragt nicht nach, woher das Geld kommt, das in der

Schublade des Mahagonisekretärs liegt. Und Józef, der befürchtet, er könne ihr ein Argument liefern, ihm Fanfan fortzunehmen, hütet sich, zuzugeben, zu welchen Extremen sich der Schatz der Starostin, die Perle der Gräfin Humieska, der »kleine Freund« von Fürst Kaunitz herablassen muss, um den Lebensunterhalt zu verdienen. Für eine Frau, die ihn verabscheut, und ein Kind, das nicht von ihm ist.

Häufig trifft er sich mit Sunday im Pavillon in den Ranelagh Gardens, wo der Dieb seiner Frau den Hof gemacht hat. Er gibt sich, wie er nun einmal ist. Sie ebenfalls. Sie kümmern sich nicht um neugierige Blicke, sondern versuchen, spazieren zu gehen wie ganz normale Leute. Diese Augenblicke gehören ganz allein ihnen. Sie genießen sie glücklich und schöpfen sie bis zur letzten Sekunde aus. Auf den St. George Fields applaudieren sie dem Aufstieg eines mit Wasserstoffgas gefüllten, riesengroßen Ballons, den der Sekretär des neapolitanischen Botschafters, der findige Vincenzo Lunardi, erfunden hat. Wenn der Wunderknabe Boruwłaski nicht auf Tournee ist, sind sie so hungrig aufeinander, dass sie sich jeden Abend treffen. Sunday vernachlässigt ihre Aufgaben als Gastgeberin. Der Pächter des Pantheon nimmt sie ins Gebet. Sie lacht ihm ins Gesicht. Sie ist die Tochter des *Great Malevolti*, niemand hat sie zurechtzuweisen.

Sunday weiß, dass Józef Isaline niemals verlassen würde. Grund dafür sind ein kleines blondes und ein kleines dunkelhaariges Mädchen.

Sie weiß auch, dass polnische Grafen, auch wenn sie nur neunundneunzig Zentimeter groß sind und von der Neugier der Öffentlichkeit leben, nie mit einer Kurtisane zusammenleben würden.

Sie weiß, dass er fortgehen und sie nicht mitnehmen wird.

Wenn Józef an sie geschmiegt einschläft, spürt er, dass ihr Körper seine Heimat geworden ist.

Er verbietet sich, zu denken: Ich liebe diese Frau, und diese Frau liebt mich.

Er sagt sich: Ich kann Fanfan nicht ohne mich nach Frankreich reisen lassen.

Die Memoiren des berühmten Zwergs Józef Boruwłaski erscheinen kurz vor Weihnachten 1788 in London gleichzeitig auf Englisch und Französisch. Als Einbandillustration hat Józef eine Radierung gewählt, die Isaline mit einem Säugling auf dem Schoß zeigt. Er selbst steht vor ihren Knien und reicht dem Kind einen Vogel. Vierhundert Personen, unter ihnen viele große englische, irische und schottische Namen, haben die erste Auflage subskribiert. Es ist ein schöner Achtungserfolg, ein ausgezeichneter Anfang, der Józef mit geradezu kindlichem Stolz erfüllt und auf bessere Zeiten hoffen lässt. Zwei Exemplare behält er für Isaline und Sunday.

Auf das Vorsatzblatt des ersten schreibt er:

Meiner Angebeteten

Isaline liest die Worte, ohne mit der Wimper zu zucken. Sie legt das Buch beiseite.

»Ich bin nicht mehr die Deine, und wenn ich den Gerüchten Glauben schenke, die dir eine schmutzige Liaison nachsagen, betest du mich auch nicht mehr an.«

Auf das Vorsatzblatt des zweiten Exemplars schreibt er:

Sie werden Ihren Józef in diesem Buch nicht finden, denn er ist in Ihrem Herzen und in Ihren Armen.

Sunday errötet bis in die Haarwurzeln, senkt die Augen wie eine ertappte Schülerin und flüstert: »Würden Sie mir bitte sagen, was Sie da geschrieben haben? Ich kann zwar gut zuhören, aber nicht besonders gut lesen …«

Anderthalb Jahre später erscheint auch eine deutsche Ausgabe. Józef lässt für viel Geld ein Exemplar für den Markgrafen und die Markgräfin von Ansbach binden. Seine Widmung ist eine Art von Flaschenpost:

Ich wünsche meinen lieben Freunden in Triesdorf und Prinzessin Józefa alles Glück der Welt.

Mit einer Inbrunst, die er nicht kontrollieren kann, wartet er auf einen Dankesbrief und vielleicht eine Einladung.

Józefa ist inzwischen neun Jahre alt.

Solange Mademoiselle Clairon noch das Herz des Markgrafen regierte, hatte Józef jeden Sommer Nachricht aus Triesdorf erhalten. Das Kind wuchs wie ein Bohnenspross, war eher ernst, immer noch blond, sprach Deutsch ebenso gut wie Französisch und schien vollkommen glücklich zu sein. Dann aber wandte sich Karl Alexander der schönen Lady Craven zu, und nach drei Jahren Kampf, der umso unausgeglichener war, als die neue Favoritin siebenundzwanzig Jahre jünger war als ihre Rivalin, verdrängte sie die Schauspielerin. Seitdem hatte Józef jeden Kontakt nach Triesdorf verloren.

Ein Monat vergeht, dann zwei, dann drei, ohne dass der Markgraf oder seine Gattin sich melden.

Mit Trauer im Herzen gibt Józef die Hoffnung auf.

Die beiden Auflagen seiner Memoiren haben ihm das Leben ein wenig erleichtert. Endlich kann er seine Schulden zurückzahlen und ersteht drei Schiffspassagen nach Le Havre für den 18. Juni 1790. Die Vorstellung, sich von Sunday trennen zu müssen, treibt ihm einen Dolch in die Brust. Als sie ihn jedoch fragt, ob er zurückkomme, antwortet er: »Ich kann es Ihnen nicht versprechen.«

Sie setzt sich an ihren Frisiertisch und pudert sich sorgfältig. Sie möchte nicht, dass er ihren Schmerz sieht. Ohne sich umzudrehen, sagt sie: »Machen Sie mir bitte ein Kind, ehe Sie abreisen. Ein kleines Menschlein, das Ihre Vergissmeinnicht-Augen hat und mir von Ihnen erzählt, wenn Sie mich längst vergessen haben.«

Józef zwingt sich zu einem Lächeln.

»Ich werde Sie nie vergessen, das wissen Sie genau.«

Sie steht auf und setzt sich zu ihm auf das Bett. Sie sieht ernst und mit einem Mal älter aus.

»Ich werde Sie nie um etwas anderes bitten. Wirklich niemals. Und ich werde nicht auf Sie warten. Darauf gebe ich Ihnen mein Wort.«

Er streichelt ihr Gesicht. »Natürlich werden Sie auf mich warten. Aber das dürfen Sie nicht.«

Sie richtet ihren Oberkörper auf. »Sind Sie der Meinung, das Wort eines Mädchens wie mir sei unglaubwürdig? Glauben Sie, ich hänge mich an Ihre Rockschöße oder erpresse Sie?« Józef legt einen Finger auf ihre Lippen, doch sie fährt fort: »Denken Sie, weil es mein Beruf ist, denjenigen Freude zu verschaffen, die sie entbehren, hätte ich weniger Ehre als Ihre Frau oder Ihre Herzoginnen?«

Als Bitte um Frieden öffnet Józef die Hände.

»Ich glaube nichts von alledem.«

Sie greift nach seinen Händen und bedeckt sie mit Küssen.

»Es wird Sie weder heute noch jemals etwas kosten. Sie werden mich nie von diesem Kind sprechen hören.« Wieder richtet sie sich auf. »Ich schwöre es Ihnen. Wie soll ich schwören, damit Sie mich ernst nehmen?«

Er schüttelt den Kopf. »Nein, Sunday. Nein.«

Sie umschlingt ihn und murmelt: »Bitte …«

Er lehnt ab. Hartnäckig.

Wenn aber eine Frau etwas will, tun sich, wie wir alle wissen, Gott und der Teufel zusammen, um es ihr zu gewähren.

ELFTES KAPITEL

in dem Józef wie durch ein Wunder französischen Aasgeiern entwischt, eine Perle in einem Misthaufen sucht und in vorgerücktem Alter gewahr wird, wie wenig es braucht, um glücklich zu sein

In den ersten Julitagen 1790 kommt die Familie Boruwłaski in Paris an. Es regnet. Józef findet die Stadt noch schmutziger als bei seinem ersten Besuch. Das linke Seineufer beim Pont Royal ist übersät mit Unrat, Baustellen und Bruchbuden. Der Schlamm an den Böschungen stinkt nach Schwefel. Mademoiselle Clairon empfängt die Reisenden in ihrer Wohnung im Hôtel de Cosnac, Rue de l'Université, die sie behalten hat. Immer noch ist sie wütend auf den Markgrafen, der ihr nach dreizehn Jahren zärtlicher und aufopferungsvoller Dienste mit über dreiundsechzig Jahren den Laufpass gegeben hatte. Sie hat ihm geschrieben:

> *Ihre zügellose Leidenschaft für eine Frau, die sie unglücklicherweise als Einziger nicht kennen, die plötzliche Veränderung ihrer Pläne und meines Schicksals, die Hemmungslosigkeit Ihrer neuen Sitten und der Mangel an Respekt vor Ihrem Alter und Ihrer Würde zwingen mich, Sie nur noch als verruchte Seele zu sehen, die sich nicht mehr in der Gewalt hat. Oder als auf Abwege geratenes Hirn, das man entweder beklagen oder dem man Einhalt gebieten muss.*

Der Markgraf aber zeigte kein Zeichen der Reue und rief sie auch nicht zu sich zurück, sondern begnügte sich damit, ihr ein

Landhaus in der Nähe von Issy zu schenken. Aber nachdem die Schauspielerin einmal A gesagt hat, setzt sie ihre Ehre darein, auch B zu sagen.

Józef ist entrüstet. Seine Freundin schenkt ihm ihr schönstes Bühnenlachen.

»Mach dir nichts draus, Vögelchen, ich werde es überleben. Schlecht geht es nur Frankreich. Das Land wird noch vor mir krepieren. Sollen wir wetten, dass wir binnen kurzer Zeit alle auf der Straße stehen?«

Durch die englischen Zeitungen, die sich leidenschaftlich mit den Ereignissen in Frankreich beschäftigen, hat Józef vom ehelichen Verdruss des jungen Louis XVI., dem Hass des Volkes auf die Österreicherin, der Finanzkrise, der späten Berufung des Bankiers Necker, dem befremdlichen Bündnis der größten Namen des Königreichs mit dem Dritten Stand und der Abschaffung der Privilegien von Adel und Geistlichkeit erfahren. Die Clairon berichtet zudem, dass die Verfassungsgebende Versammlung inzwischen noch ein Stück weiter gegangen ist und, während Józef sich auf der Fahrt über den Ärmelkanal befand, den Geburtsadel abgeschafft hat. Seit dem 19. Juni 1790 existieren die Titel Marquis, Chevalier, Comte, Baron und all die anderen nicht mehr, und niemand darf sich mehr »Monseigneur«, »Messire« oder »Excellence« nennen lassen. Von jetzt an trägt man nur noch seinen Familiennamen und nicht mehr den Namen einer geschenkten oder gekauften Länderei. Der Herzog von Montmorency muss den Namen des Stammvaters seines Geschlechts, Bouchard, wieder annehmen, Monsieur de La Fayette heißt jetzt Motier, und aus dem Grafen Mirabeau wird wieder Riqueti der Ältere.

»Was aber soll aus uns werden, mein Vögelchen, ohne die hohen Herren, die uns applaudieren und unterstützen?«

Józef muss lächeln. »Jenseits des Kanals lebe ich von der Neugier ganz normaler Leute, und mir geht es deshalb nicht schlechter.«

»Du bist ein Weiser, das habe ich schon immer gesagt. Wenn wir unter der Last der Armen zusammenbrechen, wirst du noch ihr Idol sein.«

Die Schauspielerin sieht die Zukunft in der Farbe der Gewitterstürme, die Schlag auf Schlag aufeinanderfolgen und die Arbeit jener erschweren, die den Schlamm von den Straßen räumen sollen.

»Der König ist ein Trottel, und seine Frau hat nichts als Flausen im Kopf. Die Verfassung ist zweifellos eine gute Sache, aber ihre Verfechter sind keine guten Leute. In den Kellern der Stadthäuser, in den Mansarden, in den Lagerschuppen und in den Gräben des Louvre leben ganze Horden halb verhungerter Hunde. Diese Hunde schreien: ›Es lebe La Fayette‹ und ›Es lebe der König‹. Aber es fehlt an Brot. Ihre Reißzähne werden immer länger. Wenn sie eines Tages aus ihren Löchern kriechen, werden sie allem an die Kehle gehen, was Perücke oder feines Schuhwerk trägt.«

Im alten und ruhmreichen Théâtre-Français trifft man sich zu einem Salon, wo der belesene Jakob Heinrich Meister, der Bildhauer Jean-Antoine Houdon, der Enzyklopädist Friedrich Melchior Grimm, Marie-Angélique, die Tochter von Denis Diderot, Baron Erik Magnus de Staël, der gerade die reiche und sehr geistvolle Mademoiselle Germaine Necker geheiratet hat, sowie einige Schauspieler und Musiker miteinander diskutieren. Alle hoffen, dass der Pakt zwischen Louis XVI. und denjenigen, die aufgehört haben, seine Untertanen zu sein, und sich jetzt Bürger nennen, zu Frieden, Gerechtigkeit und Fortschritt führen möge. Die berührende Botschaft von Louis XVI. an die Verbündeten wird verlesen:

»Sagen Sie Ihren Mitbürgern, dass ihr König ihr Vater, ihr Bruder, ihr Freund ist; dass er sein Glück in dem ihrigen, seine Größe in ihrem Ruhm findet, dass nur ihre Freiheit ihn mächtig, nur ihr Glück ihn reich macht, dass nur ihre Leiden ihn mit Wehmut erfüllen.«

Józef kann nicht recht an die Aufrichtigkeit einer solchen Erklärung glauben. Der König von Frankreich behauptet, seine Größe im Ruhm und seine Macht in der Freiheit der Bürgersoldaten finden zu wollen, deren erklärtes Ziel es ist, genau diese Macht zu beschränken? Um nicht Öl ins Feuer der Debatte zu gießen, spricht er lieber die Verdienste des schönen schwedischen Diplomaten Hans Axel von Fersen an, einem Freund des Schweizers Monsieur de Staël, der den Theaterleuten ihre Bürgerrechte zurückgegeben hat, indem er vertraglich festlegte, dass »kein Beruf zum Ausschluss berechtige«, ebenso wenig wie die übertriebenen Haar- und Barttrachten der Akteure der Komödie.

Isaline nimmt nur halbherzig an den Gesprächen teil. Die Reise hat sie erschöpft. Noch spricht sie nicht davon, sich auf die Suche nach Trouville zu machen. Sie hustet viel, trinkt zu viel Champagner und schläft mitten im Satz auf ihrem Sessel ein. Józef vertraut sie der jungen Madame de Staël an und macht sich auf Entdeckungsreise in die neuen Viertel.

Im Faubourg Saint-Germain stehen noch immer die schönsten Stadtvillen, aber das Marais scheint aus der Mode gekommen zu sein. Die eleganten Geschäfte findet man jetzt zwischen der Rue Saint-Honoré und der Rue du Roule. In der Rue Montorgueil kauft Józef silberne Knöpfe und ein Rasiermesser beim Messerschmied Lethieu in der Rue Saint-Merri. Die Uhrmacherwerkstatt von Vater Barboutan wurde von einem Großneffen übernommen und in eine Schlosserei umgewandelt. Der junge Handwerker zeichnet verblüffende Schlüsselmodelle. Er ist ehrgeizig, Mirabeau lässt sich von ihm beliefern. Er zählt auf dessen Unterstützung und träumt davon, direkt für den König zu arbeiten, oder, weil man in diesen Zeiten ja nicht mehr zwischen Bürger und Edlen unterscheidet, sogar mit ihm zusammen.

Louis XVI. und Marie Antoinette.

Józef erinnert sich an einen pummeligen Jungen in Paris, der rot wurde, wenn sein Vater ihn ansprach, und an ein ganz kleines Mädchen in Wien, das hinter einem vergoldeten Stuhl mit einer Stoffpuppe spielte. Der Neffe Barboutan hat ihm berichtet, dass aus dem Dauphin ein dicker, nicht sehr großer, guter, frommer, langsamer, nicht dummer, aber schüchterner und schwacher Mann geworden ist, der gern isst und schläft. Jetzt als König würde er gern Gutes tun, weiß aber nicht, wie er es anfangen soll. Die Königin hingegen ist ein rotes Tuch für die Franzosen im Allgemeinen und die Pariser im Besonderen. Józef zeigt dem Schlosser den Diamanten der Prinzessin Antonia, den er an einem Band unter dem Hemd zu tragen pflegt. Er hofft, dass sich die Königin Marie Antoinette, wenn sie dieses Schmuckstück sieht, an die glücklichen Zeiten erinnert, als der freundliche Joujou ihre kaiserliche Mutter unterhielt. Er hofft auch, dass diese Erinnerung sie rührt und dieses Gefühl sie dazu bringt, sich für das Schicksal der Familie Boruwłaski zu interessieren. Er hofft außerdem, dass die königliche Gunst die Harmonie in seine Ehe zurückbringt.

Der Neffe Barboutan öffnet eine Flasche alten Weins und hebt fröhlich sein Glas. »Auf eine ruhmreiche Zukunft. Es lebe der König, und es lebe die Nation!«

Der Hof trauert um die Herzogin von Bayern, und Józef wird nicht in Saint-Cloud empfangen. Als die Herrscher in die Tuilerien zurückkehren, stellt er sich in von der Clairon finanzierter

Kleidung vor. Er wird abgewiesen. Ihre Majestäten bereiten sich auf den Jahrestag des Sturms auf die Bastille vor, sind aber bereit, den polnischen Besucher nach den Festlichkeiten zu empfangen. Seit Anfang Juli bemühen sich zwölftausend Arbeiter, das Marsfeld in eine gigantische, rechteckige Arena zu verwandeln. Auf den Wällen ringsum entstehen Sitzreihen. Man erwartet fünfzigtausend Vertreter der vier Millionen Bürgersoldaten sowie dreihunderttausend Zuschauer. An den Türen des Rathauses und aller Kirchen verkünden die mit dem Wappen der Pariser Kommune geschmückten Aushänge das große Ereignis.

> *Möge der Tag des Bündnisses aller Franzosen ein schöner werden!*
> *Ein Volk aus Brüdern, Erneuerern des Reiches und einem Bürgerkönig, geeint durch den gemeinsamen Schwur vor dem Altar des Vaterlandes, welch imposantes und für alle Nationen neuartiges Schauspiel!*
> *An einem 14. Juli habe wir die Freiheit errungen, an einem 14. Juli werden wir schwören, sie für immer zu erhalten.*

Je näher das Datum rückt, desto mehr Föderalisten strömen aus allen Gegenden Frankreichs herbei. Die meisten reisen zu Fuß und erhalten bei den Bauern in den Dörfern Kost und Unterkunft. Die Arbeiten auf dem Marsfeld sind in Verzug. Die Bevölkerung wird gebeten, Hand anzulegen. Zu Józefs Erstaunen stürmen die Helfer nur so herbei. Nationalgardisten, Soldaten, Kaufleute, Mönche, Priester, Notare, Anwälte, Drucker, Goldschmiede, Messer- und Topfmacher, Kohlenhändler, Metzger, Treidler – alle wollen mitmachen. Auch Frauen mischen sich darunter. Angesichts des verwirrenden Schauspiels, wie edle Damen, Kleiderhändlerinnen, Fischverkäuferinnen und Prostituierte die Ärmel hochkrempeln und Seite an Seite die Maurerkelle schwingen, reißt Józef die Augen auf. Er hat das Gefühl, im Theater zu sein und sich ein schlechtes, aber mit viel Überzeugung gespieltes Stück anzusehen. Diese Besessenheit von Brüderlichkeit ist zwar sympathisch und außerdem sicherlich kommunikativ, aber – möge es den Verkündern der neuen Zeiten gefallen oder nicht – sie klingt falsch.

Józef denkt an das Paris von Louis XV. und Maria Leszczyńska. An den Abgrund, der die Hohen von den Niederen trennte, als die Adeligen noch böse Männer waren, die ihren Kutscher auspeitschen ließen und die Töchter ihrer Pächter entjungferten. An die Marquisen, die ihre Dienerschaft in verlausten Dachkammern hausen ließen und ihre Zimmermädchen auf die Straße setzten, wenn sie krank wurden. Sicher, Monsieur de Beaumarchais hat das Theaterstück *Die Hochzeit des Figaro* geschrieben, in dem eine Gräfin sich mit ihrem Diener verbündet, um einen lüsternen Grafen zu demütigen. Trotzdem kann Józef sich nicht vorstellen, dass Frankreich innerhalb von dreißig Jahren zu einem »Volk von Brüdern« geworden ist, und er findet es sowohl lächerlich als auch beunruhigend, die eleganten Damen des Faubourg Saint-Germain aus voller Kehle singen zu hören:

»*Ah! ça ira, ça ira, ça ira,*
Quand l'aristocrate protestera,
Le bon citoyen au nez lui rira,
Sans avoir l'âme troublée,
Toujours le plus fort sera.«

Ah, wir werden es schaffen!
Wenn der Aristokrat protestiert,
Lacht ihm der Bürger ins Gesicht.
Unbefangen, wie er ist,
Wird er stets der Stärkere sein.

Nichtsdestoweniger wartet Józef ungeduldig darauf, die »Erneuerer des Reiches« und einen »Bürgerkönig« mit eigenen Augen zu sehen.

Am Morgen des großen Tages begibt er sich trotz heftigen Regens schon um fünf Uhr früh zum Marsfeld. Der Zug der Föderalisten bricht unter den dreiundachtzig Bannern der Departements von der Bastille auf, folgt den Straßen Rue Saint-Martin und Rue Saint-Honoré, überquert die Seine auf einer Holzbrücke gegenüber des Chaillot-Hügels und betritt unter einem Triumphbogen hindurch die riesige Arena. Józef ist früh genug da, um einen Platz auf halber Höhe der Ränge zu finden. Die Föderalisten trotzen stoisch dem Regen, ordnen sich zum Klang von Trommeln und Pfeifen und warten im Schlamm darauf, dass die Mitglieder der Nationalversammlung, die Botschafter und die königliche Familie die Tribünen neben der Militärschule besteigen.

In der Mitte des Platzes steht auf einem Podest ein Altar. Zusammen mit zweihundert Priestern, deren Chorhemden mit Trikoloren gegürtet sind, zelebriert Graf Talleyrand, der Bischof von Autun ist und als ausschweifender Wüstling gilt, die Messe und weiht die Banner. Monsieur de La Fayette reitet in Galauniform auf einem Schimmel ein und erntet tosenden Beifall. Sowohl Pferd als auch Reiter begrüßen das Publikum. Sie erweisen sich als so begabt für Paraden, dass sie im Zirkus auftreten sollten. La Fayette steigt auf das Podium und streckt seine behandschuhte Hand aus.

»Wir schwören«, ruft er, »der Nation, dem Gesetz und dem König für immer treu zu bleiben, mit aller Macht die von der Nationalversammlung verfügte und vom König genehmigte Konstitution zu unterstützen, die Sicherheit von Personen und Besitz zu gewährleisten, die Verteilung von Getreide und Lebensmitteln innerhalb des Königreichs zu sichern und mit allen

Franzosen durch die unauflösbaren Bande der Brüderlichkeit verbunden zu bleiben.«

Der Präsident der Nationalversammlung folgt ihm und schwört ebenfalls den Bürgereid im Namen der Deputierten und der Bürger, die ihn gewählt haben. Nun kommt der Augenblick, auf den alle warten. Louis XVI. erhebt sich. Er spricht von seinem Platz aus, unter dem Baldachin, der ihn vor dem Regen schützt. Józef findet seinen Bauch sehr dick, aber sein schweres Gesicht strahlt Würde aus.

»Ich, König der Franzosen, schwöre, die mir verliehene Macht zu benutzen, die von der Konstituante verfügte und von mir genehmigte Verfassung zu unterstützen«, erklärt der Herrscher mit einer Stimme, die er für fest hält.

Ein König, der erklärt, seine Macht von der Verfassungsgebenden Nationalversammlung erhalten zu haben, ist kein König mehr von Gottes Gnaden. Józef denkt, dass sich Louis XIV. und Louis XV. wahrscheinlich in ihrem Grab umdrehen.

Die Königin nimmt den kleinen Dauphin in die Arme, hebt ihn hoch und ruft: »Hier ist mein Sohn, der ebendiese Gefühle mit mir teilt.«

Józef ist überrascht von ihrer Schönheit, aber noch mehr von der Verachtung, die ihre ganze hochmütige Persönlichkeit zu durchdringen scheint. Sie lügt, das ist augenfällig. Die Worte der Unterwürfigkeit verunstalten ihren hübschen Mund. Sie setzt das Kind wieder ab und richtet sich auf. Mit ihrem ungebeugten Nacken und ihrem stolzen Kinn würde sie immer Königin sein, koste es, was es wolle.

Man klatscht. Vivatrufe werden laut. Unter den Klängen des zweihundertköpfigen Orchesters steht die Menge auf, um zuzuschauen, wie die Monarchen die Tribüne verlassen. Die Menschen steigen auf Bänke, fremde Knie und Schultern. Sie klammern sich an alles, woran man sich festklammern kann. Eine

Hand greift nach Józef, der sich auf die Bank gestellt hat. Jemand stößt ihm sein Knie in den Rücken. Józef gerät ins Schwanken und hält sich an einer Schulter fest, die ihm jedoch ausweicht. Seine Füße gleiten auf dem feuchten Holz aus. Er fällt auf die Knie. Ein Stoß in die Rippen streckt ihn nieder. Er rollt über die schlammigen Holzbalken zwischen Füße in Nagelstiefeln, die im Marschtakt stampfen, über die Ränge springen, rennen und laufen, um das Fest an anderer Stelle fortzusetzen. Die Pariser Kommune hat ein Bankett für dreiundzwanzigtausend Gäste vorbereitet. Eine Kanone wird abgeschossen. Józef versucht, wenigstens seinen Kopf zu schützen. Vierzig Artilleriegeschütze feuern Triumphsalven ab. Die Bürger werfen ihre Hüte in den Himmel, aus dem es wie ein Echo ebenfalls donnert. Begeistert stürzen sie auf La Fayettes Schimmelhengst zu und trampeln dabei wie eine blinde Armee über Józefs ausgestreckten Körper hinweg.

Tage oder Wochen später erwacht Józef aus einem unvorstellbaren Albtraum.

Er war unter einen Mühlstein geraten.

Alle Knochen sind gebrochen, man hat ihm bei lebendigem Leib die Haut abgezogen.

Er hat seinen Namen vergessen.

Er brennt wie eine Fackel. Der Schmerz wütet so sehr, dass es ihm Stimme und Atem verschlägt und dass er nicht mehr denken kann.

Sein Bewusstsein driftet ab.

Die Not sitzt auf dem Brunnenrand von Wodnopol und unterhält sich mit Zofia Boruwłaska, die ihren Federhut trägt und sich Uhrgewichte um die magere Brust gebunden hat. Die beiden Damen entdecken ihn und winken ihm, näher zu kommen. Seine Mutter nimmt seine linke und die Not die rechte Hand, sie halten ihn fest, ziehen und stürzen mit ihm in das Loch.

Er versinkt.

Der Kopf von Anton Boruwłaski taucht mit Teichlinsen übersät aus dem Weiher auf. Sein rotes Haar und seine Koteletten sind verbrannt. Er lächelt seinem Sohn zu. Er hat keine Zähne mehr, und eine Natter züngelt zwischen seinen grauen Lippen.

Józef liegt nackt auf einer nach Urin stinkenden Pritsche. Zwischen seinen verklebten Wimpern hindurch sieht er rechts und links nur weiße Laken.

Jenseits der Laken hört er Frauenstimmen, das Geräusch von aneinanderstoßenden Eimern und Klagelaute. Viele Klagelaute.

Er zittert vor Kälte.

Er denkt, dass er niemals die Wüste oder von ewigem Schnee bekrönte Berge sehen wird. Er denkt, dass es entsetzlich wehtut zu sterben.

Er hört Männerstimmen neben sich. Seine Lider sind verklebt, er kann sie nicht öffnen. Die Stimmen unterhalten sich, als wäre er gar nicht da.

»Faszinierend.«

»Die Natur bringt unglaubliche Dinge hervor.«

»Welch ein Glück, dass man ihn zu uns gebracht hat.«

»Der Ärmste, lange macht er es nicht mehr. Beobachten Sie ihn, und schreiben Sie alles auf. So etwas wie ihn bekommt man nicht oft zu Gesicht.«

»Und dieses kleine Ding hat wirklich eine Ehefrau?«

»Ja, und sie ist sogar Französin.«

»Tatsächlich?«

»Aber seien Sie diskret. Seine Gattin darf nicht erfahren, dass er bei uns ist. Und wir sollten auch darauf achten, dass sie erst von seinem Tod erfährt, wenn es zu spät ist, die Leiche zurückzufordern.«

»Wollen Sie ihn sezieren?«

»Oder einbalsamieren?«

»Ich nehme an, Sie haben von dem Zwerg Bébé gehört.«

»Nicolas Ferry, ja.«

»Er galt als kleinster Zwerg der Welt, ehe Monsieur de Tressan diesen hier entdeckt hat.«

»Meinen Sie den Günstling des Herzogs von Lothringen? Der, dessen Skelett in der großen Galerie der Akademie der Wissenschaften ausgestellt ist?«

»Genau.«

»Eine bewundernswerte Arbeit.«

»Nicht wahr? Diese Leiche hier werden wir auf die gleiche Weise bearbeiten.«

Józef spürt, wie sich Hände auf seine Schienbeine legen. Der Schmerz vernebelt sein Bewusstsein. Wie durch einen Übelkeit erregenden Nebel hört er: »Zunächst das Fleisch von den Knochen lösen. Dann die Knochen reinigen und sie so lang kochen, bis sie ganz weiß sind. Danach das Skelett mit Bleidraht und Klebstoff wieder zusammensetzen. Wenn es gut gemacht wird, hält es hundert, zweihundert oder gar dreihundert Jahre.«

»Ruhm und Unsterblichkeit für den kleinen Joujou.«

Józef stößt stumme Schreie aus.

Sein Körper ist ein Käfig aus weißglühenden Stacheln und sein Kopf ein finsteres Loch. Er ist nicht in der Lage, den geringsten Laut von sich zu geben.

Der Grund des Brunnens ist absolut schwarz.

In der Schwärze streift ein Engelsflügel vorbei. Es ist die weiße Haube einer Nonne.

Die Schwester hat sanfte Hände, die wissen, was sie tun. Essigwasser, Chinin, Salben, Verbände, Schienen.

Die Nonne kommt vor oder nach den Ärzten, niemals gleichzeitig mit ihnen.

Sie sagt: »Sie werden nicht sterben. Sie haben Besseres zu tun.«

Sie sagt: »Gott ist noch nicht fertig mit Ihnen.«

Sie sagt: »An dem Tag, an dem Sie das Ende Ihres Weges erreichen, wissen Sie es. Wissen Sie es?«

Er weiß nur, dass er aus seinem gequälten Körper herausfahren möchte, aber nicht kann.

Sie sagt: »Vertrauen Sie! Sie enden nicht in der Galerie der Akademie der Wissenschaften.«

Gott und die Hände der Nonne geben ihm das Leben zurück. Körnchen für Körnchen, wie eine Sanduhr, die sich nicht leert, sondern immer voller wird. Die Ärzte, die ihn zerlegen und kochen wollten, sind erstaunt und enttäuscht. Sie kreisen um sein Bett, seinen Oberkörper, seinen Bauch, seine Arme und seine Beine, deren Wunden allmählich verheilen und deren Knochen wieder zusammenwachsen. Sie sind wie Aasgeier, denen ein Festmahl entgeht, mit dem sie fest gerechnet hatten.

Auch Józefs Erinnerungen kehren Körnchen für Körnchen zurück.

Der unermüdliche Körper einer Frau mit roten Lippen. Ihr Lachen, das die Arme der Welt öffnete.

Sunday.

Die goldenen Augen eines kleinen Mädchens, das einstmals seine Tochter war, es aber nicht mehr ist.

Isalines Augen mit den Schmetterlingswimpern. Isaline ist seine Frau. Wenn er sie ansieht, verspürt er keine Liebe und kein Begehren mehr. Nur noch Furcht und Schmerz.

Fanfan.

Fanfan, die vor einem Kamin steht und ihr kleines Gesicht

zu ihm erhebt. Sie klatscht in die Hände und ruft: »Spring, *tatuś!*«

Ein Mann kniet vor ihm und bittet ihn um Verzeihung. Er hat rotes Haar, seine Koteletten sind nicht verbrannt, und er spricht, ohne dass eine Schlange zwischen seinen Lippen züngelt.

Sein Name. Boruwłaski.

Mit seinem Namen lebt Polen wieder auf.

Die Stille, wenn Schnee liegt. Der würzige Duft der Felder nach der Ernte. Die helle Rinde der Birken. Weihrauch und Honig. Krebse. Die Hütten der Juden.

Halicz, Wodnopol, Turly.

Die Riesen, die applaudieren, wenn er tanzt, nennen ihn Joujou. Schmuckstück. Schoßhündchen.

Der Dorfpfarrer nennt ihn ein Wunderkind und einen Auserwählten.

Isaline nennt ihn einen Verfluchten und einen Lump.

Sunday nennt ihn Józef.

Die Landschaft fügt sich wieder zusammen, verdichtet sich und wird heller.

Er ist Józef Boruwłaski, Sohn von Anton, er ist einundfünfzig Jahre alt, und Gott, der ihm sein Mal aufgedrückt hat, will nicht, dass er stirbt.

Noch nicht.

Nicht, bevor er bereut und sich gebessert hat.

Józef Boruwłaski liebt Isaline nicht mehr, er achtet sie auch nicht mehr, aber er hat ihr Unterstützung und Treue geschworen, bis dass der Tod sie scheidet. Diese Verpflichtung muss er einhalten.

Józef Boruwłaski liebt Sunday, aber Sunday ist eine Prostituierte, und er darf sie niemals wiedersehen.

Sobald er in der Lage ist, sich verständlich auszudrücken, fordert er, dass man seine Frau benachrichtigt.

Der Concierge der Stadtvilla lässt antworten, dass die Dame und das kleine Mädchen das Haus mit einem großen Koffer verlassen hätten. Eine Kalesche habe sie abgeholt, schon vor langer Zeit. An einem Morgen. Im vergangenen September, als das Wetter nach viel Regen endlich schön wurde. Am zwanzigsten, vielleicht auch am zweiundzwanzigsten. Weil Mademoiselle Clairons Bedienstete ihrer Herrin auf ihren Landsitz nach Issy gefolgt waren, habe er den Koffer der Dame hinuntertragen müssen. Er sei schwerer gewesen als ein Schaf. Ein eleganter Herr habe an der Kalesche gewartet. Die Dame habe zu weinen begonnen, das kleine Mädchen sei ihm stürmisch um den Hals gefallen. Kind und Herr ähnelten sich wie ein Ei dem anderen. Alle drei seien in den Wagen gestiegen, der Herr habe ihm ein Trinkgeld für seine Mühe gegeben, und das war's.

Das war's.

Józef findet heraus, dass er im durch einen Brand stark beschädigten Siechenhaus Hôtel-Dieu liegt, und zwar am Ende eines Saales, in dem man den Unheilbaren hilft, ohne allzu laut zu klagen, vom Leben in den Tod zu gelangen. Er erkundigt sich, wie viel Zeit vergangen ist, seit die Pariser in ihrer brüderlichen Freude am 14. Juli 1790 auf seinem Körper getanzt haben.

Zehn Monate.

Ist während dieser zehn Monate niemand zu Besuch gekommen? Wollte niemand wissen, wie es ihm ging?

Die Nonne mit den Feenhänden antwortet ein wenig verlegen, dass niemand Bescheid wusste, weil die Herren von der Fakultät ihn für sich behalten wollten. Wie sollte man außerdem die Angehörigen eines Kranken ausfindig machen, der nicht mehr weiß, wer er ist?

Die Clairon und der Baron von Staël kommen ihn besuchen. Ihr Kutscher schleppt Berge von Süßigkeiten herbei, die Józef an seine Gefährten im Unglück verteilt. Die Freude, mit der die Clairon ihr tot geglaubtes Vögelchen begrüßt, ist rührend. Sie betastet und küsst Józef, sie küsst und betastet ihn und lauscht andächtig dem Bericht der Nonne, die von seinen überstandenen Qualen und seiner wundersamen Genesung erzählt.

Sie bedankt sich bei der Nonne: »Gott wird es Ihnen tausendfach vergelten, Schwester. Dreitausendfach. Es wäre das Mindeste.«

Zu Józef sagt sie: »Hast du dich dem Teufel verschrieben, dass du mit ein paar Beulen davongekommen bist?«

Das Haus in Issy liegt in einem Garten, in dem im Sommer wilder Jasmin blüht. Der nächste Nachbar ist der Prince de Condé, der inzwischen jedoch kein richtiger Nachbar mehr ist, weil er sich in den Monaten nach der Erstürmung der Bastille mit seiner Familie nach Belgien abgesetzt hat. Monsieur de Staël kommt oft zu Besuch. Germaine, seine umtriebige Ehefrau, betrügt ihn mit dem Vicomte de Narbonne.

Mademoiselle Clairon bietet ihm an, ihn zu trösten. Als Józef sich darüber wundert, dass eine Frau an einen fast dreißig Jahre jüngeren Mann schreibt: *Warum wurde meine Zuneigung zu Ihnen gleich beim ersten Blick geboren?*, antwortet die Schauspielerin, dass ein kampfloser Sieg wie ein Triumph ohne Ruhm sei und dass eine solche Eroberung ein meisterhafter letzter Vorhang für die *Erinnerungen an die Bühne* wäre, die sie ihrem Publikum schon bald vorlegen würde.

In Issy lernt Józef, seine Beine, Arme und Finger wieder zu gebrauchen. Als er das erste Mal den Geigenbogen hebt, ist der Schmerz so furchtbar, dass er die Besinnung verliert. Er beißt die Zähne zusammen und wiederholt die Übungen wie einen

Rosenkranz, denn wenn er nicht mehr Geige spielen könnte, wovon sollte er dann leben?

In Issy erfährt er, dass die königliche Familie Paris mithilfe des Grafen von Fersen und des Marquis de Bouillé in einer großen Kutsche verlassen hat. Begleitet wurde sie von drei Zitronengelb livrierten Dienern, was sicher eines der besten Mittel ist, um unerkannt zu entkommen. Vor allem, weil Zitronengelb die Farbe der Condés ist, die ohnehin schon als Vaterlandsverräter gelten. Nachdem der Wagen fünf Stunden Verspätung hatte und die vorgesehenen Ablösungen mit Verstärkung der Eskorte nicht erreichte, wurde er schließlich auf der Brücke von Varennes-en-Argonne angehalten. Und zwar auf der Brücke des Oberdorfs und nicht des Unterdorfs, wo frische Pferde warteten. Louis XVI. besaß einen Passierschein auf den Namen Monsieur Durand, die Königin einen auf den Namen Madame Rochet. Der Dauphin und seine Schwester reisten als die Kinder von Madame de Tourzel, ihrer Gouvernante, die man in Madame de Korff umgetauft hatte. Madame Élisabeth, die Schwester des Königs, spielte die Dienerin. Zwar trug der Monarch einen einfachen Anzug, hatte sich aber weder geschminkt, noch trug er Schnurrbart oder Brille oder etwas anderes, das sein von allen Münzen bekanntes Profil hätte kaschieren können. Er war für jedermann erkennbar.

In Varennes läutete die Sturmglocke, und die Bevölkerung drängte herbei, um mit eigenen Augen den Herrscher der Franzosen zu sehen, der sich aus dem Staub machte wie ein Apfeldieb. Zu den Waffen, Bürger! Die Reisenden wurden ohne langes Federlesen aus der Kutsche gezerrt und in ein benachbartes, nicht gerade bequemes Haus gesperrt. Am nächsten Morgen fesselte man den gelb befrackten Dienern die Hände auf den Rücken, und die bedauernswerte Mannschaft machte sich auf den Rückweg in die Hauptstadt. Begleitet wurde sie von bajonettbewehrten Bürgern von Varennes sowie königlichen Dragonern, die sich mit bewundernswertem Elan der Sache der Nation zugewandt hatten.

In Paris wurde der Zug von Monsieur de La Fayette mit einer der Situation entsprechenden Bestürzung und Strenge erwartet. Er hatte große Mühe, das Volk davon abzuhalten, sich der Königin zu bemächtigen und sie in der Luft zu zerreißen. Er begleitete die Majestäten in ihre Räumlichkeiten in den Tuilerien, wo er sie respektvoll einschloss und schwer bewacht zurückließ.

Ende des Abenteuers.

Der König von Frankreich wird in seinem eigenen Palast gefangen gehalten.

Die Clairon seufzt.

»Die Welt, die wir kannten, ist in Auflösung begriffen, Vögelchen. Kehre lieber nach London zurück. Hier gibt es nichts Gutes mehr für dich zu erwarten.«

Józef schüttelt den Kopf. »Ich muss erst meine Frau und meine Tochter wiederfinden.«

»Isaline wird nicht zu dir zurückkehren. Sie liebt einen anderen und hält dich für tot. Was glaubst du wohl, wie sie dich empfängt, wenn du dich humpelnd bei ihrem Liebhaber meldest, dem, wenn ich meinem Concierge glauben darf, Fanfan gleicht wie ein Spiegelbild? Lass die drei glücklich werden, und laufe du mit dem, was dir von deinen Beinen noch geblieben ist, deinem Glück nach. Nimm dir eine andere Frau, oder zwei oder drei. Die hübschen Damen haben dich immer geliebt. Zeug noch ein Kind, oder zwei oder drei. Nutze die Gelegenheit, solange du noch Zähne und Haare hast. Nutze sie rasch. Das Leben wurde dir nicht zurückgegeben, damit du Trübsal bläst!«

In Wahrheit denkt Józef weniger an Isaline als vielmehr an Sunday.

Sunday, die ihm geschworen hat, nicht auf ihn zu warten. Sunday, die nie mehr zu berühren er sich geschworen hat.

Am 1. September 1791 besteigt er ein Schiff und kehrt nach England zurück.

Weil ein alleinstehender Mann weder vier Zimmer noch zwei Eingänge, Lehnsessel, türkische Teppiche oder Prunkgeschirr braucht, verkauft Józef sämtliche Möbel aus der St. James Street und mietet eine einfache möblierte Wohnung in der Jermyn Steet. Er setzt sich auf das Sofa, das ihn weder an Magdeleine Jollin noch an Jean de Trouville erinnert und überlegt, welchen Sinn es hat, Gelegenheiten zu nutzen, wenn es niemanden gibt, mit dem man Freud und Leid teilen, für den man kämpfen und den man lieben kann.

Die Herzogin von Devonshire empfängt ihn mit unveränderter Güte. Ihre Augen sind nicht mehr traurig, sondern funkeln. Während ihr *dear count* sich mit den Qualen der Revolution vertraut machte, hat sie ihrem Gatten endlich den ersehnten Sohn geschenkt und sich, weil sie die Aufgabe so gut gemeistert hat, eine Affäre mit dem anziehenden Charles Grey gegönnt.

»Es sind weder Ideale noch der Ruhm, die Flügel verleihen, *my dear Count*«, erklärt sie Józef. »Es ist die Liebe.«

Die Liebe.

Ende Dezember geht Józef mitten am Nachmittag zum Pantheon. Als ob nichts wäre. Um alte Bekannte zu begrüßen. Der Betreiber findet es schade, dass er seine Gitarre nicht mitgebracht hat, schüttelt ihm aber sehr herzlich die Hände. Der kleine schwarze Diener Joshua bringt etwas zu trinken, und weil man ihrer zu dieser Uhrzeit nicht bedarf, setzen sich die Mädchen auf den Boden und fordern ihren lieben Joujou auf, von Paris zu erzählen. Sie tragen Unterröcke, kurze Korsetts und weiße Strümpfe und sehen aus wie Pensionatsmädchen. Józef berichtet von der hoheitsvollen Haltung Marie Antoinettes und von dem forschen La Fayette. Er zeigt die Narben, mit denen ihn die Bürgersoldaten beehrt haben. Schließlich bemerkt er ganz nebenbei, er wundere sich, Sunday nicht zu sehen.

Der Wirt verzieht das Gesicht.

»Davongemacht hat sie sich, unsere Amazone. Glücklicherweise sind unsere Neuzugänge sehr vielversprechend. Wir haben hier eine glutheiße Waliserin und eine kleine Inderin mit samtiger Haut. Echte Schätze. Möchten Sie sie vielleicht sehen?«

Pflichtschuldigst bewundert Józef die Schätze und wendet sich mit schmerzlich leerem Herzen ab. In der folgenden Woche versucht er sein Glück im White House. Das Etablissement kommt ihm noch dubioser und die Kundschaft noch zweifelhafter vor als zu der Zeit, als man ihn Tag für Tag dafür bezahlte, mit verbundenen Augen zu spielen. Ein Mädchen im Tigerjägerkostüm führt ihn in einen Raum, in dem Geweihe von Hirschen, Mufflons und Büffeln und angebliche Mammutstoßzähne die Wände zieren. Als sie begreift, dass der Besucher nicht gekommen ist, um sich zu vergnügen, sondern wissen will, wo Sunday ist, legt sie ihr koloniales Schmachten und ihre gepflegte Sprache ab. Sie habe Durst und ein kleines Glas Brandy würde die Sache schon richten, wenn es nicht zu klein ausfiele. Nach einem weiteren Glas, diesmal Gin, lässt sich die ganz und gar nicht mehr distinguierte junge Dame in einen mit Warzenschweinzähnen geschmückten Sessel fallen und verkündet dem Herrn, dass sie ihm gern alles über Sunday sagen würde, was sie wisse. Das sei allerdings nicht viel, denn das Luder habe sich vom Acker gemacht, ohne sich zu verabschieden. Es sei wirklich der Gipfel, denn die Mädchen hier seien alle wie Schwestern, bis auf sie, die nicht einmal über ihre Geheimnisse sprach.

»Lief sowieso schon vorher nicht mehr gut.«

»Schon vorher?«

»Bevor sie im richtigen Moment verschwunden ist. Hielt sich anscheinend für was Besseres und hat über alles und jedes die Nase gerümpft. Hatte Liebeskummer und war dauernd mit ihren Gedanken woanders. Ich bitte Sie!«

»Liebeskummer?«, fragt Józef verwundert. »Sind Sie sicher, dass wir von derselben Sunday sprechen?«

»Die, von der die Männer mit rollenden Kuhaugen als ›der Apotheose‹ gesprochen haben. Ich hab noch nie so einen Spitznamen gehört, den kann man nicht verwechseln.«

Józef wird rot, und das Mädchen bemerkt es. Sie kichert.

»Ach, Sie auch?«

»Wir sind uns mal über den Weg gelaufen«, stottert Józef. »Vor ein paar Jahren.«

»Sie war einfach nicht mehr die Alte. Erst hat sie sich monatelang auf dem Land versteckt, und danach hat sie nur noch rumgejammert und hatte keine Lust mehr zu nichts.«

Józef wird es plötzlich sehr heiß. »Vielleicht ist sie krank.«

»Vielleicht auch nicht. Vielleicht hat's sie kalt erwischt. Das kann jeder von uns passieren.«

»Ich hatte den Eindruck, dass sie hochstehende Persönlichkeiten kannte, die ihr beistehen würden.«

»Vielleicht auch nicht. Mit ihren Launen hat sie mehr als einen vergrault. Nie war sie da, wenn man sie wollte oder wo man sie wollte. Mademoiselle hatte Wichtigeres im Kopf. Seit wann hat eine wie wir Wichtigeres im Kopf, als aufzupassen, dass der Darm keine Löcher hat, ehe man ihn über ein bestimmtes Körperteil des Kunden streift.«

»Der Darm?«

»Na, die Socke! Das Nachthäubchen! Sind Sie vom Mond gefallen?«

Er fällt, aber nicht vom Mond, sondern aus allen Wolken. Inzwischen bemüht er sich verzweifelt, sich zu erinnern, ob

Sunday im entsprechenden Moment je ein Stück Eingeweide vom Schwein oder Schaf über sein begeistertes Tier gestreift hat. Ehe er … Er weiß nicht recht, ob er glücklich darüber sein soll oder nicht, aber er denkt, dass sie es nicht getan hat. Um sich nicht in unsicheren Gefilden zu verirren, weicht er lieber aus.

»Sunday hat den Mietvertrag für ihre Wohnung hinter der St. Paul's Cathedral gekündigt. Wissen Sie vielleicht, wo sie jetzt wohnt?«

»Führen Sie Ihre Gamaschen mal in der Gegend von St. Giles spazieren. Oder in Holborn. Smithfield. Wenn es mit den Mädchen den Bach runtergeht, kann man sie da auflesen. Junge genauso wie Alte, ich weiß das, meine Mutter hat da einen Laden.«

In den östlichen Pariser Vorstädten, im Norden Englands und in irischen und schottischen Dörfern hat Józef jede Form von Armut erlebt. Aber noch nie hat er etwas so Hoffnungsloses gesehen wie das Gewirr aus mittelalterlichen, von düsteren Durchgängen gesäumten Gassen und die morastigen Höfe neben baufälligen Gebäuden, deren Fassaden die Bewohner mit Schlamm und Asche notdürftig befestigen. In Smithfield mischt sich der Gestank offener Abwasserkanäle mit dem von Misthaufen, nachlässig verscharrten Kadavern, aus den Fenstern geworfenen Abfällen und den nahe gelegenen Schlachthöfen. Die Ausgaben für das Pflastern öffentlicher Straßen müssen die Anwohner aufbringen, die jedoch so arm sind, dass sie am liebsten die eigenen Finger äßen. Daher bleiben die Wege schlammige Brachen ohne Gehsteige und ohne eine Möglichkeit, trockenen Fußes von der einen auf die andere Seite zu gelangen. Natürlich gibt es auch keinen Trinkwasserbrunnen, keine Nachtbeleuchtung und keine Kanalisation.

Wer sich unter normalen Umständen in begüterteren Vierteln aufhält, schleicht angeekelt an den leprösen, in viele, manchmal fensterlose Wohneinheiten aufgeteilten und nie beheizten Häusern entlang. Hier können Tagelöhner, fliegende Händler, Trunkenbolde und Kleinkriminelle wochen- oder monatsweise sogar hochwassergefährdete Keller und dürftige Speicher mieten. Überall gibt es Prostituierte. Ihre Röcke lassen die Knöchel sehen, ihre Brüste hängen aus der Korsage. Für einen Penny, ein Glas Schnaps oder etwas Tabak darf jeder Hergelaufene sie an eine Mauer pressen und nehmen. Und zwar ohne Darm oder Nachthäubchen. Viele verstecken die Pusteln ihrer Geschlechtskrankheit unter aufgeklebten Schönheitsmalen. Auf der Suche nach noch nicht infizierten Mädchen schürzen die Puffmütter ihnen die Lippen und ziehen die Augenlider hoch. Wenn das Mädchen gesund zu sein scheint, nehmen sie es mit zu ihrem Kunden, der irgendwo abseits in einer Mietkutsche wartet.

Die Trunksucht mildert die Not nicht etwa, sondern verstärkt sie noch. Zu Beginn des Jahrhunderts schossen die Brennereien wie Pilze aus dem Boden, angeblich, um die Überschüsse an Mais zu verarbeiten und Arbeitsplätze zu schaffen. Sie arbeiteten umso profitabler, als der Gin zu einer kaum besiegbaren Abhängigkeit führte. Solang der Verkauf nicht staatlich überwacht wurde, kaufte jedermann seine Tagesration an der Straßenecke, beim Barbier oder beim Gemischtwarenhändler. Jede fünfte Verkaufsbude bot im Schaufenster Alkohol und im Obergeschoss leichte Mädchen an. Nachdem für den Verkauf von Alkohol eine Lizenz erworben werden musste, verlangsamte sich die Epidemie zwar, wurde aber keineswegs ausgerottet.

Józef findet im armseligen Gebiet von Farringdon Without, das sich von der Fleet Street bis Smithfield erstreckt, nicht die geringste Spur von Sunday. Ebenso wenig im Umkreis der Pfarrei St. Giles, wo kaum vierzehnjährige Mädchen, zahnlose alte Weiber, Spitzbuben mit losem Mundwerk und einige Schönheiten mit milchweißer Haut um Kundschaft buhlen.

Er klopft auch an die Pforte des Asyls von St. Giles. Nachdem man ihn auf Herz und Nieren geprüft hat, gestattet man ihm, die Insassen zu begutachten. Die scheinbar karitative Einrichtung verursacht Józef eine Gänsehaut. Die dort untergebrachten Frauen sind dürr wie indische Kühe, haben graue Wangen und erloschene Augen. Viele tragen die Spuren von Schlägen. Józef begreift, dass sie für ein Dach über dem Kopf und eine Kelle Suppe zwölf Stunden am Tag Schuhe, Strümpfe und Kopfbedeckungen für Matrosen herstellen müssen. Widerspenstige oder Faulpelze werden in ein Verlies geworfen, in dem sie hungern, bereuen und manchmal – eigentlich mehr als nur manchmal, um nicht zu sagen sehr häufig – auch sterben.

Sunday ist nicht in St. Giles gestorben.

Sie ist auch in keinem der *workhouses* gelandet, deren Namen Józef einen nach dem anderen abhakt.

Sie siecht in keinem der Krankenhäuser und Asyle dahin, die er besucht.

Sie sitzt auch nicht im Gefängnis an der Fleet Street.

Verzweifelt kehrt Józef ins White House zurück, und nachdem er die junge Dompteuse, die an diesem Tag als Orientalin kostümiert ist, mit einem geistigen Getränk versorgt hat, fragt er sie, ob sie zufällig hier oder da etwas Neues über die »Apotheose« erfahren habe.

»Nach allem, was man so hört«, antwortet die Kleine seufzend, »ist Ihre Schöne ungefähr da auf und davon, als Sie mich das erste Mal nach ihr gefragt haben. Nach Wales. Mit einem Einheimischen. Reich genug, um sie zu überzeugen, hier alles stehen und liegen zu lassen, und alt genug, um sie nicht mehr lange zu belästigen.«

»Wirklich? Sind Sie sicher?«

»Vielleicht auch nicht. Mädchen sind eine Wonne, aber die Wonne ist wie der Wind – man darf ihr nicht nachlaufen, mein kleiner Herr. Sie sehen schwach aus. Wenn Sie ihr weiter nachlaufen, werden Sie krepieren. Und Ihre Sunday, ob sie nun bei ihrem Waliser ist oder sonst wo, die wird's nicht mal wissen.«

Im Frühjahr 1792 erscheint eine zweite Auflage der *Memoires* von Józef Boruwłaski.

Überarbeitet und korrigiert.

So gründlich überarbeitet und korrigiert, dass der Name Isaline Barboutan nicht mehr darin auftaucht.

In diesem Buch verliebt sich Józef nicht in eine französische Gesellschaftsdame. Er rackert sich nicht damit ab, sie zu ihrem gemeinsamen Unglück für sich zu gewinnen. Er heiratet weder sie noch irgendeine andere.

Er gibt seine älteste Tochter nicht auf. Er verzichtet nicht auf seine jüngere Tochter. Er hat gar keine Kinder.

Die Ausgabe wird mit einer hübschen Radierung verkauft, die Józef im schwarzen Anzug mit weißer Krawatte zeigt. Er hat ein leichtes Lächeln auf den Lippen und scheint mit klaren, verträumten Augen in die Vergangenheit, Gegenwart und Zukunft zu blicken.

Ja, Józef träumt.

Er träumt, dass Sunday seine Memoiren kauft. Die Illustration befindet sich auf der ersten Seite, sie kann sie nicht übersehen.

Er träumt, dass sie versteht, dass Isaline, Fanfan und sogar Józefa aus seinem Leben verschwunden sind. Dass es einen freien Platz gibt. Und dass dieser Platz für sie reserviert ist.

Inzwischen wäre er sogar bereit, ihr das Kind zu schenken, das er ihr verweigert hatte. Falls sie es sich noch immer wünscht. Und falls sie ihn noch will.

Der Sommer vergeht, dann der Herbst.

Des vergeblichen Wartens müde packt Józef seine Koffer und

fährt nach Irland. Begleitet wird er von einem einäugigen, aber sehr ergebenen Diener.

Die Tournee des fabelhaften Zwergs aus Polen wird in allen Städten und Dörfern, in denen er auftritt, mit kleinen Plakaten verkündet. Weil Józef nicht mehr tanzen kann, unterhält er sein Publikum mit abenteuerlichen, erfundenen Geschichten aus der tiefsten Türkei, aus Lappland, Dalmatien und Kroatien. Die irischen Adeligen und die Insassen des Gefängnisses von Belfast möchten mehr hören. Er erfindet eine Expedition in die Katakomben von Tunis, wo ihn Graf Benjowski (den er kaum kennt), ein Schüler des unsterblichen Comte de Saint-Germain (den er noch viel weniger kennt), in die Geheimnisse des Okkultismus einweiht.

Trotz seines gewöhnungsbedürftigen Akzents und des begrenzten Vokabulars hören ihm die Leute begeistert zu. Józef liebt vor allem das bescheidene Publikum, dessen Naivität, Ehrlichkeit und Wärme ihn berühren. Das Vergnügen, das er ihm bereitet, befriedigt ihn. Er strebt nicht mehr danach, glücklich zu sein. Noch nicht einmal danach, nicht unglücklich zu sein. Er ist ein Possenreißer, der wie ein Korken über die Wellen springt, einen Abend in einem hoheitlichen Gutshaus, am nächsten in einer Halle neben einer Schafherde.

Einzig mit seiner Freundin Clairon verbindet ihn eine dauerhafte Zuneigung.

Die Schauspielerin schreibt ihm zwei- oder dreimal im Jahr und vermischt in ihren Briefen den Kanonendonner der Revolution mit Klatsch aus den Alkoven und mit Trauerfällen.

Louis XVI. de Bourbon, der später nur noch Louis Capet hieß, wurde 1793 enthauptet, wie schrecklich, Paris ist im wahrsten Wortsinn ein Halsabschneider geworden, und die Markgräfin von Ansbach, die Ärmste, ist schon 1791 gestorben. Die Erfindung von Doktor Guillotin überschwemmt Frankreich mit

Blut, die Pfirsiche sind dieses Jahr verhagelt, der Markgraf von Ansbach überlegt, seine Ländereien zu verkaufen und sich mit Lady Craven nach England zurückzuziehen. Józefa Charlotte will das Kloster nicht verlassen, in dem sie erzogen wurde, ihr Noviziat beginnt an ihrem fünfzehnten Geburtstag im Januar 1796, Königin Marie-Antoinette hat das gleiche schreckliche Schicksal ereilt wie ihren Mann, der neunjährige Dauphin und seine Schwester sind im Temple eingesperrt, dieses Mal geht die Welt sicher für immer unter. Baron de Staël hat das Haus in Issy gekauft, und seine liebe Clairon lebt dort mit ihm. Isaline, die man in Angers als Madame Trouville kannte, ist einem Lungenfieber erlegen. Monsieur Trouville, der vorgebliche Ehemann, hat der Todesanzeige eine persönliche Note beigelegt, in der er erklärt, die Verstorbene sehr zu vermissen und dass es ihrer Tochter Françoise an der Loire, deren Klima ihr gut bekomme, ganz ausgezeichnet gefalle. General Bonaparte ist ein Winzling, hat aber durchdringende Augen und wird es vermutlich weit bringen, Germaine de Staël ist zu ihrem Ehemann zurückgekehrt und hat eine Tochter von ihm bekommen, Männer sind zweifellos ein enttäuschendes Gezücht. Das Manuskript mit dem Titel *Hippolyte Clairon, Considération sur elle-même et sur l'art dramatique* ist fertig, die Autorin aber bezeichnet darin ihren geliebten Markgrafen als hinterhältig und undankbar, das Werk wird im Oktober 1798 erscheinen, inzwischen sagt man allerdings *Vendémiaire des Jahres VII.*

Im Jahr VI der Republik, dem Jahr, in dem seine Fanfan zu Françoise Trouville wurde, kehrt der Schelm nach London zurück.

Er ist achtundfünfzig Jahre alt.

Seine Leiden haben ihn verbraucht, er lechzt nach Ruhe. Das Frühjahr ist mild, und das Geißblatt an den Gittern der Plätze erinnert ihn an seine einsamen Spaziergänge, als Isaline sich im Schlafzimmer von Rattle Place Nr. 3 von ihrer Fehlgeburt erholte. Oft denkt er an seine Angebetete. Ohne Verbitterung. Er hofft, dass Trouville ihr das gegeben hat, was er ihr nicht schenken konnte. Er weiß, dass er sie sehr geliebt hat, aber die Erinnerung berührt ihn nicht mehr. Ihren Duft hat er längst vergessen. Nur ihre goldene Augen hat er im Gedächtnis behalten.

Die Augen seiner Ältesten.

Und ihre Schmetterlingswimpern.

Die Wimpern seiner Jüngsten.

Seine Tage verbringt er mit Hausbesuchen, die keine großen Überraschungen mehr bereithalten. Er absolviert sie mechanisch einen nach dem anderen, wie ein Buchhalter, der sich über seine Aufzeichnungen beugt. Um sich zu entspannen, macht er lange Spaziergänge entlang der Themse oder im Hyde Park.

Der See im Hyde Park ist groß und liegt blass unter dem weißen Himmel. Die umliegenden Rasenflächen prunken in frischem Grün, auf das die Kleider der Spaziergängerinnen rosa, blaue und gelbe Blüten sprenkeln.

Sie sitzt auf einer Bank, im Profil, den Hals ein wenig gebeugt. Unter ihrem mit Musselin geschmückten Sonnenschirm hat sie die Augen geschlossen. Um sie herum laufen Kinder ihren Reifen nach.

Józef erkennt sie sofort. Seine Knie werden weich. Er lässt die Tüte fallen, die er in der Hand hielt, und die für die Enten bestimmten trockenen Brotstücke kullern ins Gras.

Ein kleines Mädchen taucht wie ein Kobold aus einem Gebüsch auf und läuft auf ihn zu. Es bückt sich, sammelt eines nach dem anderen die Brotstücke ein und steckt sie sorgfältig zurück in die Papiertüte.

Die Kleine trägt einen Samtmantel, eine passende Kappe und rote Handschuhe. Sie richtet sich auf, betrachtet Józef, runzelt die Stirn, zieht die Nase kraus und erkundigt sich nach kurzem Zögern: »Sind Sie der Herr aus dem Buch, das bei meiner Mama auf dem Nachttisch liegt?«

Wie versteinert starrt Józef die Kleine an und bleibt die Antwort schuldig.

»Sprechen Sie kein Englisch?«, fragt das Mädchen.

Weil der Herr immer noch nichts sagt, wiederholt sie ihre Frage auf Italienisch, zeigt auf die Frau mit dem Sonnenschirm und erklärt, ihre Mama sei vor langer Zeit aus Italien gekommen.

Józefs Herz scheint unter einer dicken Eisschicht gefangen.

Und wie in kochendes Öl getaucht.

Schließlich platzt es und schmilzt.

Das Mädchen ist so groß wie er, höchstens ein wenig kleiner. Es hat fuchsrotes Haar und Vergissmeinnicht-Augen.

Augen, die denen, die er jeden Morgen im Spiegel sieht, so ähnlich sind, dass es ihn schwindelt.

Das Kind bekommt es mit der Angst zu tun, weil der kleine Herr so blass wird wie sie selbst, wenn sie zu viel Schokolade mit Pfefferminzlikör gegessen hat.

»Haben Sie Bauchschmerzen?«, fragt sie.

Mit großer Mühe entreißt er sein Herz dem Eisblock und dem kochenden Öl und antwortet sanft: »Ich glaube, ich bin tatsächlich der, den Sie meinen, Mademoiselle. Ich bin Graf Józef Boruwłaski aus Polen.«

Die Vergissmeinnicht-Augen des Mädchens werden groß.

»Ist Polen eine Stadt in England oder Italien?«

Józef schenkt ihr ein mühsames Lächeln.

»Polen ist das Land, in dem ich geboren bin. In diesem Land gibt es Wälder und Drachen. Ihre Mama kennt einen dieser Drachen. Er heißt Smok Wawelski und wohnt in Krakau.«

Er fragt das Mädchen nicht, wie alt es ist. Sein zerplatztes und geschmolzenes Herz weiß es.

Sunday hat ihren Sonnenschirm geschlossen. Sie erhebt sich und dreht sich um. Die Kleine vergisst den Herrn aus dem Buch und läuft zu ihr, um sie zu fragen, warum sie ihr nie vom Drachen Smok Wawelski erzählt hat.

Sunday sieht Józef.

Er sieht nicht mehr aus wie ein Cherub, sondern wie eine von Staub und Mäusezähnen beschädigte Wachsfigur. Sie bemüht sich, jegliches Gefühl aus ihrem Gesicht zu verbannen, damit der Mann, den sie in einem anderen, noch sehr nahen und doch so fernen Leben geliebt hat, einem wunderbar wertvollen und alles verändernden Leben, damit dieser Mann sich überzeugen kann, dass Alma Malevolti ein einmal gegebenes Versprechen hält.

Józef sieht Sunday an.

Sie ist immer noch dieselbe wie früher, aber in Moll. Sie trägt die neueste Mode mit gerade ein paar Volants und Bändern zu viel, als dass man sie mit einer Dame der besseren Gesellschaft verwechseln könnte. Sie ist dünner geworden, und ihre Züge haben den samtenen Glanz verloren. Ihre schmale Taille und die Fältchen in den Augenwinkeln verleihen ihr eine neue Zerbrechlichkeit. Sie strahlt nicht mehr die fesselnde Sinnlichkeit einer Salome aus, sondern eine sehnsüchtige, geradezu wehmütige Sanftmut, die zu flüstern scheint: Carpe diem, pflücke den Tag, pflücke mich, und bitte schnell, ehe es zu spät ist und die Nacht kommt.

Langsam hebt er den Hut, um sie zu begrüßen. Er lächelt ihr zu. In sein Lächeln legt er alles, was er ihr nicht sagen konnte, alles, was er ihr so gern gesagt hätte.

Das Mädchen klammert sich an die Röcke seiner Mutter. Sunday beugt sich zu ihr hinunter, die Kleine flüstert ihr etwas ins Ohr und zeigt auf den Herrn am Seeufer, den Herrn aus dem Buch mit dem komplizierten Namen, der einen Drachen kennt.

Sunday biegt die Finger ihrer Tochter zusammen, man zeigt nicht auf Fremde, noch nicht einmal auf Leute, die man kennt.

Sie richtet sich wieder auf und grüßt die Wachsfigur mit einem leichten Neigen ihres Kopfs. Ein kurzes und höfliches Zeichen. Es bedeutet: Entschuldigen Sie die Vertraulichkeit meiner Tochter, sie ist erst sechseinhalb Jahre alt. Ein sorgfältig bemessenes, bewusst kühles Zeichen. Es bedeutet: Ich habe einen Schwur geleistet, den ich halten werde. Sie werden nie von diesem Kind hören. Bleiben Sie, wo Sie sind. Kommen Sie nicht näher. Ein Zeichen ohne Worte. Es bedeutet: Setzen Sie Ihren Weg fort. Verlorene Zeit kann man nicht nachholen.

Verlorene Zeit kann man nicht nachholen, aber du hast noch lange und schöne Jahre vor dir. Zehn Jahre, zwanzig Jahre. Du bist unzerstörbar und wirst uns alle überleben!, schreibt ihm die teilnahmsvolle Clairon.

Ja, zehn Jahre, zwanzig Jahre.

Dreißig Jahre.

Nach dem neunzigsten Geburtstag hört die Krabbe, von der die Ärzte dachten, dass sie ihr zwanzigstes Lebensjahr nicht überstehen würde, auf zu zählen.

Schöne Jahre?

Heitere Jahre.

Józef hat endlich sein Gepäck abgestellt, seine Bücher in fest an der Wand angebrachte Regale geordnet, seine Schreibutensilien auf einem soliden Tisch untergebracht, und in seinem Biedermeierbett, in dem er allein schläft, träumt er nicht.

Friede ist eine Form von Schönheit.

Nachdem im Jahr 1802 eine dritte Ausgabe der Memoiren erschienen war, die zusätzlich zu den imaginären Reisen über ein Treffen mit dem großen Voltaire und eine Tournee auf Kamtschatka berichtet, reiste Józef auf Einladung des Komponisten Thomas Ebdon in die kleine Stadt Durham, eine halbe Kutschenstunde von Newcastle entfernt.

Die hellen Steine, die gepflasterten Straßen, die schönen Gebäude der Universität und der herrlichen Kathedrale, auf deren Orgel Ebdon spielte, gefielen ihm sehr. Mit der Hilfe von Bewunderern in London kaufte er einem ansässigen Kaufmann, der seinen baldigen Tod erwartete, eine Leibrente ab, die einhundertfünfzig Pfund jährlich abwirft.

Den Kaufmann hat er überlebt, ebenso dessen Sohn. Inzwischen sind es die Neffen, die für die Leibrente aufkommen. Die Stadt Durham ist stolz, Józef zu ihren Bürgern zu zählen. Eine Bronzestatue von ihm in Lebensgröße ziert das Rathaus, und Grandby Lodge, die örtliche Freimaurerloge, hat ihn zum Ehrenmitglied ernannt.

Nach dem Tod seines Freundes Ebdon mietete Józef vom Domprobst für den symbolischen Preis von zwei Shilling im Jahr ein einfaches Haus unterhalb der Stadtmauer am Fluss hinter der Prebends Bridge. Banks Cottage ist ein kleines, nicht sehr bequemes Zuhause. Aber der Fluss Wear ist an dieser Stelle grün, breit, sanft und von Wasserhühnern bevölkert. Morgens und abends geht Józef am Ufer spazieren. Er setzt sich unter die mächtigen Bäume, die sich zum Wasser hin neigen wie eine Mutter über ihr Kind. Er beobachtet die Spiegelung der ziehenden Wolken auf der Wasseroberfläche. Er denkt an sein eigenes Umherziehen und an seine Schiffbrüche und sagt sich, dass nach vielen Stürmen und Wellen dieses friedliche Ufer zu seinem Hafen geworden ist.

Eine Dienerin kümmert sich um ihn. James Raine, Pfarrer der Kirche St. Mary the Less, der Buchhändler George Andrews, der seinen Laden an der Sadler Street hat, sowie Mary und Elizabeth Ebdon kommen regelmäßig zu Besuch. Seine Dienerin

Susan, die er Suzanne nennt, ist eine robuste Frau, spröde wie ein Besen, eine unermüdliche Plaudertasche und mit einer Hasenscharte und Putzwut geschlagen. Józef beklagt sich ständig über sie, aber beschlösse sie, ihre Schürze an den Nagel zu hängen, würde er sich vor ihr auf die Knie werfen.

Sie schwatzt mit einer Redseligkeit, dass er das Denken vergisst, und unter dem Vorwand, sie wolle sauber machen, verlegt sie hinterhältig seine Papiere, seine Bücher, seine Töpfe, seine Apparate für chemische Experimente, seine Brille und sogar seine Schuhe. Die Hälfte seiner Tage verbringt er damit, sie auszuschelten, während der anderen Hälfte sucht er die Dinge, die sie angeblich aufgeräumt hat. Um ihn zu beruhigen und ihre Arbeit ungestört zu erledigen, packt sie ihn um die Hüften und setzt ihn auf den Kaminsims. Genau wie Isaline. Er wird wütend und beschimpft sie mit den wüstesten Namen. Sie schwatzt weiter, als ob nichts geschehen wäre. Wenn sie mit dem Haushalt fertig ist, bereitet sie ihm ein Bad im Zuber, weil ältere Herren gebadet und gepudert werden müssen wie kleine Kinder. Józef tobt, lässt sich aber vom Sims nehmen, ausziehen und baden. Er hasst sie, aber wenn sie auf den Jahrmarkt nach Newcastle geht, zählt er die Stunden bis zu ihrer Rückkehr.

Maria Theresia von Österreich, Stanisław Leszczyński und seine Tochter Maria, Louis XV., Louis XVI., die Helden und Henker der Französischen Revolution und General Bonaparte, aus dem Napoleon wurde, vermodern längst in ihren Gräbern, während Józef Boruwłaski noch immer mit klaren Augen, festem Gang und leichter Hand auf seiner Geige spielt.

In dem Gartenhaus von Banks Cottage am Ufer des Wear, das an einen griechischen Tempel erinnert, richtet er sich ein kleines Chemielabor ein. Er besitzt zwei Destillierapparate, einen tragbaren Schmelzofen, mehrere Kupfer- und Messingwaagen, eine davon ganz klein zum Wiegen von Gold. Er vergnügt sich damit, den Stein der Weisen zu suchen. Seine Freunde halten ihn für unsterblich. Litte er nicht seit einigen Wochen unter einem merkwürdigen Schüttelfrost, der ihn schwächt, würde er es fast selbst glauben.

Vor der Not hat ihm gegraut, aber den Tod fürchtet er nicht. Seit er ihn über sich gebeugt im Hôtel-Dieu gesehen hat, weiß er, dass er in dem Augenblick, wo er geholt wird, einsamer sein wird als je zuvor im Leben. Die Aussicht auf diese absolute Einsamkeit macht ihn zwar traurig, aber der Sprung in den Brunnen und die Reise auf die andere Seite des schwarzen Wassers wecken seine Neugier, ohne ihn zu ängstigen. Wird er dieses neue Abenteuer genießen? Wird er in Begleitung reisen? Muss man ein Boot, eine Kutsche, einen Schlitten oder ein Maultier nehmen? Bekommt er von Gott und dem Teufel echte Flügel, mit denen er fliegen kann wie ein Engel oder ein Drache? Wird er einen Körper besitzen? Denselben Körper? Ein Zwerg für immer, ein Zwerg für die Ewigkeit?

An diesem Abend hat er ausnahmsweise einmal Lust, sich schön zu machen.

Für niemand Besonderen, nur für sich selbst.

Er hat keinen Hunger. Er hat überhaupt selten Hunger und ernährt sich schon seit Jahren von Brot, Kaffee und Pudding. Er öffnet den Schrank, in dem Suzanne seine Anzüge aufbewahrt, die sie am Ersten eines jeden Monats lüftet und bügelt. Zwar besitzt Józef die gesammelten Werke von Shakespeare und Corneille, eine schöne Bibel, zwanzig Bände der *Geschichte Polens* in englischer Sprache, einige Chemiebücher und ganze Stapel des *Saturday Magazine*, aber nur vier Hemden, drei Paar Schuhe und vier Anzüge.

Seine Kleidung für kalte Tage – braunes Wolljackett und graue Hose –, die er im Augenblick anhat.

Einen schwarzen Gehrock, den er mit einem gestärkten Hemd, einem steifen Kragen, einer weißen Krawatte und einem Zylinder bei offiziellen Anlässen trägt.

Das Sommerjackett ist grün. Dazu gehören eine getupfte Weste und eine graue Hose, die unempfindlich gegen Flecken ist.

Und dann besitzt er noch den grauen Seidenfrack. Es ist der luxuriöse Frack, den der Herzog von Devonshire ihm zu Beginn seiner Londoner Zeit hat anfertigen lassen, der Anzug seines ersten Konzerts in Carlisle House.

Er nimmt den Frack aus dem Schrank und streicht über den Stoff. Die Seide ist nicht abgenutzt, wunderbar weich unter der Hand und knistert freundlich.

Er fröstelt, weil die Abendfeuchte unter der Tür hindurchkriecht und er vergessen hat, im Kamin Holz nachzulegen. Trotzdem zieht er sich vollständig aus und kleidet sich neu, als hätte er an diesem Abend ein Konzert im Carlisle House vor dem wunderbaren Londoner Publikum.

Er summt seine Lieblingsarie *Lascia ch'io pianga* aus der Oper *Rinaldo* von *Master Handel.*

Der graue Seidenfrack ist zu eng. Józef kann die Arme kaum bewegen und seine Geige nicht unter sein Kinn heben, aber als er sich im Spiegel betrachtet, gefällt er sich sehr gut.

Er fragt sich, was Sunday wohl von ihm hielte, wenn sie ihn heute sähe.

Er fragt sich, ob sie immer noch an Salome erinnert und ob sie im Land der Engel und Drachen nackt unter ihren Schleiern tanzt.

Auf dem Kaminsims befinden sich ein Kissen, das Suzanne dort hingelegt hat, damit er es weich hat, wenn sie ihn hinaufsetzt, zwei Leuchter, die ihm sein Freund, der Schauspieler Stephen Kemble, geschenkt hat, und sein Schmuckkästchen.

Es ist mit rotem Samt ausgeschlagen. Auf dem Samt liegen der Diamant der Prinzessin Antonia, eine blonde Locke, ein Milchzahn und ein silbernes Medaillon, das er am Tag seines neunzigsten Geburtstags ohne Nennung des Absenders erhalten hat.

Das Medaillon kann man in der Mitte öffnen.

In seinem Innern lächelt ein rothaariges Kind mit sehr blauen Augen.

Hinten ist der Name des Mädchens eingraviert: Sofia.

Józefs Finger zittern. Er bemüht sich, die blonde Locke und den Milchzahn in den Hohlraum des Schmuckstücks auf Sofias Lächeln zu legen. Nachdem es ihm gelungen ist, schließt er den Deckel und legt sich die Kette um den Hals. Das Medaillon und die Kette sind kalt, aber Józef freut sich, das Schmuckstück auf seiner Haut über seinem Herzen zu spüren.

Die Vorbereitungen haben ihn ermüdet. Er verzichtet darauf, das Feuer wieder anzufachen. Er hatte vor, noch ein wenig zu musizieren und anschließend zu lesen oder zu schreiben, aber dazu fehlt ihm die Kraft. Lieber legt er sich sofort zu Bett. Er wird in seinem seidenen Frack, seinem Gewand für die Musik, schlafen, dann wird er umso schöner träumen.

Er trinkt noch ein Glas Wasser, legt sich summend in die Kissen und zieht die Daunendecke bis zum Kinn. Ihm ist sehr kalt, und er fühlt sich ein wenig schwach, aber es geht ihm gut.

Er denkt, dass es ihm noch besser ginge, wenn er seine Geige mit ins Bett genommen hätte.

Er schließt die Augen.

Hinter seinen Lidern und in seinem Herzen spielen ein blondes, ein dunkles und ein rothaariges Mädchen Fangen. Sie verstecken sich unter dem Tisch und rufen ihn auf Polnisch. Er gesellt sich zu ihnen und zeigt ihnen, wie man den mürrischen Mops oder das seidenweiche Schoßhündchen mimt.

Er denkt: Ich bin unter dem Zeichen des Wunderbaren geboren, und lächelt.

Er zieht seine Töchter an sich und zeigt ihnen den Drachen Smok Wawelski, der mit den Flügeln schlägt. Den großen roten Drachen des Schlosses von Krakau.

Der große Drache erwartet sie, um mit ihnen hoch über den gefrorenen Weiher zu fliegen. Hoch über die Ebenen Polens und die Wälder Irlands. Hoch über die Dächer von London, Paris und Durham. Zu jenem Wasserfall, dessen Tropfen aus Lachen bestehen. Gemeinsam.

Danksagung

Tausend Dank an Régis Nacfaire, John Rogister, Pierre de Bizement und Basia Embiricos für die Hilfe, die sie mir bei meinen Recherchen haben zuteilwerden lassen.

Dank auch an Alix de La Chapelle, meine wachsame Korrektorin und mein guter Geist.

Dank an Dorothée Cunéo, meine Verlegerin, für ihren Anspruch, ihren Humor und ihre Geduld.

Und Dank in Gedanken an Józef Boruwłaski, den »fabelhaften Zwerg aus Polnisch Ruthenien«, einen Mann mit Herz und Geist, dessen Memoiren den Stoff für diesen Roman geliefert haben.

Die Figuren der Handlung

Die Lebensgeschichte von Józef Boruwłaski ist zum Teil anhand seiner Memoiren nachvollziehbar. Doch bei vielen Namen, Daten und Zusammenhängen, die Boruwłaski nennt, gibt es Unklarheiten und Widersprüche. Hinzu kommt, dass er die verschiedenen Auflagen jeweils mehr oder weniger weitgehend verändert hat.

Viele Figuren in diesem Roman sind historisch belegt, andere erfunden. Das folgende Verzeichnis führt die handelnden Personen und – soweit möglich – ihre Lebensdaten auf.

Józef Boruwłaski (1739–1837), genannt Joujou, zwergenwüchsig
Isaline Charlotte Marie Boruwłaska, geb. Barboutan, Hofdame der Gräfin Humieska in Warschau, seine Frau
Józefa/Charlotte Boruwłaska (geb. 1781), ihre Tochter
Françoise Boruwłaska (1783–1856), genannt Fanfan, d.i. Georgiana Fanny Boruwłaska, verw. Kean, ihre Tochter

Halicz, Polnisch Ruthenien
Graf Anton Boruwłaski, Józefs Vater
Zofia Boruwłaska, Józefs Mutter
Pfarrer Taczuk

Wodnopol, 1748–1754/1755
Karolina Raczynskaja, verw. Starostin von Caroliz, später Gräfin Tarnowa
Aleksander Graf Tarnow, genannt Mikołaj, ihr zweiter Ehemann
Anka, ihre Köchin
Janek, deren Sohn

Turly, 1754/1755

Anna Rzewuska, verw. Gräfin Humieska
Halina Pajak, ihre Bedienstete

Wien, 1758/59

Maria Theresia (1717–1780), Kaiserin des Heiligen Römischen Reiches
Franz I. Stephan (1708–1765), Kaiser des Heiligen Römischen Reiches, ihr Mann
Maria Antonia (1775–1793), ihre jüngste Tochter
Wenzel Anton Fürst Kaunitz-Rietberg (1711–1794), Staatskanzler von Österreich

Lunéville, Winter 1759

Stanisław I. Leszczyński (1677–1766), ehem. König von Polen, Herzog von Lothringen und Bar
Marie Françoise Catherine de Beauvau-Craon (1711–1787), genannt Madame de Boufflers, seine Mätresse
Nicolas Ferry (1741–1764), genannt Bébé, sein Hofzwerg
Louis-Elisabeth de la Vergne (1705–1782), Comte de Tressan, sein Großmarschall

Paris, 1760

Louis XV. (1710–1774), König von Frankreich
Maria Leszczyńska (1703–1768), Königin von Frankreich, seine Frau
Claire Josèphe Léris (1723–1803), genannt Claire Clairon, Schauspielerin

Warschau, 1761–1780

Marie Magdeleine Jollin, Schauspielerin, Józefs erste Geliebte
Kazimierz Fürst Poniatowski (1721–1800), Hofkämmerer der polnischen Krone
Madame Barboutan, Józefs Schwiegermutter

Wien, 1781

JOSEPH II. (1741–1790), Kaiser des Heiligen Römischen Reiches, König von Böhmen, Kroatien und Ungarn

WENZEL ANTON FÜRST KAUNITZ-RIETBERG (1711–1794), österreich. Staatskanzler

GRÄFIN CLARISSA, eine Verwandte des Fürsten

LOUIS AUGUST LE TONNELIER DE BRETEUIL (1730–1807), frz. Botschafter in Wien

SIR ROBERT MURRAY KEITH D.J. (1730–1795), engl. Botschafter in Wien

Linz, 1781

CHRISTOPH WILHELM GRAF VON THÜRHEIM (1731–1809), Landeshauptmann von Oberösterreich

Triesdorf, 1781

KARL ALEXANDER (1736–1806), Markgraf von Brandenburg-Ansbach und Brandenburg-Bayreuth

FRIEDERIKE CAROLINE VON SACHSEN-COBURG-SAALFELD (1735–1791), seine Frau

CLAIRE JOSÈPHE LÉRIS (1723–1803), genannt Claire Clairon, seine Mätresse

London, 1782–1787 (Reisen u. a. nach Irland)

GEORGE III. WILLIAM FREDERICK (1738–1820), König von Großbritannien und Irland

SOPHIE CHARLOTTE, (1744–1818), Herzogin zu Mecklenburg-Strelitz, Königin von Großbritannien und Irland

ALESSANDRO GRAF VON CAGLIOSTRO (1743–1795), eigentlich Giuseppe Balsamo, ital. Okkultist, Alchemist und Abenteurer

WILLIAM CAVENDISH (1748–1811), Herzog von Devonshire

GEORGIANA CAVENDISH (1757–1806), Herzogin von Devonshire

ELIZABETH FOSTER (1759–1824), genannt Lady Bess

Jean Amédée Guichard de Trouville, Liebhaber von Isaline Boruwłaska

Alma Malevolti, genannt Sunday, Prostituierte

Sofia, Tochter von Alma und Józef Boruwłaski

Paris, 1790–1797

Louis XVI. (1754–1793), König von Frankreich

Marie Antoinette (1755–1793), Königin von Frankreich, seine Frau

Ulrich Graf von Löwendal (1700–1755), Marschall von Frankreich